周大新文集

紫雾

ZI WU

周大新/著

人民文学出版社

图书在版编目(CIP)数据

紫雾/周大新著.—北京:人民文学出版社,2016
(周大新文集)
ISBN 978-7-02-011497-9

Ⅰ.①紫… Ⅱ.①周… Ⅲ.①中篇小说—小说集—中国—当代 Ⅳ.①I247.5

中国版本图书馆 CIP 数据核字(2016)第 058293 号

选题统筹　付如初
责任编辑　欧阳婧怡
装帧设计　陶　雷
责任印制　苏文强

出版发行　人民文学出版社
社　　址　北京市朝内大街166号
邮政编码　100705
网　　址　http://www.rw-cn.com

印　　刷　三河市鑫金马印装有限公司
经　　销　全国新华书店等

字　　数　225千字
开　　本　640毫米×960毫米　1/16
印　　张　20.25　插页2
印　　数　3001—5000
版　　次　2016年10月北京第1版
印　　次　2018年4月第2次印刷

书　　号　978-7-02-011497-9
定　　价　32.00元

如有印装质量问题,请与本社图书销售中心调换。电话:010-65233595

自 序

自1979年3月在《济南日报》发表第一篇小说《前方来信》至今,转眼已经36年了。

如今回眸看去,才知道1979年的自己是多么地不知天高地厚,以为自己的生活和创作会一帆风顺,以为自己可支配的时间多得无限,以为有无数的幸福就在前边不远处等着自己去取。嗨,到了2015年才知道,上天根本没准备给我发放幸福,他老人家送给我的礼物,除了连串的坎坷和成群的灾难之外,就是允许我写了一堆文字。

现在我把这堆文字中的大部分整理出来,放在这套文集里。

小说,在文集里占了一大部分。她是我的最爱。还在我很小的时候,就对她产生了爱意。上高小的时候,就开始读小说了;上初中时,读起小说来已经如痴如醉;上高中时,已试着把作文写出小说味;当兵之后,更对她爱得如胶似漆。到了我可以不必再为吃饭、穿衣发愁时,就开始正式学着写小说了。只可惜,几十年忙碌下来,由于雕功一直欠佳,我没能将自己的小说打扮得更美,没能使她在小说之林里显得娇艳动人。我因此对她充满歉意。

散文,是文集的重要组成部分。如果把小说比作我的情人的话,散文就是我的密友。每当我有话想说却又无法在小说里说出来时,我就将其写成散文。我写散文时,就像对着密友聊天,海阔天空,话无边际,自由自在,特别痛快。小说的内容是虚构的,里边的人和事很少是真的。而我的散文,其中所涉的人和事包括抒发的感情都是真的。因其真,就有了一份保存的价值。散文,是比小说还要古老的文体,在这种文体里创新很不容易,我该继续努力。

电影剧本,也在文集里保留了位置。如果再做一个比喻的话,电影剧本是我最喜欢的表弟。我很小就被电影所迷,在乡下有时为看一场电影,我会不辞辛苦地跑上十几里地。学写电影剧本,其实比我学写小说还早,1976年"文革"结束之后,我就开始疯狂地阅读电影剧本和学写电影剧本,只可惜,那年头电影剧本的成活率仅有五千分之一。我失败了。可我一向认为电影剧本的文学性并不低,我们可以把电影剧本当作正式的文学作品来读,我们从中可以收获东西。

我不知道上天允许我再活多长时间。对时间流逝的恐惧,是每个活到我这个年纪的人都可能在心里生出来的。好在美国麻省理工学院的布拉德福德·斯科博士最近提出了一种新理论:时间并不会像水一样流走,时间中的一切都是始终存在的;如果我们俯瞰宇宙,我们看到时间是向着所有方向延伸,正如我们此刻看到的天空。这给了我安慰。但我真切感受到我的肉体正在日渐枯萎,我能动笔写东西的时间已经十分有限,我得抓紧,争取能再写出些像样的作品,以献给长久以来一直关爱我的众多读者朋友。

感谢人民文学出版社给了我出版这套文集的机会!

感谢为这套文集的编辑出版付出大量心血的付如初女士!

2015 年春于北京

目 录

家　族 …………………………………… 1

紫　雾 …………………………………… 49

寨　河 …………………………………… 86

步出密林 ………………………………… 114

铁　锅 …………………………………… 170

左朱雀右白虎 …………………………… 208

握笔者 …………………………………… 260

十四 十五 十六岁 ……………………… 285

家 族

日头在天顶稍待了一霎,就开始向西滑。于是五爷的左脸上就沾了些黄;有几条横纹抖了一阵,又渐渐停下;两只浑黄的眸子凝了,直盯在那口空棺上。

那是一口黑漆棺材,榆木,薄底薄盖,四抬。

两个儿子和女婿正用条凳把那空棺支起来,让它头对院门,做着起棺的准备。棺前壁那个巨大的"奠"字,在日光下显出几分狰厉。

正屋里间,传出一声女儿轻微的呜咽。

(五子,你过来,爹把这个东西送你,你要好好保管!爹,这是啥?算盘!算盘?怎么没有珠儿?五子,你大了就会懂的!记住保管好,常看看它,记住了吗?……)

五爷猛地把头摇摇。

周五爷那个家族,很有些怪,隔那么一代,就总要出个傻子,这事柳镇的老辈人都知道,族谱上也有记载。

五爷是独子,不傻,按推理,下一代又该出了。所以五奶奶一嫁过来就有些慌。婚后不久,便在一个薄雾轻笼的早晨,扛一篮祭品,迈着带了弹性的步子,进了送子娘娘的庙门。她先小心而虔诚地在娘娘坐像前那个中间已烂了两个洞的蒲团上跪下双膝;然后摆上祭品:八个白面蒸的供香馍、一只炖鸡和一条炸熟的鲤鱼;然后点上一把棒香插在那个青色陶质香炉里,开始向娘娘恳求:您老开恩,赐俺一门儿女,只是不要傻子,倘若您老应允,俺初八、十八、二十八,逢八就来孝敬您⋯⋯五奶奶话未说完,正燃着的棒香啪啪倒了四根,最后一根倒得有些勉强,晃悠了三下才最后倒下。五奶奶不知道这是不是一种回答,疑疑惑惑地回家,心绪不安地等待。

一些年后,真相大白:五奶奶生下三男一女,老大是男,叫大德;老二是女,叫云娇;老三是儿,叫小德;老四也是带把的,可惜长到十七岁,还只会说一个字:呀。于是五奶奶顿脚叫:送子娘娘你坏良心哟!啃了我的鸡,吃了我的鱼,临了还要塞给我个傻儿子,你不怕伤天害理?⋯⋯

几年前的一个凌晨,天还不亮,正在梦中的五爷和五奶奶,忽然被睡在隔壁的小儿子呀呀叫醒。五爷用胳膊撞撞五奶,说:"你听,这傻小四不睡觉又在瞎捣腾啥?"五奶奶揉揉眼皮:"怪!这孩子平日都是一觉睡到天亮,没有这么早就醒的。"小四的叫声越来越响,且伴有脚步声,仿佛在屋内跑步。五爷就气得隔了墙骂:"你个小东西在干啥?快睡!"可那小四并不理会,叫声依旧。五奶奶就只得摸索着披衣下地。长子、二子和女儿都已结婚分开另住,只有这傻儿子还在跟着父母过日子。五奶奶推开隔壁的门,只见傻小四正在屋里跑,正跑一圈,倒跑一圈,边跑边叫:呀、呀、呀,直跑得热汗淋漓。五奶奶有些纳闷:这孩子是怎么了?平日可没见他这样干过。她喊了一声:"小四,你傻跑什么?"小四却只对她笑笑,依旧在跑,直到后来五爷拎了木棍进来,傻小四才止步。五奶奶回到床上躺下时,仍在自言自语:"有些怪,这孩子平日没这样干过!"五爷有些火:"怪什么?一个傻东西办事还能不怪?""什么叫傻东西?"五奶奶立刻反驳,"我知道你一直在嫌弃他,你总觉得他丢了你的人!可那是我愿生的吗?还不是你们周家积的德!我当初就是跟一个和尚睡,也不会生出个傻子来!""又来了,又来了,算我说错行了吧?"五爷败下阵来。

五爷仍站在原地。两三只雀儿从空中飞过,黑色的影儿在棺顶一掠。他直盯着两个儿子和女婿在棺前的动作,直到棺材两端的抬杠绑好,大德扭头对他说了一句:"爹,好了!"他才慢慢地移了步子,绕着那空空的棺材走了一遭。

(五子,你过来,爹把这个东西送你,你要好好保管!爹,这是啥?算盘!……)

他的脚掌重重磕着地皮。待一遭走完,他猛地转头,向女婿乔明低喝了一声:"拿鸡!"

堂屋里间,又传出一声低低的抽泣。

五爷在这柳镇上很有名气。因为他有一门家传的手艺:做"冥宅"。"冥宅"就是俗称的"棺材"。五爷一辈子不知道做过多少口棺材。哪家有了丧事,只要来找五爷,说:请您老给定个宅。五爷二话不说,只点一下头,把烟锅搕搕朝腰里一别,就拎了木匠家什,去到那家。到后再看一眼丧家备下的木头,问:要几抬?不论四抬棺、八抬棺、十六抬棺或是三十二抬棺、六十四抬棺,五爷都能做得漂漂亮亮,而且不论是枣木、青冈木、松木，还是榆木、桐木、槐木，五爷做好漆成后，看上去都像上等的柏木棺材。五爷特别擅长漆工，单是一种黑漆，就能漆出三种色调、三种氛围、三种情绪来："敬黑"，就是先在做好的白茬棺木上涂一种他配制的黑颜料，而后再刷黑漆，漆出后看上去黑明铮亮，直让人感到有一种什么肃穆的东西透进来，顿生一种尊敬，这种颜色多适于寿终正寝的有德行的老人。"悲黑"，就是直接在白茬棺木上连刷两道半黑漆，刷时漆刷与棺板成一定角度，这种黑让人看去立时生出悲来，这颜色多适用于夭折的孩子和病故的中年人。"败黑"，就是先在白茬棺木上涂一种他配制的白颜料，然后再刷黑漆，这样漆出来的棺材让人看后会生出几分怕来，这颜色多适于有过失而死的人，比如与人通奸被发现而自杀的女人等。

五爷给人定"冥宅"，酬劳嘛，自然有一些，丧家多是在他做的过程中，每顿饭给他摆上四个菜，放上一瓶宛城白干，结束时，往他兜里塞上十块八块烟钱。多了五爷也不要，五爷说，这叫积阴德。

但五爷现在已经不大给人定宅，年纪大了，那活干起来太吃力，再说手艺早已传给了儿子、女婿，有丧事让他们去干吧。五爷现在常常坐在老屋的南墙根，椅边放一张木桌，桌上摆了瓷壶和烟簸箕，渴了，对了壶嘴喝几口；烟瘾来了，往烟锅里面按上烟丝就吸，生活嘛，倒也惬意。

那日，五爷坐在山墙边晒太阳，五奶奶在一边濯着韭菜。五爷说："哎，听见了吗？我这两夜里总做梦。""做梦有啥稀奇！"五奶奶白他一眼。"总梦见爹交给我的那个无珠算盘。""是那个框子？""嗯。""你爹也真是，上吊前还要把那个烂东西塞给你！""那不是……"

"爹、娘。"五爷正要讲下去,话忽然被人打断,扭头一看,是分住在另一条街上的儿子大德。"有事?"五爷望着儿子。

"嘿嘿,有点小事。"大德晃了一下他那粗大的身子。他因为是头生子,把五爷和五奶奶当初积在体内的精华都吸了来,所以长得极是高大壮实,做一件褂子差不多要丈把布,五奶奶常常惊呼:乖乖呀,你这么个长法,我可怎么养活你!

"说吧。"五爷抿一口茶。

"七贤在卖蝈蝈笼子。"大德没头没脑地这样说,"一天能赚四块多。"

"他卖他的,与我们何干?"五爷的眉蹙了起来。

"嘿嘿,我也想开个店。"

"啥店?"五爷的眉蹙得越发紧了。

"棺材……店。"大德说得吞吐,而且声音很轻,像怕把爹惊着。

五爷的双唇慢慢张开,有一颗黄黄的牙齿露出来,潮红的舌尖一动,又停住,双眼直盯着儿子。

大德被爹的目光盯得有些难受,就低下头,默默地用手晃动着弃放在身旁的一个碌碡,那碌碡在他手下轻巧地摇晃着,俨如小孩手中的拨浪鼓。大德的力气全镇闻名,当年他结婚时,正逢下雨涨水,车和轿都没法使用,而预先选定的喜期男女两家又都不愿更改,恐改换日子会招来祸祟,于是新娘就只好用人去背。这背新娘的人自然得是大德。大德便拿一把油布雨伞去了岳丈家。两家相离二十来里,大德没让新娘脚踮一下地就背了来。中间蹚过几条河沟时,大德都是把新娘捧放到肩膀上边。据说新娘子韭叶原先对这门婚事还不太满意,但这一背让她对大德满心欢喜。三天回门后韭叶妈不放心地问女儿大德有些什么毛病,韭叶只管摇头,问到最后,韭叶也仅羞红着脸说了一句：就是身子太重。也正是因为大德有力气，当初五爷向他传授做冥宅手艺时才传得最仔细——干这活首要的是力气。大德也学得最认真，差不多全承袭了爹的那套手艺。

"这主意是你想的？"五爷终于开了口，话音沉而低。

"我……嘿嘿。"大德有些惶恐，"也是……"

"知道棺材是什么吗？冥宅！冥宅都敢拿来做买卖，亏你想得出！"五爷的声音提高了，"连死人住的地方都拿来卖钱了？"

"叫喊什么？有话不会跟孩子好好说？"五奶奶插了嘴。

"阴德！你连积阴德都忘了，阴德！知道吗？"五爷跺起了脚。

"那……那……就算了……"大德慌慌地后退着。

日头又斜下去了一点，空棺在地上的影子有些变长，五爷左手拎一只公鸡，右手攥一把菜刀，刀刃在鸡脖子上轻轻一抹，一股殷红的血顿时喷出。五爷于是就拎了那鸡，沿空棺走了一圈，步子阔大、急切，鸡血于是也急急地滴下去，在地上溅起几点灰尘，很快红成一个圆，围了那空棺。五爷站在圆圈外，慢慢地扔了刀和鸡。

（五子，你过来，爹把这个东西送你，你要好好保管！爹，这是啥？算盘！……）五爷望着空棺，眸子又慢慢凝住。

堂屋里间，又飘出一声女子的低泣。

那几天五爷受了点风寒，总咳嗽。一日傍黑，他正坐院子里咳，忽觉有一只轻轻的拳头在背后捶，捶得又柔又悠，使他顿时觉到了一阵舒服。扭头一看，原来是女儿云娇提个篮子蹲在背后，于是就立刻面露笑意，朝屋里叫："她娘，娇儿回来了。"五奶奶听见了,就一边扯围裙,一边眉开眼笑地走出来,接下来自然是母女间的亲热问候。因为只有一个女儿,五爷和五奶就特别地对云娇增了几分爱意。最初的问候过后,云娇就提起手中的篮子晃晃,甜甜地说:"爹、娘,俺给你们带了点刚割下的韭菜和小葱来,你们尝尝。听说爹咳嗽,我还特地带了点荷叶,待会儿拼两个鸡蛋煎煎,那东西吃了止咳,可灵验了。""看看,看看,到底是娇儿想得仔细,在记挂着你。"女儿的话音刚落,五奶奶就对五爷开了口,"你平日总说两个儿媳好,可她们谁记挂你咳嗽了?"五爷于是就笑,没笑完却又咳起来。云娇见状,又立刻蹲下,在爹的背上轻轻捶,边捶边柔柔地说:"爹,你以后可要注意身子,你们二老多在一天,俺们做儿女的心就多安一天,虽说我们大了,可你们终究是个靠山。"这番话说得五爷的眼眶竟有些热,一颗老泪差点要滴出眼窝。云娇的会说话,不仅在周家兄妹中,就是在全镇的女人中,也都是数得着的。云娇要想找人办事,常是几句话就说得对方心动。云娇的丈夫乔明,就是她用一盆水加一番话得来的。乔明当初算是柳镇长得最俊的小伙,而且和云娇一样也是初中毕业。镇上很有几个漂亮姑娘在追他,他自然不会注意到长得平平常常的云娇望他时的热烈目光。可云娇不慌,她只是暗暗观察,待发现乔明每天傍晚都要从自己门前走过一趟时,她便预先准备了一盆脏水。那日傍晚,乔明刚走到云娇门前,云娇便"哗"一下把那盆脏水全泼到乔明身上。乔明被泼呆在那里。这当儿,云娇就哎哟着跑上去,一边后悔不迭地带着哭音叫:"天哪,是我眼瞎了,咋能泼到你身上!"一边就不由分说地把乔明拉到了自己屋里,而且不由分说地替乔明解扣脱衣,又不由分说地脱下自己的外衣披在了乔明身上,跟着便是替乔明洗衣烤衣,边洗边烤。云娇叹了口气:"唉,

7

也亏得了这盆水,要不,俺啥时能给你洗烤个衣裳,像你这样漂亮的人,俺能给你洗一次衣裳也算是福气!俺常常做梦,总梦见给你做饭洗衣,没想到这会儿成了真的,算是老天爷成全了俺一回!"几句话说得乔明胸腔发热,血流加速,禁不住就抓了云娇的手说:"你真是个好姑娘!"云娇当然不会放过这个机会,就软软地向乔明的怀里倒去……

当五爷眼窝里的那颗老泪刚刚化成雾时,云娇又轻描淡写好像顺口说出来的一样讲:"爹,有件小事想同你商量,乔明不是跟爹学过做冥宅的手艺吗?现在是个手艺都能挣钱吃饭。所以俺俩合计了一下,也指望靠这个手艺赚点油盐钱,想开个葬品店,你说行吗?"

五爷的身子微微一震,他未料到女儿也会提这个问题,嘴慢慢张开,又缓缓闭上。许久,才吐一口痰,说:"娇儿,做这种生意,是坏阴德的事,我怕不会有好结果,所以嘛——"待看到女儿脸上的失望神色,五爷又有些不忍,便稍稍改口:"不过,你们要是真想干,我也不拦——"

"太好了!"云娇听到这话,立时高兴地把脸贴在五爷肩上。

"啊,爹,谢谢你的同意。可你不知道,开葬品店只是我要走的第一步,我还有更大的计划!这计划我现在还不能跟你说,说了你也不会懂的!没有人注意到丧事办理这个角落,可这个角落里也能干出名堂!爹,你不会晓得,三个月前的那个下午,镇长他们坐在王老四的茶馆里,议论着镇上哪几家将会发达。他们说到了黄家,说到了秦家,也说到了杨家,可一次也没提我们周家。没有人看得起我们周家,我就偏要干出个样子让他们看看!我相信我能成功,我掂量过我的家底,我读过这方面的书,我去过城里的火葬场和公墓,我一定能干成!"

"可是娇儿,"五爷拍拍女儿的头,"有件事我得告诉你,咱们家做生意可是不大利,当初你爷爷贩烟叶,钱听说赚了不少,可人最后是上吊死的,连他为啥上吊都没人知道。"

"放心吧,爹,我可不是我爷!"云娇站起身子,甩了下头发说。

云娇的"平安葬品店"开张三天,大德便也放胆在门前挂起了一个木牌,让儿子在牌子上用毛笔写了"周记棺材店",而且立刻借了些钱,买些木头到家,开始做棺材。对云娇开店一事知道得最晚的,是老三小德。十天之后的一个中午,小德的妻子秋娥去杂货店灌醋,才无意间瞥见了云娇和大德门前的招牌,于是就快步回家,进了院门便对小德叫:"嗨呀,我的妈哟!你们周家净出能人!这不,你哥和你姐竟然开了棺材店!乖乖,靠卖棺材赚钱,他们不觉得丢人,我还觉得脸红哩!"秋娥对小德说话,常用"你们周家"几个字开头。这主要因为小德的身材与大德相反,长得颇矮颇瘦,使腰身丰满结实的秋娥总觉得跟了他有些憋气,于是说话时就常用"你们周家"几个字表示轻蔑。小德听秋娥说姐姐、哥哥都开起了棺材店,自然是不信,就笑笑:"又在瞎扯!"

"谁瞎扯了?不信你去看看!"秋娥一把就把小德从椅子上扯了起来。片刻之后,小德面孔发红地从外边走回。"怎么样?我没说错吧?你们周家的人还能干出什么有模有样的事来?卖棺材,咯咯咯。"秋娥拍着腿笑起来。小德的脸于是就越发地红。半晌,才解释似的嘟哝:"他们大,咱小,不好劝的……"

日子不知不觉地流着。几月之后的一天,秋娥去街上买菜,回来后忽然间竟叹了一口长气:"唉,真没想到。""没想到啥?"正准备去给牛添草的小德有几分诧异。"你没看见,姐和大哥两家人都穿上了支支棱棱的新衣裳?没看见大嫂还买了一条拉毛围巾?对门的小良妈告诉我,他们两家这些日子至少都赚有上千块钱。听说姐家还要买毛毯,是用塑料兜装着的那种,哼,显摆得她!"

"是吗?"小德好像也有些意外,愣愣地望着妻子,半晌,才又说一句:"他们买他们的,与咱有啥相干?"

"有啥相干?"秋娥闻言就又跳起了脚,"你说得倒轻巧!人家都过得那么红火,咱就这样过?跟着你这个窝囊蛋,能享着福?"小德没想到秋娥又发出这一通火,于是呆住,最后才嗫嚅了一句:"那你说咋办?"秋娥不再作声,只坐在锅灶前,直直地望着灶膛,不停地摔打着烧火棍。小儿子趔趄着上前要去吃奶,被她啪地在屁股上打了一掌,而且骂:"吃,吃,都只长了个嘴,脑子哪?脑子哪?"小德于是轻手轻脚地上前,抱起儿子向门外走。

自那以后,小德就常见妻子去大哥的棺材店里坐。一天,她从大德店里走出,脸上很带了几分兴奋,进门就朝小德喊:"我说,咱们也干!"

"干啥?"小德一愣。

"开个棺材店!"秋娥很果断地拍了一下腿,"我弄清了,如今棺材的销量很大,四乡几百个村子,老头老婆们死了都怕火葬,都买棺材,一口棺材本钱只要一百来块,可以卖到二百五到三百四,好一些的能卖五六百。这钱咱为啥不赚?你过去不是也跟着你爹学过做棺材手艺吗?干!"

小德一开始还有些犹豫,但秋娥在他的肩上打了三掌后,决心也就定了。他找出当年爹送给他的那套多已生锈朽坏的家什,连夜修理。他当初因为身子瘦弱,对做棺这门手艺不是很有兴趣,不像哥哥那样认真学习,所以在开始动手做第一口棺材前,他只好以串门闲聊为借口,常去姐的店里坐,看姐夫的操作。这期间,秋娥就去娘家借了一些钱,把准备给爹娘做冥宅的一方多木头拉来垫底,并且还把家里朝街的三间房子腾出,做了工作间和店堂。一个月后,秋娥就把一个方方正正写有"谦恭冥宅店"的木牌挂在了门前。

一块云晃过来,遮住了西滑的日头,于是空棺的影子,就倏忽间失去,五爷的那张脸,也顿时添了几分冷厉。他手提着一挂鞭炮,从中扯下五个大的,把剩下的扔下地,而后擦燃火柴,点燃一个,猛地扔向棺头,"啪!"一股灰尘在棺前腾起;跟着又依次点上,分别扔向棺尾、棺左、棺右,最后一个扔在棺盖上,鞭炮炸响后引起一阵空洞的瓮声——五爷的这种放鞭法叫作镇棺,意在警告棺内的东西:休得出来!炮扔完,五爷站那里,直瞅着几缕淡蓝色的烟雾向远处隐去。

(五子,你过来,爹把这个东西送你,你要好好保管! 爹,这是啥?算盘!算盘?怎么没有珠儿?五子,你长大了就会懂的……)

云娇放下刚买回的两桶黑漆,仰起脸,喘一阵气,扑通一声坐到椅上。喘息在慢慢平下去,笑意又渐渐从嘴角升起。

云娇这些天总忍不住想笑:生意出乎意料地顺利! 自开张以来,已先后卖出三十来口棺材,赚得了三千多块钱,这种速度是她当初没有料到的,她很想把这喜悦装到心里,可它们又常常径直跑上脸来。

丈夫和雇来的一个木工就在隔壁做活,斧凿声不停地响过来,叮叮当当、咚咚哐哐,这声音别人听了会心烦神躁,云娇听了却觉得悦耳异常,她如今若半日听不到这声响,就会感到心绪不宁。

就在这种叮当声中,云娇倚在椅上,微微合上了眼睛。周经理,我们是宛城电台的记者,你能不能向我们谈谈你今后的打算?当然当然。我眼下正在攒钱,我准备在我的钱攒得差不多时,买下镇东的那块礓石地,我要在上面盖一个乐园。乐园?对!叫"最后的乐园"!最后的乐园?对!所有刚刚去世的人都可以进园做最后一次歇息,他们的遗体被运进乐园内,将在洗浴、换衣、化妆后,躺在一张镀铬眠床上,那床下是两道铮亮的铁轨,铁轨铺设在一条长廊内,长廊两侧,有花坛、草坪、山丘、小河、房屋、田地、树林。在这些花坛边、草地上、山半坡、小河畔、房屋前、田地间、树林里,到处都立着一群群雕像。雕像中有捏泥人玩的孩子,有在河中游泳的青年,有在田中干活的成人,有在林边散步的老人,死者将在这里最后回忆一次自己的童年、青年、壮年、老年生活,然后去到阴间。当眠床穿过长廊之后,铁轨会分岔两股,一股通向火葬场,那里有最好的焚尸炉,有各式各样的骨灰盒,有巨大的吊唁堂和存放骨灰的灵堂,所有愿意火化的人都可永远睡在这儿。另一股将通向公墓,那里有各种规格的棺材和松柏遮天的墓地,所有愿意土葬的人都可永久在这里歇息。你估计最后的乐园建成需要多长时间?不会很长,不会很长……

斧凿的叮当声突然停止,四周一下子变得十分静寂,就是这种静寂,让云娇从恍惚中醒来,她揉揉两眼,起身向隔壁的工作间走去。

雇来的那个木工已经回家吃饭,工作间里只剩下乔明静静地坐在棺板上向窗外看。云娇轻步向丈夫身边走去,聚精会神的乔明没有发现妻子的到来,双眼依旧直直地盯着外边。云娇略略俯了身,顺着丈夫的视线看去,原来街对面站着一个穿淡绿上衣的漂亮女人,那女子正立在杂货铺的柜台旁嗑着瓜子,粉红的小嘴不时地把瓜子皮优雅地吐到地上。贱人!这又是茶馆老板的那个小姨子,你看那身打扮,专门招惹男人!"你在看啥?"云娇轻柔亲热地开口。乔明闻声一惊,慌忙收回目光,扭头望着妻子那微微含笑的脸庞,尴尬地做着掩饰:"呵呵,看天,你看这天多蓝!""可不,真蓝。"云娇微笑着附和,并不戳破丈夫的谎言。她知道一旦把事情戳破,只会让丈夫脸红,只会使丈夫的心更与自己隔上一层。她知道怎样控制自己的男人。结婚之后,她一直为自己拥有这样英俊的丈夫感到骄傲,但也知道,自己的丈夫不是那种感情十分专一的男人,所以一直很好地监视并控制着他。她自信没有哪个女人能从她手中把乔明的心夺走。

"我刚刚又买了两桶黑漆。"云娇软声同丈夫说,与此同时,一只手抬起,抚在丈夫的头上,轻轻地揉着,她懂得这个动作很快就可把丈夫的心收回到自己身边。果然,片刻之后,乔明一边应着:哦,哦,一边就伸手捉住了云娇的腕,在那里抚,而且不久,就用了力,把云娇拉到了自己怀里。

隔壁的住房里,女儿小芬在那里欢叫着什么。云娇眯了眼,任丈夫的手在自己的肌肤上缓缓移动。半晌,她才又轻轻开口:"她爸,我总觉着咱们干的这个行当是个冷门,做冷门生意最容易干成,咱们要下番力气,干出个名堂,让镇上人看看!你说行吗?"

"当然……行。"乔明含糊地应了一声,搂着云娇的手,又用了些力……

鸡叫二遍的时候,韭叶翻了个身,脖子触到了丈夫那冻得发凉的胳膊,她晓得丈夫又在睡梦中把胳膊伸到了被外,于是就睁开眼睛起身,小心地把丈夫那粗壮的胳膊塞到了被内。之后,又看眼另一张床上的两个孩子,这才躺下去。

大德那只被冻凉的胳膊很快暖和过来。这些天,每晚上丈夫睡觉都像死了一样。他太累了!

因为四乡的人都知道大德继承了父亲的手艺,所以他的棺材店开业以后,生意还颇为兴隆,有时一个月里,就接连卖出六口,由于销得快,大德为了不缺货,就连明彻夜地干,除了吃饭,一天到晚,就那么锯、砍、凿、刨。韭叶插不上手,至多是刷漆时,她才能抢着替丈夫干上一会儿,不过大德又常常说女人闻漆味久了不好,总从她手里把漆刷夺过去。看看帮不上忙,韭叶就想法在生活上多体贴丈夫,让他吃好、睡好,而且责任田里有活儿,就总是自己一人去干,不让丈夫再操心沾手。

韭叶觉得丈夫的胳膊已经暖热,就又慢慢移开身子,想让丈夫再舒舒服服睡个黎明觉,没想到离开时头一抬,脑后的头发一扫,把床头小桌上那个喝水的搪瓷杯撞落了地,"当啷"一响。响声过后,两个孩子只是翻动了一下身子就又睡去,丈夫却一下子睁开眼睛。韭叶后悔极了,该死!你个破缸子,看我不扔了你!

大德眨眨眼睛,扭头看一眼窗纸上些微的曙色,就伸过带了厚厚硬茧的大手,把妻子揽了过去。

"天还早,你再睡会儿吧。"韭叶附在丈夫的耳边小声说。
"快亮了,还睡啥?"韭叶感觉到丈夫把自己越揽越紧,他心脏的跳动,也已渐渐加急,而且有一只手,已在解她的胸衣,她的心顿时也有些醉,脸更紧地向丈夫胸前贴去。但是片刻之后,她就又立刻抑着自己推开了丈夫的手,用柔而微的声音说:"算了,你这些天太累,这是要伤身子的,晚上再……行吗?"

大德含糊地嗯一声,手又执拗地伸过来,就在这时,外边的店门突然被人拍响:咚咚。

"谁?"大德抬头,十分不高兴。

"东王庄的,来买棺材!"一个粗粗的声音飞进来。"噢,请稍等。"一听说来买棺材,大德立时将眼前的一切忘掉,一骨碌爬起身,三两下穿好衣服,趿拉上鞋跑出去。

"请进……坐下歇歇……还有三口现成的,你们挑挑。钱嘛,老价……怎么,现在就走?……后晌就葬?来,绑住这头,我们一起抬……别忙,慢,小心碰掉漆,扶好车子……路上小心,慢走……"

韭叶躺在床上,静静地听着外边的声音。又卖出了一口。当那声音逐渐消失时,她坐起了身,她知道,丈夫马上就又要抡斧劈砍了,不能让他空腹干活,得炖碗鸡蛋糕先让他吃了。

她麻利地穿好衣服,边拢着头发边走进灶间,这时,店堂里边,已传出了钝重的斧响:梆、梆、梆……

日头又从云团中挣出,于是五爷手中的那碗黄酒,色就越浓。五爷扭头依次看了大德、小德和乔明一眼,而后把酒碗捧向嘴边,三口,喝罢,向大德递去;大德接过,也喝三口,又向小德递去;小德喝罢三口,又向乔明递去——这叫同心送棺酒,送棺人同喝一碗酒,不管途中出了何事,都要同力承住。五爷见乔明喝完三口,就猛地挥了一下手,跟着,这父子四人,就一齐向棺材跟前走去,五爷和大德在棺头,小德和乔明在棺尾。五爷往手心里吐一口唾沫,两手对着搓。

(五子,你过来,爹把这个东西送你,你要好好保管!爹,这是啥?算盘!算盘?怎么没有珠儿?五子,你大了就会懂的……)

堂屋里间,又传出一阵女子低低的呜咽。

那天早上五爷起床后，先吸了一锅烟，这才开口对五奶奶说："昨夜里又梦见了他。""谁？"五奶奶从案板前扭过身。"我爹。""又是那个吊死鬼！"五奶奶的嘴角撇了撇。"你怎能这样骂？"五爷搋搋烟锅，"他上吊是不得已！""你咋会知道不得已？你那时才几岁？"五奶奶撇了撇嘴。"我爹那时做烟叶生意，赚了好多钱，光驴就买了八头，每次去汉口跑生意，八头驴驮了烟叶排一队，好威风，这些我都还记得，他要不是遇见不得不上吊的事，他不会死！""究竟遇到了什么——"

"呀，呀，呀。"傻小四打断了五奶奶的话，呀呀叫着跑进来，在屋里兜着圈子，正跑一圈，倒跑一圈，边跑边叫："呀，呀，呀……"

"小祖宗，你要干啥？"五奶奶无可奈何地喊。

"滚出去！"五爷坐在床沿吼。

小四朝爹笑笑，脚依旧在跑，正一圈，倒一圈，把地面的灰尘全搅起来，在屋里边翻。

"杂种！"五爷恨恨地举起烟锅，朝小四抡过来，小四轻巧地躲过，呀呀叫着跑出去。

"你知道了吧？他们兄妹三个都开了店！"五爷又把烟锅里的烟丝按满。

"知道了。"五奶奶心不在焉地应道，眼盯着小儿子双脚跑出的两个小圆圈，说："这孩子叫得有些怪！"

"一个傻子，什么怪不怪的？"五爷乜了乜眼，"可我总是想棺材是卖不——"

"有些怪。"五奶奶没再理会五爷，仍在自言自语，双眼依旧紧盯着小四双脚跑出来的那两个圆圈……

一股热风夹着那边咸菜店里的酸味和咸味刮来,在大德那赤裸的亮着油汗的上身抓了一下,他觉着了一点点舒服,便双手上举,坐那里伸了个懒腰。

太累了,干一天木匠活儿,又是锯,又是凿,又是砍,身上的筋、骨、肉,不知抖动了多少遍,这阵儿都有点酸。

大德的目光向街西的小德店门扫一眼,微微叹了口气。这些天,因为三店并立,买主一分散,钱就不如当初赚得多了。于是,大德对这棺材生意的前景,就渐渐生些忧出来。

他默默地摇着蒲扇,让一股一股热风在胸口上舔,有两只早出的蚊子飞过来,在身边叫,叫声自在悠闲,顿时又给他添了几分烦。他扬起巴掌猛地打去,"啪",蚊子没打到,倒是打了自己一个耳光。手中的蒲扇越摇越缓,三两颗星从对街的屋脊后闪出,在那里眨眼。街那头响起一声牛叫,叫声嘶哑,在空气中快速地向远处传。

"他爹,给,碗。"妻子轻步走过来,把碗放到他的手上。捞面条,大海碗,盛得很尖。他用筷子挑了一下面条上的那层青青的菜叶,下边露出两个荷包蛋,他抬头:"又——""快吃吧!"韭叶柔柔地说一句,又向他碗里扔进几瓣剥过的蒜,便拿起蒲扇,在一边给他扇。

大德抬头:"别给我扇,你快去吃吧!"韭叶白了他一眼,说:"谁给你扇了?俺刚才做饭,热一身汗,扇扇凉快!"话虽这样说,然而那扇起的风,却又明明朝着丈夫飞。

他只好大口地吞面条。

"哥,还在吃?"一声喑哑的招呼,从黑暗中传来。大德定了睛看,是弟弟小德,就起身把凳子让过去:"坐!吃了没?""吃了。"小德在凳上坐下,熟练地从腰间摸出烟袋,往烟锅里按着烟叶,眼睛,便在那摆着棺材的店堂里扫。

17

"再吃碗吧,你嫂子做的捞面。"大德一边从裤兜里掏出火柴递上,一边又做着通常的礼让。自分家后,虽然离不远,但因为都有孩子和诸多的家务事忙碌,弟兄俩实难得坐在一处。

"哥,俺来,是有件事同你商量。"小德的眼珠在烟头的明灭中一晃一晃,"你知道,我也凑合着开了个棺材店,可近日里买主不多,钱上就有些周转不开,所以我想来跟你商议,近一段日子你是不是就先不急着卖,反正你已经赚了些钱,把一些生意先让给我,行吧?"

"哦?"蹲在那里吞着面条的大德,在黑暗中立时就停了筷子。原来是这样!既然知道买主不多,当初你为啥也硬要干?你认为这碗饭好吃吗?现在让我停下,那我的钱就能周转开了?"这件事情嘛,当然可以办,只是你看见了的,我店里也压着货,手头上其实也不宽裕,前些日子挣那几个钱,早就花出去了。"

"哥要是不帮忙,我的店怕是很难支撑下去了。"小德的声音顿时有些抖,"我想我们兄弟间,该互相帮衬点,你说呢?"

大德听见弟弟的声音一变,心中就也一颤,立时就想起小时候,常常带着弟弟在街上玩,有时弟弟受人欺负,自己就冲上去相助;而当自己有时同伙伴闹开了时,弟弟也总是挥舞着拳头站在自己一边。你是哥哥,应该给弟弟帮助!"好吧,那我就先停一段再卖。"他抬起头说。

"那可是真——"小德闻言,就欢喜地站起身,搕着烟锅,"要是有买主来,你给他往我那边店里指一指就行!"大德无言地点点头,看着弟弟的身影在黑暗中一点一点消失,这才又叹口气,慢慢把嘴凑到碗边……

18

五爷把手心里的唾沫擦干,而后从唇间吐出一字:"上!"四人就一齐弯腰,将抬杠头放在肩上。五爷又喊一声:"起!"四人一用力,空棺顿时离座。几乎在空棺离座的同时,请来的七麻子吹响了第一声唢呐:哇——声音极尖、极亮,直把远处老桑树上的三只喜鹊惊得直蹿天上。

(五子,你过来,爹把这个东西送你,你要好好保管!爹,这是啥?算盘!……)

五爷两手抓牢抬杠,双眼迷茫地望向空中。

那天早晨天已经很凉,街上赶早集的人,大都已把棉袄穿上,然而在云娇的店里,却照旧弥漫着一股热气。刚刚起床,云娇就和乔明在店里锯一块木板,木板绑在两条凳上,夫妻二人各坐一边,抓了锯,一来一去地拉着。乔明的两臂,不时地凸出一块块肉来,而云娇的两只奶子,则随了那锯的来去,啄米鸽子似的跳着。汗从两人的脸上,急切地往下滚,几缕乳白色的水汽,从两人的脖子上腾起,掺进店中的空气里。

"嗬,一大早就干?"随了这声问话,大德和韭叶走了进来。云娇扭头一看,就急忙松了锯,一边拍打身上的锯末,一边让着:"哥、嫂,你们快坐。家里侄儿侄女们都好吧?我这些天总在瞎忙乎,也没有过去看你们。给,烟。"他们一大早跑来,是有什么事吧?而且两人一起来,会不会是为了棺材生意?"乔明、云娇,我和你嫂子来,是有点小事想和你们商量。"大德望了妹妹和妹夫一眼,"你们知道,小德也开了个店,前一段他求我把生意停停,让他卖,结果我那里就积了不少货。眼下快到年底了,办啥事都要钱,所以嘛,想请你们这段日子把生意停停,让我那儿把积压的棺材先卖出去,中吗?"

"哦。"云娇一愣。原来是这么回事！你们可真会想主意,让我们停停;眼下正是生意的旺季,我们停下让你们赚钱？既然你们怕赚不了钱,当初为啥还要跟在我的后边凑热闹开店？干不成就别干！叫我停下你们干,能说得出口？当然,你不能开口拒绝,你是妹妹,这话让乔明说！云娇抬起头,极快地向丈夫投去一瞥。虽然只那么一瞥,乔明已明白了她的意思。不过遗憾的是,那眼色,已让细心的韭叶捉到。

"大哥、大嫂,"乔明慢吞吞地开了口,"眼下快到年底,我们也在等着用钱,生意确实不能停;再说,严冬要来,一些有病的老人常常迈不过这个关口,正是咱们这门生意的旺季,我看咱们就一起卖吧！"

大德抬起头,有些意外地看着妹夫。眼角里隐隐闪过一丝厌恶。他对这个妹夫不甚喜欢,当初妹妹云娇刚出嫁不久,有天傍晚,大德去镇外的河边洗澡,就撞见他和一个洗衣姑娘调笑,而且闹到后来,竟上前抱了人家,在人家的两条大腿上乱搓。当时气得大德真想上前给他几个耳光,但一想,事情若闹大,最后苦的是自己的妹妹,才算没有发作。此刻妹夫的这句话更让他感到了不快,但他知道这家里当家的其实是云娇,于是就把眼睛转向了妹妹。

"哥,要我说,乔明讲得也有道理,眼下快近严冬,正是棺材销售的旺季,咱们一起卖,顾客到哪家就算哪家的,行吗？"云娇微笑着望了望哥哥。你有点过分！忘记了小时候哥常背你,给你摘枣,给你摘梨？可是生意做做停停,什么时候能买到那礓石地？

韭叶无声地看了一眼丈夫:走吧,你、你难道没有看见你妹妹那眼色？

大德直直地看着云娇,他显然未想到她会这样回答,他觉得有一团东西哽在喉里,把脖子憋得难受。好呀,既然你们不讲情面,那就罢了,罢了!"行!咱们就一起卖吧!"大德说完这句,猛地起身向门口走去。

"哥、嫂,在这儿吃早饭吧,轻易难得聚在一块,你们这就走?"云娇扶着门框喊,语音热烈、亲切……

半月后的一日,吃罢午饭,秋娥横了横心,拿过前几天给自己买的那件月白衬衫,快步向姐姐云娇家走去。

大德哥的店恢复营业后,小德、秋娥家的生意,一下子就冷落下来。云娇的店开得早,大德的手艺好,买主们多是去光顾那两家,小德和秋娥就不免有些急躁,再去求大哥停业?情理上已说不过去,于是就只有去求姐姐了。

秋娥原想叫小德去,但小德说大哥既然都未能说动姐姐,我去也白搭,于是秋娥就决定自己来。临来前,她也确实有些踌躇,她对这个婆家姐姐,是早在自己的新婚之夜就有了成见的——

那晚,当闹洞房的客人们都走了之后,秋娥羞红着脸走出洞房门,按照妈妈预先在家的交代,去厨房用淡盐水漱嘴。刚走进厨房,忽然听见从隔壁传出来两个女人的声音,她立刻辨出:那两人一个是婆婆,一个是云娇姐姐。母女俩正在轻声议论秋娥,秋娥自然就要侧了耳听。婆婆显然在夸新来的媳妇,说秋娥相貌在这镇上是数得着的。不想云娇立刻反驳:她漂亮什么?你没看她那胸脯子,瘦塌塌的,我真担心她将来的奶水喂不活孩子!这一句话把秋娥气得差点喘不过气来,使她至今一直牢牢记在心里。当她的儿子出世并且被喂得白白胖胖之后,有几次秋娥真想当了云娇的面问她一句:我的儿子是谁的奶水喂大的?

进了云娇的店门,一看见她和乔明正在棺材前刷漆,秋娥就亲热地高叫一声:"嚹,正忙哪?正晌午头,也不歇歇?"

云娇闻声回过头,也热情至极地笑笑:"哟,是秋娥呀!可是稀客,快坐!"她来干啥?平日她可是不登我家门的,是不是又要借钱?再借钱可要给她算上利息!要不然她总来!南街四秃子借出去的钱,都是月息三分!

"姐呀,给!前几日西街的桂花进城,我让她给捎了两件衬衫,一件我穿,一件给你,你穿上试试!"秋娥微笑着把手中的那件月白衬衫递到云娇手里。

"嗨呀,让你花钱,真是的!"云娇很欢喜地把衬衫拿在手里。这衬衫肯定是她给自己买的,穿上小了,就又拿到这里来讨好!哼,给我买的,鬼才信!你无事不登三宝殿,今儿拿这个衬衫当见面礼,看来借钱是肯定的!借可以,月息三分!"我说秋娥呀,姐这里有衣服穿,前几天你姐夫才给我买一件,你把这拿回去吧!"这衬衫能值多少钱?四块?五块?八块钱顶天了! 就说送礼,拿这点东西也不嫌寒碜?

"哟!还跟我讲客气呀?"秋娥立时笑了,"姐夫给你买是他的心意,我给买是我的心意,不管好坏,我想你都不会嫌弃。"好你个云娇,你当我真想给你送这衬衫的?这衬衫买来,一天还没穿,要不是为了店里的生意,你休想!

"那当然,那当然!好,我就收下了。"云娇笑着把衬衫放到旁边的桌上。

"姐,姐夫呀,俺今儿个来,一个是为了看看你们,二来也有点事想求你们。事嘛,也不是什么大事,就是这些日子,俺家的生意遇了难题,借了人家钱回来买木头做棺材,可棺材做出来没人买呀,都搁在店里,再照这样下去,俺可就要喝西北风了。所以呀,俺来求你们这段日子是不是先停停卖货,让我们那边把存货卖卖。"

一丝终于探明根底的微笑出现在云娇脸上。哦,原来是这个目的,用一件衬衫来换生意的兴隆,想得可真不错!她瞥了一眼丈夫,想让丈夫像上次那样出面把事情了结,但那一眼瞥过去,又让她心头一跳,原来乔明的目光正直直地盯着秋娥那高高鼓起的两个奶子,这使云娇立时下了尽快让秋娥离开的决心。"其实呀,我们也没有赚到什么钱,不过,你要是来借钱的话,我手上再紧也要给你点,只是这生意,不好停,做生意讲究一鼓作气,脉气中断,就是坏事,我想秋娥妹子是明白人,懂得的!"云娇笑得十分诚恳、亲切。

秋娥愣在那里,她没料到一件礼物加上一番恳求,得来的竟是这样干脆的答复。有一霎,她气得一句话也说不出,半晌之后,才勉强一笑:"那是,那是。"说罢,就慢慢转身向门口走。好你个云娇!这次算你能,让你打了脸,算我发贱登了你的门!咱们走着看,山不转水转,到时候你休怪我无情!那件衬衫算是送你的一件尸衣,你穿吧!穿吧!穿了你可要小心早早死!

四抬棺在五爷和大德、小德、乔明的肩膀上轻轻颤动,尽管是空棺,十分轻,但五爷依旧迈的是双叠步,七麻子的唢呐伴着五爷的叠步响,响得抑抑扬扬,呜呜咽咽。棺出院门,五爷喊一声:"停!"两个跟在棺后的男子,立时把两条长凳塞在棺下,空棺又徐徐下落。五爷放下抬杠,回身,面朝棺头,低沉缓慢地说:"我周家此次送你出门,你当永不再来!事过一过二,不可过三!从此我们两下相安!"

堂屋里间,又传出一个女子抑低的哭声。

(五子,你过来,爹把这个东西送你,你要好好保管!爹,这是啥？算盘！算盘？怎么没珠儿？五子，你大了就会懂的……)

五爷眨了眨眼，把双眼中那丝茫然赶走，而后喊一句："桃树枝！"……

那天，小德从新做的棺材里站起身，向秋娥响亮地喊："挤一点蓝颜料来！"他右手握一杆画笔，左手端一个颜料盘，俨然一个画家。秋娥闻声，答着"来了"，就手拿一管蓝颜料走来，向丈夫手中的盘子里挤了弯弯曲曲的一段。小德调好颜料，便又蹲下去，用笔在棺材里壁上小心地画一双鞋子。

他这是在做冥宅壁画。这一招是他在万不得已时想出来的。

自从秋娥在云娇那里遭了拒绝之后，夫妻俩就一直在琢磨打开自家货物销路的法子。两人憋了一口气，一定要和云娇比比！一日，小德突然记起，有一次拖拉机在镇南的田里犁地，犁铧挂起早年深埋在地下的一口棺材的盖，他和不少人去看，发现那棺材壁上画着一些日用家具和楼阁亭台。这个记忆启发了他，于是他便决定，在棺材的内壁画上画，以增强自己货物的吸引力。小德上小学和初中时学过画画，以后又跟镇上的一个画匠学过几天。尽管画起人物来不太有神，但画起桌、椅这一类静物来，还有几分相像。他一般是在棺内的前壁画吃、穿用具；左壁画房屋家具；右壁画粮囤仓库；后壁画一辆马车。而且在棺外前壁，过去一般贴"奠"字的地方，用白颜料画一牌坊，牌坊前画一拱桥，让人一看，会觉着人过奈何桥其实并不可怕，原来是进那种有巨大牌坊的好地方。

小德的这个新招，立刻见了效果，近几日几个买主都被他的壁画吸引到店里，已经有四口棺材卖出。小德为了让更多的人知道他的创新,除了画好壁画的棺材盖子启开任人参观外,还特地在店外挂了一个木牌,上边用白底黑字写着:请买"谦恭冥宅店"的棺材,棺内绘有精美壁画,画上吃、穿、住、行一应用物齐全,将永伴死者,可做永久祭物,寄托孝心、哀意!

这广告引起了更多人对壁画棺材的注意。小德估计,买主还会逐渐增多,所以他不敢耽误,常常一整天都蹲在棺材里画着,吃饭时由秋娥先递一条毛巾让他擦手,而后递给他饭碗,吃完了就又蹲下干。

天逐渐地暗下来了,秋娥从厨房里走出,粗声大气地喊:"他爹,停了吧,天黑,别把眼使坏!"小德在棺内瓮瓮地应一声,站起身。秋娥上前,先接了画笔和颜料盘,放到一边,而后伸出两只极壮的胳膊,去抱男人出棺。由于小德身子低,加上又怕弄坏已画好的壁画,每次出棺、进棺,都是秋娥把丈夫抱起。这会儿,小德两手抱了妻子的脖子,秋娥稍一用力,就把他抱了出来,在他双脚就要落地时,小德顺势在妻子的脸上亲一口,说:"在棺材里蹲了一天,还真有点想你!"秋娥在丈夫的背上拍了一掌,骂:"滚,让孩子们看见!"

小德笑笑:"你别先忙着端饭,有件事同你商量,我刚才边画边想,咱是不是再使一个新招:送货上门!谁来买棺材,只要交下钱,咱就雇个人用马车或架子车给他家送去,这样估摸着会争得更多的买主,而咱哪,只需给送棺的人一点脚力钱,一趟也就是七八元,你觉得这主意咋样?"

秋娥先站那里思量了一会儿,而后挥掌向丈夫的肩上重重拍了一下,说:"中!"

云娇把最后一朵白花在花圈上缀好,便退后一步,注目欣赏着,还可以!她满意地弹去身上的纸屑。

25

又一个大花圈做好,今天,就可以出租了。这是云娇想出的又一个吸引顾客的主意。为了扩大营业额,把更多的顾客吸引到店里,这段日子,她想出了三个新招:一个是增做式样新颖的骨灰盒。这就可以把镇上那些愿意火化的识字人的生意揽过来。另一个是免费给丧家放哀乐。云娇专门买了录音机和哀乐磁带,哪家来买棺材,云娇就雇了三拐子提上录音机去。丧家们颇欢迎这事,因为这可以免去请响器班子的花费,而且还显得雅气。再一个就是制作出租花圈。不少丧家,都讲究排场,愿意在葬礼上多摆花圈,可又有些心疼钱,云娇于是想出这个主意。自家做出二十来个花圈,放在店里,丧家在来买棺材的同时,可以把花圈租走。

这三个新招迅速扩大了云娇店的影响,原本就兴隆的生意越发兴隆起来,现在,差不多四五天就可卖出一口,连几十里外的人家,有了丧事,也赶来平安葬品店办货。为了加快棺材的制作速度,云娇又雇了一个木工来家,如今工作间整日锯响斧叫,极是热闹。

此刻,云娇望着那花圈,脸上禁不住又浮出了笑。

花圈在她笑眼中慢慢退走,一个巨大的富丽堂皇的牌坊缓缓移到眼前,牌坊正中,写着五个镀金大字:"最后的乐园"。

白色的遗体沐浴间、黑色的寿衣更换室、红色的遗容整理室、精亮的镀铬眠床、长长的铁轨、雕梁画栋的长廊、风景区、雕像、巨大的殡仪馆、松柏掩映的墓地、黑色的运送参加葬礼客人的轿车、身穿白色服装的漂亮殡葬人员、甬道、草坪、花坛、树林。周经理,祝贺你,祝贺"最后的乐园"开业。谢谢!在"最后的乐园"开业之时,你能给我们说点什么?说什么呢?我只想说,我想让人死后的灵魂舒坦。人一辈子最大的事无非三件:出生、延长寿命和死亡。对于前两件事,已经有那么多的人在帮助、研究,我只想来关心这最末一件事,要让人死后舒坦,让人死得圆满——

"呀,呀,呀。"傻小四的叫声突然把云娇惊得睁开眼睛。"饿了吗?小四?"云娇望着奔进屋里的小弟,问。

"呀,呀,呀……"傻小四并不理会姐姐,只在屋里转着圈跑,正跑一圈,倒跑一圈,边跑边叫。

云娇惊异地看着小弟。他平日并不这样边跑边叫的。

"呀,呀,呀……"小四抹一把嘴角的涎水,边跑边向姐姐笑……

五爷拿一把桃枝,缓步走向院门,先双手握枝,上举,而后弯腰,把桃枝摆放在门槛外,一枝连一枝,直把院门封死,这才慢慢直起身。

堂屋里间,又传出一阵女子的抽泣。

五爷又一步一步走向空棺。

(五子,你过来,爹把这个东西送你,你要好好保管!爹,这是啥?算盘!……)

一股旋风突然滚来,在棺前一站,抓起一把土粒和鞭炮纸屑,向远处旋。

那些天,大德整日都在发呆!他是被妹妹和弟弟的那些新招惊呆的。他只知道把棺材做得结实,凭手艺卖点钱,可从来没想到,做棺材生意还有这些招数,他已被妹妹和弟弟一连串的新法弄花了眼:云娇刚开始出租录音机放哀乐,小德和妻子秋娥就又在店里兼卖各式寿衣;小德和秋娥刚开始雇人向丧家免费运送棺材,云娇已在四乡的亲戚熟人中物色眼线,随时通报死人的消息,一旦得了消息不待丧家出面,货已送上门去。

　　大德被这局面弄得束手无策,他曾想把妹妹、弟弟的那些招数学过来,但又怕别人说他用此法抢生意不道德。可要想别的吸引买主的新招数,又实在想不出来。

　　他已有两个月没卖一口棺材了。

　　这事给了大德很大的刺激:这么说,我到底不如云娇和小德?他常常坐在自己做出的那些棺材前,默默地抽着旱烟,一袋接一袋。韭叶望着丈夫日渐消瘦的脸庞,心里自是十分难受,难受之余,自然要对云娇当初的不留情面生出一股恨意。这之后,她便暗暗决定,说服丈夫别再做这种生意。

　　常常在夜间,韭叶偎在丈夫的怀里,用柔柔的声音,反复向丈夫说着一个道理:过去,咱只种庄稼不做生意,日子不是也过得挺安稳吗?这会儿你何必要为做这生意伤透脑筋?只要一家人个个身子壮实,把咱那几亩责任田种好,屋里不缺吃的,不就行了?咱还图什么呢?世上的钱挣不完哪!

　　妻子的反复劝说,到底化掉了丈夫心中结着的疙瘩。于是在一个早晨起床后,大德走出门,取下了招牌,正式宣告"周家棺材店"的倒闭。他在提了那招牌进屋前,向云娇和小德的店默默各看了一眼,目光在云娇的店门上停得最长。"让你们去发财吧!"他含糊地自语了一句,而后进屋,拿了斧,将那招牌砍烂剁碎。

　　取下招牌的当天,大德就又和妻子韭叶一起,扛了锄下地,两人干活时都避免再谈开店的事。大德在家里憋闷了多天,如今猛一回到田里,倒也觉得心头一轻,情绪有些好转,只是从田里回家后,一见屋里未卖出的六七口棺材,就又有些发呆。韭叶于是在心中决定尽快把那些棺材低价卖给小德。

一日,大德下地后,韭叶就去了小德的店,小德听完嫂嫂的话,心里很犹豫了一阵。买,自然是想买,那都已是成品,拉过来只需把内壁打光,绘上画,就可以卖。但又觉价钱不好讲,价高了,自己忙活一阵,赚不了几个钱;价低了,外人知道,会说当弟弟的在哥哥危难时还要压价赚昧心钱。思来想去,他最后向嫂嫂摇头,说:"嫂子,我这店里前几日刚买了一批木料,钱已经用完,你那些棺材我就没法买了,你是不是去我姐姐那个店里,问问她?"

韭叶实在不想再去同云娇打交道,云娇上次的绝情,使她至今恨意犹存,但眼下没别的办法,只好犹犹豫豫地去见云娇。云娇一听韭叶的话,和丈夫乔明交换了一个眼神,就痛快地答:"行,哥嫂的事就是我们的事,积压的棺材我们买了!只是眼下是销售的淡季,我们买回来也在那里放着,所以价钱嘛,恐怕得减少一半。""减少一半?"韭叶惊呆,减少一半只能保住本钱,当初花上的那些工夫岂不全完?""当然,嫂子要是觉着不好办的话,就在家里再放一阵。"云娇笑笑,飞快地向丈夫使个眼色,又说:"我有点事要出去,嫂子你在这里坐。"说罢,就出了门。

一股气恨陡然升上韭叶的心,好哇,你,压价一半,可真下得手哩!就这还算亲戚?韭叶那颗素来善于忍耐的心,渐渐地被一股恨意裹住,罢,就卖给你,让你把这笔钱赚去,我们还能就此穷死?她抬头对坐在对面的乔明说:"行,就减价一半。"但乔明没有应声。她仔细一看,才发现乔明并没在听她的话,而是把目光直盯在街对面一个穿粉红上衣的女子身上。韭叶看一眼那女子,嘴角渐渐生出一缕冷冷的笑意。只听她轻声问:"乔明,知道那女子是谁吗?""不知道。"乔明的脸稍稍红了一下。"她是开茶馆的王老四的小姨子,人长得可水灵了,你愿不愿认识她?她同我熟,常去我家里玩,你要愿的话,我给你们介绍介绍。""真的?"乔明一喜。"当然,明天后晌,你去我家,保你们熟悉——"韭叶话说到这里,脸突然红透。你这是要干啥?你怎么敢往那事情上去想?不,没什么,这叫一报还一报!云娇,可别说我对不起你,咱们这叫有来有往!

小德重重地咳几声,把一口浓痰吐出去,便又慢慢仰躺下,两眼郁郁地望着房梁。一条尾巴极长的黑鼠,悠闲地在房梁上踱步,偶尔地,向小德看上一眼,目光里仿佛也含着讥笑:哈哈,你也完了!

小德猛地扭过脸,侧身而卧,把目光对着黑黑的屋角。一只壁虎伏在那里,翘首向小德看,久久不动,神态似乎在笑,嘀嘀,你也倒了!

小德痛苦地闭上眼睛,而几乎在这同时,又开始了一阵干呕。在这干呕声中,秋娥手端着一个药碗进了屋。她先用手在丈夫的后背上捶了一阵,待丈夫呕声停下,她才又把碗端起,说:"把这药喝了!""不喝!"小德闭着眼推开妻子的手,有两滴黄黄的泪水随之涌出眼窝。

小德做梦也没想到,仅仅四个月之后,大哥的那种命运就又轮上了自己。大哥的铺子倒闭时,尽管小德在别人面前很为哥哥惋惜,但在内心里,却是轻轻地舒了一口气:毕竟,少了一家抢生意的对手。未料这口气刚舒出不久,一种严重的局面就摆在了面前:如何在吸引买主方面不输给姐姐。一开始,双方争得的买主基本相等,不断地有丧家去姐姐的店里,也不断地有丧家来到小德的店里。但慢慢地,姐姐的店里又增添了纸扎祭品,用纸竹扎成电视机、缝纫机、洗衣机、收录机等家用器物,向来买棺材的人家,免费赠送一套纸扎祭品。这颇吸引丧家的注意力;加上四乡里都有姐姐家预先聘好的眼线,一听说哪家有人去世,立刻上门联系而且通知店中送棺材,所以到小德店里的买主,就日渐少了起来。为了扭转这种被动局面,小德和秋娥商定,将每口棺材的售价,降低二十块,未料,用这种价钱刚刚卖出两口,姐姐店里就已贴出红纸,公布将每口棺材降低三十块。这一下小德有些发火,又将售价降了二十元;万没料到,姐姐店里立刻又公布,再降三十元。至此,小德气呆了,他不敢再降价来和姐姐比赛,若再比赛着降下去,每口棺材只能赚很少一点钱了。自此后,他的店日渐冷落,以至近一月,竟完全无人光顾。这期间,他曾作过几次努力,譬如在棺材的样式上和描绘的壁画上做些改变,但因售价与姐姐店里的货价相比高出不少,所以也终于未能把买主争到。

剩下的只有一条路,倒闭!

十天前的一个早晨,当小德站在店门口,眼瞅着两辆马车从自己的面前驶过,径直去姐姐店里拉出两口棺材时,眼前顿时晃过了一片金星,身子摇了摇,就栽倒在地,从此一病不起。

"喝,把这药喝下去!"秋娥提高了声音对丈夫叫,把药碗又送到了小德嘴前。

"我不想喝。"小德把药碗又推开。

"你个窝囊蛋!"秋娥咚地把药碗放在床头桌上,两眼朝丈夫瞪圆,"你那个王八蛋姐姐不想叫你活你就不活了?你看你这个软蛋样!她不叫我们活好,你就认了?喝!先把身子养好!"

小德被妻子这么一骂,只得老老实实地伸手接碗,咕咚咕咚将药喝了。这当儿,秋娥已从针线筐里麻利地拈出几缕麻线,飞快地搓成了一根细绳。绳子搓好,又从抽屉里拿出一个早就用萝卜削成的人,把细麻绳勒在萝卜人的脖子里,接着猛地提起绳,萝卜人悬了空。

"你那是在吊谁!"小德吃惊地望着妻子的手。

"你少管!"秋娥一边咬牙说着,一边又狠劲抖了抖手中的绳。

在空中悬晃着的萝卜人,胸前有两个挺高的奶头。

"我说你呀……"小德喘了一阵气,细瘦的身子缩了缩,"那可是折阳寿的事!"

"哼,本也不想活多大岁数!"秋娥又把手中的绳子抖了抖。

"你……快把……那绳子解了……"小德气喘得越来越急,仿佛秋娥手上的绳子就勒在他的脖子里。"你少给我在那里啰唆!"秋娥剜了丈夫一眼,"你这会儿发起善心了,人家对你行善了没?你这病是怎么得的?"

"你……你……到外屋去……别让我……看见……"小德闭上了眼。

秋娥又抖了一下手中的绳……

五爷喊一声:"上!"四抬棺的两根抬杠,便唰一下又放在了四人肩上。于是,四双脚便又一齐向前移去,空棺就又慢慢颤着。街两边挤满了镇上的人,默默地望着这奇特的空棺葬仪。出院门五十米,七麻子的唢呐在一声悲号的顶点,陡然停了,余下的芦笙等诸般响器也一下子咽住,在这蓦然而至的寂静中,只听五爷低沉地喊了一句:"有灵有魂都跟来哟——"五爷的喊声刚落,七麻子的唢呐便又"哇"一下叫开了。

(五子,你过来,爹把这个东西送你,你要好好保管!爹,这是啥?算盘!……)

五爷仰脸向天,眼中又晃过一丝茫然。

那天早晨,五奶奶还躺在床上,五爷就推了她一下,说:"怪!昨夜又梦见了他。""又是你爹!"五奶奶没好气地说。"就在他上吊的那天晚上,他把我叫到他的屋里,送给我这个无珠算盘。"五爷用烟锅指了一下山墙上挂着的那个落满灰尘的算盘框子,顺着自己的思路说。"你爹究竟为啥要上吊?"五奶奶坐起来,慢腾腾地穿着衣服。"说不清楚。反正在他上吊的十天前,他遭了一次土匪抢,驴、钱和东西全被抢走,不过那次他回来后,还在笑着说,没啥,破这点财没有什么了不起,下一趟生意又赚回来了。谁也没想到十天后他会上吊。""上吊总要为点什么?""说不清楚。"五爷搕着烟锅,"他上吊的前一个晚上,去了我二叔家,我三叔、四叔和五叔都去了——"

"行了,别唠叨你那些叔叔了,你知道吧?大德和小德的店都关了!"五奶奶摸索着衣服扣子,艰难地扣着。

"我当初就说咱们家做生意——"

"呀,呀,呀……"傻小四突然又在隔壁叫起来,脚步声跟着又响开了。五奶奶无心再听五爷的话,匆匆趿拉上鞋,边走边喊:"小四,你又要找打?"……

送走了来买骨灰盒的丧家之后,暮色就开始向店门聚。四五只麻雀从远处飞来,叽叽喳喳地钻进屋檐下。一两只胆大的蝙蝠,箭也似的射进暮空里,街边那只孤独的路灯,也懒懒地发出黄光,照着乌黑的地。

云娇关了店门,脚步轻快地走进客堂,先拧开录音机,让豫剧《诸葛亮吊孝》的旋律在室内响起,这才去门后的脸盆里洗了洗手,在柔软的沙发上坐下闭目休息。

又一个愉快的白天过去,如今独家经营,再不用像过去那样,时刻担心着生意被抢走。今天一天,就有两桩生意做成,先是上午卖出一口棺材,后是傍晚售出骨灰盒一个。照这样下去……一抹微笑出现在她那光洁的额头。请问,"最后的乐园"什么时候竣工?快了,快了,我的钱已经攒得不少,我就要买那块礓石地了。你相信"最后的乐园"一定能吸引顾客?当然!到那时,我的乐园将成为柳镇最吸引人的地方,所有到柳镇的人,都愿意到我的乐园里参观,所有人家的丧事,都愿交给我办。我最近特别想到,我还要在乐园里增建两个大厅,一个叫遗体保存大厅,所有愿意留遗体的人,只要在生前交了钱,不管是镇长、老师,还是卖开水的,遗体都将在这里经过处理后永久保存,家里人什么时候都可以来看望。另一个叫幻灯、电影放映大厅,厅里专门放映介绍世上各式各样葬仪葬礼和人的死亡原因的幻灯、电影,我要让四乡的人都知道,人为什么会死,人有多少种死法,人死后举办葬仪、葬礼的种类和意义。你的乐园将有多少工作人员?人员不会少,至少得有几百人。要有电器工程师、化妆师、摄影师、技术员、服务员、传达员。大德哥、韭叶嫂、小德、秋娥,你们将来都可以到我的乐园里做事,哥哥可以在公墓处负责,嫂嫂可以记账,小德可以当化妆师,秋娥可以在吊唁堂服务,我不会亏待你们,我会给你们相当高的工资。乐园建成后你还有什么打算?我估计我那时已经相当有钱,我想出去看看,我想去巴黎看看他们的郊外土葬公墓,我想去意大利看看他们保存遗体的"地狱",我想去加利福尼亚看看他们的全自动电火化炉……

"阿姨,饭好了!"新雇的年轻保姆低声喊道。云娇睁眼一看,才知保姆已经轻手轻脚地把饭菜在桌上摆好,乔明和女儿也已走进来。云娇起身,刚要向饭桌前走,忽然脚步一个踉跄,伸出双手捂住脖子,低低呻吟了一声。乔明见状,慌忙过来扶住妻子。"怎么,不好受?""脖子疼。"云娇脸色有些白,"这几天,脖子总是一阵一阵地疼,刚才这阵,疼得有点钻心。""是不是伤风了?"乔明搀了妻子,向卧屋里走。"先躺下歇一阵。"乔明把云娇抱到床上,把手放在她的额头,"不烧。""就是这里,"云娇指了一下自己白嫩的脖子,"总有点喘不上气的感觉。""是吗?"乔明轻轻地把手抚上去。"我恐怕是要害大病了。"云娇两眼不安地望着丈夫。"哪能呢!好端端的,别瞎说,不过是一时的不舒服,歇一会儿就能好的。"乔明轻声安慰。"你不知道,"云娇眼中的不安在慢慢增加,"我这几天夜里,总做着同一个梦,总梦见一个老头穿了我的衣服,在一条大山沟里走,沟里有一条小路,弯弯曲曲,两边都是树,黑森森的,吓死人,小路上洒着几道白光,一晃一晃,我站在沟边,看着那老头在小路上走。那老头走着走着,就停了步,抬起头,向我招着手,我心想往后退,腿却总向沟边移,慢慢脚就腾了空,直向老头飞去。那老头穿了我的花衣,直拍手,我总是在这个时候吓醒来。"一层细密的汗珠,随了云娇的叙说,就在她的额上渗出。"别瞎想,那是梦!"乔明轻轻拍着云娇的身子,"放宽心,别说不会有病,就是有,咱也不怕,有的是钱,去哪个医院治都行!"

"我现在真不能得病。"云娇望着丈夫低低地说,"我们的钱已经快攒够,我正想着买镇东的那块礓石地,哪怕让我把地买来再病,也行!"

"放心,你不会得病,你只是有些累,先躺下歇一会儿。"乔明轻轻地拍着妻子,待云娇把眼闭上,他便轻手轻脚地向门口走去,临出门前,他向保姆低声交代了一句:"你照顾孩子先吃,我出去一会儿,有点急事。"说罢,胆怯而不安地向云娇看一眼,就迫不及待地出了门。出门几步,又轻步走进屋,悄悄拉开抽屉,把一沓钱装进兜里……

韭叶紧张地注视着那个窗口。窗上挂幅淡绿色的窗帘。那儿就是茶馆老板王老四小姨子的闺房。也许,这会儿已经坐在了一起?

一小时前,韭叶看见,乔明钻进了那间房子,那个丰腴的女人立刻拉上了窗帘。

韭叶感到了一种莫名的急迫和激动,激动后便是一堆待释的快意,双眼一眨不眨,直盯着那扇窗。她在等待一个结果——窗后的那盏灯灭。

她相信那结果肯定会出现。她认为自己不会看错!她第一次看见王老四的那个小姨子,就在心里叫:这是一个敢抓男人的女人!那类女人眼中都有一种东西,那种东西并不是每个人都能发现,只有那种属于贤妻良母的成熟女人才能一眼看穿,看穿它需要一种特殊的直感。

自从韭叶发现乔明看那女人的目光后,她就在心里断定,这两个人只需一热,就会出事!

她于是便略略费了一点心机,在自己家里,介绍了他们相识,而后,又巧妙地组织了几回他们两人的见面。平日温顺善良的韭叶在这件事上第一次显出了机警和精明。她以一个女人的敏感,注意到乔明和那女人的关系在迅速改变,正飞快地向那个结果发展。

今晚,在这个月黑之夜,她估计那结果就要来到!

然而,那窗内的灯,却依旧亮着。

一股夜风刮过,将两只猫头鹰的嘶叫带进韭叶耳中,她禁不住打了一个冷战,惶惶地向四周看。天哪,你这是在干啥?叫人发现,你该怎样回答?你是在想法毁坏别人的家庭,你在作孽！作孽！你疯了？不，不！一报还一报！云娇，你等着！

两个人影在那淡绿色的窗帘后一闪。那女人在干什么？抛媚眼？乔明在干什么？献殷勤？搂抱亲嘴？想到这里，韭叶的脸在黑暗中发热发涨，她急忙用双手把脸捂住，当她重又抬起头来时，那淡绿色的窗口已经消失。

灯熄了？灯熄了！韭叶突然觉到了一种报复后的极大快意和满足。云娇，哈哈，让你赚钱吧！可你知道你的男人现在在干啥？开店吧，让你开吧！你有钱，你有店，可你没男人，我们没钱，可我们夫妻同心，同心！你眼气吗？……

韭叶一脸欢喜地向自家屋里跑，跌跌撞撞，进门把大德都撞了个趔趄，大德问她去哪里了，她不答，直扑到丈夫的怀里，咯咯地尽情笑，笑着笑着，脸又慢慢变白，声音也在一点一点变小，身子分明地又抖了一下。韭叶，你丧了良心！你干出这样的事！老天爷的眼睛可是亮的！亮的！云娇，原谅我。不，我不要你原谅！我们一报还一报！有来有往！有来有往！韭叶的笑声又慢慢变高……

棺至街口，五爷喊一声："停！"于是空棺徐徐落下。五爷又叫："绳！"站在棺旁的一个提柳条筐的男人，便从筐内将一条麻绳拿出，绳上有血，色呈黑紫，且断为两截。五爷接过那绳，慢慢将两截接到一起，而后将绳缠在棺头，两匝缠完，结一死结，这才又面棺而立，沉声说："物归原主，我们从此两清了！"

唢呐骤停。一街人直盯着那带血的麻绳。

（五子，你过来，爹把这个东西送你，你要好好保管！爹，这是啥？算盘！算盘？怎么没珠儿？五子，你大了就会懂的！……）

五爷又猛地弯腰，抓住抬杠，手微微在抖……

那是一顿早餐。菜,是扁豆拌辣椒,青是青,红是红,看上去就觉得舒服;饭,是苞谷糁红薯稀饭,金黄的糁粒,白色的薯块,闻着有一股淡淡的香味;馍,是卷了一层薄薄红高粱面的花卷,白红相间,盛在用白色的荆条编成的筛里。大德、韭叶和两个孩子,围着黑漆剥落的饭桌,津津有味地吃着。这是典型的豫西南乡间早餐,凡是家境中等的人,基本上都是这种吃法,谁也说不清,这吃法已经延续了几百年。要不是儿子小伸在吃饭中间提出那个问题,这顿早饭会和过去的那些早饭一样,平平静静地过去。小伸在吃第二碗时,用筷子夹起一个薯块,一边舔着上边的糁粒,一边说:"妈,我云娇姑家的小芬,早饭都是喝一杯牛奶,吃两个煎蛋。"小伸的话音刚落,小女儿立刻就张嘴要求:"妈,我也要喝牛奶!""喝天!"一向不高声说话的韭叶,突然大声地呵斥女儿。因为就在这刻,她又想起了自家棺材铺的倒闭,想到了云娇家生意的兴隆。"不,就要喝!"平日被娇惯了的女儿并不害怕妈妈。"啪"!女儿话音刚落,从不打骂儿女的韭叶一掌甩过去,女儿白嫩的脸上立刻出现五个指印。"哇——"女儿哭了。"别哭,别哭,"大德放下饭碗,把女儿抱在怀中,"好孩子,乖,咱家没钱,等有钱了一定让你喝牛奶。"韭叶怔怔地看着自己的手掌。就在这当儿,秋娥快步走了进来,一进门就高声叫:"咋?打孩子了?为啥?"待小伸向婶婶叙述了缘由之后,秋娥立刻拍着大腿叫,"我说嫂子,你为啥要把火气撒到孩子身上?孩子有啥错?明说,云娇家孩子喝的那牛奶,实际上就该咱家孩子喝的,是他们抢去的!她不叫咱喝,咱就忍气吞声认了?!"

"秋娥,你坐。"韭叶恢复了常用的那种轻柔语调,秋娥这话说得韭叶心里稍稍有点舒服。

"哥、嫂,我今儿个来,是有事要跟你们商量!"秋娥稍稍压低了声音,手去衣袋里摸出两个信封,攥在手中,"你们说,云娇店里卖纸扎祭品,用纸糊成什么缝纫机、电视机,然后让丧家拿到坟头上烧,这算不算迷信?这和旧社会葬品店里卖那种糊成人、马、车的纸扎品有啥不同?"

大德和韭叶一愣,不知秋娥何以要问这个。

"他们既然是搞迷信,那我们该不该向上边反映?"秋娥圆睁着两只秀眼,又问。

大德和韭叶相互默看一眼,仿佛是被这个问题惊住。许久之后,韭叶才说了一个轻微得几乎听不出的字:"该。""好!"秋娥一听,立刻又兴奋地拍了一下膝盖,"还有,云娇每回买平价木材,都是找镇上管物资的老吴,而且每回去,都给老吴带了礼物,你们说,这算不算贿赂干部,套购国家物资?这样的事我们该不该向上检举?"大德以一个几乎察觉不出的幅度,点了点头。"好!"秋娥又兴奋地拍了一下膝盖,"这两件事我都写了检举信,我和小德的名已经写上,你们——"

"这个……"大德一下子站起身,阔大的两个手掌在身上乱摸,仿佛是要找什么东西,"我是说……"厚厚的两个嘴唇嗫嚅着,先是有一股血红的颜色从他颊上滚过,接着整个脸孔变白了,"你、你们……在这儿说,我出去……哄哄孩子。"大德说到这儿,慌忙抱起女儿,向门外走,在门口,他的头又重重撞在了门框上。

韭叶捏住那两个信封,手微微在颤。

"还有,"秋娥拉拉凳子,向韭叶身边凑凑,"听说他们还少交了税,他们一月卖五个骨灰盒,对税务所的人说只卖三个,这事该不该检举?"

韭叶无话,只直直地看着弟妹。

院门外,传来一声嘹亮的鸡啼……

那消息是一个傍晚在镇上传开的。说云娇的店为了省木材,做棺材常把两侧的壁板弄成空心的,并在里边装了沙子来增加重量。

人们吃惊、意外、不安地互相传着,谁也不知道这消息的来源。第二天镇上赶集的四乡人,很快又把这个消息带回了乡下,于是四乡里也传得沸沸扬扬,有先前买过云娇店里的棺材的,听了就后悔不迭,但又不好扒出棺材查清调换,只能暗暗地骂:坏良心哟!

云娇自然不知道这个消息。她只是有些奇怪:近些日子棺材和骨灰盒的销量大减,而且有几个丧家,当乔明前去联系卖棺时,竟公开表示:不要。却转而去很远的新野镇上买。这是怎么回事?

这天早晨,云娇就是带了这种不安的心情打开店门的。店里已经积压了近二十口棺材,其他的葬品也已存下不少,以致她不得不暂时辞退了几个雇来的木工。

店门开后,云娇就坐在那里心神不定地打着毛衣,一边挥着那些织针,一边就在心里祷告:但愿今天能有生意!几个人的脚步声在她的祷告中渐渐向门口响来,她抬起头,看到几个穿中山服的人进了门,于是舒一口气:开门大吉!

她迎上前,含了笑问:"要买什么东西?是骨灰盒还是棺材?本店送货上门,还出租花圈,代放哀乐,此外,还免费赠送一套——"说到这里突然住口,她看到那几个人都慢慢腾腾地从口袋里掏出一个小红本,缓缓地展开,向她伸过来,她在一瞬间虽还没明白是怎么回事,但她本能地感觉:出什么事了!这些人不像是丧家,丧家进门不是这种神色,更不需要掏什么红本递过来。

"我是县'五讲四美'办公室的。""我是县物资局纪律检查组的。""我是县税务局的。""我是镇税务所的。"云娇听到几个声音冲进耳朵,看见几张照片在眼前一晃,出什么事了?出什么事了?怪不得昨晚上那只鸡半夜里总叫,我说不是黄鼠狼闹的,乔明总说是的,是的!

"请坐,请坐。"云娇很快让自己恢复了平静,含着笑让,"你们是贵客呀!今儿中午可要在我这里吃顿便饭,你们能来俺这小店里坐坐,这是俺们的荣幸!请喝水……"

"你们要暂停营业,如实向我们说明三方面的问题:第一,出售纸扎祭品搞迷信活动问题;第二,套购国家计划木材问题;第三,偷税问题。"

正在端茶的云娇蓦然住手,口中喃喃地重复:三个问题。她的身子晃了晃,仿佛听到了一种瓷器落地的声响,她估计是自己手上的杯子掉了,她想低头看看,但刚低头,就觉着自己向一条深黑的沟里飞去,她立刻又看见一个穿着自己衣服的老头,在那条山沟里跑,一条山路,两边都是树木,路又窄又长,曲曲弯弯,有几道白光洒在上边……

一个月后,"平安葬品店"又被准许开业。但它当初的兴隆景象再也没有恢复。调查组尽管宣布"平安葬品店"没有违法行为,然而这个店有问题的印象,已经给人造成,再加上镇上暗暗流传的那个可怕的消息,哪个买主还愿再来?于是,面色苍白的云娇,就常常一人冷清地坐在店里,默望着街上的行人。

倒闭已成定局,但云娇不愿相信,建成"最后的乐园"的希望还有支撑作用。她还想坚持。她找人画了巨大的商品广告挂在店门外,然而无效,仍无一个买主前来。两个月后的一个黄昏,脸无血色的云娇,踉跄着走出门,取下了商品广告和那个"平安葬品店"的招牌。

把招牌扔到屋角后,云娇便蹒跚着向床上扑去,嘴咬着被角发出一阵抑低了的呜咽。完了,葬品店!完了,"最后的乐园"!原来都是一场梦,一场梦!

要不是女儿小芬走过来摇她的胳膊,她还会继续哭下去。女儿那双小手的摇晃和稚声的劝说,使她慢慢意识到,自己不只是一个葬品店主,还是一个母亲和妻子。开店的失败并不是我生活的全部,我还有一个温暖的家庭,只要有这个家庭在,我养息一阵,还可以再干,葬品店开不成,还可干别的!只要能把钱攒够,就可以建成那个"最后的乐园"。

她止了哭,安顿女儿吃饭。乔明下午去看个亲戚还没回来。她把饭给丈夫温在锅里,而后振作精神,将屋里收拾了一遍。她要好好地过一段家庭生活,让身体恢复恢复。在收拾柜中的衣服时,她无意中发现,丈夫的一个上衣口袋里塞得鼓鼓囊囊。于是就顺手去掏,掏出一看,禁不住微微一愣:原来是一个式样别致的崭新乳罩。亏他想得到!云娇的眼中慢慢漾出一缕笑。镇上早有女人戴乳罩了,云娇早就想戴上试试,只是因为过去一直操心着生意,没心思想到买,未料乔明心还这样细,替我买来了!趁着女儿在外间玩,云娇解开外衣,把乳罩在胸前比试一下,大小还可以!她真想现在就戴上,让丈夫回来吃一惊。对丈夫这种温情的发现,让她暂时忘却了葬品店倒闭的痛苦。不过最后她又改变了主意,要让乔明亲手给自己戴上,她要在那一刻扑进他的怀里,接受他温暖的抚慰。

乔明回来吃饭时,云娇便开始铺床。期待带来了想象,她想象着丈夫的那双手,将会带一点冲动的颤抖,轻轻地给自己系上乳罩的带子。她对乔明的这一点特别喜欢,他的爱抚动作从不粗鲁,总是那么又柔又软,慢慢把她带入一种乐境中。她的脸渐渐有些红,心里又体验到初婚时的那种甜甜的激动。啊,已经有好多日子,因为总操心生意,没有再体验这种激动了。

乔明放下了饭碗,迈步向这边走来。云娇的脸于是显得越发红,啊,来了!丈夫打开衣柜,取出了那件上衣。云娇顿时闭上了眼睛,在那一刻,葬品店倒闭的痛苦远远离开了她,她心中只有一种甜蜜的期待,一步、两步、三步,从衣柜到床边最多三步,他会轻轻抓了我的胳膊,说:看,我给你买了什么!……

"云娇,你先睡,我出去有点事!"乔明一句平静的话,把云娇从期待中惊醒,她意外地睁开眼睛怔怔地望着他。"你先睡,我一会儿就回来!"乔明说罢,转身便走。有一刹那,云娇还不能从期待中完全抽身,她只是怔怔地看着乔明移动的脚步。但很快,她就感到了自己的心在下坠,慢慢坠进了一片冰水里,她立刻感到一种冷:出去有事?为什么偏偏要拿那件上衣?为什么要把那个乳罩带走?几乎在最后一个问号闪过脑际的同时,她猛地起身,出了门,远远地跟在丈夫后边。她觉到了心中的冷气在向全身扩散,但一种希望还在脑子里闪:不,他不会去找女人,他可能是去找男朋友喝酒!当那个女人在乔明的轻敲下拉开门,欢叫一声"你可来了"时,云娇只觉得轰的一下,脚下的地开始晃,她抓住院墙上的砖缝才没有倒下。她吃力地睁大眼,直盯着那淡绿色的窗口,在淡绿色窗内的那盏灯熄灭的同时,她的身子软软地坠了下去。在最后倒地的那一瞬,她才忽然记起:已经有好多天,他不再让自己枕他的胳膊;而在过去,她每晚脱衣躺下时,他的胳膊早已伸在她的颈下了。他喜欢让她枕胳膊,他曾说她枕了他的胳膊他才睡得安稳,他才能随时把她揽进怀里,她忽略了这点变化,她原以为这种改变只是因为他累……

第二日,晨起,云娇在店门前贴一张纸,上写:处理骨灰盒和棺材,每样比原来减价八成!人们看后,颇觉奇怪,这比卖木材还便宜!于是拥来,不一会儿,就把积存的东西买走了,最后剩一口四抬棺时,云娇说:这个不卖,留个纪念!乔明认为这样太亏,曾想制止,云娇朝他平静地笑笑,说:"这些东西放屋里也是闲着。"

前面已经望得见墓地,从墓坑里翻出来的黑土,静静卧在那里。再有一会儿,那些土就会扑上来,把肩上的这个东西埋住,五爷闻着那些黑土散过来的潮味,稳稳迈着步子。突然他的身子摇晃了一下,觉得肩上的抬杠陡然变重,压得他几乎喘不上气。奇怪,刚才抬这么远一直很轻,不就是一口空棺?难道……五爷打了个寒战,悄悄扭过脸:大德也已满脸是汗。歇不歇?不!你以为我就抬不动你了?嗬!

五爷把紧抬杠,咬紧了牙。他的脚步加快了。

半上午时,日头已经十分暖和,五爷坐在山墙头,微微地闭眼抽烟,五奶奶拎一件要拆的棉衣,一踮一踮地过来,五爷就从口中拔下烟锅,说:"嗨,听见了吗?昨儿黑里,我又梦见了爹。"

"又是那个老东西!"五奶奶从棉衣里抽出一团棉絮。"爹又说,五子你过来,把这个东西拿去!""是不是那个无珠算盘?""嗯,是的。""我真不懂,你爹送你那个东西有啥用?"五奶奶又撇了撇嘴。"是呀,我一直在想!"五爷重重地搕着烟锅。"你说你爹死前的头一晚去了你二叔家?""是的。""他们那晚都说了些啥?""不知道,爹当时只让我在门外玩,我隔着门缝往里看,爹一开始好像在说他遭土匪抢的过程,边说边笑,但后来他好像猛地看到了什么,一连声地吼:原来如此!原来如此!第二天,他就给了我那个无珠算盘,夜里,他就上吊死了,他上吊时我和娘都没听见。"五爷又装了一锅烟。"你爹要是不死,我说不定也能跟着享几天福。"五奶奶又抽出一团棉絮。"那当然——"

"呀,呀,呀。"傻小四忽然叫着从远处跑过来,扯了一下五奶奶的胳膊,把五爷的话冲得七零八落。

"找打呀,你!"五奶奶有些生气,做出一个扬手要打的架势。小四见状就退后几步,但当五奶奶低头又要去抽棉絮时,傻小四猛又奔过来,抓了五奶奶的胳膊,呀呀呀地叫。"你没看见我忙?快去玩!"五奶奶叫道。五奶奶的叫声未落,五爷的烟袋呼一下抢过来,小四的屁股上挨了重重一下,"呀"一声叫着跑开了。

一束日光从屋脊上的那个小洞飘来,映着秋娥那张冷厉的脸孔。只见她麻利地从筐里摸出一个萝卜,飞快地削成一个人形,那萝卜人的胸部,又特地削出两只奶子;而后,从案板上拈起一根细麻绳,猛地勒紧了那萝卜人的喉部;接着,就见她手提着那被勒了脖子的萝卜人晃着,一霎之后,她又"啪"一声把那萝卜人扔进锅里。锅里沸着的菜油立时围上来,一团白色的油沫伴着一阵哧啦声涌起。秋娥两眼瞅着那萝卜人在油锅中翻滚,眸子中闪过一丝快意。一刻之后,那萝卜人被筷子夹起,通体被菜油煎得金黄,一两滴沸油从两只奶子的夹缝间滚下。一丝冷笑在秋娥的颊上一闪,她的手一松,萝卜人又滚入锅中,在油锅中翻动。

当秋娥重新从油锅中夹萝卜人时,它已被炸得通体发黑。秋娥看了一眼,而后含笑把它扔上案板,就在那萝卜人触到案板的一瞬间,秋娥的耳边突然响起"啊"的一声,音响极尖。秋娥一愣,手猛地缩回,急忙转身回顾,灶屋里并无别人。她狐疑地跑向堂屋,问坐在那儿吸烟的丈夫:"你喊我了?""没。"小德摇头。秋娥疑疑惑惑地又走回灶间,把切好的白菜扔进了锅里头……

乔明晃晃荡荡地走出茶馆,他使劲地把头摇摇,妈的,这是怎么了?耳朵里总有什么东西在响,响得有些奇怪,咯吱咯吱,是什么东西在摩擦,钝而且粗,叫他心神不定。就是刚才,当他喝了几盅茶后,按照王老四小姨子的示意,摸进她房里,搂着她那柔软的腰肢时,那咯吱咯吱的声响也使他没有了往日那种神魂颠倒的感觉,他只是草草亲亲她那灼热的嘴唇,在她急切扭动的臀上无甚热情地抚摸了一会儿,便松开了手。不知怎么的,他觉得今天心绪不宁,干啥都无兴趣,他注意到了她那双眼中的幽怨,但他实在没有办法,耳朵里那咯吱咯吱的音响弄得他心神恍惚。

他走进家门,看见保姆和女儿坐在饭桌前,桌上的饭已经摆好,便"嗵"一声坐下,问女儿:"你妈呢?"女儿扭头指了一下葬品店,说:"妈在店里,我刚才去喊她吃饭,她不答应也不开门。""去,再喊,就说都在等她。"乔明挥了一下手,他觉得耳朵里的声音依旧在响,就又使劲摇了一下头,妈的,莫不是也要害病!"爹,妈不开门也不答应。"女儿跑回来。"怎么搞的,饭都凉了!"乔明心中涌起一阵烦躁,呼地起身,走过去推了推店门。"听见了吗?出来吃饭,都在等你!"那声音撞在门板上,又折回来送进他的耳朵,和着那种咯吱咯吱的声音。但半分钟过去,既不见云娇来开门,也没听见她的话音。乔明心中的烦躁在升腾,便抬起脚,猛地向门上踢了几下,仍没有见云娇开门,也没听见她的声音,他心中的烦躁越盛,就又用脚接连踢了几下,也没听见她的声音。这当儿他的心中才一愣,才突然记起,这扇门平日并不插的,更何况现在店里只剩一口棺材,无生意可做无账可算,插门干什么?在记起这个后他心中顿时升起一阵莫名的恐慌,他模糊地意识到了什么。他猛力用肩撞起门来,当门闩在他猛烈撞击下呻吟一声断裂之后,门开了,而几乎在这同时,他被骇呆在那里:屋内,云娇满脸是血扑倒在地,脖子上挂着一个绳套,屋梁上还有一截绳子在晃荡,云娇的脚旁,是一把踢倒的椅子。

"云娇——"在一瞬间的呆愣之后,乔明扑进屋去,"你为什么要上吊?为什么?"乔明哭叫着从地上扶住妻子,把手放在妻子的鼻前。还有气!"来人哪——"乔明猛地扭脸,声嘶力竭地喊……

五爷定定地站在女儿床前。

云娇的呼吸已经平稳,颊上开始恢复了红润。她的眼睛睁了一下,又迅速地闭上,有晶亮的泪水滚出来。五奶奶撩起衣襟,轻轻地替女儿揩。大德、韭叶、小德、秋娥、乔明、小四和几个孩子都默默地站在一侧。屋里出奇地静,听得见云娇的呼吸声。"我当初不该答应你开店!"五爷嘶哑地说一句,而后转过身,把目光盯在了店里仅剩的那口空棺上。"看来,是索命鬼缠住了我们周家,得把这东西埋了,去去晦气!"

一家人都望定五爷,听他说话。

五爷慢慢扔下烟袋,吐一口唾沫,在手心里搓;搓完,朝儿

47

子和女婿叫:"备棺!"……

日光又斜下去了许多,前面就是墓地,已经看得见那个长方形的墓坑,墓坑四周,卧着那些潮湿的深层黑土,土块在微微颤动。

空中,传来一声嘶哑的雁鸣……

尾　声

那次送葬之后,镇上的人意外地发现,那傻小四一下子变得出人意料地安静,不跑不叫,见人只微微一笑。有人就猜测说:这孩子的病是不是要转好?但几个月后的一天,晨起,傻小四忽又恢复了旧习,早早地在院子里叫:"呀、呀、呀……"而且边叫边喊,正跑一圈,倒跑一圈,直跑得尘飞鸡跳,把五爷和五奶奶气得直喊:"是想找打啊,你!"……

紫 雾

世上事难说难解处太多,譬如这柳镇丘洞的喷雾,就很有些怪。

柳镇西有一石丘,方圆二百来平米。柳镇位南阳盆地中心偏南,四周平川,独这石丘突兀,就已见怪。更怪的是丘上还有一洞,投石入内,从不闻落底声;洞壁光滑生苔,从无人下去过。洞内终年吐一缕白雾,无风时,升腾如柱,高可凌空;有风时雾柱弯而不断,或成三角,或成方框,或成圆环;下雨下雪时,雨点雪花,在离雾柱一两米处,全自动消失,干活人想避雨雪,只需往雾柱旁一站,雨点雪花就绝不沾身。这还不是其最怪处,最怪的是丘洞有时会突然喷出一团发光耀眼的紫雾,且在喷的同时发一闷重声响,似喊似叹,令人心惊。每逢这时,柳镇人就有些发慌,喷出紫雾的当晚,镇上肯定要出祸殃,或人伤人亡,或人疯人痴,或见血见泪,或见火见水。

多年来镇上的诸多祸事，都是在丘洞喷出紫雾后发生的。别的不说，单是镇上周家和龚家的那几桩事，哪一桩不是如此？

周家和龚家是北街对门的街坊。

周家传至周龙坤他爹这代，已很是破败。周龙坤长成半大小伙时，书自然是读不起，就给一家茶馆挑水。挑水这活儿要说挺重，一天几十担水，井在镇外，往返折合几十里路，但龙坤身壮，且天性爱唱爱闹，依旧活得快活，常常站在井台上，抹一把汗，亮开嗓子唱柳镇男人们常唱的《娶媳妇》："小伙子今年一十八，嘴上的胡子快黑了。媒人媒人啊你听着，给说个媳妇来家吧！媳妇进门你不要慌，先要磕头拜花堂。拜完花堂你不要急，轻轻拉她进洞房。进了洞房你不要忙，接下来还要闹新房……"

他十九岁那年，龚家开鞭炮烟花作坊发了，要雇伙计，每月给六升苞谷、八升高粱。周龙坤觉得干这比挑水强，就进了龚家作坊。

龚家几代都做鞭炮烟花，不过只勉强糊口，直到龚老海这一代，才慢慢兴旺起来。那时候刚好北京城里热闹，一会儿这个当总统，一会儿那个坐金殿，换一个头头传一道令：放鞭炮烟花庆祝！所以邓州府和柳镇地界，就鞭炮不断响，烟花不停亮。这一来帮了龚老海，他的鞭炮烟花作坊便日趋红火，雇人多时能达七个，一天能做五百响鞭炮二十几挂、大小烟花十几筒。不久，龚老海就盖起了一溜七间带前廊的大瓦屋。

那瓦屋坐东朝西，屋基是请邓州城里的阴阳师定的。据说那阴阳师在龚家住了三天，三天夜里阴阳师都看见一对白老鼠在龚家院中的一块空地上又跳又叫，于是就把房基定在了那片空地上。定好后阴阳师对龚老海说：住这屋准定家发财旺,只是人丁上怕要女多男少。龚老海想了两天才下决心:盖!只要不绝种就行!那瓦屋盖得可是排场,四个角全用青石板砌成,四面墙上的青砖都是一尺见方,房子进深有三丈,一色的杉木檩条柞木梁。房子盖好,领头的瓦工夸下口:包住五百年!这话还真不假,七八十年过去,如今那房子仍是砖没走缝、檩没变形,在柳镇一直是最为气派的。

龚老海当年把这七间房子留下两间一家人住,其余五间当了作坊。宽大敞亮的作坊里整天忙忙活活。裁纸的哧哧啦啦,糊烟花泥筒的噗噗唧唧,试放鞭炮的乒乒乓乓,闹得半条街都不得安宁。龚老海跟他爹学到了祖传绝招,因此他家的鞭炮质量可靠,哑炮特少,响炮脆响,最小的也像枪子叫,倘在院子里放,带一点瓮声,能震得人耳朵疼。他家的烟花品种繁多,燃着后有的梨花、桃花交叉喷,有的既涌"黄金"又涌"白银",也有的先喷火树一丛再喷青竹一竿,还有的喷出的珠花一会儿像牛一会儿像人。所以龚家作坊吸引的买主越来越多,南起襄樊,北到宛城,东达信阳,西至商洛,都有鞭炮烟花贩子远来购货。

周龙坤进了龚家,龚老海分派他卷炮筒。鞭炮制作一共有七道工序:配药、裁纸、卷筒、装药、试放、编挂、包装。龙坤分在这道工序里,就和裁纸的人紧挨着干活。那裁纸的就是龚老海的闺女絮儿。絮儿也已十六七岁,长得很是耐看,眼睛黑明瓦亮,鼻子葱白,小嘴,两根粗辫子耷拉到腰上,高挑个,模样在镇上是数得着的。这絮儿爱嬉闹、爱说话、爱唱歌,她只要一到姑娘群里,不是胳肢这个一指头,就是捶打那个一拳,再不就是两片薄嘴唇不停地同女伴们逗着笑,有时还压低嗓子唱几句《娶媳妇》:"帐子掀开沉住气,要把被褥铺仔细。床头摆好鸳鸯枕,慢慢抻开红绫被……"把姑娘们羞得咯咯

51

咯地闭不拢嘴。她平日被爹逼着在作坊里裁纸,身边雇的人都是四五十岁的男的,很少跟她搭话,她便总觉着闷。周龙坤一去,她自然高兴,因为两家住对门,她和他自小就熟,知道他也爱闹、爱说、爱唱,和自己对脾气。

周龙坤学卷炮筒学了七天,七天后他就可以单独干了。那时候卷炮筒没有机器,就是一条长凳,卷筒的人坐在长凳上,手中拿着一根光溜溜的小木棒,俯着在凳上卷,做多大的鞭炮,就用多粗的木棒,纸筒卷好,用糨糊粘罢,抽出木棒,一个炮筒就算做好。干这活不重,所以龙坤常常边干活边和絮儿扯东扯西,扯到高兴处,两人就一齐咻咻地笑。龚老海因为专管装药,在隔壁的屋里干活,也就听不见絮儿和龙坤的嬉闹。

龙坤虽然调皮,可手艺上也不马虎,卷炮筒越来越熟,最后熟到不用眼看也能卷得又瓷实又整齐又快速,这样就能腾出眼睛看着絮儿和她闲扯。那絮儿是站在一条木案前裁纸的。因纸分两种,一种粗纸,一种彩纸,分别摆开了,而且因鞭炮大小不同,裁的纸宽度不一样,也要分别摆开,所以她不能坐,总是在木案前来回走动,扭动着纤长柔软的身子。周龙坤手上卷着炮筒,嘴上同絮儿说着话,眼睛随着絮儿那凹凸有致的身子来回转,这样转着转着就转出了毛病。偶有一日,他把目光盯牢絮儿那圆突突的臀上,絮儿回首,二人眸子一碰,当啷一声就迸出了火星。

两人这样地相处下去,就越来越热。絮儿说,她想用指甲花染染指甲,龙坤听后就跑到河堤上,到处去掐指甲花。絮儿说,她真想捉一只斑鸠来养着,龙坤就到处爬树找鸟窝。絮儿说,我太想吃个野甜瓜,龙坤就跑到田埂上,把那些野瓜秧翻了个遍。絮儿对龙坤也越来越心疼。龙坤家饭食差,他又正是贪吃的年纪,总是不到晌午就叫肚子饿,絮儿就常常揣个白馍在兜里,趁没人时塞给他,让他三口两口吃下去;龙坤十冬腊月没袜子,光脚穿双旧棉靴,絮儿看见,就偷偷拆了自己的一条衬裤,给龙坤做了双棉袜子;龙坤冬天手上老裂口,絮儿就在家里给他偷偷割来一块腊猪油。在作坊里,絮儿裁纸裁累了,龙坤就说:我来试试这裁纸刀!龙坤卷炮筒卷得腰有些疼,絮儿便上前讲:我卷一阵你看看!如此一来二去,两人就离不开了。龚老海整日忙着照顾作坊,依旧未留意絮儿和龙坤的关系。

到了次年夏天,有天傍黑收工时,龚老海买来的一车鞭炮纸运到,龙坤去扛,扛时因怕汗湿布衫,就光了脊梁。纸扛完,龙坤自然浑身是汗,肩头上还粘些纸屑,絮儿看见,就有些心疼,那会儿屋里刚好没人,就上前用自己的手帕给他擦肩背上的汗和纸屑。擦着擦着,一股柔情泛起,就耐不住用手抚摩起龙坤那又黑又宽的肩来,而且笑着捏捏他的胸肌,低声说:肉真瓷实!她这一抚一捏,龙坤先是身子一个激灵,跟着就猛地转身,一下子把她揽到怀里,一只手不由分说就撩开了絮儿的衣衫摸了上去。这个界限一过,两个人此后就越发热了,热着热着是更加胆大,有天后响,和他俩同屋干活的另外两个卷炮工出去有事,屋里只剩下了他们,两人就又忍不住了。他们掩上门,不敢插闩,怕插上引起别人疑心,门一掩上就又抱在了一起。站那里抱着亲还嫌不够,龙坤胆大包天,还敢把絮儿平放在裁纸的木案上,他倒不是想干出格的事,而是图摸絮儿的身子方便。絮儿后来给会掐指算命的老五奶奶说,她一仰躺在裁纸的木案上,就看见屋梁正中爬出两只白老鼠,两只白老鼠各叫一声,就又缩回了头。她当时觉着怪,可嘴被龙坤的唇堵着,说不出话。不过半袋烟工夫,忽然门被推开,龚老海一下子走了进来。也是活该出事,龚老海平日这个时候根本不进这个屋的,偏偏他那天想起要来看看炮筒还有多少,门猛一被推开,絮儿就一下子坐起身来,要是周龙坤当时脑子灵醒,两手赶紧缩回,然后编个借口,比如说絮儿晕了什么的,差不多也可以糊弄过去,因为龚老海刚推开门,猛一下还不能看清屋里的东西,可偏偏龙坤那一阵被吓呆,身子一动不动,一只手还放在絮儿的两条大腿中间。这下完了,龚老海一看清这个场面,就"嗷"的一声冲了过来,抡拳就照龙坤的脸上、胸上、背上、腰上捶打。那龚老海卷鞭炮出身,力气大得吓人,周龙坤哪经得起他打?再说龙坤也不敢还手,他心里早就把龚老海当成了岳父。不一会儿,龙坤便被打得在地上乱滚。絮儿一开始被骇愣在那里,坐在裁纸案上一动不动,龙坤在地上滚动才使她醒过劲来,她一下子跳下木案,朝地上的龙坤扑去,用身子护住他,然后回过头来哭着说:"爹,不怨他,是我自己愿意的。求你别打他,我愿嫁给他!"龚老海骂一声:"贱东西!"扑上前又要打,可絮儿死死趴在龙坤身上,龚老海脚踢不成拳捣不成,没法,就喊来了絮儿的哥哥,硬把絮儿扯开。接着又打,边打边叫:"你个穷小子,敢动我的闺女!老子叫你知道我的厉害!"周龙坤在地上滚着哀求:"龚大伯……我和絮儿是真好……求你了……你要答应我娶她……我一辈子给你当牛做马……"周龙坤越说这话,龚老海打得就越狠,他哪能看得起姓周的那穷家破业?被哥拉住的絮儿一开始只是哭,慢慢就咬起了牙,后来趁她哥不注意,猛挣开手,上前抓了裁纸刀,一下子冲到龚老海跟前叫:"爹,你要再敢动手打,可要小心我的刀!"龚老海惊愣了,絮儿她哥也惊愣了,这当儿,絮儿一手扯起龙坤,一手拿着刀,护着他出了门。

那场事后,周龙坤在家躺了半月才能动。他爹他娘觉着这是输理的事,也不敢去龚家论什么理。龙坤伤好之后,不能再去龚家干活,只好仍给茶馆挑水。不久,龚老海就找来媒婆,给絮儿找了婆家,男方是西街的郑家儿子。郑家开着一个造纸作坊,家业与龚家不相上下,龚老海颇满意,自此他从郑家买鞭炮纸就更便宜方便。那郑家儿子小絮儿三岁,长得也颇周正,只是左脚和左手都多长了一个指头。絮儿听说后死活不从,可龚老海那时已不让絮儿出门,她也只能哭哭罢了。周龙坤听到这个消息倒十分平静,依旧挑着水桶在街上晃晃着走。只是偶尔地,有人看见他挑了水在街上止步,低头去看石板缝的蚂蚁,双眸久久不动。

一月之后的一个正午,几个在镇西石丘旁拾柴的孩子,忽见那丘洞里喷出一团紫雾,同时传出似喊似叹的响声,这几个孩子吓得没命地向镇上奔去。人们闻声纷纷出门看那紫雾。几个老人面雾作揖。独有会掐指算命的老五奶奶脱下上身的外衣,拿一柳条,往自己的身上抽打,竟抽二十下方住手,身上竟是血痕露出。有人问其故,只答:"不可说!"

那天半夜时分,镇上人猛被一阵哭声和喊叫惊醒,几个爱探底细的人就去寻那哭声和喊叫的出处,径寻到龚家作坊,从窗外往里一看,只见周龙坤被悬吊在房梁上,龚老海正咬牙瞪眼站在他面前,絮儿站在一旁,她的娘、哥哥把她死死拉住,龚老海咬牙切齿叫道:"这个狗东西!竟想来拐跑我的闺女!老子要让你知道龚家门槛的高低!"叫罢从墙角拉过一个卷炮筒的长凳,放在周龙坤的脚下,被悬吊腾空的龙坤一见长凳,就把两脚踏了上去。这当儿,龚老海上前三下两下扯掉了龙坤的鞋袜,又回头拿过絮儿平日裁纸的那把刀,猛地一下剁在龙坤右脚上。刀落的同时,龙坤惨叫一声,右脚狂抖着乱晃,把大串大串的血珠甩到刷了白灰的墙上……两个脚趾被砍下,先是带了白色的骨碴静躺在凳上,转眼间就被鲜血涌着而不停地动弹起来。絮儿见状,"啊"一声晕倒,她娘忙掐住了她的人中。龚老海不去理女儿,却慢腾腾地对儿子老大说:"给他包住放下来!"那龚家老大便找来块白布,扎住了周龙坤流血的脚,然后把他放下地:一放下周龙坤就躺倒了。龚老海走到条凳前,抓起周龙坤的那两个脚指头,"咘"一下扔给了卧在门后的狗。那狗先是闻了闻,跟着伸爪扒了扒,最后舌头一卷吞进了嘴,咯嘣咯嘣嚼吃了。周龙坤眼瞪着那狗,牙咬着,手抠进地……龚老海朝龙坤挥了挥手叫:"给我爬出去!下次再敢迈我的门槛老子再剁你仨指头!"周龙坤听罢嘴一动,"咯嘣"一下把两颗大牙咬碎了,他一边吐着碎牙一边往外爬……

后来镇上人才知道,那天夜里龙坤摸进龚家,窗下轻轻叫应絮儿,絮儿刚翻过窗子扑进龙坤怀里,正寻路准备一同逃走,不想一对白老鼠突然从墙缝里钻出,叽叽吱吱叫起来,叫声又大又急,龚老海就是被这白老鼠的叫声惊醒的……

周龙坤在被砍掉脚趾的第三天夜里,就拄一根木棍跑出了柳镇,一去好多年。听说一开始在四乡里讨饭,后来在白河上拉纤,后来进了别廷芳的民团,后来又在伏牛山里当了共产党,直到四八年柳镇解放,他才领着一个女人和一个叫周士高的儿子回来。

周龙坤因为右脚上少两个指头,走路自然不稳,一摇一晃,加上出去的年头太多,所以那天傍黑他挂一把盒子枪回到柳镇街上时,没有人知道他是谁,最后还是龚老海"哦"了一声,认出了他。周龙坤只看了龚老海一眼,就扭过身,领着老婆孩子进了自家的屋门。那时镇上人就估计,周家和龚家还有些事要生出来。果然,没多久,就开始搞土改、划成分、分浮财。周龙坤那时当了柳镇的主任,整日满脸肃穆地召人开会、抄家,镇上的富户见了他就身子发抖。抄龚家作坊是在一个上午,周龙坤搬出龚家的一把太师椅,跷腿眯眼坐在门口,阳光温温地洒在他的身上。他双手悠闲地把玩着那把二十响的盒子枪,静看着手下人抄。光作坊里存下的鞭炮和烟花就搬出几十箱,周龙坤当时面色阴沉地下令:放!于是人们就把鞭炮一挂一挂扯开,绑在街边的树上;把一筒一筒的烟花,在街面上摆成行,然后几十个人一齐点火噼噼啪啪、哧哧啦啦,直放到傍晚才勉强放完。街上到处是鞭炮纸屑和烟花泥筒,全镇都笼罩在一股呛人的硝味之中。龚老海心疼得抱头蹲在那里呜呜大哭,但周龙坤阴着脸说这叫"庆祝"!周龙坤自从重回柳镇后就一直阴着脸,谁也没见他再笑过。

接下来,周龙坤把龚老海定成资本家,并且给他戴上高帽子在会上斗争了三回。后来县上来人,又把龚老海改定成小业主,但同意把龚家大院没收,另外在镇边拨给他们三间草屋住。龚家搬完家的那天夜里,周龙坤让龚老海留下,然后又派人把絮儿从西街找了来。絮儿那时已给郑家生了三个孩子,人变得又黄又瘦。她进屋后只看了周龙坤一眼,就低下了头,那时候周龙坤已经把手下人支走,插上了门。他慢腾腾地在床沿上坐下,跷起右脚,低沉地朝龚老海说:"来!麻烦你把我的鞋袜脱了!"龚老海站着不动。"听见了没有?"他朝龚老海吼,边吼边掏出枪,朝龚老海脚前地上"啪"地扣了一响,子弹哧一声钻进了地里,龚老海吓得一哆嗦,膝头一软,就跪下了。这时周龙坤就把双脚伸到龚老海面前,让他脱鞋袜。龚老海抖抖索索地刚要伸手,一直站在一旁的絮儿走过来说:"周主任,我给你脱!"周龙坤用手把她一拨拉,叫:"用不着你!"龚老海跪着脱下周龙坤的鞋袜,周龙坤指着右脚上那两个断趾,说:"龚老海,你当初不是讲过,我要再迈过你的门槛,你就要剁我仨指头吗?剁吧!我现在已经进到你屋里并且坐到了床沿上,你怎么不剁呀?剁吧,剁两刀我看看,我记得你剁指头的刀法很好!"龚老海脸色煞白,一直跪着,一声没吭。周龙坤又猛地伸手把絮儿搂在了怀里,说:"龚老海,你不是不让我挨你的闺女吗?我今天就偏要挨一下试试,你抬头看着!"他边说边把絮儿抱放在腿上,三下两下就撕开了絮儿的褂子。絮儿拼命地想挣开,边挣边哭叫:"放开我,畜生!"无奈周龙坤的力气大,她怎么也挣不开。"龚老海,你看着!我要亲她了!"周龙坤说罢就伸头往絮儿怀里钻,不防絮儿猛地张嘴咬掉了他的半个耳朵,疼得他"哇"一声把她松开了。絮儿跳下地,发疯似的去开门,周龙坤一手捂着耳朵一手拿枪瞄准了絮儿的后背,絮儿把门打开时枪响了,不过枪子还是"哧"一声钻进了地。

从那以后,周龙坤开始在龚家作坊里办公。只是后来他慢慢不再挎枪。又过了一些年,镇上时兴办工厂,周龙坤大约是因为自己做过鞭炮,就想起要办一个鞭炮烟花工厂,就安在原先的龚家作坊里,他兼任厂长,用的人还是龚家作坊的那些人。龚老海和他的儿子龚家老大一开始不愿干,说他们愿意种田。但周龙坤只让人传一句话:"干不干是对革命的态度问题,不干就要在全镇大会上说清楚!"龚老海最怕大会批判,只得乖乖地和儿子来了。工厂取名叫东方红鞭炮烟花厂。因为有龚家父子在,工厂开始时办得还挺赚钱。那时私人买鞭炮烟花的很少,买主大都是公家的单位,什么报喜了、欢呼了、万岁了、专政了,镇上各个公家单位都要放鞭炮烟花,买时自然也就舍得花钱。厂子能赚钱,想到厂里干活的人也就多。周龙坤捷足先登,让他的儿子周士高进厂当了会计。

周士高当会计,最大的困难是不会打算盘,周龙坤便决心

58

让儿子学会打算盘。柳镇算盘打得最好的是龚家老大。周龙坤把龚家老大找来,命令他每天下工后教士高打一阵算盘。龚家老大自此天天进士高的记账屋教他。一段日子过后,倒是年轻的士高有些过意不去,说:"龚大叔,你干一天活,怪累的,先回去歇歇,我吃了饭去你家里学。"龚家老大也就点头答应。从那以后,每天吃了晚饭,士高就胳膊下夹个算盘去龚家。就是在这时,士高认识了龚家老大的大女儿素素。

素素生性腼腆,学只上到初中。素素家平日难得有客人来,邻居们都怕和她家打交道会惹出麻烦,如今士高来到,素素便喜出望外,十分热情。当爹给士高讲时,她就在一旁纳鞋底。士高的指头笨,算珠往往拨错,素素看见就抿嘴笑,酒窝里显出一丝着急;有时忍不住,就轻步上前告诉他:要用指头肚拨。素素很小就跟爹学会了打算盘,而且打得很熟,做士高的老师是没问题的。有时士高去龚家,若龚家老大刚好在垫羊圈或干别的什么,素素就过来教他。两个人就着一盏油灯,头挨头趴在桌上,一个说一个听,一个念数一个拨珠。心地单纯的素素办什么事都很认真仔细,教士高学算盘自然也是这样,这种那种口诀,这样那样打法,都细细讲解,反复示范。

士高跟着素素学算盘,一个诚心学,一个诚心教,慢慢就有些感情生出。一日晚饭后,士高去时,素素家的人走亲戚家还没回来,只有她一人在。那晚素素教士高如何拨珠拨得快,她先在算盘上哗哗好快地拨一阵示范,而后让士高练,士高却怎么也拨不快。素素就又拨一阵让他看,他看一阵就有些奇怪地上前捉了素素的手说:"你这手上戴有什么东西吧?"素素便掩了口笑,士高把素素那又白又嫩的手放在掌中看,开始双眸平静且带了笑意,渐渐目光中就增了热力,而且脸迅速充血变红,身子略略发抖,呼吸开始变粗……单纯的素素没有注意到这些变化,只是低低笑着任他捉了自己的手看。突然之间,他猛一下把素素的手指放进了自己嘴里,急切地用舌头在上边舔。素素被骇得脸一下红透,想缩回手已缩不回来。士高的呼吸越来越粗,舔的范围也越来越大,跟着就又亲起人家的手脖、小胳膊,最后一下子抱住人家的腰,硬把嘴贴到素素的脸上。素素一声没吭,只是想挣开,挣着挣着身子一抖,骨头突然变软,一下子又贴回了士高身上。起先只是士高抱着素素的腰,后来素素就也抱紧了士高的腰,两个人越抱越紧,险些把煤油灯碰翻,直到屋后响起龚老海的脚步声,两个人才急忙分开,揉揉红极了的脸,趴那里装着打算盘。

两个人这样的亲热以后还有过几回,可惜好景不长,待士高学会了算盘之后,周龙坤就再不让他去龚家了。但恋人会面自有办法,素素常常借口找爹找爷跑到厂里,进去就直奔士高的记账屋,士高那时就睡在记账屋里。周龙坤看见素素进厂找士高,曾把儿子叫去骂一顿,说:"以后再见你和她来往,小心我砸断你的腿!"有天傍黑,紧挨龚家大院住的老五奶奶无意中看见周龙坤站在街边暗影里,一直望着素素悄步走进厂门进了士高的记账屋。老五奶奶因听到过周龙坤骂儿子的话,当时就很为士高和素素担心,以为周龙坤这下肯定要上前堵了门,把两个年轻人当面教训一顿。不料周龙坤突然从暗影里闪出,哼着小曲向厂子里走去,屋里的士高和素素听见这哼唱声,立刻就把灯吹灭了。这灯一灭,周龙坤走过记账屋时就叹一口气,高声说:"这孩子走了也不把门关上。"边说边探手拉上门,也不向屋里看,"啪"一声就用铁锁把门锁上,随即就走出了厂门。老五奶奶在院墙外看得糊里糊涂,不知周龙坤这是想等一会儿再来抓,还是他压根就没看见素素进那屋。老五奶奶平日颇喜欢士高和素素,因此就担心他们出不了门,便在小半夜时从工厂的边门进去,径直走到记账屋的后窗户,心想要是他们想翻窗户出来,她还可以在外边帮帮忙。龚家大屋当初盖时窗户安得离地面很高,人若从窗里往外爬可是艰难。老五奶奶隔着窗户听了一阵,只听得屋里士高平日睡的那张床咯吱咯吱乱响,士高像牛一样地喘息,素素低声呻唤着疼……过了一阵忽又听见周龙坤哼着小曲走到大门进厂里来,老五奶奶闪到暗处,看见周龙坤哼着小曲走到记账屋门口,"叭"一下开了门上的锁,开完后又高声嘟囔:"这孩子怎么这时候还不回来?"嘟囔完就喊着士高的名字走出了厂门。这时记账屋门轻轻一响,素素就闪了出来。后来士高就顺顺利利送她回了家。那一晚老五奶奶看得糊里糊涂,像钻进了漫天大雾。

又过了一段日子,见素素的脸上现出蝴蝶斑,腰身渐渐粗起来了,又见好事的女人们在她背后咬耳朵挤眼睛,老五奶奶的担心就更重了。

那是一个下午,镇中的十几头驴在莫名其妙地一齐大叫一阵之后,人们发现,镇西的那个丘洞里,又突然腾起一团紫雾。那团紫雾冲出洞口之后,缓缓旋转上升,至数十丈高方"砰"的一声散开,融入空中,在那紫雾旋转上升时,洞里发出一声闷响,宛如人的叹息。老年人见此景状,就变了脸色,知道柳镇又有祸事要出,纷纷跑到老五奶奶处讨主意。老五奶奶并不开口,只慢慢脱了上衣,拿一根柳条,直向自己身上乱抽,竟抽二十下后,方住手,这时她的脖上、肩上血痕暴起。有两个老头仍不走,只问五奶奶会出什么祸事,五奶奶最后张口只说一句:"早闩门,早上床!"不少人家遵了这个嘱,早早安歇。

这天半夜,老五奶奶被一阵哭声惊醒,出门寻声,寻到鞭

61

炮烟花厂。隔窗一看,那哭着的竟是士高。士高他爹静坐在太师椅上,两边坐着士高另外两个远房叔叔。士高说:"我要娶素素!"周龙坤一边用手摸着他右脚上的两个断趾处,一边冷冷答了两个字:"不行!"士高大吼:"不答应我就死!"周龙坤点烟吸了一口,冷冷地说:"死吧!"士高于是就从口袋里摸出一小瓶农药,周龙坤冷眼看着没吭一声。士高拧开盖看了半晌不敢往嘴里边送,最后勉勉强强举起瓶,见爹还不拦,就猛一下扔掉药瓶哭开了。周龙坤换了软和声调说:"哭什么?我又不是不给你说媳妇!咱柳镇的姑娘,除了龚家的你随便挑,挑上哪个我都给你娶,花多少钱我也愿意!素素算什么?娶谁也不能娶她!就这样定了。回去吧,你娘还在屋里等你!"

　　士高抽着鼻子走出屋不大时辰,龚老海和他儿子走了进来,龚家老大一进屋就"嗵"的一声朝周龙坤跪下,说:"周主任!周厂长!素素和你家士高有了孩子,这是丢人现眼的事呀!我已经教训了素素,不管怨谁,事情已经出了,现在只有一个法子能遮众人眼睛,求你同意让他俩结婚吧!权当让素素给你当个使唤丫头,只是给她一个做人的名声……求你了!"周龙坤指着他右脚上的两个断指头说:"这可要问问它!"回手又指着龚家老大的鼻子说,"你要胆敢把你闺女肚里的东西硬赖到我儿子头上,我可是不会饶你!"说罢就笑看着龚老海,从嘴角喷出一股惬意来。那龚老海当时两眼挤得只剩一条缝半句没吭,只是手在抖动,上前踢了一脚跪在地上的儿子,转身就走。龚老海和儿子刚刚走出厂门。周龙坤就笑开了,笑声又长又尖……

　　老五奶奶回屋,不大工夫,就又听街上有人嚷:"跳河了!跳河了!……"于是又出屋,街上已有不少看热闹的人,原来是龚家老大拉着一头牛,牛背上趴着浑身透湿的素素,牛一边走素素一边哇哇向下吐水。牛后边跟着素素妈和龚老海,素素妈走一步哭一声:"我的乖乖呀!……"

七天后,龚老海让东街头好打兔子的光棍汉侯老二把素素领走了。侯老二那年三十八岁,脖子上有一痣,痣上长毛,发黄,好长。素素进侯家三天,生下一个死孩子,侯老二拿起猎枪,朝天放了三响。

素素嫁给侯老二不到俩月,周龙坤便托媒人给士高说了媳妇。而且不久就举行了盛大的婚礼酒宴,酒席摆到七十多桌,柳镇除了龚家很少有人不到场送贺礼的。新娘子长得倒也漂亮,新房里摆设自然排场,只是那士高却再也没笑过。直到两年之后,那媳妇生下一白胖小子,士高抱起儿子时,脸上才露了一丝苦笑。士高将儿子起名为周素,常常抱了他坐在记账屋发呆。

日子无声无息地流着,周素在慢慢长高,他的弟弟、妹妹们也一个一个相继来到世上。周士高照样默默地在鞭炮烟花工厂当着会计,偶有空闲,便坐在账桌前,无休无止地拨着算盘。已经显出老相的周龙坤,也依旧兼着东方红鞭炮烟花工厂的厂长,常常双手叉腰,很威风地指挥这儿指挥那儿。只是这时厂子越办越糟,工人们大都不按时上班,上了班也不真心干活,干了活出的产品质量也不能保证,鞭炮中的瞎炮越来越多,烟花中的彩花愈来愈少。不过,这景况倒并不影响周家的日子,周家一家照样穿得周周正正、支支棱棱,周家的厨房依旧整日煎炒卤炸,香飘四街。

谁也没想到日子还会再变,忽然之间,上边来了公文,先是说要给地主、富农摘帽子,像龚老海这种小业主以后不再算什么问题;接着又说要民主选举领导,镇上人哗一下起来,把周龙坤的主任和厂长统统选掉,说他贪占了大伙的钱,是地道的官僚主义者;最后连周士高的会计也一下罢免了,周家突然间又变成了平头百姓。周龙坤惊愤成疾,吐两口血,一下子卧病在床。

这之后不久,上边又传下话来:允许百姓经商办厂。这次老龚家高兴了,龚老海拄杖上街,抖一头白发连连叫:"这下好,这下好!"没过多少日子,龚老海和他的儿子、孙子、孙女们,就操持着要重办鞭炮烟花工厂。恰好,这时东方红鞭炮烟花厂要找人承包,条件是每年向镇上交钱五千元。一般人都嫌这个数目太大,不敢伸头。最后龚老海一捋白须,拐杖一举,叫:"我家包!"

几日之后,龚老海一家就又搬进了厂,那几间大屋,经粉刷又和新的一样,东方红厂又变成了龚家大院。龚老海和他大儿子做鞭炮烟花出名,包装纸上只要一打"柳镇龚记"几个字,四乡的人都愿买。加上这年头人们手上有些余钱,遇上红白喜事、年节生日,就都要讲些排场,鞭炮烟花放得特多,所以龚老海的厂子很快就兴隆起来。没有三年,老龚家就又发了,买了裁纸机、卷筒机、大汽车、电视机、大沙发,开了批发部、零售部,银行里还存有几万块。可相反,与龚家对门的周家却日趋败落。周龙坤下台后身子不断有病,周士高除了当会计别的都不懂,周素兄妹几个全在上学,只靠周素娘做点田里活,钱只有出的没有进的,慢慢原先的那点家底就空了。到最后,上高中的周素连学杂费都无法交出,周素娘只得四处登门告借。

家境的这种迅速变化,给了年轻的周素很大刺激。这周素改了周家男人又黑又高又粗的门风,长得秀气白净,一副读书人的身坯。五岁时老五奶奶曾给他算过一次命,五奶奶掐罢生辰八字,先批四句:"一生做事少商量,难靠祖宗做主张。独马单枪空出做,早年晚岁硬无强。"而后言道,"此命为人性荣,心无所亏,做事有始有终。池塘鸳鸯好寻食,易聚易散,骨肉六亲不得力。财帛风云,操心费力才极早限奋寒窗;胸藏大志,原业破尽才极中限重立家。且过四十船顺风,五十之后方安稳。末限滔滔事业兴,妻宫硬配,子女伴鸳送终。寿元七十,卒于五月。"老五奶奶的这些话日后是否都能应验,不得而知,但其中的"奋寒窗"和"胸藏大志"两句,已经言中。周素在校读书确实肯下苦功,早有将来成就一番事业留名身后的夙愿,而且暗暗为自己定下两条路:其一,搞新技术研究,经大学生、研究生、研究员这条路,出一批新技术研究成果,让自己的名字载入中国科学发展的史册;其二,搞实业,经创办家庭作坊、小型农产品加工厂、大型跨省跨国农产品综合利用公司,跻身中国和世界著名实业家的行列。这两条路的选定虽然带有幻想成分,但他在努力做着准备,课余时间,常读有关这两个方面的书。但万没料到,一场高烧,极轻易地就把第一条路堵死了。那是高考临近的前一天下午,他帮娘往地里拉粪。他原想借此让脑子休息休息,未料出汗太多,又过早用冷水擦身,第二天就发烧病倒。两日后高考开始他拖着病体走进考场,只做两题便又晕倒,他从昏迷中醒来时,两门课已经考完了。

　　周素高考不中,家里又无钱再供他复习重考,他倒没有怪这怨那,遂决定走第二条路。他病好后只歇了一天,就开始四下里跑着借钱,想先买一台榨棉籽油的机器,开个油坊。由此积累资金,再实行原来的计划。未料因他爷爷周龙坤当官时失了人缘,加上眼下他家太穷,没有还钱保证,并无一家愿借给他钱。几天空跑之后,脸气得就有些发青。恰好这时,龚老海的重孙女小枫来找他,问他愿不愿到她家的鞭炮烟花厂里当画封工。小枫和周素是同级不同班的高中同学,那年也没考上大学。她在学校时知道周素也颇爱美术,闲时常画画,人呀、兽呀、花呀、鸟呀,几笔就能勾出来,很受美术课老师的称赞,而眼下她家的厂里正需要一个会画画的人,所以便来问他。这年头人讲衣裳,卖东西则讲包装,过去龚家卖的鞭炮烟花,至多是表面裹一层彩纸罢了,如今有些不行。所以龚老海想找一个会画画的人,为他设计包装纸。周素一听,先是一愣:大志不成反要去当雇工?但转念一想,这倒也是实行原来计划的路子,先当雇工挣钱,而后再买榨油机开油坊!大丈夫能屈能伸!于是就问:"干一月多少工钱?"小枫说他们家雇的人,头一年都是一月八十。周素听罢一捶腿,说:"行!"

卧病在床的周龙坤,一听说孙子要去老龚家当雇工,当时连咳一分钟,吐一口带血的痰,硬撑起身指着周素骂:"杂种!饿死也不准去他家干活!我们和他们势不两立!老子当初就受他家的剥削,现在他还想再剥削我们?他想得倒美!"可周素只冷冷看了爷爷一眼,说了句:"我的事你少管!"便转身走了。周龙坤一口气倒憋回去,脸青紫,胸鼓起好高,慌得周士高急忙去捶他的背。

小枫回去给她爷爷龚家老大说周素愿到厂里当画封工,龚家老大当时就眼一瞪,叫:"不行!咱就是雇条狗也不雇他周家的人!"倒是龚老海听罢,发白的眉梢抖了一下,"嗯"一声,顿一顿拐杖,说:"叫他来!"

周素到工厂干活的那天上午,冬阳高照,和暖异常,龚老海穿一身簇新的羊皮里子棉衣棉裤,足蹬一双旧式翻毛皮鞋,端坐在当年周龙坤常坐的那张黑漆斑驳的太师椅上,召见周素。龚老海戴上老花镜,把周素上上下下打量了一阵,两只拳头莫名其妙地攥了又攥,这才开口说:"凡到我家厂里干活的人,都要听招呼!你眼下到厂里来,先做画工,设计些包装封纸,日后也可能会叫你干点别的,不论是啥事,只要叫你干的,你就要干!这是我们的规矩!你要愿守这些规矩,就签合同,不愿,这会儿还可以走!"周素听罢,微微含笑点头,答:"愿!"

　　从此以后,周素每天就去龚家大院上班,画各种各样的鞭炮烟花封底。他干活的那间房子,恰好就是当年他爷爷周龙坤卷炮筒的那间。龚老海已不再亲手干活,常拄拐杖在厂里转,对儿子、孙子、重孙子、重孙女和雇工们指点指点。周素去后,他不再在厂里转,而是搬来那张太师椅,坐在画封屋里,看着周素干,而且让小枫跟着周素学,周素画一张什么样的,也让小枫画一张什么样的,逼着小枫学周素的手艺。那小枫到底是高中毕业,聪明机灵,跟周素学画学得很快,周素因为和她是同学,也很愿教她。两人在一起画画,当然就要说些学校的旧事,说着说着高兴起来,就要笑一阵。每当这时,在一旁坐着打盹的龚老海,总要咳嗽一声。对此周素倒没感到什么,小枫可就不满意了,那姑娘伶牙俐齿,啥话都敢说出来,她常常扭头朝龚老海叫:"太爷爷,你咳什么?你不能坐到别处去吗?!"龚老海听了重孙女的话,却也不生气,只说:"别屋里都有一股炮药味,我坐这屋里好受。"

　　周素虽不知道周龚两家过去那些事的详情,但从爷爷、爹爹和街上人的嘴里,也大略地晓得两家积有旧怨,因此在他来龚家干活之后,就很想借机缓和一下关系。他每每见到龚老海,都是很亲热地唤他"太爷爷"。有天后晌,当规定的画活干完之后,周素看着坐在椅上闭目养神的龚老海,就很尊敬地说:"太爷爷,我给你画一张像,做个纪念如何?"龚老海当时微微点头:"好!"周素便细心地画开了,他想借此和这位老人把关系融洽起来。接连用了几日的工余时间,周素把画像画成了,画像上的龚老海显得富态、威严,栩栩如生,周素自己很觉满意。给龚老海一看,龚老海也连连称赞:"画得好!画得像!我会永久保存留作纪念。"但第二日上班,周素意外发现龚老海的太师椅旁有一堆纸灰,纸灰中有一未燃尽的纸角,却正是他给龚老海画像的那张纸,不觉一愣,是烧了那张画还是相同的纸?他疑疑惑惑地不好去问。

半年日子过去,小枫已经学会了画,两人在一起干得更快了。不想有天后晌,龚老海和龚家老大突然把周素叫去说:"这画封的活让小枫一人干,从今天起你负责装卸汽车和试放产品。"周素听后虽是一愣,可也立即点头说行,这倒不全是因为龚老海当初说过"叫干啥就干啥"的话,实是因为周素也想借此机会熟悉一下这个家庭工厂全面的管理情况,为自己以后办厂打下基础。只是小枫有些不满,站出来抗议:"他在这里画得好好的,为何叫他走?"龚老海就温和地对重孙女解释:"厂里的活都要人去干,再说,给他换工作也同时月加二十块钱!"

自此,每日前晌,周素便把包装好的产品一箱一箱地往汽车上装;后晌,又把汽车拉回来的各种炮纸、配火药的原料、做烟花筒的黏土、机器用油等,一一卸下扛进库房;傍黑时,试放各种新做的鞭炮烟花。那时龚家新添了好多过去没有的品种,都是龚老海和龚家老大亲手试做成的。比方鞭炮中,就新添了滚地雷、空中啸、三连珠、摔炮、拉炮、坐力炮。烟花中添的花样就更多,满天红、蝴蝶飞、降落伞、九朵菊、爬地狗、上天鸟,足有十几种。每做一样,每出一批,都要抽出一个两个试放一下。这两样活周素倒是都能干得。装车卸车,累是累了一点,但干完之后,则可坐下看书。只有一点周素觉得奇怪:

每当他浑身淌汗地扛起东西往仓库走时,龚老海总搬个太师椅坐在附近,面带笑意,双唇不知何故老舒服地咂着。对于试放鞭炮烟花,周素更觉得有趣,每次他在厂院里试放时,镇上的孩子都要围上来看,遇上好听、好看,就都拍手,反之,又一同叫唤。可他不知,干这活常常带险,往日这试放的活儿都是由最有经验的龚家老大干的,龚老海从不让他家的孙儿孙女们沾手。

有天头晌,老五奶奶迈着她那三寸小脚,去龚家大院串门,恰好看见龚老海正坐在屋里亲手给一筒烟花装药,就走进去看。龚老海这些年已经不轻易动手做了,除了是做过去从没有的新东西。五奶奶看见龚老海的双手老在哆嗦,不时把药洒了,而且牙齿不停地磕碰,于是就说:"老海,看来你真老了。""是呀,是呀。"龚老海急忙点头。两人在拉呱时,五奶奶就看见一对白老鼠从屋梁上探出头来,叽叽吱吱乱叫,五奶奶听得很烦躁,龚老海挥胳膊吓了它们两回,也没有把它们吓跑。老五奶奶抬头看了那对白鼠一眼,身子莫名其妙地一抖,立时站起身说:"老海,你忙,俺走了!"走时脚步匆匆,全不似刚才来时一样。

那天吃了午饭不久,人们正在歇晌,一个粗重撼人的响声突然从镇西传来,众人抬头看时,只见一团耀眼的紫雾已从丘洞那儿升上天空。老人们自然又是一阵紧张。老五奶奶还是如往常一样,立即脱了上衣,拿一根柳枝向自己身上抽去。竟抽二十下方住手,肩上背上于是又有新的伤痕绽出。年轻人看见,就都笑说:"神经病!"

龚家鞭炮烟花工厂因为不实行歇晌制度,吃了午饭就忙,加上厂院里机器轰响,也就没人知道丘洞喷紫雾的事情,人心仍旧安定,工作依然照常。

69

傍黑时分,周素开始在厂院里像往常一样试放鞭炮烟花。起初,几挂鞭炮和几筒烟花试放得都很好,站在远处看热闹的孩子们直拍手笑。最末一筒烟花是龚老海亲手递给周素的,周素接过后,像刚才试放其他烟花一样,把它平放在地,而后侧身半蹲那里,做好跑开的架势,这才伸出手上燃着的香烟头去点那筒烟花的药引。一般烟花的药引都燃得很慢,从点着到引燃火药放花有足够的时间让点火人跑开,可万没料到,周素刚把香烟头伸到药引上,那烟花筒一动,就突然射出一支烟花箭,直向他的右眼射来,亏他年轻灵便,头飞快扭了一下,那火箭才没射到眼珠,只射到了眼角上,疼得周素大叫一声,双手捂住脸。他的叫声未落,那花筒"呼"一下放出好强好亮的白炽火花,呈扇形全喷在了周素身上,而且那花筒还绕着他的身子滚了一圈,把他全身的每个地方都喷上了火,周素叫着在地上滚了几滚。第一个扑上去扶他的是站在附近看试放的小枫。周素的脖子、两只捂脸的手、背和脚脖,凡衣服未遮的地方,都被烧起了泡,全身的衣服也都被烧满了洞洞,小枫一看就吓哭了,龚家一家人也都慌张地围上来。倒是龚老海脑子没乱,让他家的汽车司机把车开过来,指挥儿孙们把周素抬到车上,送往镇医院。

周龙坤听说孙子受伤,从病床上挣起身子,让儿子、儿媳搀着来到龚家大院,对龚家老大叫起来:"为啥把我的孙子弄伤?老子非到法院告你们不可!"最后是龚老海上前冷冷地说:"你的孙子在我这里受了工伤,我们给他治伤就是,你闹什么?你们要打官司可以,不过要先看看这张合同!"说着就递上一张纸,周龙坤看完那张合同,愣了,原来周素签的那张合同上已经写明:"做鞭炮烟花时有危险,我自愿到厂里工作,若有工伤,厂方负责医疗费,本人不怨厂方。"周龙坤只得气哼哼地走了。

周素受伤之后,到医院里照料他的,只有小枫。龚老海和龚家老大反对说:"医院里有护士,反正花多少钱咱家出就是,不必再去看护。"但小枫杏眼一瞪,叫:"他是我的同学,又是我动员他来咱厂的,如今他伤了,我不去看护,把良心放哪里?"龚老海和龚家老大就只好随她。周家这边,周龙坤不准任何人去探望孙子,而且一个劲地躺在床上骂:"这个小杂种!我当初不让他去龚家干活,他贱着总要去,去。好!让他伤去!死了才好!"连周素娘去看儿子,也是偷偷去的。

周素住院,开头几天下不来床,纱布又把眼也缠了,拉屎撒尿怎么办?镇医院的护士极讲卫生,能把便壶给你端到床前就算不错,哪还敢奢望更多?侍候周素拉屎撒尿的只有小枫。小枫姑娘还真行,把尿壶往周素的被窝里一塞,就去解他的裤带。一开始周素羞得很,死也不让,但他自己两手背上有伤又动不成,憋得只好尿在裤子里。后来是小枫哭着求他:"把我看成你的妹妹不就行了?"感动得周素双眼噙泪,这才算答应让她帮忙。最后纱布解开时,看见周素的眼角和颈上都留了疤,小枫就又禁不住扑在他的身上哭了,边哭边说:"全怨我!全怨我!要不是我去找你来厂里,你也不会落这些疤!"周素当时心里虽也难受,可还是硬撑住,拍着小枫的肩宽慰:"没啥,没啥,不就是一些疤嘛!"可说着说着,忍不住就也掉下两串泪来。两人这么一哭,心倏忽间就显得更近。一天晚上,周素娘来看儿子,一见儿子的疤痕,就哭着说:"天爷呀,你这个样子,以后还有哪家闺女愿跟你过日子……"周素娘哭诉未完,一旁的小枫竟猛扑到她怀里叫:"婶子,要是你不嫌弃,我就做你的儿媳妇!"这一下把周素母子惊得一怔,噤了声,睁大眼,最后还是周素开口说:"小枫,不能瞎说!

71

这可是一生的大事,你不能因为可怜我就这样说。"小枫听了,就噘起嘴,连连跺脚,叫:"谁可怜你了!谁可怜你了!在学校时我得空就找你说话,你都一点也不明白吗?半点也不懂吗?"这一说周素又愣在那里了。

周素出院前,龚老海拄杖去看过一回,他进门时周素和小枫正头挨头看一本书,他咳了两声,周素和小枫才抬起头,两人眼中就漾着一股幸福。龚老海从医院回去的当晚,就把龚家老大和小枫的爹找来,威严地告诉他们:"要尽快给小枫说个婆家!"当儿、孙听完出门之后,不知何故龚老海蓦然抬手打了自己两个耳光,耳光打得很响,嘴角竟渗出一缕血丝。

周素出院后,小枫找了她太爷爷、爷爷和爹一再要求,说周素刚出院身体不好,应该到画封屋干活。龚老海很痛快地点头应允。小枫、周素两人在一间屋干活倒是高兴,一幅画你画一笔我画一笔,又说又笑,龚老海不在屋里坐时,还可以抱吻一下。每当小枫那丰满健壮的身子偎在周素的怀里,周素的双手在她那光洁如缎的肌肤上游动时,就总是呢喃着发誓:"我这辈子一定要让你幸福!要让你当一个大实业家的夫人!"但他们没欢喜上一个月,龚家老大有天突然把小枫叫到记账屋说:"给你找了个对象,是镇上税务所陈所长的儿子,你——"小枫没听完就跺起脚叫:"我找对象用不着你们操心!我已经找好了!就是周素,我要和他结——"龚家老大没容她说完,就朝她抡起了巴掌。几个耳光打过,小枫要跟周素的消息就也在镇上传开。镇上人便有些奇怪:为何龚家女子代代都要和周家男子缠在一起?后来就有人请教老五奶奶,老五奶奶盘坐蒲团,双手抚膝说出端详:龚、周两家的屋宅同在一条黄龙身上,龚在龙头,周在龙尾,龙头有俯有仰,龙尾时抬时落,故周、龚两家交相富穷,昨龚富周穷,今周富龚穷,不时变化。且龙身上蓄血下蓄精,血气易育女,精气易育男,所以龚家男儿少女儿多,周家女儿少男儿多,龙身一动,血与精合,龚家女儿自然要找周家男儿相配……

小枫挨了爷爷的耳光,自然不服,就又哭又闹,龚家老大盛怒之下,就把她关起来了。一开始是劝,让小枫她妈、她奶奶来劝她忘了周素,小枫不干。接着就把小枫她姑奶和姑姑,也就是絮儿和素素叫回来,让她们给小枫讲周龚两家的世仇,不知那两人是怎么讲的,反正讲着讲着三人就都放声大哭,哭后小枫仍没变心。没办法,龚家老大就又开始打。最后倒是龚老海进屋喝住儿子:"有话慢慢说,动手干什么?"接着对小枫语调极温和地说:"如今婚姻自由,谁也不能干涉,你既是选中了周素,我们作为老辈,当然也同意。只是他既然要做我们龚家的女婿,就要为咱们龚家厂子多出些力。从明天起,他还是要从画封屋出来,管着装卸车和试放,你说行吧?"满脸是泪的小枫这时就咬了咬牙,说:"行!"龚老海当时用手轻拍着重孙女的后背,双眼慢慢地眯起。

几天后,周素就又干起了原来的行当:装卸车和试放。因知晓龚家老人已同意小枫和自己相爱,周素的心里就装满了欢欣、甜蜜,干起活来十分精神有劲,而且他已决心帮助龚家办好这个鞭炮烟花工厂。他看出龚家经营厂子的办法,基本上还是家庭作坊式的,必须来一番改造才能更快地发展。他结合自己平时读的企业管理方面的书和最近有意学习的鞭炮烟花制造知识,打算向龚老海和龚家老大提出四个方面的建议:其一是关于产品品种,要分三类:一类是供中、下层社会的人们喜庆、祭祀用的,以价廉质稳为原则;一类是供上流社会和大型社团纪念、消遣用的,以价昂物华为原则;再一类是供出口用的,以量少质优扬名为原则。其二是关于产品包装,要分艳丽和华贵两种,包装纸要设计后交印刷厂成批印制。其三是关于工人潜力的利用和工艺水平的提高。其四是关于车间的设置和安全生产。他甚至想得更远,想待这个厂积累雄厚的资金之后,劝他们进行跨行业经营,兴办农产品综合加工利用公司,对南阳盆地各类农产品的一级、二级、三级利用都能进行解决,他可以以女婿的身份出任某一个加工厂的经理。如果继续成功的话,还可以再投资办其他企业,譬如南阳盆地地下的石油开发、伏牛山水晶石石墨石的挖掘等。那时,龚家庞大的母公司,会对南阳盆地和整个中原的振兴起举足轻重的作用;周素,作为这一切的设计者,也许会青史留名。每当他装完卸完汽车坐那里冥想这一切时,就禁不住兴奋得满脸通红。而且,当他在脑海里设计那遥远的将来时,一组连续的画面总不时地在眼前闪现——一座精致的青砖小楼,围着不高不低的院墙,楼前有绿树,楼后有花圃,院门铁栅式,他驾着一辆白色轿车缓缓驶抵楼前,车轮沙沙,轻轻一按喇叭:嘀嘀。怀抱婴儿的小枫立即从楼里奔出,"叫爸爸!叫爸爸!"那婴儿挓挲着粉红的小手向他扑来,他伸开双臂,将小枫和那婴儿一齐揽在怀里……常常是龚家老大叫他干活的喊声,把他从想象中惊醒。

　　自从周素重新负责装卸车和试放之后,龚老海也开始每天都亲手做鞭炮、烟花了。因为他做的都是新品种,所以周素每天傍黑都要进行试放。每次试放前,小枫总要特意跑到周素身边低声嘱他:"小心些!"对此,周素总是一笑:"没啥!"不过他心里对试放这活也越来越怵,因为不知何故,几乎每天傍黑试放,都要出点险情,不是鞭炮提前爆响,而且响得厉害,险些把他的手炸伤,就是烟花提前喷火,差点把他的眼烧瞎。但他又想,既是试放,发生这些事也属正常。一日傍黑,试放一种"半天雷",炮身粗短,重如一只半大红薯。他把炮在地上放好要去点时,站在一旁的小枫突然扔过来一节竹棍,叫:"把火绳绑在竹棍上!"周素依言做了,刚把竹棍上的火绳挨着药引,那"半天雷"就蓦然炸响,声如炸雷,将原地崩出一个坑来,倘若不用竹棍,周素的一只胳膊怕要被炸飞。围观试放的人皆被惊住,许久之后才发一声感叹:这炮真响!龚老海拄杖缓缓走来,看一眼地上那坑,而后转对周素含笑说:"看来这炮药装得有些多,让你受惊了!你干这活确实不易,每月给你再加三十元工钱!"周素听罢,心中一热,很有些感激,说:"谢谢太爷爷,年轻人干这种带点险的事,没啥!"小枫一直默站一旁,待龚老海走远、围观的人散尽之后,她才疾步走到周素面前,低而恳切地说:"你回去吧!不要再在这厂里做工啦!"周素当时一愣,问:"为什么?""别问为什么,你只管算清账回去吧!""是不是怕我再出危险?放心吧!这是鞭炮烟花厂,又不是地雷、炸弹厂,试放还能出多大危险?再说,你在这里,我——"周素还没说完,小枫又猛地上前抓了他的手摇着,用几乎恳求的声音说:"你走吧,走吧,去别处挣钱实现你的计划吧,别在这里了!""你呀!"周素轻抚着小枫的脸颊,依旧轻松地笑着说:"我不仅不能离开这个厂,我还要设法使这个厂更快地发展起来,我要为你创造一个根本不曾想过的将来——"小枫听到这里,脚狠狠一跺,猛地转身跑开了。在她的脸颊离开他的手的那一瞬间,他觉得手指触到了一滴水,他想看清那是不是她的泪,可惜,天太黑。

几天之后的一个傍晚,周素在试放烟花时,又出了一件更险的事:他刚把一筒表面看去十分平常的烟花点着,只听"哧"的一声,亏他反应快,听出不对头,呼一下就转身趴下了,他刚趴下,烟花筒就轰然爆炸,筒上的干泥块子像弹片一样带着刺耳的啸声乱飞,周素要不是趴得快,离那么近,只要有一片泥块打在胸口,也完全可以把他打死。这件事发生时,小枫就站在记账屋门口,她脸色发青,既没上前扶周素也没惊叫。是龚老海拄杖跑到周素跟前扶起了他,一连声地说:"真是意外!真是意外!看来以后的烟花药不能这样配了。请你原谅!请你原谅!从今日起,每月给你再加二十块!"周素当时笑着掸土说:"不用,不用,一点意外,没啥,没啥。"

就在出这件事的那天夜里,小枫一挽鬓发走进记账屋,语气平静地对龚老海和龚家老大讲:"太爷爷,爷爷,这些日子我细想了想,我不愿跟姓周的结婚了。他们家太穷,我不愿再去过苦日子。再说,他身上的那些疤,也太难看!我还是愿去你们当初说的陈家。""真想开了?"龚老海有些出乎意料,语调中仿佛抑着欢喜。"真的!"小枫平静地颔首。"那好,那好,既然想开了,就按你想开的办!"似乎有一缕笑意很快消失在龚老海额上那丛密集的皱纹里。"太爷爷,我有两个要求,想求你答应。"小枫接着又说,"一个是这婚事既然家里同意我也同意,要办就早点办,也免得姓周的再来搅我的心;一个是我同姓周的总算也好过一场,我知道他爱画画,求太爷爷还让他到画封屋里干活。"龚老海听罢立刻就答:"好,这两条我都应允!头一条,明天就找人择定喜日子!第二条,从明日起你不必再去干活,只管在家做嫁妆,画封屋里的活让姓周的去干,不让他再装车和试放了,而且他的工资也不变。"小枫当时又说:"我这里有一封给姓周的绝交信,烦你转交给他,我不想再见他了!"龚老海伸手接过,说:"行!"

第二天,龚老海在对周素交代完让他仍回画封屋干活之后,掏出了小枫的那张纸条,和颜悦色地说:"小枫让捎给你的。"周素急忙接过,脸红红地去画封屋拆开看,只看一眼,就眉扬起、脸煞白，揉揉眼，又看一遍，再看一遍，仍是她的字，还是那句话："我不愿再见到你！"他蒙住、怔住、呆住：怎么变得这样快？！他直立许久，才又一拳砸到墙上，咬牙低叫："水性杨花的女人！"他踢开画封屋里的一条凳子，猛地向门外走，原想立刻去找小枫责问，而后到记账屋结清账目，从此永远离开龚家这个厂。但脚迈门槛时又蓦地停止：你有何权责问？走，离开龚家可以，可再上哪里去挣这每月一百多块钱？而没有钱，又拿什么去办榨油坊？没有油坊积累资金，又怎能去办农产品综合加工利用公司？又用什么去办跨行业的诸多企业？大实业家，青史留名，盆地勃兴，岂不都成一句空话？他又缓缓收脚，从牙缝徐徐吐出一口气，重重跌坐在凳上，良久，猛地伸手提起画笔，饱蘸红色颜料，在一张白纸上挥写一字"忍"！笔锋力透纸背！他写完掷笔在桌时，看见龚老海悄无声息地走进门，径在那张太师椅上坐下，双眼微微眯起。

　　自此，周素再不出画封屋，更少言语，只闷头画封，按时上下班，脸，也就慢慢瘦了下来。

　　小枫也从此再没出过闺房，说是她整天在忙着做嫁妆。喜日子看定在二十天之后，陈家也很高兴结这门有钱的亲家，巴不得立刻就把媳妇娶到。喜日到来的前一天头晌，老五奶奶去看小枫的嫁妆，进屋就惊呼一声："嗬！"那嫁妆真是气派：光缎子被就有十床，黑呢子衣服整四套，皮鞋深勒浅勒七八双，毛毯、线毯四五床，大花床单有四条，针织线衣有十套，黑漆箱子有三对，大小柜子六七个，更加上那些新派东西，什么电视机、收录机、洗衣机、自行车……老五奶奶看着，摸着，感叹着："天爷呀，想当初老子来柳镇，我老娘只给我一个缺了仨齿的枣木梳，外加十个洗衣服的干皂荚，看看你们今天多有福！"老五奶奶感叹罢，走到小枫身边，抬手在她头上正绕三下反绕三下,而后开始她常对那些要做新娘的姑娘说的话:"正绕三,反绕三,你的命里有金砖;大金砖,小金砖,抱砖不如保住汉;汉有高,汉有低,高低都能撒种哩;种有儿,种有女,有儿有女有福气——"老五奶奶刚说到这里,一对白老鼠突然蹿上房梁,叽叽吱吱一阵乱叫,惊得老五奶奶一呆,忘了下边的词,而且眼皮也跳了起来,她仰脸向屋顶,双眸微闭片刻后,捉住小枫的那又冰又凉的手,匆匆说了几句恭喜话,便出门走了。小枫当时坐在那些嫁妆旁,两眼怔怔没吭声,只眉梢一动,闪出一丝似讽非讽的笑来。

　　随着小枫喜日子的临近,周素的心也一日比一日疼得更甚。这些天,他曾不断地回忆检点自己,想找出究竟在哪些地方伤了小枫的心,遍想不出之后,就越发地恨起突然变心的小枫来。这种恨在心里发酵之后,迫切地想找一个发泄口,他几个晚上在龚家大院逡巡,想找小枫痛骂一顿,无奈小枫不出门。每天夜里一躺下,那幅咬噬他心的画面就总要出现:一张漆成粉红的新婚床上,小枫正缓慢而优雅地脱着衣裳,那陈姓新郎,正迫不及待地扑向小枫。他的牙被这幅画面折磨得咯咯乱响。喜期临近的头一天前晌收工时,他深一脚浅一脚地向记账屋走,他想找龚老海或龚家老大请几天假,他担心自己在这院里再待下去,看到小枫的那些嫁妆,看到陈家来迎亲的人,会有不理智的行为。龚老海听完他要请假的要求之后,慢慢一捋胡须,微眯眯眼说:"明日是我家大喜的日子,也是这家最忙的时候,因此所有工人都不准请假,谁若擅自不来,扣发本月工资,且解除雇用合同!你作为小枫的同学,更不能请假不到。我还有两件事请你办:一件,我专为小枫的出门做了一挂两千响的长鞭,想请你后晌画一幅漂亮的封纸包上,明早迎娶的彩车来到时当众启封燃放;另一件,想请你晚饭后为小枫捆扎嫁妆,以便于明天送亲的人抬。你办事心细且是小枫的同学,我信得过你!当然,我也不会让你白白加班,今晚给你加班费五十元!"周素听罢,气煞,原想转身就走,但脑里的那个事业规划,又迫使他抑下这冲动,硬把那个"忍"字再塞胸中,罢,就给你干。他勉强点一下头,走出门,刚迈出门槛不远,屋里突然传出龚老海一声大笑,笑声长而闷,尾音上挑,夹两次咳,透出无比的畅快。周素被那笑惊得几乎止步,他从未听龚老海这么笑过。

后晌,秋阳发红,缓缓在西天运行,遥远处伏牛山的山脊在天边成一黑浪,渐渐与斜阳接近。柳镇因了这龚家的喜事,笼在一股欢喜宁静的气氛中。就在这时,忽有闷重的两记响声传进镇上,那响声出奇地大,惊得镇中的牛、马、猪、羊、狗、鸡、鹅、鸭一齐大叫,众人仰头循声看时,只见一巨大的紫云团从镇西丘洞升起,云团紫得发亮,仿佛还夹有火光。紫云团在几百米高空弥漫开,几乎把柳镇的上空遮住。年轻人只觉新奇,齐跑往丘洞边看,老年人则一个个十分惊慌。老五奶奶见状,仍如往常,脱下上衣,拿一柳条,直往自己身上抽,不过这次是抽了三十下方住手。

晚上,柳镇街上异常冷清,因了后晌的那大团紫雾,不少人家早已吃过饭闩上门,街上只有一些年轻人在那里游晃。仅有龚家大院仍灯光明亮,人声喧嚷,一派喜象。龚老海虽也听说丘洞冒了紫雾,但他相信一喜冲三邪,祸不会降到龚家头上。周素下午为两千响长鞭画一对戏水鸳鸯的画封,晚上,龚老海朝他指了指龚家大屋最边上的一间,说:"小枫的嫁妆都在那间库房里,走,我告诉你怎样捆扎!"周素机械地随他进了那屋,一看见那五光十色的陪嫁东西,一股火就蹿到了脸上。他的目光每触到一件嫁妆,眼前就现出一幅幻影:那是个梳妆台,小枫正坐台前梳理她那漆黑闪光的长发,粉嫩的脖颈一晃一晃,姓陈的新郎正一脸喜色地把发卡夹在小枫头上。那是一个双人沙发,小枫正偎在姓陈的怀里笑闹……一幅幅幻影越来越紧地揪着他的心。"还可以吧,这些嫁妆?"龚老海的一声问话把他从痛楚中暂时拖出,他扭头看一眼对方,想弄清龚老海是否注意到了自己的失态,但这一眼让周素发现了龚老海望自己的眼神有些奇怪:仿佛是一种玩弄什么东西后的舒坦!

周素咬牙从脑里赶走幻影,机械地按照龚老海的交代捆扎着那些嫁妆。后来龚老海笑着咂了下嘴唇,说:"你慢慢干吧。"就转身走了。周素于是就又进了那一幅幅折磨他的幻影中。差不多将一半嫁妆捆扎完之后,周素出去小解,路过记账屋门口时,忽听门缝里传出龚家老大的一句抱怨:"怎叫周素去捆嫁妆?他能捆好?"接下来是龚老海压低了的声音:"是我专门叫他来捆扎的,专门!懂吗?"周素闻言倏然一愣:专门?为什么专门?"哗啦"一声,脑里裂出一道缝,两个黑色的大字出现在脑海:折磨!啊,懂了!怪不得你看我时是那种眼神!哈哈,折磨,几乎在那个判断闪现的同时,一股强烈的气恨由心底涌起,迅速膨胀,这气恨使他的身子开始哆嗦,他感觉到身上的血管全都暴起,由心脏向外输出的血流在加急,手指被一种莫名的亢奋弄得不住抖动,一个强烈的愿望在心中翻滚:毁坏一点什么!当他重又走进放嫁妆的库房时,便朝最先碰到脚的一个放皮鞋的纸盒猛地踢去,纸盒飞起撞到墙上,又碰落到墙角的一个缸旁,发出"哐"的一响。这一声把周素的目光一下引到墙角的缸上,那里并排放着七口大缸,上边一律贴着红纸条:"火药,严禁烟火!"缸上一律加盖着石板。他的双眼在那排缸上凝定,足有十分钟没动,随之一个从未有过的念头跳到眼前:娘的!点了这些火药!毁了这些嫁妆!毁了这龚家大屋!毁了这一切!你们折磨我,我也要让你们知道知道我的厉害!这个念头的生出,顿时让他体验到了一种报复的快意。他的眼球开始变红:娘的,干!

这个念头一经固定,他便放慢了捆扎速度,他要故意拖延时间!他捆捆解解,解解捆捆,其间龚老海来看过两次,后来他大概打熬不住,便让看门的老头来陪着周素,自己先去睡了。周素依旧磨蹭,直磨蹭到那看门老头也哈欠连天,嘟囔着:"你干完自己关上门吧,我去睡了。"周素这才无声地冷冷一笑。他先轻步出门,见龚家大院悄无声息,全都睡了,这才快步进屋迅速拆开那挂两千响长鞭,把那张画有戏水鸳鸯的红封纸撕碎扔下,并搬开一口火药缸上的石板盖子,把长鞭的一半放入缸内,另一半耷拉在缸外,而后从库房的另一个木柜里拿出一把鞭炮药引,三股三股地连接起来,变成一根导火线。他根据平时试放鞭炮烟花时的经验,把导火线接得很长,计算好在自己返回家中二十分钟之后,这些药引才能燃完起爆。当一切安顿好后,他擦燃火柴点着药引,便悄步走出了龚家大门。

已近午夜,街上更加空旷冷清,一两声狗叫从镇外传来,慢慢消失在幽暗的街道两旁。当周素就要迈过街道时,一股夜风裹着一些纸屑陡然吹过,使他的身子一个激灵,心里也顿时咯噔一声,紧张炽热的脑子霎时有些清醒:你这是在蓄意杀人!这个意识出现的同时,他打了个寒噤。立刻,小枫和她弟弟、妹妹以及龚家其他一些人的面影在他眼前一一晃过,你怎能害死这些无辜的人?不,不能!一条条断腿、一只只断臂在他眼前乱飞,鲜红的血分明地沾满了那些瓦砾,他的心抽搐了一下,身子不由自主地转了回去,一股巨大的拉力扯着他的双腿。他不敢再犹豫,加快步子跑回库房,那药引正呲呲燃着缩短,差不多快近四分之一了。他急忙抬脚想去踩灭,他的右脚刚落到药引上,高度绷紧的神经突然感到背后有脚步声。糟糕!龚家来人了!只要龚家人看到这个场面,发一声喊,片刻之后就会引来无数麻烦,那时如何张嘴去辩?他觉出一股冷汗顺了脊背下窜,他惶恐地扭头一看原来是小枫站在门口,他望着小枫那张苍白的脸,舌竟僵在口中,他只担心她会发现他脚下的药引,发现药引连着鞭炮和火药缸。还好,小枫没往别处看,只望定他的眼平静地说:"你该回去了!""哦,哦。"周素微弱含糊地应道。"回去睡吧!"她又催。周素于是只好移步向门口走,一出门槛就加快了步子,他估计小枫发现那药引后会发出一声惊呼,然而没有,但愿她不向地上看!

当周素又走出龚家大门来到街上时,神经的松弛使他瘫软地蹲在了地上。夜更深,风愈冷,一两声猫头鹰的叫声从暗黑的夜空飘过,应和着从谁家窗隙门缝漏出的鼾声。周素身子软得只想就躺在这街上睡去,但他不能!他侧耳倾听龚家大院的声息,待院中又是一片寂静后,他又急忙站起了身,他要重回那间库房,要把那些药引拆掉,把那挂鞭炮封好,把火药缸盖上。

看门人睡得很死,周素又顺利进了院子,悄步向库房走。离库房还有十几步时,浑身的汗毛突然一竖,鼻子闻到了一股药引正燃时所飘出的轻微硝味。是的,是硝味!进厂这么多日子,已使他对这种味道十分熟悉。糟了!一定是自己刚才未把燃着的药引全部踩灭,致使它这会儿又燃了起来!天呀,已过了这么长时间,药引要燃也快燃完了!想到这里,他不再怕脚重弄出声响,三步两步跑到门边,隔门缝一看,果然,那药引正呲呲燃着,已近鞭炮,快到缸沿。他猛地推门想冲进去掐灭药引,但门一推他才发现:屋门竟被锁住!毁啦,小枫大约怕我偷她的嫁妆,把门锁上了!现在要砸锁开门去掐药引已经来不及,不容犹豫,也不敢迟疑,爆炸马上就要发生,周素猛然张嘴大喊:"快呀——快跑呀!库房着火了——!"这粗哑瘆人的声响陡然升上夜空,迅速向四下蔓延开去,那喊声失控失真,连周素自己也辨不出那是自己的声音。喊声迅速把镇上所有的狗儿惊醒,吠叫连天,更添一种急迫。周素没管别的,只连声大喊,边喊边猛力挨个擂着龚家的屋门,"快呀——着火了——!"

最先跑出睡屋门的是龚老海,他知道鞭炮烟花厂失火的厉害,赤脚、赤膊,只拿一根拐杖,出门就喊:"快跑!"

出来了,龚家的人全都只穿着内衣跑出来了。最后一个出来的是小枫,只有她穿得整齐,她是被她爹拉着跑出来的。

"快向街上跑!"周素仍在声嘶力竭地喊。他的喊声刚落,就听"啪"的一声,鞭炮响了。周素知道,药引已经全部燃完,那挂长鞭已开始响了,很快,火药缸就会爆炸。他推着搡着龚家的人向大门外的街上跑。当他最后把小枫推到街上时,只听"轰隆"一声,地面猛地一下摇动,龚家那七间大瓦屋连同他们后来又盖的六七间房子全都坍塌,连院墙都塌了,整个院子顷刻间变成了平地。那响声真是可怕,柳镇所有房子的墙都在那响声中晃了晃,街上好多人家的窗户玻璃都被震碎,所有的动物一起喊叫,上千只老鼠被惊得蹿至街上,镇中古榆上的铁钟被震得叮当乱响。在房子倒塌的同时,大火烧起来了,火头猛烈鲜红,舔热了半个天空。原在街边树上睡了的麻雀,被这响声震迷,箭一般地向那火堆上扑去。

龚家一家人都呆呆立在那里,一个个腿都像在抖,龚老海被他儿子龚家老大搀着,满脸淌汗,身子在颤。那会儿全镇的人都在向龚家人站的地方跑,跑近后却都又蓦地止步,默不作声,只惊骇地看。最先跑到龚家人身边的是周素的爷爷、奶奶、爹、娘、弟、妹,他们离得最近。周龙坤是让儿子周士高从病床上搀出来的,这会儿望着龚家大院的那副惨景,也双目瞪大发着愣。人群中一片寂静,谁也不知道该说什么,人们都只盯着在倒下去的房基上燃着的大火。大火中,不时响起鞭炮的爆声,不断有烟花从破砖烂瓦中喷出五彩的火花。

是龚老海最先把眼睛从燃烧的屋基上转开,他先是逐个看了一眼自家的一家人,最后把眼望定脸色发青、双目发直呆立在那里的周素,哑声说:"是你把我们喊醒,你救了我们全家!这救命大恩龚家当世代相报,眼下,你先受我们全家一个头!"说罢,"嗵"的一声,就先双膝跪了地,他的那些儿孙除了小枫,也都跟着"哗啦"一下,全朝着周素跪了。周素两眼发直地看着面前跪下的龚家一家。那时候四周围来的那些镇上的人,包括周龙坤、周士高和周素娘,都无声地立在那里,发着愣。周素站着站着,腿就开始哆嗦,眼里也汪出了泪,慢慢就听他说:"起来!你们起来!该跪下的是我!"说着,扑通一下,便在龚老海面前跪下了。四周人都不明缘由地瞪起眼来,周龙坤、周士高和周素娘都慌慌地向前挤了挤。这时候周素就开始说,说他如何发怒,如何安排,如何点火,如何去踩又没踩灭药引,直把龚老海惊得一张没牙的嘴全部张开,龚老海仍旧跪在那里,带了白苔的舌头在口腔里晃动,又一层黏稠油亮的汗珠从额上的皱纹中渗出。周龙坤、周士高和周素娘都被周素的这番话钉在原地,只能抬手把胸口捂住。人群中鸦雀无声。就在这当儿,只见一直未跪的小枫噔噔走到周素身边,用脚猛在他的腰上踢了一下,叫:"起来!你跪什么?没你的事!那导火线你早把它踩灭了!后来是我又点上的!我点上后又把门锁上了!要不是你喊,我们龚家这会儿就舒服了!你喊什么?你这个混蛋!我早就盼着这天!自从我答应去陈家当儿媳妇时我就在盼!就是你不连那导火线我也要连的!我的决心早下定了!下定了!太爷爷,这会儿你知道我为什么要把嫁妆放到库房了吧?你明白了吗?"小枫又猛地转向龚老海喊。

龚老海的眼睛已经瞪得不能再大,脖子梗得很直,下巴一晃一晃,双膝仍在那里跪着,只是身子在慢慢向下萎缩。周龙坤大约是受不了这接连的惊吓,身子发软地歪在了周士高身上。四周的人依然噤声无言,只有坍塌下去的龚家大屋里,不时爆出鞭炮声,不断有烟花喷出来。就在那火光中,人们注意到,有一对白鼠在碎砖烂瓦间跑,它们并不离开那到处是火的地基,只在那上边又跳又叫,像是快活极了。

老五奶奶站在人群里,双眼微闭,嘴角挂一缕笑意。

又一串鞭炮从瓦砾中炸响,声极脆。

又一筒烟花从废墟中喷起,五彩的……

寨 河

　　什么东西都有老的一天。你看看我们柳镇这条四四方方的寨河,如今老得多么可怜:河面被倒塌的寨墙淤得只剩两丈来宽,水面最多也就八尺;水已经很浅且有些发绿发黄,上边漂了树枝、巴茅叶、萝卜缨、烂纸、鸡毛,偶尔还可以看到一只死猫和几只死鼠;寨河的里岸,被镇上人倒满了垃圾;弥漫在两岸河堤上的,是一股难闻的腐味、酸味和馊味。

　　寨河眼下的这副模样,很难让人相信它曾有过显赫的当年。咸丰年间这寨河初挖成时,河宽九丈,深四十七尺,水面七丈有余,水与镇北的黄龙河相通,极清。那时候寨河上只有南北两座吊桥与镇外相连,它和高五丈的寨墙一起,牢牢护卫着柳镇。当时所以开这条寨河,全因为镇上和四乡富人们的提议。那会儿豫、鄂、陕三省交界处的土匪极多,常到柳镇和四乡的富户家中骚扰,于是他们便想了这个法子。开挖寨河时镇上和四乡的穷人们都被征成了民工,挖了将近半年,但寨河挖成后却举行了一次规模巨大的搬迁:四乡中凡有地五十亩、年收入在四石以上的富户,在交纳一定的钱款之后,都可以迁至镇上盖屋居住。而原住镇上的无土地、无店铺、无固定职业的穷户,则一律领取一点搬家费迁到寨河外边。据说,那阵儿富户们搬进时的车响马嘶和穷户们搬出时的大哭小叫,整整持续了一百七十天。

诞生、兴旺、衰弱、死亡,任何事物都要经历这个过程。

柳镇的寨河,如今也已无可奈何地步入衰弱的老境!

一大早银月奶走上寨河外堤时,照例地脸罩冷、厉眼露厌恶,呸地向寨河唾了一口。

她对这寨河充满了恨!

银月奶家就是在寨河挖成的那次大搬迁中,随几十户做丫鬟、老妈子的人家一起,出了柳镇,在寨河外东北角建了丫营村。

银月奶厌恶仇恨寨河还不仅仅因为这个。不过那些旧事银月奶很少愿意去想,何况今儿个还有要紧的事占满了她的脑子。

昨晚她没有睡好,鸡刚叫第三遍她便起了床。起床后她先用盐水漱了漱口,又对着孙女莓莓的那面椭圆形镜子,按按发髻,抿抿双鬓,扯扯衣领,抻抻衣襟,掸掸裤子;再弯腰顿顿脚,拍拍鞋面上的灰,从弧形的鞋口处将一片草叶拈下;又熟练地把一块洗得毛了边的旧手帕叠成芝麻叶形,往大襟衫的衣袋里一塞,这才用了一种很细的步子走出院门。你这个贱毛病什么时候能改?你收拾这么整齐干啥?你是去柳家叫回莓莓,不是又去当丫鬟!贱!临出院门时银月奶拍了自己一掌。那阵子村里的鸡全歇了嗓子,羊呀、猪呀、牛呀的叫声已经很稠,井台上的水桶开始咣咣乱响,晨雾正慢慢向远处溜走。

银月奶在寨河外堤上的步子迈得轻巧有致。如果你从背后看,如果你不看她头上那花白的发髻,如果你不看她那蓝布大襟衫,你只看她那双移动的脚,你肯定会以为那是一个有教养的姑娘在前头走路。

银月奶的这种走法很有讲究,丫营村稍上一点岁数的女人都能辨出。这走法叫"轻风摇莲蓬",过去南阳盆地大家富豪们的丫鬟,都走这种步子。银月奶当过七年丫鬟,幼时起一举一动都经过她那也当过丫鬟的妈妈训练,到如今诸样举止都还是老习惯。

银月奶今儿个要去柳镇。

丫营村离柳镇的直线距离其实很近。如果没有这条寨河的阻挡,出了村口再往前走一袋烟工夫,就到了柳镇的东街口。可因了这条寨河的存在,银月奶必须沿了这寨河外堤,先往西走,一直走到早先的北吊桥如今的镇北门大石桥,沿着早先的南襄驿道如今的南襄公路向南,才能走进镇子。

尽管晨风带了凉意,银月奶的额上还是渐渐渗出汗来。单从步态上你很难看出银月奶此时的心情。其实她的心里又躁又急,恨不得一步迈进镇里,去西街柳家把孙女莓莓一把扯出。好你个贱妮子!你竟敢不经我同意,就进柳家当了"家庭教师"!什么叫家庭教师?你以为老子不懂?就是丫鬟!一个姑娘到富人家给他们照料孩子,不是丫鬟又是什么?知道吗?丫鬟!可你晓得当丫鬟的下场是啥?是啥吗?……

"嘎嘎嘎",一阵响亮的鹅叫陡然钻进耳中,把沉在气恼中的银月奶惊得抬起眼来:到了槐堤!当初寨河挖成的外堤上都种了洋槐,但最后长成留下的只有这一段外堤。这里的每棵洋槐都差不多有一抱粗,树冠如巨伞,把堤面全都罩住。镇上人便把这段河堤称作槐堤。逢了夏日中午,丫营村的人常会抱一领苇席,来这槐堤上纳凉。但银月奶平日绝少来此处,因为进镇赶集不得不经过时,身子也总要禁不住打个寒噤。

这槐堤总让她忆起那个上午,她此生的一切痛苦都由那个上午引起。

那个上午本来快活的她想跳想唱。风吹到脸上又轻又柔,日头晒得身上十分舒坦,槐堤上的槐花开得热闹,不断有香气钻进鼻里,马尾雀在槐树枝上蹦跳,鸭子在寨河水里嬉叫,白雪似的散云在天上飘摇,四周的一切都让她感到高兴。她那日是早饭一吃过就随娘来到槐堤上的,她不知娘何以那日要特意提着绣花绷子领她来槐堤上玩,而且村里的其他女伴和她们的妈妈、奶奶,也都来到了槐堤上。娘只告诉她,今天是挑丫日。她也没去细问这日子要干什么,只觉着今日不让干活来这槐堤上玩真是让人快活,便站在堤边望着水中自己的倒影,哼起了娘教给她的歌:荆芥秆,荆芥蔓,金家闺女巧打扮;骑金马,甩银鞭,马蹄踏踏到门前;大嫂慌得拢着马,二嫂慌得接着鞭,三嫂慌得抱娃娃,四嫂慌得把茶端,五嫂烙馍六嫂翻,七嫂端到脸面前……

日升两竿高时,槐堤上来的姑娘越来越多,除了丫营村的,还有四乡里的,每一个姑娘身后都跟着自己的妈妈或奶奶,每个姑娘都着了新衣,做了打扮。这使她不禁想起今天早上娘对自己的反常照顾:刚一起床,娘就拿来一身绣了花的新衣让她穿上;早饭时,还破天荒地给她煮了两个鸡蛋;饭后,还特意让她用盐水漱漱嘴,在脸上擦了一点胭脂。今日究竟要干什么?

　　她回到娘身边时,看到娘默默坐那里,眼直望着寨河发呆,而且眼圈有些红,就问:娘,咋了?娘微微摇了下头:没啥,并示意她在面前的小蒲团上坐了,轻声嘱咐:银月,待会儿要是有人到了咱面前,娘让你干啥就干啥,按我平日教你的做,可不许害羞!

　　日上三竿时,镇北边寨河上的吊桥徐徐放下。随着北寨门的打开,拥出一股人来,有男有女,有步行的、坐三轮车的、坐木轮牛车的,也有坐四抬小轿和骑马骑驴的,还有坐由一匹辕马和两匹梢马拉的马车的,内中还有一辆乌黑铮亮的铁壳轿车,尖鸣着喇叭。那股人流过了吊桥后,拐上寨河外堤,向槐堤这边涌来。外堤上立时腾起一股烟尘。

　　槐堤上的女人们看见那队人马,一齐噤了声,做妈妈、奶奶的停了彼此间的闲聊,急忙招呼自己的姑娘在面前的蒲团上坐了。银月当时只觉新奇,直望着那辆铁壳轿车驶近。那股人在离槐堤百十米的一处空地下车下马,步行而来。银月这才发现,这批人中不论男的女的,衣服都十分光鲜漂亮,尤其那些女的,衣服艳得耀人眼睛,与槐堤上原来坐着的这些女人身上的衣服一比,简直是天上地下。她原本很为自己今日穿的衣服得意,这时竟不好意思再朝自己身上瞧。

　　那批来人开始在槐堤上坐着的女人群中缓步巡行,审视挑剔的目光在姑娘们脸上身上晃动,坐在蒲团上的姑娘们全都鸦雀无声。那些当妈妈、奶奶的此时纷纷从身上摸出一张写有黑字的硬纸片,摆在面前的地上。银月瞥见,娘摆出的硬纸片上写着两行字:八年。16000。旁边雁儿的奶奶摆出的纸片上写着:十年。20000。银月不知这纸片是干什么用的,她的全部注意力都在那些巡视的人身上。四周只有那些巡视的男女的脚步声和轻微的说笑声,一双双穿着皮鞋、布鞋、绣花鞋的脚在她面前移过,她渐渐被那些带刺的目光刺得微微低了头,眸子移开去盯那荡着波纹的寨河水,她看见水面上有几只浅黄羽毛的小鸭在那里嬉戏。

大约过了一顿饭工夫,来的那些人不再走动,开始站在自己相中的对象面前进行询问。站在银月面前的,是一个四十来岁的面目和善的男人和一个二十多岁十分漂亮的女人。她不知他们要干什么,禁不住有些慌张,心怦怦乱跳,但她仍按娘平日教的坐姿坐好:双脚盘下,腰挺直,头微低,双手轻握一起放于腹前,面带笑意。一开始是那女人先问娘的:大嫂,你这闺女叫什么名字?今年多大?叫银月,十二。娘微微含了笑答。坐相不错,起来,让我看看身个!那男人说。月儿,站起,给老爷和奶奶施礼。娘轻推了一下她。她于是站起,按娘平日教的礼节,向那男女躬身施礼,细声问候:老爷、奶奶好。旋即按娘平日所教的站法站直:挺胸,收腹,放臀,双膝并拢,两手轻握,放于脐部。那男人这时就点头说:这身个不错,站相也行!张开嘴,我看看。那女的又发话,娘也轻声催:月儿,张嘴。银月于是张开嘴,那女人看了一下她的牙和舌,转对男人说:牙挺白,没病,像是个干净姑娘。那男人此时又讲:走几步,我看看!银月瞥了娘一眼,见娘点头,便用娘从小教的"轻风摇莲蓬"走法,走了几步。这步法娘从七岁时就教她,她已走成习惯,走得大方自然。丫营村的姑娘们大都从七八岁开始学这种步法,都走得美妙耐看。嗯,走相也行!男的双臂抱起,一手支了下巴,点了点头。会什么手艺?那女的又转向娘问。绣花。娘急忙回答,同时拿了绣花绷子递给那女人:奶奶你看,这是俺月儿绣的。绷子上是两串槐花衬着几片槐叶,十分可爱,是娘让银月用心绣的。那女人看后朝银月瞥了一眼说：绣得不错，只是我想当面看看她绣！娘点头同意。那就请奶奶出个题目。那女人看了一眼寨河水中的鸭子，便说：鸭子水中把翅拍！银月于是从娘手中接过绷子，换了白布，找出彩线，穿上绣针，俯首绷上，片刻之后，两只拍翅的绒绒小鸭，就活灵活现地出现在绷子上的一河清水里。好！那女人看着绷子满意地叫，又歪了头接问：还会什么？娘答：唱歌，唱不出多的，几段小调。那女人又要求：唱一段我听听。娘就给银月交代，给奶奶唱一段《小金姐》。银月先有些害羞，但一见娘那不容置辩的眼色，只好吸一口气，按娘平日教的，轻声唱起来：小金姐，骑白马，一骑骑到金家塔，骑到那里干什么？骑到那里瞧婆家。哎呀呀，公公才十九，婆婆才十八，八个月的女婿地上爬。小金姐，羞答答，骑上白马跑回家，就是嫁个讨饭的，也不嫁给这一家……

　　那男人、女人未听完，便一齐拍掌笑：嗓子真不错！男子又问银月会不会下棋，银月还没来得及点头，那女人就瞪了男子一眼：别啰唆了，这姑娘我要！男的就立刻脸露尴尬地赔笑：好，好！银月注意到，娘此时缓缓舒一口长气，轻声说：谢谢奶奶看得起！银月环顾四周时，发现不少姑娘正像她一样也在应付镇上富人们的问询、考试：青菱在纳一只袜底给人看；醒玉在弹一把三弦给人听；巧英在背煎中药口诀；桐儿在纸上画着一片荷叶；晓玲在背"相煎何太急"的诗句；芹儿在说着如何清炖鲫鱼……在银月新奇环顾的当儿，那男人已从衣袋里掏出一沓钱，麻利地数完，往娘怀中一扔，说：就按你出的价！我是镇上西街柳一威，明儿头晌，让银月在这儿等着，我叫马车来接……

　　银月奶的命运从此决定了！

　　一切便都从这个上午开始了。

一想起这个上午,银月奶的牙根儿就疼。

"嗵!"银月奶朝脚下的槐堤猛跺一脚,又向寨河狠唾一声:呸!

银月奶走到柳镇的十字街口时,阳光虽还只在街两边的屋脊上铺着,但街筒里已满是赶早集的人,街两边的摊贩们也早已把摊位摆好,歇了一夜的嗓子开始了最初的叫卖。银月奶微眯了双眼,惊异地打量着新立在十字街口的那些楼房。柳镇虽离丫营不远,但银月奶平日很少来,因为一见这镇上的街道、房屋店铺,便会勾起她旧时的回忆,而那每幅回忆的画面,总要让她心悸许久。她害怕忆起旧事,但此刻仍禁不住地用眼去街两边寻找旧日相熟的东西:那个金柳面粉厂过去没有;那个豫南酒家是新盖的;那个信托店,有!过去叫大宋杂货铺!一个漆成米黄色的木柜台,四个货架,店主是一个姓宋的大叔。那日傍黑,那个漂亮女人——柳一威的老婆让我来铺里替她买一打手绢,那时我根本不知手绢还分男用女用,拿上一打就回去,不料她说这是男用手绢,说我是故意抗命,拿过棍子就打……

银月奶把头摇摇,从往事中挣出身来,沿着街边向西走。她知道莓莓所在的柳彤家,住在西街。几天前的那个傍晚,莓莓从镇上赶集回去,兴冲冲说西街柳彤家要招一个家庭女教师,负责他两个五岁的双胞胎儿女的学前教育,条件是高中毕业、身体健康、有教育孩子的耐性,待遇是每月工资一百一十元。并说十几个姑娘争着想去,她也愿去应试。莓莓的话音刚落,银月奶就冷了脸叫:你趁早给我死了这条心!咱家不缺吃不缺穿,你发什么贱,什么家庭教师,名字说得好听,就是丫鬟!姑娘去别人家里照料小孩,不是丫鬟是啥?莓莓当时并

93

未解释,只是把小嘴一撇。银月奶没想到的是,莓莓第二天竟敢悄悄上柳家应试,而且试中之后回来把衣服和日常用品一带就去了柳家住下。这还了得?!贱丫头!昨日,银月奶专门指派儿媳来叫莓莓,儿媳回家后说:莓莓不愿回来。银月奶一怒之下决定今天亲自出马。贱妮子!晓得吧?奶奶这是为你好!你知道做丫鬟是什么下场?你知道柳家人是什么东西?!

西街的变化使得银月奶问了三个人才找到柳家。嘀!银月奶一脸惊异地立在柳家大门外:好气派的半月形新式楼门,长条石卧底,一色的青砖,深红的铁栅式大门。正屋是楼房,两层,上四下五,带有绿色铁栏杆的外楼梯,宽大的阳台。楼前六间平顶厢房分列两侧,屋顶上是养蘑菇的棚子。发了,柳家又发了!发得比他们的老辈子还要阔气!老天爷,你没有长眼是吧?你怎能叫他们又发了?又使上了丫鬟,你为啥不睁眼看看?

"老人家,有事?"一声温和的问话在耳旁响起,银月奶扭脸一看,是一个三十来岁的男的。

"我来柳家找我的孙女莓莓!"

"噢,是来找莓莓,快进屋里去。"那男人立刻伸手朝院里让。银月奶那刻的眉梢一抖,认出了眼前人:柳一威的孙子柳彤!这小子的脸上还带有他爷爷的那副貌相!他不会认识我!我离开柳家时还根本没有他!他更不会知道,他爹来人间头四年的大部分时光是在我怀里过的!那时候我白日抱着他爹玩,夜里抱了他爹睡,饭是我抱着喂,尿是我抱着撒,脸是我给洗,衣是我给穿!那天傍黑,我给他爹喂饭,我记得很清楚,是绿豆稀饭,里边放了白糖,我一手把他爹抱放在膝上,一手拿汤匙舀饭喂。他爹喝完第三匙时,丫鬟小芸问我要不要添饭,我扭头刚同小芸说了一句,他爹伸手抓了一下碗沿,稀饭烫了他爹的食指和中指两个指肚,烫得很轻,只略略有些发红,但他爹哭了。哭声刚一响起,柳一威的老婆就从上房跑了出来,到我身边不由分说,先抱过她的儿子,跟着就用手揪了我的耳朵在院里转了三圈,我觉得耳轮已被撕烂,疼得我的身子直打战。转完三圈之后,她把手中敲碎正要吃的几个核桃壳剥下扔到砖铺的地面上,让我跪下。膝盖必须跪在那些核桃壳上,我穿的是单裤,我那会儿才知道核桃壳咬肉是那样厉害,一嘴一嘴咯吱咯吱直咬到骨头,裤子也被它们带进肉里,让血浸湿。我一直跪到镇上打更的敲了第二遍竹梆,柳一威的老婆才从上房传话让我起来。但那会儿我已经起不来了,最后是小芸使劲把我抱起放到床上的。我在床上一直蜷着腿,直到五更才算能把腿伸直。这些他都不会知道,他那时还没生下来。他爹的两个指肚没有烫坏,可我的膝盖天一阴就疼。

"进屋坐吧,老人家。"他又让。

"不了!"银月奶坚决地摇头,"我见见莓莓就走!"我不进你们柳家院!不进!你们这些富人……

莓莓一脸欢快地向大门口跑来时,银月奶看见有一男一女两个小孩跟在她的身后,在那两个孩子的后边,是一个三十来岁的少妇。银月奶奶的眉头蹙了一下:那女的该是柳一威的孙媳妇,那两个小的,该是柳一威的重孙子重孙女了,柳家连人也兴旺起来!老天爷,你要有眼,这家人本该是断子绝孙的!

"奶奶,你怎么来了?"莓莓欢喜地跑到银月奶面前叫,"快进屋坐!"

"进屋坐?那屋是你的?"银月奶满眼冷色。

"哎呀,奶奶!"莓莓笑了,"屋不是我的就不能进去坐了?我单独住一个屋,喏,就是楼下左边第一个门,屋里挺宽敞。"

"不进去了!我问你,给人家当丫鬟的滋味好受?"银月奶的眼珠吊了起来。

"什么丫鬟呀,奶奶!"莓莓含笑轻跺一下脚,"我每天主要是给两个孩子教点东西,照料他们学习,同时利用这个时间进行——好了,先不说给你!我虽然没考上大学,但我一定要做成一件事,一定要让你吃一惊!"

"吃惊?不论你出了什么事我都不会吃惊,当丫鬟的那一套奶奶都经见过了,倒是将来你会吃惊,奶奶是怕你以后吃惊才来要你回去的!懂吧?"

"奶奶,你放心回去,柳彤大哥还有柳彤家嫂子,对我都不错,你只管放心!"

不错!会不错!我知道一开头他们对你会不错的,富人们对刚进门的丫鬟都不错,这是为了让你安心!当初我刚进柳家门时,柳一威和他老婆对我也不错。我来那天,是柳一威派马车去接的。旧日的一切又在银月奶面前一一闪过:那天一大早,娘就把她的衣物收拾成一个小包袱,让她早早吃了饭,然后领她到槐堤上等。天阴,风有些凉,她看见娘的身子老在抖。马车没来时,娘一直在对她嘱咐到了柳家要勤快要看眼色一类的话。马车驶近时,娘一把抱住她,哭了。边哭边说:月儿,咱丫营村的人家,没地没店没产,生儿长大去扛活,生女长大当丫鬟,这都是几辈子的事了,今儿个让你去柳家,娘也是实在没办法才这样做的,我这会儿只能给人家洗洗衣服,挣的钱养不活你了,你去柳家,一来挣口饭吃,二来也多少挣几个钱。我把昨日柳家给的钱都给你保存起来,等你期满回家,我给你买一份嫁妆,好找个人家把你嫁了,让你过个安稳日子……马车在面前停下时,娘扶她上去,她上了车,立刻被马车上的深红坐垫和固定茶桌和其他看不出名堂的摆设吸住了眼睛,新奇地四面环顾,马车驶动时忘了和娘挥手告别。马车载着她在寨河外堤上飞跑,车的倒影在河水里滑动,马脖子上的铃铛把寨河里的鹅鸭惊得嘎嘎乱叫。到了柳家,丫鬟小芸领她先去账房,柳一威从算盘上抬起头说:今后你就伺候太太。他的话音刚落,上房里的柳太太就喊:是银月吧?进来!银月进去时看见太太正坐躺椅里嗑瓜子。来吃糖!她把一块用粉红纸包着的糖扔给了银月,银月刚把糖填到嘴里,她就笑了问,甜吗?银月怯怯地点头,她便笑着叫:跟着我你会觉得很甜!自那以后,银月便开始在她身边伺候。她那时还没有孩子,每天早上,待柳一威从卧房出来,太太喊一声:银月!银月便进去,把头晚就准备好的衣裤鞋袜在床头摆了,帮她一一穿上;接着就把洗脸水、漱口水对得冷热适度端到梳妆台前,把雪花膏瓶盖打开,把梳子、发卡摆好;随后开始拎尿罐、叠被子、开窗户、扫地、擦桌;待太太梳洗完毕,就要忙去厨房把早饭端来。早饭后,柳太太仰在沙发上吸一支烟,便要出去逛商店,这时银月就拎一个布兜在后跟着,她买完什么,银月就装进兜里提着。后响她常去邻居家打牌,打牌时银月就捧一包瓜子在她身边站着让她嗑。晚饭后她或是去镇上戏院听戏,或是就让银月给她唱小曲。那时银月常给她唱的,是那首:小柳树,叶儿稀,娘疼儿,儿疼妻。娘有病,想吃梨,哪有闲心去赶集!妻有病,想吃梨,三天赶了九个集,左手端着热烧饼,右手捧着雪花梨。妻呀妻,慢慢吃,别让梨渣噎了你,梨核扔到灶肚里,别让娘见生闲气……

我那时也像你这阵一样,认为柳家对我不错,心里蛮高兴,可你知道后边吗?晓得后边等着你的是啥吗?

"不管对你错不错,你得跟我回去!"银月奶双眼盯了莓莓,语气不容辩驳。

"又来啰唆!"莓莓脸上的笑意顿时被厌烦取代,"我昨日不是跟我妈说了嘛,我不回去!"

"为啥不回?是图那一月一百一十块钱?"银月奶的眼瞪了起来,"咱就是穷死饿死也不干这个!"

"挣钱是一个方面,我要的是这里的时间和条件,我要写一本书,一本书!说出来你也不懂!你回去吧!我的事不要你们管!"莓莓语利声厉。

"你个死妮子,敢这样跟奶奶说话!"银月奶顿时有些心酸,自己从小抱大的这个孙女说话竟这样扎人!当初那个白白胖胖偎在怀里十分听话的小孙女莓莓跑到了哪里?

"奶奶,我还有事,不跟你浪费时间!你回去吧,告诉我爹妈放心!"莓莓说罢,转身就向院里走去。

"你?!"银月奶气得有些呆,硬拉她回去?银月奶没有那力气。高声骂一顿?那会招人笑话。罢,不管了!早晚有你后悔的时候!莓莓,咱们走着看,有你哭的一天!……

三个月的日子转眼间晃了过去。

银月奶赌气地再不去打听莓莓消息,只当是没有这个孙女。

可在那个云重星稀的后半夜,被猫头鹰瘆人的叫声从梦中惊醒的银月奶,披衣呆坐半晌之后自语:莓莓的事不管不行!

猫头鹰进宅,无事不来。这只是莓莓要出事的征兆之一——当年自己出事前,不也听到过猫头鹰叫?重要的是,她又在梦中梦见了那些东西——这是准要出事的兆头!

刚刚做的那个梦和当年做的那个梦几乎一样,也是在寨河边,也是在洗衣服,也是那个洗衣棒槌一样的东西!当年的那个梦她记得很清,因为就在做那梦的第二天晚上,她经历了至今想起来还要浑身哆嗦的事情。她坚信那个梦和那桩事情有关,那梦是一个预兆!

梦里的影像断断续续奇奇怪怪:柳一威的老婆向她手上乱扔白色的纸片,她接过后发现是一些红色的衣服,于是便抱起衣服去寨河边洗。她拿了洗衣棒槌在洗衣石上捶衣,棒槌忽然失手落水,她刚要伸手去拿,却见那棒槌已变作一条黑蛇,扬头吐芯向她咬来……

刚才又把这个梦重温一遍,这绝不会无缘无故!

几十年前做罢这个梦的第二天晚上,天阴得很重,夜来得反常地早。柳太太因身子发烧喝完一碗汤药早早睡了,银月就轻带上门向下房里走。银月那会儿心中很有些高兴:今晚可以自由自在地坐在床头绣自己的鞋帮了!她那时已经十六,身个长得又挺又高,也已晓得打扮,正想在一双布鞋的鞋帮上绣朵兰花,太太没病时,难得有个闲空。不想她刚在下房里自己的床头坐下,丫鬟小芸就来喊:银月,老爷让你去账房陪他下棋。她心里十分不愿,可又不能不去。她当时心想,下棋时我要假装瞌睡,打几个哈欠,让他早赢早算。柳一威坐在账房的账桌旁,双手正摆着棋盘。她进去时向他施了一礼,叫声:老爷。他抬头看她一眼,脸上满是笑意,用手指了指账桌对面的小凳说:坐下,银月,下一盘。银月轻轻坐下时顺手扯了扯衣襟,她那时长得太快,总觉得衣裳小盖不住身子。棋子摆好之后,他含了笑说:银月,你先走!银月过去已同他下过几回,互相有输有赢,棋艺有些相当。不过平日太太不愿让她跟老爷下棋,一见老爷同银月摆开棋盘,就把银月喊过去训:

一个女孩家,下什么棋?银月觉着柳一威的目光在自己胸口一划,便急忙执棋跳子,摆了当头炮,他于是跳马来挡,但没下几步,他的车就露在了她炮筒下。她看出他心里有事,心思不集中且手直哆嗦,但她没有在意。棋下一半时,他说有些冷,起身去关了门,拉上了窗帘,她仍没想别的,只把目光看着棋局。接下来又继续走棋,当她用车去吃他的一匹马时,他忽然攥了她拿棋子的手说:来,我看看!银月以为他想看看棋路,悔棋,就说:行。她刚说完,没想到他突然伸出极有力气的手,一下子就把银月隔棋盘抱过来放在了他的腿上。她完全被惊呆,在她还没反应过来的时候,他的手已扯开了她大襟布衫的扣子瞪了眼看,她慌忙去捂胸口,急忙低声哀叫:老爷——他停下手,她看见他脸上的笑意陡然消失,眼珠发红,嘴角抽动,眸子里全是他平日用棍子打下人时的神情,同时听到他从牙缝里挤出的声音:我买你可不是只买你的力气!她吓蒙了,一动不敢动,听凭他把她的衣服脱光,听凭他把她平放在那个冰凉的竹床上,听凭他的两只手像蛇一样在她的身上蠕动。她把脸扭向一边,她只看见白色的石灰墙上,有个巨大的身影慢慢向自己压来,她只敢把自己的下唇咬破以抵御那可怕的疼痛……

"莓莓妈!"银月奶猛拍了一下床帮。

"怎么了,妈?"媳妇慌慌地从厨房跑了来。

"去!你现在就去镇上柳家,告诉莓莓,就说她奶奶得了急病,想见她一眼,让她无论如何回来一趟!"

"妈,你这是干啥?你没病没灾,她在那里也好好的,又何必——"

"去!叫你去就去,这是急事!"银月奶决绝地站起身朝儿媳挥手。

儿媳犹犹豫豫地解开腰上的围裙,无可奈何地看一眼婆婆,磨磨蹭蹭地向门口走。

半晌时分,随一阵自行车铃声,满脸是汗、连头发上也弥漫着一股白色水汽的莓莓在门前跳下了车子,她的妈妈小心地从后座上下来,怯怯地看了女儿一眼。

莓莓一脸焦急地支好车子,飞快地向堂屋里跑。一进堂屋门,看见坐在椅上正剪鞋样的奶奶,莓莓猛地止步,意外地叫:"奶,你不是有病?"

银月奶气呼呼地扔下手中的剪子:"不说我有病,你还能回来?"

"嗨!"莓莓猛跺一下脚,扭头白了妈妈一眼,"你们合伙说瞎话,耽误我的正经事情!我正在——"

"我不管你正在干什么!"银月奶截断孙女的话,"你赶快去屋里先把你腿上的这条裤子换了,这算什么裤子,把屁股蛋子绷得紧紧的,啥模样都清清楚楚,不害臊?别说老子不愿你去当丫鬟,就是同意你去,你穿这种裤子不惹主人骂你?这裤子是从哪里买的?"

"别人送的,怎么了?我愿穿啥就穿啥,你们少管!"莓莓挑衅似的望着奶奶。

"送的?谁送的?"银月奶的眼瞪大了。

"柳彤和他女人。怎么啦?"

银月奶的身子轻轻哆嗦了一下:柳彤!这么说,柳一威的那个孙子是真要动手了!王八羔子!送东西,也是玩的他爷爷当年的那套把戏!先送点小东小西,先施点小恩小惠,先博取丫鬟的好感,先去掉丫鬟的戒心,然后再突然动手,把丫鬟的衣服脱光平放到床上。娘的,柳家的男人都会这个名堂!

当年,柳一威每次外出去南阳、襄阳、汉口、洛阳卖货进货回来,总要给我带件礼物,什么丝光袜子、琉璃发卡、紧口布鞋、化学梳子,每次带回礼物都是悄悄塞到我的手上,末了还总要嘱咐一句:别对外人说! 那时我得了礼物就暗暗欢喜,就十分感激,就把姑娘该有的戒心一点一点丢去。柳一威,你的孙子胆敢又对我的孙女玩这套把戏,老子们绝不会再上当!

"莓莓!"银月奶威严地喊,"你要立马从柳家回来!"

"又来啰唆了!"莓莓不耐烦地将眸子斜起,"你们说瞎话骗我回来就是为了这个?别管我的事好不好?"说着,昂昂地迈了步子,径直出门,开锁,推车。

"回来! 给我回来!"银月奶气极地喊。

"奶奶,你既是没病,我就走了,我还有正事!"莓莓说罢,腿一抡上了车子,于是发光的车圈就在阳光下向远处疾闪。

"快,去给我追上拉住她!"银月奶朝儿媳吼。儿媳看了一眼婆婆又看了一眼远去的闺女,犹豫着没动脚步。

"莓莓妈! 你不听我的话,早晚有一天你会为你的闺女哭天抹泪! 你以为我是害她?!"银月奶把恼恨全泼在了儿媳身上,"你这会儿不拉住她,到你想拉就晚了,晚了,你懂吗……"

时光在银月奶的不安和气恼中飞快地闪过,寨河堤上的草又绿了。

还没到麦忙天气,地里那点活路不够儿子一个人干,家务活又都由儿媳做了,忙惯了闲不住手脚的银月奶,无事可干就有些着急,于是便牵了家养的四只山羊,去寨河外堤上放。

草青得让人心里熨帖,草梢上的露珠在阳光里逐渐缩小飞走。羊们的舌尖轻巧地卷着柔嫩的草叶、草茎、草蔓,发出轻微的咂嚓声。银月奶站在河堤边,望着那发绿变臭了的寨河水,又厌恶地嗫起嘴,朝寨河恨恨唾了一口。

她的目光在寨河里岸那颓败坍塌的土寨墙上缓缓移动,当年用黑土和黄土夯成的寨墙在风雨的剥蚀下变松变软,顺着寨河的内坡向河里滑,一年一年地把寨河的水面变窄,也许再要不了多少年,这寨河就可以被寨墙上的土填平,这些发绿变臭的水就会完全干涸。银月奶记得,要寨墙倒塌寨河填平的愿望,她小时候就有。许多年前那个月圆如盘的晚上,一伙土匪在丫营村前攻打寨子。她和娘躲在院门后看,眼见得土匪们被凭借寨河、寨墙掩护的寨内富人护寨队打败,她那颗小小心脏就把同情全放在了土匪一边。她那时就暗暗希望寨墙倒塌把寨河全部填平。

羊们在河堤上咂嚓着吃草,她的目光继续在寨河里岸的寨墙上散漫游弋,当触到寨墙东北角那块巨大的石碾时,目光蓦然一跳:它还在那里!

娘——她分明地听到自己的呼喊在寨河上响。

当年,柳一威的太太生了儿子之后,柳家就取消了银月每隔两月回家同娘团聚一天的待遇。她必须整日和孩子在一起。而她,每因照看孩子出了差错挨了太太的打之后,都想向娘哭诉一回。还有,柳一威每隔几夜都要死命地揉搓一回她的身子,她多愿让憋在眼中的泪当着娘的面流一顿。可她白天根本不能出柳家门,只有在晚饭后太太逗孩子玩那阵出门一会儿,但那时寨河上的南北吊桥早已收起,她只能飞快地跑到镇子东北角,爬上寨墙,就站在那个大石碾上向丫营村喊:娘——!这里离丫营的直线距离最近,不过二三百步,每当她喊了之后,娘就慌慌地从那间屋里奔出,直向寨河边跑来:

月儿,吃饭了没?

吃了。娘,你哩?

也吃了。你身子好吗?

好。娘,还咳嗽吗?

我没大事。你不是在哭吧?

没有,娘!

他们待你好吗?

好。娘,你要爱惜身子。

是哩,月儿,别挂念娘,天黑了,你回吧。

嗯。

回吧……

隔着宽宽的寨河,她差不多每次都只能同娘说这些。

这条该死的河!

"银月姐,放羊哪?"一声沙哑的问候猛地在耳边响起,把银月奶的默想扯断。她扭过头,认出是同村的老姐妹青菱,早先在镇上也当丫鬟。

"是大妹子!去哪儿了?"银月奶搭讪。

"去镇上赶集。嗨,累坏我了。"青菱奶用手捶着腰,"哎,知道吗?你们家莓莓病了,我刚才在镇上碰见她由柳一威的孙子孙媳陪着去桑家诊所看病。"

"病了?"银月奶的身子打一个激灵。天呀,由柳彤陪着。是不是已经到了那一步?莓莓平日身子可是结实。绝不会是病!绝不会!肯定是去诊所做那个!做那个!

好个小杂种柳彤!你可真是柳一威的孙子,你到底也敢做到这一步!

当年,柳一威领我去的也是一个私人诊所!我一开始只感觉到我的身体变化,却不知道那变化意味着什么。我常常恶心呕吐,四肢无力,贪睡,只想往饭里倒醋。我那件平日穿着挺合适的短裤,忽然间有些见小。直到那次我正在厨房后干呕被柳一威撞见,他把我拉到他的账房摸了摸我的肚子说了声"糟了"之后,我才知道我怀上了他的东西。他朝我的衣袋里塞了一沓钱,然后说:不要紧,明天后晌,我儿子睡着之后,你去南街的梁家诊所,我在那儿等你,我让他们给你做了!怎么做?我当时害怕地抱紧自己的肚子退了一步惊望着他。没啥,别怕!他拍拍我的肩膀说,就是多少流点血,做完我会想办法让你歇息几天,你年轻,这东西说掉就掉了!第二天后晌,我哄孩子睡了之后,慌慌张张地向南街跑,进了梁家诊所,果然看到柳一威坐在诊所里吸烟。姓梁的大夫显然早已明白,招手让我进了后屋,先让我喝了一包白色的药粉,然后让我脱了衣服躺在一张铺了苇席的木板床上。我又羞又怕,在心里连声喊娘。很快,我就在一阵从未经受过的疼痛中沉入了昏迷。当我最后醒过来时,我看到半个床板、半张苇席全被我的血染成了红的,一团鲜红的东西放在一个洋铁盆里。我"呀"了一声,又陷入了昏迷。我在那诊所的后院里睡了三天,诊所的老板娘大约受了柳一威的托付,给我送了些饭和水。三天之后的一个傍晚,柳一威叫丫鬟小芸来把我领了回去。我踏进柳家门槛时,真觉得是又活了一回……

柳彤,你个小杂种!你竟敢用你爷爷的办法来照样对待我的孙女,我要叫你知道,今日已不是过去!别以为你是富人就能够胡作非为!

银月奶抬起眼时,才注意到青菱老妹子已经走远。"咩咩,回来!"银月奶大声喊羊。同时又恨恨看一眼寨河,要不是这寨河阻挡,银月奶真要立刻跑进柳家,找莓莓问个明白!

莓莓,你如今后悔了吧?不听老人言,吃亏在眼前!我看你日后还咋找婆家?咋找?!

银月奶草草吃了午饭,便急急向镇上赶。

莓莓,贱妮子!不缺你吃,不缺你穿,你偏要去当丫鬟,这下你知道当丫鬟的滋味了吧?疼不?气不?恨不?

银月奶走到镇上柳家门口时,还是午后的歇晌时辰,大门半开着,院里空无一人。银月奶站在门口咳了几声,仍不见有人出来,就按莓莓上回指的位置,径直向楼下她住的房子走去。门只是虚掩着,银月奶隔了门缝看见,莓儿正和衣躺在床上酣睡,立时觉着自己的判断得了验证:做完那种手术,人不能不睡!

银月奶轻轻推门,门发出一声轻微的呻吟,不过,并没把莓莓惊醒。

银月奶用眼睛在屋里飞快地搜查,要找到证据!她这次来已经做好了和柳家闹一场的准备。她知道做完这种手术后不可能不留痕迹:沾了血的内衣、擦血的纸、被褥上印下的东西……只要拿到证据,就能够逼柳彤认罪!

莓莓的鼻息平稳舒缓,银月奶在莓儿的鼻息声里把屋内搜索一遍,没有,什么也没有!柳彤这个杂种好精,做事不留痕迹!但你休想逃掉!休想!

银月奶的脚步声到底惊动了莓莓。她先是身子微微一动,而后睫毛一颤,眼帘抬起,双唇开启:"奶奶,你来了。"说罢,无力地支起上身。

银月奶并未理会莓莓的招呼,只仔细审视莓莓的面孔,消瘦、苍白、眼圈发青,但血色还有一些,这么说,做时血没流太多!如今诊所里做那事儿大约比过去手艺要高。

"是不是觉着浑身没一点点劲,头直晕,腿软得厉害,眼不愿睁,直想睡?"银月奶的声音很硬,眼直盯着莓莓。

"是的,我这些天一直没有睡好。"莓莓勉强笑了一下,

"为了——"

"这还是轻的!"银月奶面浮怒色,把莓莓的话切断。没睡好,你当然不会睡好!幸亏柳彤的老婆还没发现,要不然那就不是睡好睡不好的事了!你晓得我当初是什么心情?想死!完完全全想死!我第一次流产之后半年,该死的柳一威就又趁他太太没在屋时把我抱到了床上,几月后我就又觉得短裤太小。我当时真怕再像上次那样受罪,就悄悄地瞒着柳一威和他老婆,我多希望像他老婆那样,也能把孩子顺顺当当生下来。未料柳一威还是发觉了。他把我又叫进账房,瞪着眼问我是不是怀上了,我害怕他又叫流产,直管摇头。他不由分说就把手伸进我的衣服里去探摸,就在那刻,账房里间忽然走出了柳一威的太太,原来她早已风闻此事,一直在暗中盯着,晚饭时她听见柳一威喊我去账房有事,便先从后门进了账房里间。这会儿她走出来冷笑一声:你们做的好事!我吓得身子哆嗦,柳一威吓得比我还厉害,他面孔发白一只手还僵停在我的身上。不用摸了,她怀是早怀上了,要不咱们拉到街上找几个接生婆看看?!柳太太眼瞪着她男人叫。不,不,我其实……柳一威话不成句,面孔喷血。柳太太一步步逼近柳一威,"啪啪"打了他两个耳光,打完后就冷笑着说:还记得你去我家求婚时讲的那些话吗?柳一威急忙点头,记得记得,我实在是不想对不起你,只是这个银月,总是来找我——那女人朝她男人猛一挥手。你先滚出去,咱俩的账以后再算!我先同这位银月妮子说几句话!柳一威赶紧拉门跑了出去。当屋里只剩下她和我时,她从牙缝里蹦出一句:把衣服脱了!我看着她那铁青的脸,不敢不照她的话做,哆哆嗦嗦流着泪把衣服脱了,赤条条站在她面前。她那刀一样的眼光在我身上划一遍后,怕人地笑了一下说:这个身子是能勾引男人!我今天就要让它变变形状！说罢,顺手去门后的扫帚上抽一根竹条,照我的肩膀、脖子、胸前、奶头、肚子、大腿没命地狠抽起来。我先还能勉强站着,任血顺腿往下流,随后就倒下了。我滚得满身是土是血,嗓子都哭喊哑了。她最后扔下被血浸红的竹条时,还专朝我的肚子上狠踹了三下,疼昏了的我只模糊知道下身一热,一股黏而暖的东西流出来,接下去就什么也不知道了……

你这会儿只是没睡好,再把丫鬟当下去,怕就要到阴间去睡了!

"老人家来了!"随着这声亲热的招呼,一脸笑意的柳彤推门进来。

杂种！银月奶斜瞥了他一眼,没有应声。我早晚要让你知道我的厉害！在这里恐怕难以立时问出名堂,得想法让莓莓回去,把事情弄清。

"我说莓莓,你爹妈也总是挂虑你,你这会儿身子也病了,干不了啥,干脆跟奶奶回去住几天!"

"老人家不用担心,莓莓是因为连续熬夜赶写东西身子虚弱,加上又得了重感冒,歇息一段就好。"柳彤这时接口,"再说,住镇上离诊所近,吃药也方便,我们一家会照顾好她的。"

感冒？你个杂种还想来骗我?！你害怕了吧？你怕莓莓回去跟我说出实情！银月奶没有理会柳彤,依旧对着孙女说:"听奶奶的话,回家住！"

"好吧。"莓莓无力地点点头,又把身子倚在被上。

"既然你们要走,那我就用三轮车送送你们！"柳彤说着转身出门,招呼他女人推过来一辆三轮,往车上铺着被子。

银月奶眯起眼睛望着柳彤忙乎。他去了最好,只要他进了丫营,我问罢莓莓就要审他!一旦有了莓莓的哭诉和他的承认,我立马就叫乡亲们把他绑送到镇派出所。杂种!如今不是过去,你欺负我们穷人,老子不会再像过去那样强咽进肚里!……

  太阳西坠的同时也带走了正午时的那份暖和。坐在三轮车上的银月奶感到了一缕冷意。三轮车在寨河外堤上平稳地向前驶着,柳彤蹬车倒是卖力,双肩上都冒着热气。骑吧,杂种!银月奶恨恨地瞪着他的后背,把莓莓紧紧搂在怀里。莓莓还在昏昏沉沉地睡着。睡吧,我当初从柳家回来,也是眼都不想睁,整整昏睡了三天两夜。那天晚上柳一威的老婆用竹条把我打倒在地又用脚在我肚子上狠踢之后,我当时就下身出血流产了。要不是做饭的周妈照顾,当天晚上我就会因大出血死去。我在柳家躺了几天,然后在一个夜里摇摇晃晃地摸出了柳家大院,我那时已下定了死的决心,既然我活着没本领找柳一威和他老婆算账,就在死后变成鬼去缠死他们!我扶着街墙向寨河的北吊桥走,那里离丫营村近些,我想在那里跳下河去,第二天人们捞起我时娘也好及时来辨认。我当时走得多么艰难,我的身子流血太多,身上伤口肿胀,双腿没有一点力气,我担心我走不到寨河就会倒下去。出了北街几步,我脚上绊了砖头摔倒了,想站怎么也站不起来。那时,我已经能看见寨河,寨河上的北吊桥高高悬起,河面上有蛤蟆在叫,水里边漂些星星。我多想快到河边向里一跳,从此忘记在柳家经历的一切。那刻我一点也不害怕,我想我一跳进寨河就能见到不少女伴,因为在我之前,和我同时到镇上富人家当丫鬟的三个女伴已经相继跳进寨河去了阴间。可我却再也无力站起来,没法,我只好向岸边爬。总算爬到了寨河岸边,我停了片刻攒下一股劲,虽然没有纵身跳下的力气,我可以滚进去。我把自己的身子与河岸摆直,仰面向天说了一句:娘,银月走了。便闭眼向寨河里滚,我的下身被岸边的石块硌了一下,正好硌在伤处,我想我一定是忍不住呻吟了一声,水中的蛤蟆骤然停了鸣叫,一旁看吊桥的屋门"吱呀"一响,一个男人随之提了灯笼出来。我刚"扑通"一声滚进水里,那人就提了灯笼跑过来叫:有人跳河了!……

"老人家,前边的路不好走车,只好停在这里了。"柳彤的声音把银月奶从痛楚的回忆中惊得抬起头来。她这才发现三轮车已到了丫营村前的寨河堤上,这里离村口还有二三百步,寨河堤通村中的小路原本可以通三轮车的,近些日子人们因浇麦在路上挖了几道小沟,车一时骑不过去。

银月奶觉着有些遗憾,要是没有这些小沟,让这个杂种一直把车骑到门前多好,那样他甭想溜走!不过这也不要紧,就假装招呼他进屋喝茶,先把他诓进屋再说。"莓莓,醒醒,醒醒!"银月奶摇醒孙女,自己先下了车,而后扶莓莓下来,莓莓在地上站定后,朝满脸是汗的柳彤吃力一笑,说:"谢谢你了!"她的话音刚落,银月奶急忙接上:"走吧,先把车锁放在这里,进屋喝碗茶。"

"不了,你们快进村吧,我这就回去,家里还有事。"柳彤边说边扭转三轮车头。

想溜?!银月奶见状急忙上前拉着车把:"走吧,快跟我进村去!""不了,老人家,心意我领了,我回家还有事,过几天我们一家会来看莓莓老师的!"柳彤说着就推动车子,银月奶这时一把攥紧柳彤的手腕,急叫:"你甭想溜走!"

这变了腔含了怒的叫声使得满脸笑意的柳彤顿时呆了,站在一旁的莓莓此时也被骇得一愣,一刹那之后才微弱地叫了句:"奶奶,你怎么这样跟人说话?"

"我这样跟他说话还是好的!"银月奶直盯着柳彤咬了牙吼,话既然挑明,她也就不管不顾了。

"怎么了? 我做错什么事惹你生气了?"柳彤一脸的莫名其妙。

"你做了什么你心里明白!"又气又急的银月奶完全忘了自己刚才计划的策略,咬了牙叫,"说! 你是怎样糟践我孙女的?!"

"奶奶!"莓莓这时猛走到奶奶面前叫道,原本苍白的脸上此刻盈了血,嘴唇也在哆嗦,"你胡说些什么?"

"说!"银月奶猛摇着柳彤的胳膊,"你们柳家的德行老子知道得一清二楚! 你这个狗杂种!"

显然被惊蒙在那里的柳彤先是任她摇晃,随后猛甩开银月奶的胳膊吼了声叫:"你凭什么侮辱人?"

被扯甩得一个趔趄的银月奶,大约是怕柳彤跑了,立时朝村里高叫起来:"来人呀——莓莓她爹快来呀——抓坏东西啊——快来人呀——"

身子虚弱的莓莓根本没料到会有这个场面,又气又急地向奶奶冲去,可能是想去阻止她的喊叫,不料只跑出两步,一阵眩晕袭来,"扑通"一声倒了下去,她原本站在寨河堤边,身子一倒地,便骨碌碌顺坡向水中滚去。"莓莓——"银月奶见状惊呼,停了向村人的喊叫。

村头的几个村人和莓莓爹闻声跑到寨河边时,柳彤已经站在水里把浑身透湿的莓莓抱了起来……

银月奶坐在床前,花白的双眉心疼地蹙起,默默望着沉入昏睡的孙女莓莓。发了几天高烧的莓莓,体温昨天才降了下来。

莓莓的睫毛动了动,眼帘慢慢启开,但一看见坐在床边的奶奶,倏地又把眼睛合上,并赌气地翻过身,把脊背扔给奶奶。

傻妮子!奶奶那天想拉住柳彤,也是要为你出气,报仇,奶奶还不是为了你!可恨的是,那小子那天趁我只顾照料你的当儿,骑上三轮车溜了。跑了和尚跑不了庙,这笔账早晚是要算的!

一阵自行车铃声响到门外,银月奶起身到门口一看,原来是个邮差。"你家的快信!"那邮差把一个信封递到银月奶手上。银月奶当初跟娘学过《女儿经》和《百家姓》,到了柳家又识了些字,能读信。见信封上写着莓莓的名字,又不想去惊动莓莓的瞌睡,就兀自撕开信封去看,只见上边写着:

莓莓同志:

你好!

寄来的《学龄前儿童的心理奥秘》(之一)收到,读后觉得很好!你的观察非常仔细,你的分析十分独到,你的阐述也很清楚,我刊已决定在今年第六期放重要位置发表。从信中知道你是一个农村青年,为了完成这本书的写作,甘愿去当家庭教师,以获取观察、写作的条件和资金,这种精神令我们感动。你说之二、之三正在写作之中,我们希望你完稿即寄来……

银月奶摇摇头,看不明白这信上说的是什么,便慢腾腾地把信折起,轻放到莓莓的枕边,让她醒了再去看吧。她默望着孙女那苍白的面孔,思绪又转到了那令她揪心的问题上:怎样劝她开口把实情说出?只要她一开口,你柳彤就别想跑走!我不把你送进公安局誓不罢休!

柳一威,你在地下睁开眼看看,看看你当初欺负过的女人的胆量！看看你孙子的下场！……

日头已经滚到了天顶,门外传来了收工回家的儿子、儿媳的脚步声,银月奶把目光移向了窗外。窗外不远处的寨河上,有一缕缕水汽在飘,银月奶知道,那是太阳对河水蒸发的结果。炎热的夏季就要到了,倘是不落大雨,那寨河中的水大约又要被蒸去不少……

步出密林

第 一 章

这是公历一九八一年的夏末秋初,是那场关猴行动的最后一天。

由十几人组成的轰赶线与大网相距只有一里来远了。包围圈越小,越需格外小心,所以前一天晚上歇息的时候,各人就在自己轰赶区域的中心找块地方睡下,天一亮就要行动,以免被赶的猴子跑出轰赶圈。

逮猴,行话叫关猴,是玩猴艺人们都会的本领,也是一个艰苦而又危险的差事。常常是由需要猴子的人家,在村里叫上十几个亲戚朋友,准备好干粮路费,直接进豫、鄂、川、陕交界处的山里,在深山密林中拦起一张几百米长的大网,顺着网前几米处撒下玉米、高粱,并埋伏下几个守网人,这些守网者无论日晒雨淋、蚊叮虫咬还是肚饥口渴,一概不许乱动。其余的人则绕到网口张开的方向四五里远处,向网内轰赶,轰赶时只可慢不能快,以免惊了猴子四处逃窜。又因为猴子的生活习惯是白天跳闹夜晚睡觉,所以轰赶者也须黎明行动,傍晚停进。

沙高和妻子荀儿睡的位置,在整个轰赶线的中间,他们是这次行动的主家。在沙湾村,像沙高这样的玩猴人家近千。沙湾村在南阳盆地出名,也就因为它拥有众多的耍猴艺人。一逢夏秋两季庄稼活儿忙完,就见各家各户或是挑担或是推车,带上猴子、道具、戏衣、铜锣、猴鞭,开始外出表演赚钱。近的就在周围村镇;稍远的到新野、邓州、南阳、襄樊;再远的就去郑州、开封、洛阳、西安、成都、武汉。旧社会,还有的玩猴人家去过印度、缅甸、泰国、越南。

午夜过后不久,一只不知受了什么惊吓的夜鸟一声低叫,就把沉入睡眠很浅的沙高弄醒了。他从铺了草和被单的地上坐起,小心地点起一锅旱烟,在夜色中默默地吸着。这里是伏牛山和武当山的交界处,不知名姓的山头一个个无声地蹲在那里,树林又给它们披了一层青森森的外衣,使它们愈显几分神秘。微凉的夜风轻触着沙高的肩膀,一股不知是什么花的香味随风荡进鼻孔,使他觉着了一点舒服。他知道再睡下去也很难睡着,便打算就这样坐到天亮。

原本侧躺在身边的荀儿,含糊地咕哝了一句什么,仰仰身向天继续甜睡。这次关猴,为了少雇人节省钱,除了半岁的儿子没来,全家人都到了:六十岁的爹爹沙老宽领着四个人在前边的网后趴守。今天也已经是第五天了。妻子荀儿背着干粮和茶水跟着轰赶队伍,一直当着后勤。沙高把目光移在妻子的身上,天上星极密,苟儿的睡态在星下显得很清楚。尽管他交代过苟儿要和衣而睡,可她受不了前半夜的闷热,仍然脱得只剩一件背心。苟儿那身子被星光耀得有些似银,他定定看了一霎,一股欲望渐渐被那银白的身子勾起。昨天轰赶猴子的疲累被刚才那阵浅睡收走了不少,他伸手在苟儿那丰腴的大腿上抚了一下,但抚第二下时他的手又倏然缩回:这可不是做这种事的时候!天亮之后不知又会有什么样的劳累在等着自己,而且这说不定会影响运气!

运气!他苦笑了一下,嘴角扯出一缕前途莫测的不安。但愿这次运气好些,让我满载而归!我沙高失败不起,关一场猴的耗费不是一个小数!一想到将有一群活蹦乱跳的猴子在自家院里,而且随着猴子而来的将是一座下四上三、七间卧砖到顶的小楼,他的眼角顿时又闪出不少欢喜。眼见得自己的几间老屋顶漏墙歪,一副将塌未塌的模样,他心急如焚,急切地需要钱起房盖屋。可到哪里弄钱?思来想去,最后还是想到了这门祖传的技艺:玩猴!

祖上哪一辈哪一年开始玩猴,沙高说不清楚。只听老辈人说沙湾人所以喜欢玩猴,是因为村边早先有一片由桐柏山延伸下来的森林,林中猴多,猴子们常到村里乱跑,那时村中人少,生活寂寞,也乐得猴子们来耍来闹,不赶不吓,任其来去。久之,家家就都有些固定的林中客人。某一年,大旱,庄稼颗粒不收,且又发了一场天火,把村边那片森林烧掉,猴们无了栖息的地方,人们无了吃饭的粮食,于是只好人猴一起外出逃荒。逃荒路上,为了使施主高兴多赠饭食银钱,人会哼几句田歌,猴会翻几个跟头,这种套路渐渐固定下来,就是玩猴的雏形……

东天边泅出了最早的一点晨光,沙高站起身,长长地呼呼气。但愿猴仙开恩,保佑我成功!一旦空网,我沙家至少要负债两年!

他长长地撒了泡尿。快开始了,这最后关键的一天。

荀儿终于被沙高弄出的响声惊醒,她打了个哈欠,坐起了身。

荀儿起身后的第一个动作,是撩起小背心去挤两个鼓胀得有些疼痛的奶子,骤然离开儿子,没有了他的吸吮,奶子鼓胀得真叫人难受!一股股乳汁在荀儿手指对奶头的挤压下喷注到地上,这空旷的四周立时荡起了一股微腥带甜的奶香。一直面对着张网方向托腮沉思的沙高闻到了这股味儿,扭头看看妻子的举动,含了点笑意低声说:"挤到地上岂不可惜?还不如叫我嚐了吃一顿!"边说边就向荀儿身边走,荀儿停了手在沙高的小腿肚上掐了一下,轻声嗔道:"天眼看要亮,叫他们看见不嫌丢人?""那这不是浪费?"沙高在妻子面前蹲下身去,用手指弹了一下那对仍然鼓胀的乳房。"嫌浪费你把茶缸拿来!"荀儿指了一下地铺旁边的挎包。沙高伸过手,从包里掏出一个搪瓷缸递过去。立时,一股细流飞注的声音在四周朦胧的曙色中传开去。一刻之后,荀儿起身,一手往下放衣襟,一手把盛了奶汁的缸子递到沙高手上。沙高仰了脖子,一口气把那些微温的奶汁全喝了下去。喝罢,快活地咂咂嘴,又用舌尖儿在缸沿上舔了几下。

消去了乳胀,荀儿觉得舒服异常,她从盛水的铁壶里倒了点水到毛巾上把脸擦擦,又漱了漱口,深吸了两口清新的山间空气,便弯腰背起装干粮的背篓,提起装水的铁壶,对沙高说了声:"我去给他们发吃的!"就蹚着草,小心地拨开灌木枝条,向最近的轰赶位置走去。

这次进山关猴,沙高原是没打算让荀儿来的,孩子太小,离不开她。但荀儿执意要跟来。荀儿的娘家也在沙湾,家里也养猴、玩猴,她从小喜欢猴,却从没进山关过猴,一心想来看个新鲜,便再三向丈夫要求。沙高觉得人手太紧,多雇一个外人多一份开销,让荀儿跟着背上干粮、茶水的也好有个机动,就应允了。荀儿见丈夫答应,欢欢喜喜地跑回娘家把自己的妈妈接来,让老人替她照看儿子金金和家门。

她边在熹微的晨光中走着边哼着做姑娘时常哼的歌儿。荀儿做姑娘时属于那种爱笑爱唱乐观豁达的姑娘,做了媳妇当了妈妈这份脾性还没改,加上在这深山中干这种带点神秘味道的关猴事儿,她的心情特别好。她心里根本没像丈夫那样想那么多,她想的只是最好捉一只又小又聪明又听话的小猴,回家训好后平日就让她同儿子金金玩。她记起自己做姑娘时每天从地里干活回来,家里的那只猴子跑过来同她嬉戏,她浑身疲劳顿消的那种感受,双脚就迈得格外轻快。

这儿虽然是密林,但不是那种古木参天的林子,而是杂有各种野果树和灌木的树林。猴们最愿在这样的混交林中居住,这多少给轰赶人提供了方便。荀儿在越来越亮的晨光中辨识着绑了红布的轰赶杆。每个杆下一个人,她逐一给他们分送着吃的喝的,轮到那个叫方振平的特别能吃的小伙儿,她特意多给了他一个馍。因为振平和沙高家是邻居,荀儿知道他的饭量大,加上都同住一个村里,小时候常在一起玩,眼看他的父母在不到半年时间里相继罹病去世,荀儿对这位邻居就特别怀了几分同情。荀儿在递给振平馍时,根本没想到,二十几分钟后这个人就会遇到祸事,而且这桩祸事的影响是那样深远!

她是在给最后一个人发完干粮往回走时听到振平那声惊叫的,叫声短促瘆人。

方振平原本是兴冲冲开始这最后一天轰赶行动的！他虽然不是这场关猴的主家,但对这场关猴成功的期待一点也不亚于沙高,他迫切地希望这次至少关到四只以上。因为来前他同沙高说好了,自己这次进山完全算无偿帮助,不要任何报酬,只是假若能关到四只以上,请沙高以低于市价一半的价钱卖给他一只！他太需要猴了,父亲传下来的那只公猴太老,无论表演什么动作都慢慢腾腾有气无力,已很难吸引观众。没有猴怎么挣钱成家？振平今年已二十五了,还一直无钱说上对象,光靠那一亩责任田,一季麦子一季苞谷的何年能攒够找媳妇的几千元！所以弄到猴,玩猴挣钱就成了他的迫切心愿。可因父母去世,又无兄弟姐妹,村上没有什么亲戚,手上也无什么积蓄,无力独自出头组织一次关猴,便只有想出这个法子了。

　　黎明时分,沙高还没吹起身轰赶的口哨,振平已经起身捆好了苇席和薄被,望着还隐在夜色里的前边的草丛树林,双掌合十向天祷告:老天爷保佑沙高能关到四只以上的猴！苟儿来送干粮时看见他双掌合十的背影,曾轻声笑道:"光合掌不行,得磕头！先给老天爷磕,再给山王爷磕,最后给猴仙爷磕！"听见苟儿那圆润好听的声音,振平不好意思地扭脸叫了一声:"嫂子！""来,吃吧！"苟儿把四个白馍递到振平手上,又把装在铁壶里的放了糖精的茶水给他倒了一缸子,"今儿个是最后一天,吃饱了好看结果！"因为天还不是大亮,振平没看清楚,接馍时无意中攥住了苟儿嫂那柔软的手。苟儿还没在意,振平的脸倒先红了个透,他慌乱中想去看苟儿嫂脸上是不是有了恼意,不想看了一眼吓得又紧忙低头。原来苟儿背干粮时挣开了衬衣上边的两个纽扣,一大截雪白的胸脯耀入眼睛。苟儿显然没有留意振平的神色和目光,只又交代了一句"快吃吧",便匆匆向另一个轰赶位置走去。当苟儿那丰腴的身子走出几步之外,振平才敢把目光重放出去,紧贴住她那急急扭动的饱满双臀,不过是一瞬之间,他就感到原本对沙高的那份妒意又从心底翻起:沙高这小子多有福呀,娶了个这么漂亮的女人!他咕咚咽了口唾沫,在心里叫了一句:倘若我将来靠种地玩猴攒足了钱,也一定要找个像苟儿这样脸盘、这样腰身的妻子,也要把她养得像苟儿这样又白又胖又水灵⋯⋯

沙高的口哨吹响后,振平第一个开始行动。他在划给自己轰赶的弧形地域来回走至第二趟时,忽然瞥见前方几十米处,有一个黑影正从一个树杈跳上另一个树杈。猴!他惊喜得差点叫出了声。千万不能惊了它们。猴喜群居,只要有就绝不会是一只。他踮起脚尖轻步向前察看,他的双眼全部集中在不远处的那片树丛里,根本没注意到脚下,等他感觉到一脚踩空想收回身子时已经晚了,他只来得及惊叫了一声:"呀——"

按照预先的规定,沙高的口哨声一响,负责轰赶猴子的人便开始了行动。那阵子四周虽还看不甚清楚,但林中已有早起的鸟儿在叫。不能再等,再等前边林里那些睡醒了的猴就可能会乱跑,说不定会走出这个由人组成的松散的弧形轰赶圈。那样,这几天的辛苦就算白费了。

大家按照惯常的轰猴动作,一点一点缓缓地向前推进。说笑、喊叫、哼唱、敲打树干、拨弄树叶、踢滚石头,总之,弄出声响,让猴们知道这边有人,要向反方向躲,从而慢慢移近竖在前方等候捕捉它们的大网。

沙高习惯性地做着那些轰赶动作,布了血丝的双眼里满是紧张,消瘦的脸上浮着不安,一双拎着轰赶杆的手由于激动而微微打战。能不能盖起楼房,能不能给儿子金金留下一笔像样的家产,就看今天了!今天!

隐隐约约地,沙高好像听见前边的树林里有猴子的叫声,他感觉出心猛跳起来,血开始飞快地向四肢灌:看来不会空网!他睁大双眼想看个究竟,就在那当儿,他听到了振平的叫声,声音是那样的短促、惊慌、痛楚!沙高在听到那叫声的一刹那就在心里断定:糟糕,出祸事了!关猴时什么祸事都可能出,蛇咬、兽伤、落崖、滚山。不过他晓得此刻不能乱了轰赶队形,他打了一声口哨,告诉其他人待在原处别动,自己急步朝振平的位置走去,走近时他吸了一口冷气:振平掉进了一个几丈深的雨裂冲沟,沟沿处很窄且有荒草覆盖,振平显然没能看见避开。痛楚的呻吟正在从沟底传来,看来摔得不轻。天哪!又要花一笔钱!沙高边在心里叫苦边解下盘在腰中预备拴猴的绳子往沟里送。"把绳头捆在腰上!"他向沟里喊。待听到振平含泪说了一声:"拴好了!"他便憋足了劲儿往上拉,拉上来一看,沙高禁不住也呻唤了一声:振平的右腿和左臂血肉模糊且软塌塌的,看来骨头是碎了!荀儿这时也已气喘吁吁地赶了来,一见振平这个血肉模糊的样子,立刻流出了泪,带了哭音叫:"妈呀,咋会摔这么狠?!"沙高这当儿已脱下身上的衬衣,撕成布条,急忙捆扎着振平的断臂和断腿。三两下捆扎完后,沙高对荀儿交代:"你在这儿守着振平,我们抓紧赶,待把网收了之后,就立刻来接你们!""那怎么行?"荀儿慌忙抓住丈夫的胳膊,"先把他背下山送进医院吧!"沙高瞪了一眼妻子:"别说昏话!现在再抽两人背他下山,猴子不就等于不关了?"说罢,便没有再理会荀儿恳求的眼神和昏躺在地上的振平的呻吟。他急走回自己的地段,打了一声口哨,让大家匀匀位置把振平留下的空缺补上,又开始向前赶去。

倘若此网落空,再加上有这个摔残了的人,那可要倾家荡产了! 沙高打个寒噤,脸变得铁青,他仰脸望了一眼湛蓝湛蓝的天,在心里叫:保佑我呀,命运!……

沙老宽费力地眨眨眼睛,继续盯紧网前撒苞谷的那一长溜草地,阳光被茂密的树叶筛得稀碎,风轻摇着草梢一伏一起,一种密林里特有的清新味儿在四周飘逸。今天已经是第五天了,连续五天的趴卧使他难受至极,但他不敢再轻轻坐起舒展四肢,他知道现在是关键时刻,如果轰赶还有猴的话已快接近网前了,任何的大意都可能造成空网而归。

沙老宽那只仅剩下一半耳轮的左耳突然一动:声音!虽然是一种极轻微的响动,沙老宽那只有经验的耳朵还是立刻辨别出:是猴子的足音!他的身子不由自主地一缩,两只昏花的老眼立时放出极亮的光来,看来不会空网了!他盯紧那片传出响动的树丛,屏住气息。果然,那声音越来越大,终于,一只全身黑中带黄的半大猴子从树丛里探出头来,先是机警地左右看了看,而后放心地走向那片撒有苞谷粒的草地。它显然没有立刻发现草地上的苞谷,只是快活地在上边翻了两个跟头,翻第三个跟头时它到底注意到了那些金黄色的吃食,立刻伸爪捏着往口中填,边填边嚼边回头向它刚才来时经过的树丛叫了几声。片刻之后,那树丛里又露出了乌黑的猴头。一只、两只、三只、四只!沙老宽的脸上滚过一阵快活的激动,一共五只!这个数大大超过了他当初的期望!但那阵高兴转瞬便又僵住,因为此刻那树丛边像又出现了一只身体胖大毛色黑中带黄的猴子,那猴突然发出一声尖啸,正在草地上捏食苞谷的五只猴闻声眨眼间全退进了树丛。糟糕!沙老宽在心里惊叫一声。他知道最后出现的这个胖猴是狡猾的猴王,是这群猴的长辈和头儿,万一它把猴群领走就完了!正当他心中惊叫糟糕的时候,那猴王又慢腾腾地独个儿踱上草地,警惕地环视一下四周。停了一霎之后,大约是认为确无危险,才抬爪叫了一声,于是隐入树丛的五只猴子重又跑回草地,快活地捏吃着那些苞谷粒。

沙老宽悬起的心又慢慢放了下来。六只!我的天!他惊喜地望着那群杂毛猴,但他分明感觉出,起初的那股惊喜在很快逝去,眼前的六只猴子在眼中慢慢变成了六副白色的骨架。它们一旦被逮住,早晚有一天会死在我沙家人手里,沙老宽记得很清,他活这六十年已经亲眼见到过十四只猴子死了!十四只!不知道猴子一旦被人捉住寿命为什么会那样短促。看着眼前这群活蹦乱跳的黑猴,过去那些玩猴的场面又在眼前晃动起来,耳边分明又响起了当年老父亲玩猴时的歌唱声:……叫一声小毛猴,你快呀打跟头,拿一根小拐棍,装个小老头。作个揖,磕个头,老少爷们儿给俺个窝窝头儿……一股钻心的屈辱又从他那衰老的胸膛里泛起,唉,我沙家什么时候才能不再靠玩猴挣钱过日子?!……

"再砍一担木柴!"前方不远处清楚地传过儿子沙高的一声暗语。沙老宽的身子一震,知道轰赶已经缩到了不能再缩的范围。该动手了!沙老宽将手边用来通知守网人的细绳一扯,最后看了一眼面前正无忧无虑捏食苞谷的猴群,边在心中叫道:猴仙爷,原谅我沙老宽动手了,边猛地松开斜扯大网的绳索,那大网准确地朝猴群扑去。当落网夹带的风声引起猴王的注意发出一声尖叫时,已经晚了。

猴群全部罩进了网里。

沙老宽望着在网中挣扎的六只猴子,泪囊肿大、眸子混浊的双眼似乎想浮出一个笑来,但最后溢出的,却是两滴混浊的老泪……

123

第二章

　　振平被背进村时，已是暮霭四起炊烟绕的时辰了。村人们默默地望着这个被截去左臂右腿的人。没有人上前再问什么，大家都认为这是猴仙的报复，几乎每次关猴，都有人受伤。有什么法子？既然玩猴就要付出代价！谁让我们沙湾人偏要玩猴？不过这次振平伤得是太重了！有几个人在无声地摇头。

　　那天，沙高和另外两个小伙把振平背到山下最近的一个医院，外科医生看后说：粉碎性骨折，接好很麻烦，请送县医院！几个人又立时坐车去县医院，到时人家一看却又说：耽误的时间长了，已生坏疽，接已不可能，必须截去左臂和右腿！沙高和荀儿及同去的两个人都惊得把嘴咧开，但时间已耽误不得，好在振平独身一人过日子，做这手术并不需征求别人意见，沙高在手术单上签了名就可。沙高签名时，软心肠的荀儿在旁边哭成了一个泪人，边哭边说振平可怜，少一只胳膊、一条腿，一个人可怎么过日子？沙高也在心里暗暗叫苦，原以为花点钱把振平的骨头接住就行，这样一截肢，他今后的生活岂不要由自己一家人照应？他是在替自家关猴时伤的，你不照应还能交给谁？唉，倒了大霉！

　　振平左臂右腿截去后的断层创口愈合得还算快，只用了一个多月时间。这期间，沙高因为还要做庄稼活，便留下钱让荀儿照应。可怜振平自昏迷中醒来，看到自己的左臂右腿被截之后，再不说一句话，每日里只呆望着天花板流泪。荀儿也无别的宽慰他的法子，只能是哽咽着劝："想开点，振平，这都是命哪！谁叫咱这地方的人只会用玩猴来挣钱哩！你放心，从今往后,有沙高和我吃的,就绝不会让你饿着!……"

振平到家后,尽管荀儿和沙老宽、沙高父子每日把吃住的事照顾得都很周到,但苦痛到底也没离开他的脸孔,整日就一动不动无声无息地躺在床上。玩猴、娶妻、生子,这些当初的愿望,如今都像纸屑一样被风刮出了脑袋,现在他的脑子里只剩了一件东西:绝望!我这么个样子还怎么活下去?那条该死的雨裂冲沟老在他眼前晃,它为什么就恰恰横在那里?为什么我就一点也没有留意?为什么偏把我摔得这样惨?也许这就是天意,方家该绝了!好,绝吧,就依了你!他的眼常常望定挂在门后墙上的那盘麻绳,在嘴角衔一丝冰冷的平静。

振平到家半月之后的一个夜晚。上床时分,沙老宽照例进屋给振平拎来尿罐,并帮他脱衣上床,看见振平目光呆滞的样子,老人哑了声说:"孩子,想开点,咱们这门挣钱的手艺,干着本来就不易,你看我这左耳,不是少了半个?"说着抬手去抚自己那半拉可怜的耳朵,"这是我二十七岁时进山关猴让猴抓的!当时我也嫌难看嫌丢人哭得死去活来,后来就想开了:咱们整日把猴仙的儿女捉来,那猴仙生气给我们点儿颜色看难道不该?你看咱们沙湾,因玩猴而伤胳膊伤腿的可不是你一个!想开点儿……"见振平慢慢合上眼睛,沙老宽就拉上振平拴在床腿的那只家传老猴准备出门,不想此时振平又睁开眼睛说:"沙大伯,老猴今夜就不必拉棚里拴了,让它卧这儿和我做个伴儿!"老人当时没听出这话中的含意,便点头说:"也好。"就又把老猴拴住,出去了。

沙老宽刚刚出门,振平便伸出独臂解下老猴脖子上的铁链,朝它指了指门后的那盘麻绳和屋梁,比了一个绳环的形状……

荀儿端着半盆苞谷面窝头去拴猴的棚子喂猴时,发现猴们对自己仍然充满敌意。她已经给六只猴分别起了名字,那只最大的猴王叫老黑;那一公一母两只大猴,叫大黑和素黑;那三只半大猴中,吃了就想睡觉的那位叫黑懒,动不动就乱踢乱咬的那位叫黑猛,机灵小巧的那只母猴叫黑巧。她刚刚在棚门口出现,就听老黑低沉地叫了一声,大黑和黑懒、黑猛呼地就朝她胸前扑来。要不是有绳子拴住,它们真可能来抓撕她的胸脯。她当时骇得急忙退后几步,把窝头朝它们扔去。尽管它们每个都捡了窝头大口啃着,但那眼睛里无半点感激,尤其是老黑,它那目光叫荀儿看了直想打寒噤。

她不明白这群猴子为什么对人这么不友好,难道是怨恨把你们捉离了密林?她小心地用木棍隔着棚门把那只盛水的铁桶钩出来,填续了水后又用木棍挑进去。喝吧,你们!

她慢慢地往回走,关猴时有的那份欢喜,因为振平的受伤和猴们的敌意,在荀儿心中一点一点变淡了。

她扔下喂猴的瓦盆,无言地拉过针线筐,坐在灯下为自己缝一件贴身小汗衫。儿子金金已经睡了,丈夫在桌那边翻看着一张什么纸,屋里十分静谧。她细长的手指拈了针线在白布上飞快地移动,不时地抬手去鬓上抿一抿针。

"喂,你看柳林镇上曾家盖的这小楼!"坐在桌那边的丈夫抬起头,把手中的那张纸朝她递过来。她瞥了一眼,见是一张房子的图纸,便淡了声说:"人家盖人家的楼,咱看有啥用?""嘿,有啥用?"沙高将眼笑笑地眯起,"只要有了这六只猴,不出二年,我也就要盖这样的楼!""吹呗。"荀儿咬断一个线头。"吹?你等着瞧吧!我们沙家要不在这沙湾变成头等富户,我沙高就头朝下走路!""要真像你说的这样,我当然高兴!"荀儿淡淡一笑,取下针,用双手撑起缝好的汗衫在灯下审视着。这种自家做的漂白布小汗衫,开领低,下摆宽,无袖,比公家卖的那种穿了透风,舒服。荀儿审视一会儿,便去解自己的上衣纽扣,麻利地脱下衣服,去试新做的汗衫。沙高眯了眼一边吐烟一边看荀儿那赤裸了的上身,看那双在灯光下摇摇晃晃的饱满的奶子,他的眼里渐渐有火苗燃起,他把烟在小桌腿上按熄,隔桌伸手抓住荀儿的一只胳膊向这边拉,荀儿红了脸瞪他:"等一下,我想在镜子里看看汗衫大小。""看什么哩!"沙高不由分说地把她横放在怀中,正要动手,荀儿却又笑着挺起身说:"急死你了,尿罐还没有拎,夜里金金叫尿憋醒了再向外边跑?"笑说罢,就边拢头发边穿衣衫出了屋门。

院里黑成一团,只有两只猫眼在院角落里亮着。荀儿熟练地迈了轻步,走到院墙角的茅厕门口,拎起了那个绑有红麻绳的瓦罐。她拎了罐刚要往回走,隔墙的振平家突然响起凳子倒地声响和猴子的一声闷叫。这声音在这静寂的夜里显得十分震人,惊得荀儿差点把手中的罐子扔了。两家之间的院墙很低且有许多豁口,荀儿见振平的房中还有灯,便判断是他因行走不便在屋中摔倒且碰到了猴。没有任何犹豫,她丢了瓦罐便翻过了院墙,几步跑到振平门前。推门时门却插着,她急急地喊着:"振平!振平!"沙老宽此时也闻声跑来,老头隔门缝一看,便猛地用肩头把门撞开。门撞开时映入荀儿眼帘的那幅景象差点儿把她骇傻:振平和那只老猴都脖挂绳环吊在屋梁上。她扑进去抱起振平的身子,沙老宽以少有的敏捷飞快地挥起屋门后的一把镰刀把两根绳子砍断。公媳两人把振平放倒在床上,沙老宽急忙去掐了振平的人中穴,荀儿则慌慌地去听振平的心脏,还好,还在微微跳。荀儿哽了声叫:"振平!振平!你醒醒吧!"

振平睁开眼睛后说的第一句话是:"你们救不了第二次

的!"荀儿急忙捂了他的嘴哭着说:"振平,别胡说,为啥要想到死?少一只胳膊一条腿照样能活!只要有我们沙家人在,就不会让你受苦!……"

　　沙高和一大群邻居一起跑进来。他默默看了一会儿振平,而后走到已经咽气的老猴身边,摸了摸它的脖子叹口气:"它还可以表演,可惜了一笔钱……"

　　沙老宽小心地想把铁圈逐个套进猴子们的脖子,猴们仿佛觉出了这不是一件好事,都死命挣扎着不干。老宽不得不喊来沙高,父子两人抓紧猴腿,把铁圈硬套进它们的脖颈。最后套的是老黑,这只猴王先上来佯装温顺,不挣不叫,只静静盯着沙老宽的那半个左耳,目光平和,以致沙家父子失去了警惕,抓猴腿时手没抓太紧。不想待他们弯腰套环那刻,它突然挣脱两只前爪,朝两人的脸抓来,幸亏都躲闪得快,猴子只抓到肩头,立刻,鲜血便从两人的肩上涌了出来。

　　"坏种!"沙高暴怒地上前抓住老黑,扇了它两个耳光。"它还在恨我们!"沙老宽一边抹着肩上的血一边喃喃地感叹。

　　六只猴全部套上铁圈之后,沙高把六根绳子搭过屋梁,绳子一头拴着猴脖上的铁圈,另一头攥在手中,而后用力一拉,猴们便一齐前腿离地给吊了起来。这姿势太过于难受:后腿着地身子直立,改变了它们四肢着地的习惯,老黑、大黑、素黑和黑懒、黑猛立刻抗议似的又跳又叫,独有黑巧意外地瞪大眼睛,似乎因为人给自己的这种待遇而吃惊,双眼委屈哀求地看着沙老宽。

　　沙老宽摇摇头,做了个无可奈何请求谅解的手势。的确,不能不这样办,每一个准备参加表演的猴都要经过这种训练:改变自己四肢爬地的生活习惯,练站功!不经过这一关的训练,猴子们就不可能学会用两条后腿走路而空出两只前爪表演。

这种强迫性的站法与在山林里的自由相比,是太难受,还没有站上几袋烟工夫,一个个就都浑身冒汗了,最小的黑巧竟还流出了泪。

沙高此时已出去做别的事,屋里只剩下了沙老宽。老宽先还能坐屋里低了头吸烟,最后,终于受不了那六双含恨带怨的猴眼的盯视,只剩半个耳轮的左耳也不忍听六只猴子的喘息,便出门坐到了院里。

见屋里没了人,六只被迫站立的猴子互相对视了一眼,目光最后聚到了老黑身上。老黑先是看了看梁上的绳子,而后把自己的两只后腿向一旁的黑猛靠去,靠近黑猛后用力一跳,两只后腿落在了黑猛肩上,这样离地面一高,颈上的吊绳松了,使它的两只前爪可以用力活动。只见它抬起前爪几下就把颈上的绳扣解了。随即,它一一替大黑、素黑、黑懒、黑猛、黑巧解掉了颈上的绳子。六只猴子在地上活动一下筋骨之后,悄步向门口移去。

当坐在院中吸烟的沙老宽听到门响扭过脸想要喊叫时已经来不及了,老黑带领着另外五只猴子箭也似的跑出院门,并很快地向村外跑去。

沙湾村北边几百米处是一片桃树林,老黑领着五个子孙一口气跑进林子躲了起来,但这片林子太小了,不足以隐藏起它们的身子。仅仅一个小时后,沙高便在邻居们的协助下重新捉住了它们。

当绳索再次拴紧猴们颈上的铁圈时,沙高抡起鞭子开始猛抽,猴们发出了愤怒而绝望的嚎叫,那叫声使人不忍心听。苟儿劝止丈夫:"算了吧!"沙高不理,最后是沙老宽上前夺了儿子手中的皮鞭,颤了声说:"饶它们一次吧,它们也是想念树林里的日子……"

秋风瑟瑟地从檐前走过,把从屋瓦上坠下的雨线扯斜,使雨水滴落的声音也有了改变:由滴答滴答变成了哗啦哗啦。

这淅淅沥沥的使人心烦的雨天,倒是驯猴的好时间。一吃过早饭,沙高便把六只猴拉进了堂屋当间,解开了它们颈上的铁链。六只猴如今都已被驯得学会了用后腿走路。今天的训练内容是练习一般的表演动作:穿衣戴帽、拉车挑担、敲鼓打锣、翻跟头、做鬼脸、扭屁股。

沙高吹了一声训练开始的口哨,大黑、素黑、黑懒、黑猛、黑巧立时靠墙站成一队,前爪相握抱在腹前,独有老黑不甚情愿地"哼"了一声,动作缓慢。这时,沙高手中的鞭子"嗖"的一下便落在了老黑身上,它尖叫了一声跳起,落地时身上已腾起一道鞭痕,它无奈地舔舔嘴唇,也老老实实地站在了队列里。

沙高这时朝荀儿一点头,荀儿把怀中的金金交到公公手上,起身把六套用花布缝成的裤褂一一放在六只猴子面前的地上,在自己面前也摆了一套颜色式样相同但尺寸不同的裤褂,含了笑向六只猴子说:"看着我,我怎么穿,你们也就怎么穿!"说罢,便弯腰,先将一只花帽拿在手上抖抖、展开,戴在头上,随后穿上褂子、裤子。猴们见状,便也一齐戴帽、穿褂、套裤。站在最末的黑巧伶俐,穿得又快又整齐,沙高立时朝它扔过一块糖去;黑懒看示范动作时心不在焉,现在穿得又慢又乱,沙高手中的鞭子立时又飞了过去。其余的猴子见这奖惩办法,都不敢怠慢,抖擞了精神,认真地按着主人的口令和手势,脱下、穿上;穿上、脱下,直到动作熟练。

接下来,是由沙老宽来训练猴子们的拉车挑担。一辆由木轮做成的平板车,一副由竹片和草篮做成的担子,让每个猴子都来拉挑一遍。做得好的,赏半块桃酥;做得不好的,沙高便鞭抽棍打。

之后,是由沙高训练它们敲锣打鼓、翻跟头。

将近晌午时分,三人都累了。这时,便开始由一直坐在墙角的振平来训练猴子龇牙咧嘴做鬼脸和鞠躬等。振平独臂拄了拐走到猴们面前,认真地做着示范动作。这些天,他基本上成了沙家的一口人,每顿饭做好,荀儿总是先盛了给他送去;晚上,荀儿让公公来和振平睡一处,不让他孤孤单单想绝路;白天得了闲空,荀儿就过来给他洗衣扫地讲些应该活下去的道理。一来二去,荀儿一家的关心体贴,使他的心感到了温暖,又有了活下去的勇气,便主动向沙高要求,自己也承担一点驯猴任务,为沙家出点力算作报答。

猴们的模仿力极强,一见振平单腿拄了拐杖来做示范动作,以为也是要求它们这样做,便一齐将刚才挑担时的竹片取在右爪中,将左臂右腿缩起,单腿独立,龇牙咧嘴地做鬼脸。这举动惹得沙老宽和荀儿忍不住轻笑起来,连振平也目露了笑意。这种无意间的模仿动作达到了一种很意外的滑稽效果,使猴们的鬼脸格外让人忍俊不禁。沙高原本坐在那里默默抽烟,这时眼中突然有一道雪亮的东西一闪。

他把烟掐熄站起来,先朝猴们叫了一声:"做得好!"朝它们各扔出一块糖去,又转了身对振平交代,"就这样练!"

振平急忙点头,看见沙高满意他心里也高兴,他内心一直为自己拖累沙高一家不安,如今有这个报答办法使他感到了轻松。他开始不厌其烦地教猴们龇牙、咧嘴、瞪眼、耸鼻。

荀儿望着猴们一律缩起左臂右腿的怪模样,先还是一脸

131

笑意,后见振平每每转身时都要趔趔欲倒,又慢慢将笑意收了……

秋庄稼即将收完,最后一批麦茬红薯也将挖出入窖那几天,是镇上所有玩猴人家最忙的辰光。这时他们要一边做地里的农活一边加紧驯猴排练节目,因为入冬以后,就是他们外出玩猴挣钱的日子了!

沙高为了提前把猴子驯好,把猴子分了四拨,他负责驯大黑、素黑骑自行车、荡秋千;让他爹驯黑懒、黑猛拉犁、砍柴;让苟儿驯黑巧跳秧歌舞、拍皮球;让振平坐椅上驯老黑拳击——独臂驯拳击,成功后会格外引人注意。

振平驯老黑的时间相对多些,因为他不能下地,逢了沙老宽和沙高夫妇下地做活时,他便一边照看金金,一边训练老黑。独臂驯猴子拳击,其疲累是可想而知的。那日驯一阵后,他正坐那里喘息,沙高怀抱着一卷东西来到了他身边。沙高先点着一根烟递给振平,而后像是随口说出似的讲:"关于拳击节目,我有一个想法,不知你以为咋样。""说吧,只要能吸引观众。"振平笑着催,他感激沙高一家把自己看作家庭的一员,总想做点什么让沙高喜欢。

"我想,如果只让一只猴子表演拳击动作,那太乏味,很难引起观众兴趣。倘是让两只猴子对打,则可能让人们看成是两猴嬉耍,还不如让它们比爬竿更有趣味。若是让猴与正常人拳击,譬如和我,则猴显然不是人的对手,强者太强,两下不成比例,也没有什么看头儿,要是让猴和你拳击——你坐在一只底部带转轮的小圆椅上,这样打斗起来必然妙趣横生,能吸引大批观众!只是不知你愿不愿这样做?"

振平显然不曾料到沙高说的是这回事,一时有些发愣。

他原以为不过是让他为猴设计几个漂亮动作,未料到竟是要自己上场和猴一起表演。当然,这犹豫只在片刻,片刻后他就含笑点头说:"行,咱就试试!"只要沙高高兴,做就做吧,无非是摔几个跟头。

沙高见振平点头,忙又把臂下夹着的那卷东西拿在手上,含了笑说:"既是表演,我想最好是也穿点演出服装,我想了想,让何家缝纫铺给做了一件,你穿上试试!"说着,将手上的那卷东西展开,振平这才注意到那是用猴皮连缀起来的一条裤子和褂子,他穿上身一看,毛茸茸就真如猴子一般,顿时咧嘴笑了:"还真有点像!"

"凳子我也已托人去城里买了。"沙高说着快步回屋,拿来一个底部带转轮的小圆皮凳。振平看见那凳子又是一惊:看来,沙高是早已生了演这节目的主意!

"这样吧,你来和老黑对打一番,我看看。"沙高微笑着往旁边一站。

振平拄拐在小圆凳上坐好,先蓄一口气,然后用独拳示意老黑来捣自己。经过几天训练的老黑,早已掌握了拳击的要领,见了振平的示意,敏捷地往前一跳,用戴了拳击手套的两只前爪直向振平胸口捣来,想移动转椅闪开的振平没有来得及闪开,"扑通"一声仰面倒地。

领了黑巧出门训练的荀儿,闻声急忙奔了过来,一边骂了一句老黑:"狠心的东西!"一边急把振平扶起,及至看到振平身上的装束,又张了口惊问:"谁让你穿起这个?"

"嘿嘿,没什么,这是演出服。"振平忍住疼痛,勉强让笑从眼中出来。

"演出服?谁——"

"看来,今后在驯老黑的同时,你也要练练打斗动作!"沙高打断妻子的话,一本正经地朝振平交代。说罢,转而面向荀儿:"别人的训练你少管!黑巧训得怎么样了?走,给我演示一遍!"说着,拉起荀儿的手就向院里走……

第 三 章

　　沙家入冬后出门的第一场演出地点,是在县城的南关。对这场演出,沙高觉得心中无底,究竟哪些节目吸引人,每只猴在观众面前的演技如何,节目怎样排列合适,只有靠在这首场演出中试验了!不过有一点沙高心中明白:那就是首场演出应该成功!不然,局面就很难打开了。

　　全家人和振平还有猴子、道具、锣鼓、幕布,是全靠一辆平板车拖往县城南关的。沙高扶把,沙老宽和荀儿在车两边各绑了一根绳拽,振平和金金坐在车上。他们是前一天傍晚到达城关的,在附近的一家屋檐下睡了一夜,第二天一大早就急忙在一处空场上整理舞台,拉上幕布。南关这里是全城最大的一个集贸市场,人很多,这使沙家对演出成功的信心又增加了不少。

　　上午十点,一切整理完毕,沙高让儿子金金坐在一个木制扶手椅里,而后和爹爹、荀儿、振平一起,打起了锣鼓。锣鼓声引来了一些人,但不多,沙家知道引人靠节目,便下令:演出开始!

　　第一个节目是"五猴祝寿"。荀儿登台报幕:"在我们伏牛山深处的一片密林里,有一个美丽的动物世界——"随了她的话音,头道简单的幕布便被拉开,沙高敲锣唱起来:

　　　　双扇门,单扇开,
　　　　山里住个猴奶奶。

> 猴奶今日过大寿,
> 大猴小猴都跑来。
> 八张桌子忙拉开,
> 先放酒盅后摆筷,
> 大猴小猴桌前坐,
> 紫金壶里把酒筛。
> 猴奶奶,真富态,
> 有子有孙自成国。
> 今日俺们来祝寿,
> 健康长命活一百……

伴着这歌声,挂了杖的老黑,一步三晃地走上舞台,在一张椅上坐下。大黑等其余五只猴子依次捧了纸糊的糕点、寿桃上场,先向老黑打躬作揖,而后端了酒杯,惟妙惟肖地给老黑敬酒。敬罢酒,便各自爬起竿子、翻起跟头、钻起圈来。站在台侧的苟儿发现,老黑表演得极其认真,不知是因受了儿孙祝寿的感动还是想起了当初山林里的生活,眼中竟有泪水流出。

这场面开始吸引了四周一些人的注意,远远近近便有人向场子前边走来。

第二个节目是"犁地"。猴子大黑和素黑身穿对襟短褂,拉一张小木犁上了舞台,黑懒头戴草帽扶犁,手拿鞭子,一步一晃扶了犁杖随后走上。在这同时,沙老宽就苍凉悲切地唱道:

> 打一鞭来撵月亮,
> 打两鞭来追太阳。
> 俺给地主扛长工,

135

地里打下三斗粮。
交完租子粮囤空呀，
一年到头饿肚肠。
地主吃的鱼和肉，
穷人喝的黑面粥，
稀里糊涂喝不够。
地主门前拴骡马，
穷人少犁没有牛，
耕田人儿当牲口……

沙老宽的嗓音低沉喑哑，唱得人心里酸酸的，有一阵掌声响起。

第三个节目是"考官"。振平开口先唱：

太阳落西又出来，
一母所生三弟兄。
大哥起名叫包典，
二哥起名叫包仝，
所生三弟年纪小，
起名就叫包文正。

随了这歌声，猴子黑猛从舞台上的箱内取出包公面具戴在头上。

包公上学很用功，
考取状元第一名。
当官打坐南衙里，
惩治贪官不留情。
今日包公把街逛，
就是特意显威风……

在这歌声中,黑猛摇头晃脑扇着乌纱帽翅,凸着肚皮,捋须撩髯,踱着方步,神气活现,官架子十足。又引来了一阵掌声和一批观众。沙高从台侧看去,观众虽比刚才多些,但仍显得稀落,心里不免焦躁起来。

第四个节目是"相恋"。荀儿先脆声开口唱:

　　十八九岁大姑娘,
　　挎起菜篮上市场。
　　集市里碰见心上人,
　　想要说话心发慌。

在荀儿的歌声里,猴子黑巧身着姑娘们穿的花衬衣、红裙子,手挽竹篮,袅袅娜娜走上台。

　　谷子去壳才见米,
　　灯草破皮才见芯。
　　只要你我两相爱,
　　管他别人说啥哩。

歌声中,猴子黑猛穿了青年小伙儿的背心短裤,挑副担子,急火火地向黑巧面前走。

　　哥是青苗居高山,
　　妹是泉水流深涧,
　　哥想妹呀黄蔫蔫,
　　妹想哥呀泪不干……

观众又三三两两来了一些,比起过去沙高和爹出来玩猴时的观众是多了不少,可与沙高心中期望的人数还相差很远。这是首场演出,须有轰动效果才行!他不安而担心地等着下一个节目的效果。下一个节目就是振平与猴子老黑的拳击表演了。

　　身着猴皮的振平和老黑刚从两侧台口走上舞台,沙高就重重地擂响了为拳击伴奏的牛皮大鼓,鼓声就是拳击开始的信号。老黑闻声身子一个激灵,迅即紧握双拳,纵身一跳就到了振平面前,振平还没来得及在转轮独凳上坐下,老黑的双拳就落在了他的胸上,他身子向后一仰,嗵地跌坐到了地上。观众们几乎同时惊呼了一声:"哟——"这声惊呼将远远近近逛集市的人们的眼睛扭了过来,一齐向这边看,沙高见状把鼓擂得更凶。振平吃力地用拐杖撑起身子,坐到凳上,用断臂的断碴倚住拐杖,急忙伸出右拳来抵抗老黑的进攻。振平单臂独腿的模样本来已令人吃惊,现在又穿了猴皮与猴子拳击,更令人们觉得意外,观众中响起一阵嗷嗷的为振平和老黑助阵的叫声。加上为了增加节目效果,沙高边擂鼓边不断地为两人的拳击配音:嗵、嗵、嗵!人们的助阵声和这刺激性的配音,迅速把周围逛集市的人吸引了过来。台下的观众变成了黑压压一片,沙高期望的效果出现了,他心中高兴,把鼓擂得更急更响。猴子老黑被这鼓声激得精神亢奋至极,在这一刹那,它大约是记起了被捉离山林后所受的种种苦楚,把对人的痛恨全集中到了振平身上,敏捷地跳跃着连挥双拳向振平进攻。振平单臂独腿坐在凳上,回击力量有限,每每躲闪不及,被重重打翻在地,每摔一次,都疼得振平要闭一霎眼睛。观众们不知内情,以为这都是预先排练好的正常过程,加上一些年轻观众强烈宣泄心理的作用,用一阵又一阵的掌声为老黑助威。在众人的助阵声和催战的急骤鼓声中,老黑越打越猛越狠,振平不得不用全力回击,但活动不便的他远不是老黑的对手。老黑戴了拳击手套的爪子一下又一下落到了他的胸口,汗水开始涌出浸透他的内衣。随着摔倒次数的增多,他感觉出屁股和腿上几处如刀割似的疼，一定是有了伤口！他借着摔倒的当儿飞瞥了一下摇鼓的沙高，用目光提醒他：早过时间了！可沙高没有注意他的眼神，他只好努力爬起坐在凳上，继续与老黑拳击。

其实，沙高早瞥到了振平那提醒停鼓的眼神，但他故意把眼眯起佯作没有看见，现在不能停！观众还在上，这是沙家猴戏团扬名四方打开局面的好时机！沙高估计，此时的观众已近两千名。他用目光朝爹爹示意，让他把那个预先就写好的广告牌挂在台侧的木杆上，上边写着："著名沙高猴戏团向观众致意！本团节目精彩演技高超，可以应邀上门表演！"他知道，有了现在的这一幕，有了这个广告牌，他的猴戏团的名声，会很快在四方传开！随后他又示意预先各捧一个敛钱篓站在台口的大黑等五只猴，走下舞台，在观众席上走动敛钱。激动的观众们一边看着台上的打斗一边开始大方地向篓中扔钱，一些年轻人甚至把整张五元、十元的票子扔在篓中，玩一辈子猴的沙老宽也未见过这种场面，只瞪大了眼站在台侧默默地看着猴们敛钱。

原本坐在幕后给金金喂奶的荀儿，先上来听着前台传来的叫好声，很是高兴，边喂金金吃奶边逗着儿子玩。后见过了表演时间而鼓声还总是不停，人们的叫声也越来越响，才把儿子放在座椅里走向了台侧。那时，摔倒多次的振平屁股上已有血渗出，她看见后吃了一惊，急忙走到正挥槌击鼓的丈夫身边小声提醒："他爹，早过了时间，怎么还不停？"

沙高没有应声，只是边击鼓边用肩把她猛撞到一边，同时扭脸生气地瞪她一眼。

荀儿惊诧地望着丈夫那双因为兴奋和激动而变得通红的眼睛。

鼓声在更加急骤地响着。

耗尽了力气的振平终于又一次倒地,但这次,他已没有力气再起来了。

嗷——嗷——嗷——欢呼声从台下爆起,直向天空扑去。

沙老宽拉上了头道幕布。沙高停了敲鼓的手,汗水也已湿透他的衣服。

荀儿第一个向振平扑去,但她只看了振平一眼,就又折身抓起一根皮鞭冲向老黑,没头没脑地向老黑打去。沙高急步过来抓住荀儿的手说:"打猴干什么?还不快给振平端点水!"待荀儿刚一转身,沙高就从衣袋中摸出了几块糖飞快地扔给了老黑。

老黑慢腾腾地捡起糖,一下一下地剥着糖纸,但它并没有往嘴里填,在沙高扭过身去的时候,它又飞快地把糖块扔到了舞台下边。

它的眼中,闪过一缕恶毒的笑意……

头顶是清冽的冬夜的天空,几颗疏星似乎因为寒冷也在抖动,冷风从围着的幕布缝里一股一股钻进,把这临时搭起的半露天棚里一点不多的热气迅速挤走。坐在用秫秸铺就的地铺上的振平,禁不住打了个哆嗦。

"怎么,伤口还疼?"就着风灯,坐在一边哄金金睡觉的荀儿,见状急忙探了身问。"都怨金金他爹,把鼓擂个不停!"荀儿的话中还带着气。

"不疼了。"振平摇摇头,把身上的棉被裹紧了些,他看出荀儿因为下午的表演心中不安,他不愿再给她增加心理负担。

"先吃点饼干垫垫,你一定是饿坏了!"坐在一旁吸烟的沙老宽此时急忙从提包里摸出一包饼干,拆开,递到振平手上。见振平不好意思吃,又急忙拿起一块径直填到振平嘴里,慈祥地笑着催着:"吃吧,孩子。"

棚外响起了沙高急急的脚步声,随即便见他用肩膀顶开棚门口挂着的苇席,一手提着一小桶热腾腾的面条,一手掐着一捏烧饼走进棚子,快活地说:"来,来,肉丝面条、大烧饼!今晚咱们好好吃它一顿,庆贺庆贺咱们的成功!"说着,放下桶和烧饼,就去布兜里掏出碗,先给振平盛了满满一碗放在一只凳上移到他面前,振平刚要动筷,沙高又在眉眼里浮了笑说:"等等,今天你最辛苦,得犒劳犒劳!"说罢,从衣袋里摸出个小荷叶包,迅速打开,把包着的十几片酱牛肉放进了振平碗里。"哎,哎,大家都吃!"振平不好意思地急忙叫着。

"吃吧,今日我们头一场演出,你立了大功!"沙高摆着手让他快吃,而后开始给荀儿、给爹爹盛饭。盛罢,他又另拿出一摞木碗,给每个碗里放一个烧饼、几块萝卜、一撮玉米、一块糖,给卧在棚子一角的六只猴子一只一份,见猴们都开始大嚼之后,他才去给自己盛饭。

面条碗里的白色热气,替沙高遮掩着眉心间的欢喜。他太高兴了!首场演出的收入竟达五百五十多块!这太出乎他的意料。过去和爹爹演出,最多的一次收入也就四十几块!重要的是,今天演出一结束,就有两家到后台邀约,一家是城东关的一个做服装生意的个体户,他家儿子娶媳妇,让去演一场,点明还是今天的这些节目,定金四百块!还有一家是城北五里铺的一个面粉厂主,他家的新楼房几天后盖成,请他们去演出庆贺,定金也给四百!

这样一个开头,怎不令人快活?照这个速度,要不了百场演出,我的新楼房就可以在沙湾村立起来了!

沙高明白,今日的成功主要在于振平的出场。他现在有些庆幸当初把振平收留到家中了,甚至有些庆幸振平正好在关猴时摔成残废,要不然……他摇摇头,不让自己顺着这个思路想下去。

因为心情激动,夜饭吃过后他躺在地铺上久久不能入睡。用苇席隔起来的那边棚里,已响起了爹爹和振平一轻一重的鼾声,妻子身边的金金,也早已响起甜甜的鼻息。他探起身,摸出一根烟,轻轻划了火柴点燃,火柴熄灭的刹那,他瞥见荀儿也还睁着眼躺在那儿。"也没睡着?"他低声地问了一句。

荀儿没有应声,一瞬间的静寂。远处的什么地方,传来几句醉酒人含糊的哼唱。沙高吸了一口,把烟掐灭,随之扭过身,习惯地伸出手,想把荀儿搂到怀里。但不防荀儿猛抬手把他推开,黑暗中同时响起一声低而带气的质问:"说,演拳击时为啥总不停鼓,让振平摔成那样?"

星光下可见,一股不快把沙高脸上的喜色挤走,不过转眼之间,他的颊上浮了亲昵,他用同样低微的声音反问:"你知道今儿个我们的收入多少?"

"他身上几处摔伤!"荀儿的声音依旧带气。

"今晚的五香牛肉我多想吃一片尝尝!"沙高的话令人摸不着头脑。

"答应我,以后好好待他,人家是为咱们关猴残废了的。"荀儿朝沙高侧过身来,声音中带了点恳求。

沙高没再应声,只是利用这个机会,把荀儿揽在怀里。荀儿边用手去推丈夫的胸脯边用极低的声音提醒:"同他们只隔着一道席!"

沙高在把荀儿压在身下后在她的耳边轻语了一句:"我心里高兴……"

漫天的寒星……

腊月初十,庙山镇举办盛大的物资交流会,远近县市的各种商业企业都在这里摆摊销货,四乡八镇的人们都来会上买东西看热闹,这也正是玩猴艺人们演出挣钱的好机会。精明的沙高自然不会放过这个机会,带领全家连夜赶往庙山镇,在镇中心广场占了一个位置。他们赶到时天已近晚,匆匆拉好幕布整好台子已是晚饭之后了,这时才知道,先他们而来赴这物交会上演出的玩猴人家已有了四户,也都是沙湾的乡亲,而且都在广场四周摆了台子,有的还已演过一场。除此之外,豫剧、曲剧、坠子书唱班也有十来家拥来摆台。这是一个比本领争观众的局面,因此晚饭时沙高就对荀儿、爹爹和振平交代:"明儿个的演出,我们必须使出全部本领!"

第二天,荀儿天不亮就起了身,先用煤油炉烧全家的饭,这才去喊丈夫、公公和振平起床。趁着丈夫他们洗脸的当儿,她开始喂猴,依次给猴们发着干粮,轮到老黑时,她有意少给了它一点。不能让它吃得太饱!要不然演拳击那个节目时,它又会对振平重重下手。前几天去那两家应邀演出时,虽然沙高没有延长拳击时间,可因为老黑出手太重,还是把振平打倒了几次。

荀儿知道,今儿个的演出因为带有比本领争观众的架势,拳击节目肯定还要上台。她想待这次物交会的演出过后,说服丈夫取消这个节目,别再让振平登台了,让他喂养猴子做个杂活就行。人已经残废心里本来就不好受,再用这样的节目让他受罪,荀儿心中不忍。

精明的老黑只吃了几口,就发现了自己的食粮比别的猴少,眼顿时就阴沉地眯了起来,它先是不满地朝荀儿低叫了几声以示提醒,后见荀儿不理睬,就摇摇晃晃地朝荀儿身边走。借捡地上的一粒苞谷,故意朝荀儿一抗,正蹲在那里给黑巧分发食物的荀儿没防,"扑通"一声便跌坐到了地上。荀儿没生气,只笑着叫:"嘀,你发脾气!"倒是和荀儿有点感情的黑巧有些打抱不平,呼地蹿过去朝老黑的屁股上推了一掌,将老黑推了个跟头。

"好了,好了,都别发火。"荀儿急忙出面平息。

"给你吃,老黑!"她把刚才欠发的馒头又塞到老黑爪上,而后轻拍了它的头说,"吃饱了可要记住一件事,上场拳击时不要用力,振平是残废人,要照顾好他!"

老黑只管眯起眼大口地吞咽着食物。

演出是九点来钟开始的。那阵子其余几户猴戏团和唱班的演出锣鼓也都已敲响。开头的情况基本上是平局:每一家的舞台前都站了一二百人。沙高在幕侧看到这种情景,知道若把局面维持下去,每场的收入也就几十块钱。看来,还得上那个最吸引人的节目!

振平上场前,荀儿特意走到他身边把他身穿的猴皮扣子绑好,同时轻声叮嘱:"上了场要多加小心,尽量防着不让老黑推倒!"

振平点点头,努力笑笑。

为拳击助威的鼓声由沙高擂响之后,荀儿走到那个单卡收录机前按下了键钮,于是舞台一侧的那个扩音喇叭里立时响起了逼真的拳击配音——这是沙高为吸引观众新买的宝贝,磁带上录好了拳头撞击肉体的闷重响声和人的喘息、猴的尖啸。这声音带着一种很强的刺激人的效果,喇叭一响,果然立刻就吸引了远远近近人们的注意。人们很快向舞台前拥来,不一会儿,台前的观众已是黑压压一片。沙高见状把鼓擂得更响更急。舞台上的老黑早被这鼓声和扩音机里的叫声、响声和观众们的掌声弄得亢奋无比,被捉离山林的仇恨又在身上沸腾起来。它敏捷地跳换着位置,不停地向振平出拳攻击。振平先还能勉强应付,渐渐身上开始着实挨老黑的拳头,终于,又被老黑推倒在地了。

观众中发出一阵惊呼,这惊呼声吸引了周围更多人的注意,吸引力是可以成倍递增的,注意的人一多,这本身就又可以吸引更多的人注意。另几家猴戏团和唱班的舞台前,观众已寥寥无几。沙高见状一边用目光示意爹爹赶紧让另五只猴下场捧篓敛钱,一边把鼓更紧地擂了起来。舞台上的振平不得不打起精神从地上爬起,继续与老黑拳击。

一切都和那次首场演出一样。

不愿目睹这个节目的荀儿,原本在后台准备下边的演出,见时间已到而鼓声未停,便急忙走到幕侧丈夫身边提醒,不料沙高根本不加理睬,看也不看只管擂鼓。眼见得振平又要被老黑击倒,荀儿急了,猛上前一把攥住了鼓槌。几乎没有犹豫,沙高在回头瞪视她的同时霍地夺过鼓槌把她向旁边一抗,这一抗是如此沉重有力,荀儿跟跄着后退几步重重跌倒在了地上。一刹那的呆愣之后,泪水便从荀儿的眼中汹涌而出。

最后一记鼓槌落下时,沙高脸色铁青地走到还没起身的荀儿跟前,边伸手去拉边从牙缝里蹦出一句:"你是我的女人还是他的女人?"

荀儿什么话也没说,只是猛地推打开他伸来的手,抹一把脸上的泪,自己用力站了起来……

第 四 章

风几近没有;淡白色的太阳停在半空,不发热力也不动;远处的沟沟坎坎里,还能看到一点前些日子落下的那场小雪,

145

它们使这天显得很冷。

沙老宽拉着六只猴子，缓缓向镇边的一片小树林走去。半个多月的物交会昨日结束，紧张的表演也算告一段落，今天全家歇息。这些连续演出的猴们一个个也都累得筋疲力尽，迫切地需要休息。可沙老宽知道，猴们歇息的最好场所是树林，只有到了树林里，它们才能在精神和肉体上彻底放松，很快把失去的体力恢复过来，所以便把猴们向这里牵来。

尽管是冬季的树林，而且除了万年青之外树木的枝叶都已干枯，但猴们看见久别的故园，还是"哇哇"一阵欢呼，争先恐后地向树林里奔，拖曳得老宽跟跟跄跄地在后边跟。

沙老宽把猴们各拴在一棵常青树上，任它们在树枝上跳上跳下地撒欢热闹，自己坐在林子边上默默缠绑着手中的猴鞭。这根猴鞭是爷爷传给爹爹，爹爹又传给他的，鞭把上缠着的牛筋已磨得乌黑光滑，鞭梢早已磨秃，用上好的牛皮割成条编起的鞭体上，大约是被猴身上的血浸染的，变成了暗红色，上边缠裹了一些猴毛。已不知有多少猴子挨过这鞭子的打了。唉！沙老宽长长地叹了口气。

一声猴子的快活呻唤钻进了沙老宽的耳朵，他的目光从猴鞭上抬起来。呻唤是黑巧发出的，它正温顺地站在那里，听凭猴王老黑用爪轻触着它的臀部。随后便见老黑开始爬胯。老宽急忙把眼移开，嘴角几乎同时漾出一个蔼然的笑纹：不久会有一个猴崽降生了！这倒是一大喜事，养猴的人都希望能早得猴崽。但那笑纹渐渐又被一丝担忧替代：老黑和黑巧是同一个种群，而且很可能老黑就是黑巧的长辈，这样同群相交生出的猴崽不会身子强壮！但又有什么办法？眼下村里养猴的人家都已出门演出，只有任它们同群相交了。沙老宽想起邻居起桐家的母猴那年生出的没有腿的猴崽，身子不由得打个寒噤。但愿我家别出这样的事,那是会惹猴仙怪罪的,会降下祸来。造孽呀,假若它们还在山林里,大约是不会同群婚配的,唉,猴仙大人,宽恕我们……

沙老宽扔下猴鞭,沉重地闭上了眼睛。镇子的喧闹被远远撇到身后,这里一时显得很是安静。沙老宽在这片刻的安静中又想起了儿子和儿媳近日的不睦,心中越发乱了起来,但愿他们的不睦别再发展……

苟儿衣袖高挽,口中哈着白色的热气在一个自来水管前搓洗衣服。全家人的衣服再加上振平的,堆起来满满一盆,她已累得额头沁汗。冬天的地下水是温的,风却凉得刺人,只在苟儿沾水的小臂上轻轻一绕,就使她的小臂变得像水洗了的红萝卜,通红通红。

"哎,金金他妈,我去集上看看。"沙高从住处走过来向妻子交代。但苟儿没有理会,照旧洗自己的衣服,脸连抬都没抬,直到沙高尴尬地走远,她才仰起头来舒一口气。

自从那次演出沙高把她抗倒以来,她赌气地很少同丈夫说话。嫁到沙家以后,她还是第一次遭到这样粗暴的对待。最初两天,她气得真想抱上金金就回沙湾娘家,不再这样东奔西颠地玩猴了。但转念一想,自己一走,他们三个男人吃饭、洗衣咋办?表演时怎能忙得过来?残废的振平万一有病谁来照应?再说沙高一心挣钱,终究也是为了家里盖房,为了今后金金的生活,一想到丈夫是为了儿子,苟儿的心就软了。

她用力搓洗着衣服,白色的肥皂沫在她手上膨大变幻着各种形状。搓洗振平的一件衬衣时,她无意中发现衣缝里边有什么东西在动,定睛一看,原来是虱子!她吃了一惊,急忙把那件衣服从盆里拎出来。该用热水烫烫,要不然它们可死

147

不了,但端起盆往回走时忽又想起仅这件衣服烫了还不能解决问题,必须让他把全部内衣换下来彻底烫洗一次才行!荀儿知道,像振平这样每次演出都要出一身大汗,出了汗之后因为手残又不便洗,时间一长,身上长这个也属正常,今后应该常催他换洗衣服。

荀儿快步向近处的大车店走去——因为天太冷,也因为最近赚了钱,沙高在大车店租了两间房子,全家人不再搭棚子露天睡了。荀儿推开振平和公公住的那间房的门,见振平正在逗金金玩,便叫:"振平,快把裤头、衬裤全换下来,长虱子了,得烫!"振平闻言不好意思地笑笑说:"已经换下来了。""在哪儿?快给我拿去!"荀儿伸出手催。"嘿嘿,"振平笑得很难为情,"下衣就让我自己洗吧!""逞什么能哩?你一只手搓着舒服?!"荀儿边说边去他的床下翻找。振平见状,急忙伸了独臂去拦。荀儿笑了:"甭不好意思。嫂子是过来人了,你们男人那点事儿我都知道,羞啥?来,给我!"等把床下的裤头、衬裤抓在手里,就又催,"把你身上才换了的衬衣也脱下,再换一件,我担心不彻底!"振平先还不肯换,后见荀儿动手要来解他的衣扣,才不得不去脱,但脱到剩最后一件时,又害羞了,说:"嫂子,你出去一下!"荀儿笑开了:"呵,还不就是个光脊梁?我没见过?快,甭扭捏着再得了感冒!"边说边上前扯下了振平身上的那件衬衣。衬衣一脱,看见振平的那截断臂,荀儿的心又揪紧了,一股重重的歉疚坠上心头,她轻抚了一下那断碴,颤了声说:"这些天的演出,让你吃苦了,你多原谅你沙高哥,他也是叫穷逼急了!"

"嫂子,说这做啥。"振平的眼圈红了。

荀儿拿起衣服匆匆出门,边走边抹了一下眼睛……

沙高用新买来的篷布在篷布商店门口的空场上围好一个露天剧场后,得意地在剧场中央连转了三圈。哈哈,从今以后,我总算有了自己的活动剧场,可以正正规规地卖票演出了!再不用让猴们捧着敛钱篓在观众中间走着敛钱,像讨饭一样!将来有一天,我还要买辆装载道具、猴子的汽车,我要成立起一个像样的沙家猴戏团!到那时,我和荀儿就再不用直接参加演出,而要变成一个气气派派的老板和老板娘了!

一想到荀儿,他那原本充满欢喜的心禁不住一紧,荀儿那张满是冷色的脸又晃在了眼前,一股委屈随即从心里泛起:你为啥总对我不满意?我千方百计赚钱还不是为了你和金金和这个家庭?但委屈归委屈,他知道荀儿的倔脾气,眼下这个僵局还得靠自己主动去想法打破。用什么法子?买件礼物!对,买一件荀儿喜欢的东西,往她手上一放,她只要一笑,不就结了?

他交代卖篷布的店主把篷布卷好,自己便走进了一家百货商店。进去时,见一群妇女正挤在一个柜台前抢买一种什么用品,走近一看,原来是一种可以使女人身体苗条好看的三角裤和乳罩相连的东西。也买一件!他想象着荀儿穿上这东西后的模样,嘴角闪过一丝骄傲的笑意:一定漂亮耐看!他注意地扫了一眼柜台前正挤着买这物品的那些女人,发现没有一个女人的身段和脸蛋可与荀儿相比。他知道自己妻子的漂亮,也就是因为这一点他平日很少把目光往别的女人身上放。总有一天,我会让我的女人穿得比你们所有的城里女人都强,变得比你们都吸人眼睛!

这件用塑料袋装着的带了香味的礼物,沙高是在晚上睡觉前从衣袋里掏出来的。那阵荀儿脱了衣服,她睡觉还是乡下女子的习惯,浑身脱得一丝不挂。"荀儿,你看!"沙高把那物品从塑料袋里掏出展开,嬉笑着想往她身上穿,"来,试试,城里女人用的!"他原以为荀儿看见这礼物会欢喜地接过,那样自己就可以顺势搂过她来——这些天因为荀儿不高兴,两人一直没有亲热,刚才看见妻子那丰满的裸体,冲动又被猛烈地撩起。料不到的是,荀儿只看一眼,就扭过头,一边用被子盖住身体,一边冷冷地说:"节省一点吧,省得以后又要不顾别人死活地挣钱!"

"节省这点干啥?"沙高被荀儿的冷淡态度弄得有点窝火,不过他不敢此时发作,只得抑制住火气嬉笑着说,同时朝荀儿伸过手去。

荀儿没再说话,只是坚决地把伸到自己胸口上的那只手拿开。

"嘿嘿。"沙高尴尬地笑笑,小心地把身子朝妻子凑去。

荀儿把被子掖紧,转身搂住熟睡的金金将眼睛闭了。

沙高无奈地转过身,把买的那件礼品轻轻地朝妻子枕下塞去。

不知从大车店的哪间房里,传来了很响的挂钟报时声:当、当、当……

第 五 章

沙家猴戏团在南阳周围的村镇演到接近春节时,开始沿南阳至洛阳的公路往北,边走边演。每一个停留地一般演二至三天,每天演两场,收入也还可观。

猴戏团演到宝丰城时,春天的气息已是很浓,杨树的叶子已长得有铜钱大了。全家人乍脱下棉衣,都感到一股解脱束缚般的轻松,却万没料到,一直平安的猴戏团会在这时出了意外。

事情出在一个夕阳将坠的黄昏。

那天本来已经演了两场,人和猴都很疲劳,可沙高看到活动剧场外仍有不少人在晃荡,遂决定再卖票演一场,能赚多少是多少。

开演后前几个节目都还顺利,轮到黑巧爬竿时,出了意外。不知是因为前两场演出太累还是身体上的其他原因——荀儿事后记起,就在当天的午饭后,猴王老黑主动走近黑巧,先抬手梳理黑巧的皮毛,帮它捉虱子,待黑巧两眼舒服地半睁半闭时,老黑用前肢轻摸着黑巧的臀部,这时黑巧站起来,翘起尾巴,老黑便开始爬胯。当时荀儿看见这场面还脸红红地朝地上轻啐了一口——黑巧连续两次爬竿都是爬到一半时滑了下来。黑巧爬的竹竿有十米来高,就竖在舞台中央,平日它都是一气爬上,那天黄昏有些反常。按说见它连续两次滑下,沙高即应停下这个节目,但此时台下的观众喝起了倒彩,沙高大约是担心因此影响猴戏团的声誉,便扬起鞭在黑巧的身上抽了一下,逼使它第三次往上爬。黑巧这时曾看了荀儿一阵,事后荀儿才意识到那是它在向她哀求。黑巧在沙高的皮鞭威逼下开始向上爬,看得出它爬得很吃力,但总算一直爬到了竿顶,这时观众席上发起了一阵欢呼,荀儿和沙高他们也松了一口气。万没料到,意外就在此时发生了,黑巧攀抓竿子的两爪突然一松,呼地从竿顶直摔到了地上,在触地的一刹那,黑巧发出一声凄厉至极的叫声。事故从发生到结束不过几十秒时间,沙高一家和观众只来得及发出一声惊呼。

最先奔到黑巧身边的是猴子老黑。待沙高和荀儿从惊怵中清醒过来奔到黑巧身边时,老黑已把黑巧扶起,七窍出血的黑巧勉强把眼睁开,只来得及看了一眼黄昏的天空便咽了气。

老黑长嚎了一声,嚎声悲凄瘆人。大黑、素黑、黑懒、黑猛几只猴子此时也已扑到了黑巧身边,将黑巧的尸体紧紧围住,以致沙高和荀儿都不能伸手去摸黑巧。观众们慢慢地退出了剧场,暮色朝剧场朝舞台越围越近,那一霎的空气也重得有些压人,荀儿的心像被一只手攥住了似的难受。她平日和黑巧接触的机会最多,也对黑巧感情最深,这只皮毛黑中带黄的年轻雌猴,脾性温顺,比其余的猴子都听话,平日排练表演节目也最认真,没想到竟是它先死了。

一直默默站在一边的沙老宽,此时双手合十,俯身向黑巧的尸体低声祷念着什么,这一死其实就是两只猴呀!振平拄杖走上前,轻轻拨开趴在黑巧尸体上呜呜低嚎的猴子,对沙高说:"走,把它埋了吧。"

沙高抱起黑巧的尸体往外走时,五只猴子紧跟在身后,沙老宽想扯住它们不让跟去,但没能成功。黑巧的坟是在城边一块麦地的地头,尸体放进坟坑后,五只猴子几乎同时跃上附近的一棵榆树,发疯地折着树枝,最后折下的树枝都抱来盖放在坟头。一旁默视的荀儿猜想,猴们在山林里大概就是这样掩埋死者的。

荀儿最后一个离开黑巧坟地。一只活蹦乱跳的猴子就这样突然离去,她心中实难接受这事实,倘不是把它捉离山林,它也许还会活很久且会生育不少儿女!她想起午后看到的老黑与黑巧亲昵的情景,心中突然一酸,立时感到有泪在眼里旋。

那天的晚饭是从饭馆买来的,荀儿、振平和沙老宽都只扒了几口便放下碗,只有沙高仍像以往一样大口吞咽,而且边吃边叫:"嗨,死一只猴子,伤什么心?秋天再去山里关一群不就得了?"那晚情绪没受干扰的还有金金,金金不知发生的变故,仍如往常一样一边啃着父亲给他的馒头,一边在圆形座椅里大笑大叫。

五只猴一声不吭地卧在屋角,它们谁也没动沙高分给它们的食物,只是默默地望着大口吃东西的沙高和金金。

那天临睡时,不光沙高,连荀儿、振平都认为,这桩意外的事情已经结束,根本没想到这竟是整个事故的开头。

只有沙老宽一个人有一种还要出事的模糊预感……

由于黑巧死在这里,加上其余的五只猴子一个个精神萎靡,仍在此地演出已不可能,所以第二天吃过早饭,沙高便令全家拆掉露天活动剧场,准备向北边的临汝县城走。

荀儿喂饱儿子金金,把他放进那个圆形座椅里,见他兴致很高地玩着塑料手枪,便走出临时租住的那个小院,去帮丈夫和公公、振平收拾东西准备起程。临出院门前,她还特意朝拴卧在院子一角的老黑它们招手,示意它们注意照顾金金。

荀儿看见老黑还点了点头。

其实,荀儿哪里知道,她刚出院门几步,老黑便目露凶光霍地立起,拖着脖子上拴的铁链,一步一步向金金走去。

刚刚会说一些单字单词的金金,看见老黑一摇一摆地向自己走来,以为它是来陪自己玩——平日,温顺的黑巧得空,常到他的座椅前逗他玩闹,常不厌其烦地把他扔掉的玩具替他捡起——他很高兴,从座椅里站起身子,口中边叫着"呀,呀,猴!"边挥摆着双臂。

老黑在小金金面前站定,双眼一眨不眨盯着他的脸孔,似乎要辨清这个孩子与他的父亲在相貌上有哪点不同,仿佛要把这个人类代表的面孔彻底记清。

它的眼球慢慢被火焰烤红,厚嘴唇动了动,似乎在说着它即将开始的行动的理由。

"呀,呀,来!"可怜的小金金没有意识到即将到来的危险,仍在挥着手中的手枪欢叫着。

老黑缓缓地朝小金金伸出手去,就在小金金高兴地想去握住对方的爪子时,老黑猛然扬爪朝小金金的左耳上抓去。也许是因为太出意外,也许是疼得太过钻心,反正小金金在耳轮被撕掉半边的瞬间并没有发出哭声,只是无限惊奇地睁大了眼睛直望着老黑,似乎在等待它的解释。直到老黑把那半个血淋淋的耳轮又扔到小金金脸上时,他才开始了惨烈的哭叫。几乎在他哭声响起的同时,老黑又猛地跳起,用拳直向他的胸口捣去,这沉重的一捣迫使小金金的哭声中断了几秒。这当儿老黑又扭头对大黑它们四只猴低吼了一声,那四只猴闻声也一齐拖着链子跑过来,同时伸爪朝小金金抓去。可怜的小金金边哭号着边凭着本能用手紧抱着头部。幸亏那天五只猴都拴着,而且因为小金金的圆形座椅下边安着四个小木轮,老黑在用拳打着小金金时,不断地使座椅后退,终于使小金金脱离了它们爪子所能伸及的范围……

沙老宽是第一个跑进院子的。他倒不是听到了金金的哭声,他是在得知小金金一人在院中后不放心赶回来的。离院子几十步时他听到了金金那哽咽断续的哭叫,知道不好,边向院里跑边回头喊了一声荀儿。

荀儿跑进院子,只看了一眼满身鲜血的儿子,便大叫了一声,倒在地上……

沙高走出县医院大门后,便几乎是小跑着往租住的小院赶。恼和恨在心中交相升腾:野种!野猴!竟敢要毁我的儿子!我操你们八代祖宗!看老子怎么揍你们!……

沙高一跑进院子就去抓猴鞭,一直抱头坐在院中的沙老宽见状急忙攥住儿子的手,哑了声说:"不能再打猴了,它们已经有了一副要犯群癫的样子,再打会出事的!"但暴怒中沙高哪能听进这话,推开父亲,抢鞭便朝老黑它们打去。五只猴因为有铁链拴着,都只能在不大的范围内躲避着鞭子的袭击。沙高边打边骂:你们这些畜生!这些野种!这些不通人性的东西!

嗖嗖的鞭声震荡着小院,撕裂着空气,那些猴子先还躲着,渐渐就有些异样。先是老黑停下不动,缩了肩任凭抽打,随即其他的四只猴也就如此伏地缩肩。沙高以为终于把它们打服了,刚刚松下一口气,却不想忽听老黑长嚎一声,猛然弹跳而起,嘣地挣断了铁链,箭也似的向沙高扑来,几乎在这同时,另外四只猴也轰然跳起,生生挣断铁链,一齐向沙高冲来。这骤然而至从未见过的情景把沙高骇呆了,未料猴子们还如此的蛮力,那一霎他忘记了抢鞭相搏,甚至忘记了去保护自己的头部。老黑是第一个跃过他肩头的,他只觉到了一阵锐利刺心的疼痛,抬手去摸时方知已少了半个耳轮。他呀呀叫着想挥鞭去打老黑,却不防大黑它们四个此时又冲了上来,有的撕了一把他的肩头,有的抓了一把他的脖子,有的推了一把他的前胸,有的扯了一把他的双腿。一时间,他竟不知如何应付了。幸亏沙老宽手中那刻也攥着猴鞭,只见他咬牙使出了昏鞭——这是沙家祖传的一种可立时致猴昏厥的鞭技,因为这鞭技要求的分寸把握特别严格,对致昏穴位只能刺激到一定程度,过一点就会使猴子死去,所以沙老宽还一直没有传给儿子。一家人有一个懂这就行了,他想到自己死前再传——啪啪朝每个猴子都抽了一下,五只猴子顿时都昏倒在地。

被气晕且疼得龇牙的沙高,此刻猛扑到老黑跟前要去用脚踹,沙老宽猛扯过他吼道:"你还挣不挣钱了?!"这句话才使沙高那暴怒发热的神经倏然冷却下来。一直呆站在一边的振平这时慌忙拄杖去附近的一家私人诊所里喊来一个大夫给沙高包扎。沙老宽望着昏倒的猴和包得满头是纱布的儿子,带着哭音说:"这是很少有的群癫哪!我这一辈子连这次才见过两回。头一次是咱沙湾沙济富家,民国二十七年出的事,那次猴子群癫几乎把沙济富抓死!这种事通常都是由记性很好的老猴王发起,它们对当初在山林里的生活记忆太深,对强迫它们表演节目不满,对人怀着仇恨,一旦遇到一件令它们特别记恨的事,旧仇新恨攻心,就会使它们癫狂起来,不顾一切地抓撕平时的主人!看来,老黑就属于这种猴王,你可要小心哪……"

"沙大伯,这些猴子怎么办?"振平望着昏倒的猴,慌慌地问。

"不要紧,让它们昏睡一阵,过后给它们灌点汤药,它们就会把今日的事忘了。"沙老宽转脸向天呜咽着说,"天哪!猴仙大人,你一天伤我沙家两个人,是不是在警告我们,嫌我们沙家世代玩猴,伤猴太多了?沙老宽求您老宽恕,沙家没有别的挣钱法子呀……"

第 六 章

小金金出院那天,沙老宽拉一个板车去接,振平执意要去,挂个拐杖跟在后边。到医院时,荀儿已把出院手续办了,抱着金金在医院门口等。沙老宽看见孙子,放下板车忙不迭地跑上去抱,抱到怀里急忙去看孙子的左耳朵,只看一眼,便又慌忙把眼睛移开:小金金左耳上的半个耳轮没了。

"医生说没有办法恢复了。"荀儿注意到了公公的目光,红了眼圈说。

两滴混浊的老泪在沙老宽的眼窝边上晃荡,他把孙子紧搂在怀里,颤了声说:"都怨我呀,倘孩子不是生在我这个玩猴的人家……"

"嫂子,上车吧。大伯,该回了。"振平见状,急忙打断了老人的话。

荀儿和小金金坐上车后,沙老宽拉起板车缓缓地走,振平拄个拐杖跟在车旁,笃笃的拐杖声和沙沙的车轮声混在一起,响在这午后的县城大街上。三个大人都默默无言,只有小金金不时无忧无虑地呀呀叫着。

"糖!糖!"走了一阵,车上的小金金大约看见路旁有小朋友向口中填着糖块,忽然这样喊。沙老宽听见,立刻把车在街边停住,向对面一家糖果烟酒商店走去。

"同志,是买磨粉机的吗?请进店里先看货!"一个年轻的小伙子忽然走到板车前朝荀儿礼貌地摊手让。

"磨粉机?"荀儿一愣,抬头看见旁边是一家农机商店,板车就停在商店门口,才明白小伙子问话的原因,于是急忙摇头说:"俺不买。"

"不买看看也行!"小伙子显然是个会推销商品的人,仍然面带微笑地说,"你想穿漂亮衣服吗?你想赚钱吗?你想盖楼房吗?你想成为一个农民企业家吗?你如果有其中的一个愿望,那么就请到店里看看!本店经销的光辉牌磨粉机是目前国内同类产品中最先进的名牌产品,式样美观,操作方便,性能稳定,质量可靠!既可加工小麦、玉米、大米、高粱等作物,又可加工咖啡、可可、胡椒、中药等多种物品。畅销全国二十四个省区,远销马来西亚、哥伦比亚等国。尤其适宜农家购买,一个农民家庭如果买下此机,不出三年就能稳稳当当地变成一个万元户!"

"嗬,这么好吗?"原本眉头微蹙的荀儿被这番话说得脸露笑意,"多少钱一台?"

"当然!大嫂。"那小伙见荀儿应了腔,又急忙介绍,"也就三千来块钱,如果家里用电,请再买一台电动机;如果不用电,就买一台柴油机,总价不超过五千!这五千本钱只要一年就能完全扳回来!如果你要有钱,再买上面条机、粉条机、饼干机、面包机,办一个系统化的面食品加工厂,要不了两年你就发了!这些机器本店都有!"

"振平,来,你照看一下小金金,我进店看看!"荀儿跳下了车。这当儿沙老宽刚好买了糖块过来,荀儿就叫:"爹,走,咱们进店看看磨粉机!"沙老宽把糖给了金金,不知所以地跟在儿媳身后往店里走。这当儿推销的小伙又抓紧宣传:"我看你们是农民,我给你们讲一个农民买了磨粉机发家的例子!宝丰城西十里铺的王一东,原先一心想富,又是养鸡又是倒卖中药,都没如愿,可买了这磨粉机后,如今成了腰缠几万的大户……"

荀儿从店里出来时胸脯一起一伏,眼睛晶亮晶亮,坐上板车一回到住处,就向沙高讲了刚才看磨粉机的经过和自己想买一台回家开家庭加工厂的想法,未料她的话刚说完,沙高就一瓢凉水泼了过来:"买那铁东西干什么?回家又是买柴油又是联系原粮又是销售面粉的,多麻烦!哪有咱这无本买卖好?演一场净落一场的钱,多轻闲!万一机器坏了咋办?请人修还不是要出钱?老老实实干咱祖传的手艺,照样能富起来!别女人见识,玩花花道道,我想了,今年秋天再进山关一次猴!……"

荀儿眼中的光亮一点一点黯淡,再无一句话出来……

耽误了半个来月之后,沙家猴戏团又开始由宝丰向北,边走边演了。

因为沙高心疼这浪费的半月时间,一心想把少赚的钱赚回来,演出安排得就格外紧。有时中午辛辛苦苦刚赶到一地,气还未喘匀就叫搭剧场挂幕布,一吃过午饭就要演出。对这种紧张安排最先感到受不了的,是振平。因为少了黑巧,原来的一些节目不能演了,为了保证演出时间,沙高在给其余五只猴子增加节目的同时,也给振平增加了两个节目:一个是同素黑一起跳"独腿迪斯科";一个是同黑猛一同演"兄弟分家"。这两个节目的体力损耗都很大,加上原来的那个拳击节目,每演一场下来,振平总有一种要晕倒的感觉。他知道这样长此下去身体要垮,便第一次生出了回家自谋生路的想法。

借点本钱也摆个小烟酒摊子试试,吃喝肯定不如现在,但总是轻松一些吧?可一想到永久离开沙家,再不能和荀儿嫂朝夕相处,振平又感到一种失却了什么的难受。这段日子,正是荀儿嫂的细心照料,使他对人间生活有了深深的依恋,彻底放弃了寻死的念头。荀儿嫂,请原谅我的离开吧……

是一个晚饭后,振平找到沙高,满怀歉疚地说:"沙高哥,我手脚不方便,不愿再跑着表演,想回家了。请你多多原谅!从我受伤到现在,你们一家给我的关心照顾我终生不会忘记,这份恩情,我日后再慢慢回报。"

正擦火点烟的沙高闻言手一哆嗦,火柴掉了下去,一丝意外和惊慌倏然从眼中掠过。他知道振平在整个演出活动中的重要性。如果少了振平和老黑的拳击,猴戏对观众尤其是年轻观众的吸引力会大大降低!不,决不能让他走!眨眼之间,沙高的脸上已全是笑意："振平，这些天，你为咱猴戏团出了大力，大哥我真不知该怎样感激你，我正和你嫂子商议着，该给你找个媳妇，后半生好有个人照顾。另外，我正要把这段日子演出的收入分给你，来，这是三百块钱，你先拿着！"说着，就摸出一沓钱塞进振平的衣袋。

"这——"振平推让。

"说实话，我不想让你走，一则是想再赚点钱好多给你分点让你日后成家；二则我这猴戏团也需要你来帮助照应，你嫂子是女流，你沙大伯老了，金金又小，有你在，我心里就踏实许多！当然，要是你实在嫌大哥大嫂待你不好，我这就去给你买车票——"

"沙高哥，"振平要走的决心被沙高这番亲切的话语泡得稀软，"既是这样，那我就先不走了。"

"好！"沙高拍着振平的肩膀，"大哥我日后绝不会亏待你！"待振平转过身时，沙高又捡起火柴，从容把烟点起，心想：振平，既然我看上了你，又投了资，你就得为我出力，想走？没那么容易……

猴戏团走进临汝县城，兴盛局面再次出现，这地方大约过去少有猴戏团来，人们对这种演出极有兴趣，常常是下午场的票上午就全部卖光。眼见收入大增，沙高高兴得连叫"老天爷有眼！"不想财神爷第三天就又同沙高开了个玩笑：那天午前已把下午场的票卖光，可午饭后不久发现，五只猴中除了老黑之外，都开始很厉害地拉肚子。猴子和人一样，三泡稀屎一拉，浑身顿时就没了力气，一个个神情萎靡、眼皮耷拉卧倒在那里。沙高气急败坏地查找原因，发现原来自己为猴子买的便宜面包变了质。他慌慌地给几只猴子灌了止腹泻的药，原指望能把腹泻止住,下午照样演出,可直到演出开始前二十分钟,四只猴子还毫无精神地睡在那里。而那阵儿,买了票的观众们已陆续进场。

"怎么办?"沙高在和后台相连的一间小旅馆的走廊上来回踱步,急得满头是汗。

"退票呗!还有什么办法。"苟儿一边给猴们熬补肚子的面汤一边接腔。

"退票?说得倒轻松,二百来块钱哪!扔了不可惜?!"沙高朝妻子狠瞪一眼。

"那你说怎么办?猴戏,猴戏,猴子病了,你叫什么来演?"苟儿也有些生气,"难道还能叫人去演?"

苟儿最后一句话突然提醒了沙高:人演?对!就让振平上台演,让没病的老黑给他做配合,勉强把这一场应付过去就行!"振平——"他猛朝后台喊。振平正坐在那里给自己的断腿碴口上擦药。

"你要干什么?"苟儿一听丈夫喊振平就明白了他的主意,瞪了眼叫,"一场演出近两个小时,让振平和老黑怎能顶得了?你不知道振平的身体状况?你存心要把他累死?"

"少啰唆!"沙高猛把苟儿拨拉到一边,朝拄拐杖过来的振平说,"实在没有办法,票已经卖出了,可这些猴病了,只好麻烦你辛苦一场!让没病的老黑配合你,节目我想这样:第一个,兄妹秧歌舞,你和老黑上场跳,跳慢一点,时间长一点;第二,钻圈,老黑上;第三个,独腿迪斯科,你上——"

"不行!"苟儿这时猛地打断丈夫的话,上前扯住了振平的胳膊,"我今天就是不许振平上场!我不许你把人当猴耍!"

"你胡说什么?"沙高气得真想朝妻子抡起拳头,但他强抑下了自己,他不敢再浪费这开演前的宝贵时间,只是朝振平不容置辩地点了点头,"走吧!"

"嫂子,你放开,我去演一场,这没啥,累不坏的。"振平见这场面,急忙开口圆场。

"不行!"荀儿的声音铁一般坚决。

"别在这里乱弹琴!"焦躁中的沙高几步过来,猛用力掰开荀儿的手朝振平说,"你去准备上场!"

"别碰我!"激怒中的荀儿朝丈夫吼。

沙高铁青色的面孔转向荀儿,咬了牙低叫:"我真不明白你怎么这样蠢!"

"你不明白我可明白了!"荀儿的脸变得煞白,"你原来是一个畜生!"

"啪!"暴怒中的沙高朝荀儿挥拳打去。

这一拳太狠、太重,荀儿向后踉跄了几步,扑通仰倒在地上。因病躺卧在地上的大黑等几只猴子,吓得几乎同时叫了一声……

天还不太亮,荀儿就把自己的衣物和金金的用品打成一个包袱,而后喂金金点东西,抱起孩子往门外走。

"这么早去哪里?"一夜没有睡好的沙高见状急忙拦在门口赔了小心问。昨天对荀儿动手后不久,他就害怕了。他知道妻子的脾性,她不会就这样咽下这口气,他担心她会做出什么来,果然,她抱了孩子要走。

"回沙湾!"荀儿的目光刀一样朝沙高扫过去,"离婚!你什么时候回去我们就什么时候去乡上办离婚手续!我今天先走,我一天也不愿再同你过下去!"她从未料到沙高竟敢向她动手,这使她伤透了心,她决不容许这种行为。她决心利用这个机会让沙高知道:想像别的男人欺负女人那样欺负我,不行!

"嘿嘿,昨天,我……"沙高有些着慌,他晓得荀儿平日虽柔顺,但一旦发了火就敢说啥干啥。离婚?这是他最怕听的一个词,他内心里一直深爱着漂亮勤快的妻子,平日他只要看见荀儿和别的英俊男人说话,他心里就不自在,他不能设想这个家没有了荀儿还怎么过日子。

"走开!"荀儿连看也不看他,只放了声叫,"我们娘俩坐车回家,我不想再见到你!"

"昨日是我错了,可我也是为了你们娘俩——"

"我不稀罕!我不需要!"荀儿猛用手搡开沙高,走出门去。

"你不能——"沙高见状急忙扯住荀儿臂上的包袱,"我认错了还不行?"

"认错?你这个一家之主还有错?"荀儿在渐亮的曙色中瞪着沙高,"从今天起,你当你的猴戏团主人,我回沙湾过我的日子,咱们井水不犯河水!"说罢,挣着又走。

"爹——"沙高知道荀儿今天的决心非同寻常,光靠自己难以劝止,急忙向隔壁喊。

听到儿子、儿媳争吵声的沙老宽衣扣没扣就奔了出来。他已知道昨天儿子动手打荀儿的事,便一边斥责儿子:"都是你惹的事!"一边去抱儿媳怀里的孙子。荀儿不给,闪开公公的手急步向前走,沙老宽慌慌赶过去尴尬地扯住儿媳的胳膊。金金不知发生了什么事,被吓哭了。天越来越亮,大车店里的其他旅客已开始起床,荀儿怕再同公公挣扯惹外人笑话,便只好随公公回到了屋中。

"你来认错!"一见儿媳在床边坐下,沙老宽便朝儿子叫,

163

"你凭什么动手打人?"

"我也是想多挣点钱。"沙高当着爹的面不好意思自认不是。

"我走!"荀儿又站起来冲到门口,但被拄杖走来的振平拦住了。振平拐得越发厉害,昨天演出结束后,他几乎是被沙高父子抬进屋的。"嫂子,你走了,我们怎么办?"

沙高见荀儿仍然坚持着要走,只好不再顾及脸面地说道:"昨天我错了,今后你说啥咱听啥还不行?"

"说的比唱的还好听!"荀儿的杏眼斜起,"我说啥你听啥?"

"当然!"沙高见荀儿接了这话,知道事情还可挽救,急忙含笑保证。

"那好!"荀儿扭身朝沙高伸手,"今后我当家,你把咱们挣的钱全给我保管!"

只是一刹那的犹豫,沙高便去解衣扣,把贴身绑着的一个小皮包解下交到荀儿手上,"一共八千一百二十二块三毛四!"他笑了一下,他知道荀儿不是那种乱花钱的女人,交给她保管倒也可以放心。

荀儿捧着那钱包一时有些发愣,她没想到沙高真愿把钱都交到自己手上。不过这愣只是在片刻之间,一霎之后,就见她的双眸一亮,细牙一咬说:"好,既是按我说的办,我再说第二条:咱们今天就停止演出,往回返!"

沙高眼珠一跳,嘴张开,本能地想表示反对,但一想自己刚才的话,又想想时令已近仲春,地里的农活也该忙了,回去就回去,不必再惹荀儿生气。再说,若她一恼,执意走了,剩下三个人演出也确实无法搞。于是,就勉强把头点点:"就依你说的办吧。"

荀儿又长长盯了一阵沙高,才把长而密的睫毛慢慢放下,将一个含义莫测的眼神缓缓遮起……

猴戏团当天返到宝丰县城,住了一宿。第二天早上起程前,荀儿说她去街上买点东西,沙高当时也没在意,便在大车店院里边逗金金玩边等她回来。不想一等就近两个小时,沙高想着赶路,焦躁地把孩子交到爹爹手里,自己想去找荀儿回来。谁知荀儿这时拉一辆板车进到院里,车上装着一台崭新的磨粉机和一台柴油机。"谁家的?"沙高见状惊问。

"沙家的,我做主买的!"荀儿停下车子擦着脸上的汗说,"连板车也是新买的!"

"买这东西干啥?你疯了?"沙高的眼珠都吓得要飞到额头上。沙老宽和振平也吃了一惊,意外地望着荀儿。老黑它们几只猴子,也都新奇地望着车上的机器。

"你不是想富想挣钱想发家嘛,这东西会使你如愿!我仔细想过也计算过,咱们沙湾和四周的村子,人们吃的面粉、糁子、谷子、大米和猪、牛的饲料,都是到十几里外的柳林镇去用粮食换,咱有了这机器,生意一定会兴隆!光是夏秋两季,就差不多能赚回本钱!"

"那么简单?咱们又都没玩过机器,万一赔了咋办?"沙高脸涨红着叫。

"没有玩过不会学?你放心,我来干!"荀儿说得十分干脆。

"不行,退了!"沙高断然地一挥手。

"想得倒好!"荀儿的眼珠又立棱起来,"你说过这家让我当,我说啥你听啥!怎么,你那舌头不是肉做的?像锅铲一样来回翻?!"

"你——?!"沙高被这话噎呆在那里。

"该上路了!"一直站在一旁默默看着的沙老宽,这时走到装机器的板车前说,"这辆装机器的车重,我来拉!"说着,把背带挂在肩上,拽起车把向院外走了。

"爹!"沙高喊了一声,他真想上前扯住车把,立刻拉到卖磨粉机的商店退了。但他知道,那样一来,荀儿又要同他大闹;再说,商店万一不退咋办?也罢,这毕竟是一个挣钱的东西,既是买下了,那就留下试试,反正夏秋两季也出不去,不成,再转卖吧!他叹了口气,第一次意识到,当初不该说让荀儿当家,不该表态她说啥听啥,她毕竟是女人,脑子一热就胡来……

沙家四口人加上振平拉着两辆板车,默默地在回程路上走着。因为买了机器而不高兴的沙高,只顾皱了眉低头拉车,根本没去留意荀儿新的反常之处——边走边观察着两边的地形,每当发现路旁有树林时,总要驻足看上好久,还要向路人打听树林的大小。

回返第三天的上午,走到了鲁山与南君交界之处,这里已近伏牛山的腹地,大车路在山上盘上盘下,两边的树木已渐渐密集,在一处枝叶繁茂的杂树林前,走在后边同行人说话的荀儿追上来喊住拉车的公公和丈夫,说要歇歇。于是全家人便在路旁的树荫里坐下,喝水吃干粮。那当儿荀儿便走到驮猴子和道具的板车前,从车上把五只猴子一一拉下。正仰头喝水的沙高、沙老宽和振平都以为荀儿是要给猴子饮水喂食,谁也没有在意。

荀儿拉着五只猴径直往树林深处走,沙老宽是第一个开始对荀儿举动留意的人,但他没有想别的,他以为荀儿是怕猴们坐车疲劳而拉上遛腿。他怕猴们在林中捣蛋让荀儿作难,便拎了一根猴鞭跟了上去。

在一块不大的林中空地上,荀儿止了步。五只猴看见枝繁叶茂的树林,早就挣扎着缰绳想去攀爬,走在后边的沙老宽刚想提醒一句"小心",不防荀儿忽然弯腰急速地一一解开猴们脖上的铁链,说道:"走吧,从这片树林往西,就是宝天曼原始林区,你们再由那儿摸回你们的老家吧!"

沙老宽被这从未料到的场面惊呆了,他慌慌地喊了一声:"金金他妈!"便跌跌撞撞地朝儿媳奔去,"快拴住它们!"

"不!"荀儿闻声扭头,平静地看着公公,"我玩够猴了,也不想看你们再玩猴!我做主放了它们,让它们回自己的老家去!"

"可——"沙老宽像是呼吸困难,嘴大大地张开。

"可我们照样能过日子,我们有磨粉机!爹,"荀儿的声音忽然颤了起来,"难道我们沙家就这样世世代代靠猴子生活?难道将来让金金的儿子、孙子也像你、沙高和金金一样,只长一个半耳朵?"

像陡然抽去了沙老宽身上的骨头,他软软地倚在了一棵山梨树上。

被解下铁链的五只猴子,一开始似乎没有理解这解放的性质,只在近处的几棵树上欢喜地攀爬,最后还是老黑最先意识到这是一个逃跑的机会,便尖叫了一声,闪电一样荡起树枝向远处跑,其他猴见状也随后追去。

"金金他妈!怎么半天不出来?"不远处响起沙高的问话和脚步声,他大概也觉到了蹊跷。

荀儿没有回答,只是平静地等待丈夫的走近。

"猴呢?"沙高一见荀儿手中的五根空铁链,惊得打个冷战,变了声问。

"我当家,放了。"

"嗷——!"荀儿的话音还没落地,沙高就扑了上去,一边拳打脚踢,一边懊恼至极地叫道:"我揍死你这个憨女人!揍死你这个败家的婆娘!揍死你这个胆大的贱货!揍死——"

被踢倒在地的荀儿既不解释也不求饶,任丈夫踢打。

沙老宽傻了似的仰靠在那棵山梨树上,眼珠一动不动,直盯着被树枝割碎了的天空。

"怎么了?怎么了?"闻声拄杖拉着金金赶来的振平,看见沙高没命地捶打荀儿,急忙去拉,他哪里拉得住沙高。金金被吓哭了。

"揍死你这个烂货!揍死你——"

"啪!"像是突然在空中爆响了一个霹雷,震得振平的耳膜几乎要碎,随着这响声,原来又跳又叫的沙高蓦然扑倒在地。过了将近半分钟,振平才明白,那响声来自沙老宽手中的猴鞭,沙高是被他爹手中的鞭子击倒的。

一时间静寂下来!只有风拂高处的树叶,发出轻微的簌簌声。

鼻孔出血、头发散乱、面孔乌青、衣襟破碎的荀儿慢慢从地上爬起。

沙高仍一动不动地趴在那里。

"沙大伯,沙高他……?"振平有些着慌。

"不要紧,"沙老宽仍然仰脸向天,像是对天空说话,"这是昏鞭,要两袋烟工夫……"

荀儿无言地走到丈夫身边,弯腰吃力地抱起他,吃力地一步一步向路边走去。

那根鞭柄磨得乌亮的猴鞭,慢慢从沙老宽的手中滑下,死蛇一样地蜷曲在地上。沙老宽酒醉似的挪着步子,蹒跚跟上儿媳。

并没跑出很远的猴群,似乎不相信人就这样简单地还给了它们自由,又悄悄聚来空地,惊疑地望着那几个远去的背影……

当那五个人终于走出密林来到路边车旁的时候,灿烂的春阳已经移上头顶,将远山近坡耀得一片金黄。

路的前边,不知什么鸟在鸣唱,声音清脆嘹亮……

铁 锅

　　他说,他现在做的一切都开始于那个中午。那是利物浦深秋时节一个少有的好天气。那天中午他在罗森罗尔饭店为小女儿郝文举行十八岁生日宴会,宴会将要结束时,他发现了这个饭店的厨房部经理列尔从宴会厅走过,因为列尔曾去他的厂里谈过生意,彼此相熟,他便起身招呼。两人开头的几句问候过后,他不由自主地询问到了列尔对他的东方锅厂的看法,列尔就含笑向他说:"你可以去我的厨间看看,用的全是您的产品!"于是他便扶扶眼镜,饶有兴趣地拄杖随列尔走进饭店一楼宽大明亮的厨间,在几长溜镀铬的或镶了瓷砖的灶架上,放着的都是他的东方锅厂的锅:平底铝煎锅、合金高压锅、不锈钢炒锅、铝合金大汤锅、电蒸锅、电烤锅、电炒锅、电饭锅……几十个厨师正在锅前忙碌。他用刚才看女儿郝文那样的慈祥目光把那些锅看完一遍,又转向列尔问:"厨师们对锅满意吗?"列尔伸出大拇指晃晃,同时去一张玻璃茶几上拿过一沓东方锅厂随产品发的意见卡,他接过,缓步向隔壁的休息室走去,他要翻翻!

作为在利物浦这座英国滨海城市唯一的一家大型锅厂的董事长,他本来是不必这样亲自过问用户意见的。他手下负责销售的那些英籍和华侨职员,每隔半月就会把用户的意见和看法汇总放在他的办公桌上。但他已经养成了这种大事躬亲的习惯——他一向把用户的意见当作大事,他要亲眼看看!他慢慢地翻看着那些卡片,从爱尔兰海面晃来的饱含水汽的微风,踅进窗子,把他的满头白发拂得一动一动。

他说他正看那些卡片时,列尔去旁边的经理室拿来一张印制精美的传单一样的纸片递到他手上,问:"郝先生,这是我刚收到的,你看过吗?"

那是世界卫生组织用英、法、中、俄四种文字印制的一份忠告:"请使用最好的炊具——中国式铁锅。"他说他的眼睛一触到这个题目浑身的血就骤然一热,他再一次扶扶眼镜,飞快地朝下读:中国是世界上应用铁制品最早的国家之一,用铁做锅在中国已有悠久的历史。中国的大多数人目前正使用铁锅做饭做菜,中国式铁锅正受到世界上越来越多的人欢迎,因为用它做出的饭菜能向人体提供一种必不可少的元素——铁。本组织专家认为,用铝锅、铝合金锅、不锈钢锅等新材料锅做饭,会产生某些有害人体的元素;而铁锅的铁是无机铁,当人吃进去后,在胃的酸性环境中能变成铁离子被人体吸收利用;用铁锅炒菜时勺铲频频与铁锅碰撞摩擦,有些铁屑便脱落混入菜肴之中,炒制酸性菜肴时,也有一部分铁溶解在菜汤里,可给人体提供更多含铁的营养……

他说他没看完身子就开始因激动而哆嗦起来:到底有人

知道铁锅的价值了！他说,故国黄河南岸南阳盆地的那个故乡小镇就在那一刻又在脑海里浮现,镇上当年自己亲手建起的化铁炉和那些造锅模子霎时开始在眼前翻腾,跟着这些同时出现的,还有一个姑娘的面影……

他说当时列尔看了他的神情笑问:"怎么,感受到威胁了？你是中国人,自然也懂中国式铁锅的造法了？"

他说,就是在那一阵,回故国故乡再办一个铁锅厂的意念在脑中一晃,当然,当时这还不是决定。

他说,他那天走出罗森罗尔饭店大门时,听到从不远处那座巨大而悠久的港口传来几声闷重的轮船汽笛,那呜呜的笛声使他隔着汽车的挡风玻璃,分明看见三十九年前他迈进利物浦港口时那副不知所措的模样……

大约是三天后,他的智囊组便在他的办公桌上放了一条建议:立即筹建制作中国式铁锅的分厂！建议后附着的便是世界卫生组织的那份忠告,他说他看完那条建议后立刻就在上边批了一个字:"好"！但他同时又写了一句:"这个分厂的厂址在中国"！

这是他的最终决定！

他说这个决定的做出固然是考虑到了"中国式铁锅在中国造将使产品在世界上更具有竞争力",考虑到了"应该占领中国这个巨大的用锅市场",但更重要的是,他要实现父亲和自己几十年前就有但终未实现的愿望——在麻山镇建一个造铁锅的大厂！他也要借此机会,回去见见那位始终立在他心里的姑娘！

他说他很快就向中国驻英使馆提出申请,答复来得圆满而迅速:欢迎您回国投资办厂,随时可以起程！

他说两个月后,他便带女儿郝文和一位英籍工程师,由英国经北京飞回了郑州,然后由政府里一位官员陪同,坐汽车南行回到了阔别四十年的麻山镇,进镇的时候是黄昏!

他说,他们家世代都做锅。从哪一辈开始的他说不清楚,最初怎么做起来的也不明白,也许是因为祖辈们看中这个行当挣钱保险——不管什么朝代不论什么家庭总得要锅做饭;也许是因为镇北的朱沙河里铁砂多,用木炭熔炼方便——干这活只用力气不要太多本钱。不过那时的规模不大,他小时就是爷爷领着父亲和奶奶、姑姑、妈妈他们几个人干,每天出锅最多出到十二口。那时候做出的铁锅不过是供本镇人和邻村人来买,买主来买时或是拿现钱或是拉一袋苞谷赶一只山羊来用实物交换。家里那阵并不富裕,他常看见奶奶和娘把蒸好的红薯面窝头里夹两根咸萝卜,送给在河滩里拉铁砂的爷爷和父亲吃。

他说他从十岁起开始跟爷爷跟父亲学习做锅。上来先学习炼铁,每天到镇北的朱沙河里挖那种赤红色的铁砂,挑回家倒在不大的炼铁炉上炼,学会看火、加料、去渣。接着开始学习做铁锅模子,一种型号的锅做一种模子,那时常做的有几种型号:一丈、三丈、四丈、六丈、八丈、十丈,锅口直径一市尺多一寸为一丈。(一种古代传下来的计算锅口直径的尺寸,丈不是本义。)这几种型号的锅模子全会做后,就开始学舀铁水浇做锅坯。最后再学精修。这一道道工序学完之后,他已经是十四岁半。他从那时开始,就可以独自做出光滑细腻、厚薄均匀、传热快、不生锈的地道麻山锅了!

他十五岁那年爷爷去世,父亲开始把他当作一个主要的帮手,大哥、二哥都没他学的手艺好,爹常常在一天的劳累之后把他叫到身边说:"祖宛,好好干,早晚有一天我们要建成

173

一个大锅厂,让方圆百里家家的锅上都打咱麻山郝家的印戳,让创咱们这门手艺的老辈们脸上也光彩光彩、荣耀荣耀!"

他说他从十五岁开始跟爹苦干了三年,使造锅的事儿有了很大发展,那时已可以日产各种型号的锅一百一十口,麻山铁锅的声名在四方震响,开始有陕西和湖北的商贩牵马拉驴地来买锅。家里的日子开始好转,盖了新房,给大哥、二哥娶了媳妇,锅里也常蒸白馍煮白米,隔几天饭锅里也总要有几片羊肉、猪肉。

随着郝家锅的出名,郝家老三郝祖宛的名字开始让媒婆们产生了兴趣,于是不断有媒人领着姑娘上门,但他早已爱上了邻居的姑娘秋芋。他说,如今年纪大了,说这些事儿已经不再脸红,也不必再遮遮掩掩了。秋芋那姑娘当时人长得匀匀称称,有模有样,那双眼睛乌溜溜水灵灵特让人喜欢,眸子一掠一转都像是有好多柔柔的话说了出来,朝你身上一看,心里就不能不舒服得一颤一颤;她的声音特好听,圆润柔软,她要叫一声祖宛哥,能让人心里甜半天。秋芋的父亲靠去北边的伏牛山里砍柴出来卖钱养活一家,家里很穷,她又是长女,要替妈妈操心照顾弟妹,不然说不定也早订了婚嫁出门去。也亏着是这样,否则我们俩也不会发展到那一步。我们俩从小在一起玩,小时候常一同去镇边的田里捉蝈蝈,一块儿在我们家造锅的场子上玩沙子,一起捡一些破锅片敲着叮当唱:麻山锅,锅铁薄,能煮米,可烙馍,下饺子,省柴火……后来我稍大了学炼铁拉大风箱烧火,她便常拿了红薯让我放在炉边烤熟喂她的弟弟妹妹,我爹见了,常笑着说:"芋儿,来跟我一家吧,学做锅,保险不缺吃、不缺喝。"秋芋就答:"行呀,你去跟我爹说好了,我明儿就来!"她爹有时进山砍柴会捉了小兔、逮了小鸟、捡了鸟蛋,她爹只要回来一交给她,她便喊我过去:

"祖宛哥,给你!"她的弟弟妹妹们哭着要她也不给,弄得我也不好意思。有天吃了晚饭我已经准备睡了,她在窗外悄声喊我出来,我刚走到她身边,她便从怀里摸出一截东西塞到我的手中,说:"快吃了,我爹说这是人参,他今天砍柴时挖到的,娘讲这东西人吃了有力气,我想你拉风箱炼铁,吃了这会有劲,就偷偷给你掰了半截来。我听了就那样嚼着吃了。那是我第一次见人参吃人参,吃得差点要呕,但心里舒服极了。第二天早上一起来,就听见秋芋爹在隔壁院子里气疯了地骂:"谁把我的人参偷走一半?天呀,这要少卖多少钱哪!"接下来就听见她爹轮流打他们姐弟几个,不过到底她爹也没问出什么,吓得我在这边心惊胆战地拉风箱。那天中午,我的鼻子忽然无缘无故地流起血来,周身也觉着热得难受,父亲问我吃什么不对头的东西没有,我先说没有,后来被逼不过说了真情,父亲笑得站立不住地叫:"你们这对小冤孽呀!人参是那么吃的吗?"从那次以后我才知道人参这东西是热物,火力很大!父亲那天拉着秋芋的手笑问:"芋儿,你愿做我的儿媳妇吗?"秋芋一本正经地点头说:"愿!"父亲又笑着讲:"做我的儿媳有一个条件,就是得把这做锅的事儿传下去!"秋芋又点头说:"行!"惹得父亲哈哈大笑。

他说他十四岁半学徒出师能单独做锅后,做的第一口锅就给了秋芋家。秋芋家原有一口八丈锅,因为使用年代太久,锅半腰裂了一道缝。虽然离我家只隔一道墙,但因她家太穷,她爹一直舍不得换新锅,每顿秋芋做饭,总要照娘教她的经验,先把锅烧热用一点面糊把那道缝粘住,再添水烧开。我学徒出师,父亲告诉我明天你可以单独干的那天晚上,我喊秋芋把她家的那口破锅拎了过来,我擦洗干净扔进化铁炉一化,就用那铁水不大工夫便给她家铸了一口新锅。父亲听见场院里有响动过来,看见我正在秋芊的注视下为她家做锅,噙着烟袋笑着说:"芊儿,你既是愿跟我们一家,晚点也学学做锅,省得我以后死了,你和祖宛把这份祖业丢了。"秋芊当时脸红红地说:"你放心吧,郝伯!"她十六岁的那年冬天,有个晚上她来放锅的库房里给我送她悄悄为我织的手套,那晚因为天黑,库房里又只有我一个人,我就放了胆,抱住她亲了她的脸,她当时只是一惊,并没有挣,任凭我贪婪地把她的脸颊吸得吱溜溜响,她偎到我怀里一动不动,小猫一样,让我在那里亲得随心所欲。那阵子我要干什么她可能都会答应,但我别的什么也没做,我只是亲她的脸,连嘴也没敢亲,我那天晚饭时吃有辣椒,我总怕我嘴唇上还沾有辣东西辣了她的唇。不知过了多久,她才轻轻说一声:"祖宛哥,我可以走了吗?"我一听,就放了她。

他说,那阵子因为造锅的事儿兴旺,加上又有了秋芊,他心里高兴得整日想唱,他已经做好准备,待一个冬天做的锅全卖出之后,他要跟父母正式提出娶秋芊,他估摸父母能欢欢喜喜答应。

他整日为这个希望高兴,根本没料到灾难正在向他的家庭逼近。

灾难到时是一个早晨!

其实前一天的后响,镇公所的人曾敲了锣满街吆喝过:县上说了,小日本可能明儿打咱这镇上过,男女老少快进山躲起!一则因为过去也有类似的通知却终没见日本兵来;二则因为当时已做出的五千多口锅全堆在库房和当院,走了放心不下,祖宛爹听了,只让家里其他人进山躲,留下三儿祖宛和自己在家中。想万一有事,两人无累赘也能跑开,如果没事,第二天父子两个也可以照样开炉做活。

那天晚上因为大多数人都已进山,整个镇子很静。他说,晚饭后他在场院里收拾零碎东西时,忽然听到隔壁秋芋家有人的呻吟声,一愣,就跑过去看,一看才知道秋芋和她爹也没进山。原来秋芋爹当天上山砍柴时不小心摔下断崖,把一条腿摔坏,拄棍走回来已肿得好粗,此刻已不能动。她爹听到那进山躲老日的吆喝时,曾催秋芋和她娘领了弟妹们走,秋芋担心爹一人在家吃喝拉撒无人照顾,就执意留了下来。他进去时秋芋正费力地想把爹搡进过去为躲土匪而垒的一个夹墙里,父女俩估计万一第二天日兵来,躲在那里边不会出事。他见状急忙上前把老人抱进夹墙里安置好,这才又对跟出来的秋芋说:"现在我送你进山,大伯由我来照料。"秋芋摇头说:"不用,倘是老日不来,你明儿个还要做锅,干那活不能分心,再说有这夹墙躲,来了也不怕。还有,你和两个老人都留在这里,我走了也不放心。"说罢,就偎到了他怀里。他说他当时也没有再坚持自己的意见,一来是估摸老日不会真来;二来也真有点舍不得让她走,就把她拥到怀里。先是亲了一阵,后来因为心里火烧火燎,加上镇里太静,身上的血就快流起来,就伸手去解她的上衣纽扣。她穿的是大襟棉袄,袄扣是用布做的,他去解时她倒没动,他因为心里激动手指直哆嗦,半天才解开一个扣子,谁知他把这个扣子解开去摸下一个时,她已经无声地把刚解开的那个扣子又扣上了。后来他心里有些急躁,就没有再去解扣子,而是撩起她的棉袄下摆,从那里把手伸了进去,她的胸口太暖和,显出他的手凉得厉害,手刚触到她的胸口时她身子哆嗦了一下,随后就又不动,直让胸口把他的手也暖得热乎乎的。

他说他是鸡叫二遍时醒的,醒来后爹已经在炉子前忙活,

177

他便急忙起身去帮着生火。他说他临点火前还问了一句："爹，这会儿就点？"爹侧耳朝四周听了一阵，镇子仍然很静，而后又爬上院墙朝黑沉沉的远处看了一霎，才说："点吧，看样子不会来了。"

炉子点着之后他拉起了风箱，风箱呼嗒呼嗒，院子里全是这一种声音，铁块在这声音中慢慢在炉子里熔化。他说，要不是风箱响，他和爹也许会早听到了那马蹄声，那样，他和爹也许就跑开了，无奈风箱太响，等到他和爹听到马蹄声扭脸看时，两个骑马的日本兵的刀尖已在院墙外晃动，那阵子天已经蒙蒙亮，刺刀上青光闪烁。他和爹在那一刹那惊呆了，都站在原地没动，这当儿已有四个持枪的日本兵冲进了院内，对着他和父亲把枪举起。他说那会儿风箱已停，院子里除了马的喷鼻声就是炉子上铁水的沸动。他说，那是他第一次看见日本人，日本兵显然也是第一次看见这个土制铁炉，不知它为何物，眼盯着铁炉直往后退，直到有个中国翻译走进院子，看一阵后说这是一个做饭锅的作坊，不必害怕，那几个日本兵才敢走到炉子跟前左看右看。这时候镇子里已开始起火，好多人家的房子已被点着，火光把就要全亮的天空映得血红，一股股烧着柴草、衣物、粮食的煳味、焦味、臭味在空气里弥漫。就在这火光中，几个日本兵发现了堆在院子里和库房里的那些铁锅，他们先是拎起来颇有意思地看，随后便往地上一摔，"啪！"锅便裂成几瓣。摔碎一个他们便笑上一阵。他说，爹心疼得嘴都扭歪了，我抓紧他的手唯恐他上前阻拦。不大时辰，又进来一个领头模样的矮壮汉子，他走进库房看见一房的铁锅，用中国话说："统统地砸烂，让中国人没锅做饭，饿死他们！"有这命令，兵们摔得更凶，一人同时拎起两口锅，两锅一悠一碰，"嗵"，便都碎了。一时间满院子都是碎锅铁。嗵、啪、乒、哐、声音不断地响。爹气得脸色煞白,身子乱抖。

他们大约摔有两袋烟工夫,从镇街那边又走来一小队日本人,为首的骑着一匹大白马,听到摔锅的声音,那骑马的下马进院,正摔锅的几个兵见他进来,都"嗨"的一声停手立正。那骑马的先是看一眼化铁炉,又拎起一口锅端详了一阵,然后对翻译说了一气日本话,翻译便扭头对爹说:"老头,太君问你会不会造行军锅?如果你能造出九口行军锅,你现有的锅将不被摔碎,房子也不烧,你和你儿子的命也能保住!"我紧张地看着爹,不知道爹会怎样回答,我知道镇公所的人早有通知,谁替日本人做事谁就是汉奸,当汉奸早晚要被政府惩治。倘是爹答应了,就是替日本人做事;倘爹不答应,今天怕也要出事。爹沉默了一阵后说:"行,我什么样的锅都会做,你只要拿来个模型就中。"我看了爹一眼,知道他是心疼这份家产。

不一会儿,一个日本兵背来一口行军锅,锅底上有几个大洞,估计是被枪打坏的。爹仔细地审视了一阵那锅,锅口直径有十一丈左右,大肚,挺深,锅沿外撇,很平,不带尖棱,可以人背马驮,与我们平日做的铁锅不大一样。爹看一阵后便对我说:"拉风箱烧火!"然后他便在院中清出一片场地,用沙土做锅模子。那日本兵头儿见状,便挥手让几个摔锅的出去,他自己和翻译还有两个护兵,站那里看爹的手艺。

在我拉风箱化铁水的当儿,我看见几个日本兵从镇中押来几个老头老太太,显然也是没有进山躲的人。那个矮壮的汉子上前同他们说了没几句话,便抽出腰中的刀把他们砍了,刀上的血都溅到了我的脸上,我被骇得停了风箱,爹扭头瞪我一眼,我才又急忙去拉。

爹把第一个锅模子做好,铁水浇完时,我忽然听到隔墙响起秋芋的一声喊叫,我惊得心都停了跳:她被发现了!刚才因为日本兵还没有烧我家和秋芋家的房子,一直沉在紧张中的我差不多把秋芋忘了。爹显然也听到了秋芋的喊叫,一愣,意外地看定我,我昨晚未把秋芋和她爹没走的事告诉他。不大工夫,两个日本兵便各扯了秋芋的一只胳膊把她拉到了我们院里,院里院外的日本兵见捉了一个女的,呼啦一下都围了上去。

事后我才知道,秋芋是为了保护她爹主动从夹墙里跑出来的。这伙日本兵从华北过来,知道夹墙藏人的秘密。他们进了秋芋家搜查时,看出了那墙有些毛病,便用枪托砸那墙壁,秋芋知道再待下去两人都要遭殃,便趁他们歇息喝水的当儿,悄悄爬出夹墙从里间窗户跳到院里,边跑边喊叫了一声,把砸墙的兵引到了自己身上。

原来站那里看爹做锅的日军头儿见秋芋被扯进来,只扭头看了一眼,没动。最先走上前的仍是那个矮胖汉子,只见他用手中的刀朝秋芋的棉袄扣子上一挑,几个扣子便都开了。我知道秋芋和我们这里的大多数穷家姑娘一样,冬天舍不得再在棉袄里套衣裳,就穿着空筒棉袄,那几个扣子一开,秋芋急忙去掩袄襟,但手又被那矮胖汉子的刀拨开,于是衣襟一敞,秋芋那雪白的胸脯就露了出来。"轰"的一声,血扑上了我头顶,我一下子抓紧了舀铁水的勺把。这时那些日本兵都笑了,那矮胖汉子在笑声中仍用刀尖拨弄着秋芋的衣襟。我那阵心中的怕已全被怒挤走,拼!打死这些杂种!我开始飞快地盘算着怎么干才能多拼掉几个,就在这时,我忽听"嗵"的一响,扭头一看,见爹用铁锤把刚浇好冷却的那口行军锅的锅底敲了个大洞。"你的要干什么?"那个一直站在一旁看做锅的官儿叫。爹慢腾腾地说:"这锅我不能做了!""为什么?"

那翻译瞪起眼睛喝道。爹仍慢腾腾地说:"我有个条件,答应了才做!""什么条件?"翻译凶恶地吼。爹说:"你们必须让这个姑娘和我儿子走远我才干!"这时站在秋芋面前的矮胖汉子嗷地叫了一声,扭身提刀便向爹扑来,爹闭上眼睛说:"你可以把我们三个人都杀了,但你们得不到行军锅!"就在矮胖子要举刀时,那官儿"哼"了一声,使矮胖住了手,然后他亲自用抓钩把爹刚做好的那口已破了的行军锅抓过来抓过去地审视,大约他是很满意,随即便朝爹点了一下头说:"我答应你的条件!"

爹这时朝我扭过脸说:"你拉上秋芋,顺这条往北的小路直走!"我知道爹的意思,这条小路走三里之后就被一道深沟拦住,骑兵没法过沟,只要过了深沟进入沟那边的柏树林子,就可以安全地跑上山了!而且这三里平地全在爹的视线之内。爹看出我有些迟疑,剜我一眼,我便上前拉住被吓得半呆的秋芋,向外边走,到院门外,秋芋回了一下头,我听见爹说:"走吧,你以后要记着学做锅!"这是爹说的最后一句话。走出一百米后,我听见爹开始拉风箱,呼嗒呼嗒,我小声告诉秋芋:"快跑!"两人就一齐跑起来。我们的背后始终无人追也始终没有响枪。半个小时后,我们就钻进了那片柏树林,一个小时后,我们跑进了伏牛山里那条又长又宽草深树密的母羊谷,直到进谷口之前我们还没有听到一声枪响。

以后的事是侥幸活下来的秋芋爹告诉我的。他所躲的夹墙的后边就是我们院子,他通过一道细细的墙缝把院里的情况看得一清二楚。我和秋芋走开之后,爹先拉了一阵风箱,把铁水再度化开,然后又开始整理模子。他整理得很慢,九个模子足足整理有一顿饭工夫,那阵子大约我们已进了柏树林。接下来他开始浇铸,他浇得很仔细,九口行军锅全浇完之后,他坐下来抽一阵子烟,那时候日本兵们也在休息,有的在吃,有的在睡,有的在说笑,那个当官的还过来催问他两回:"怎么样,完了吗?"而且接连看手表。随后不久,开始淬火,精修,爹把最后一口锅精修好时,对那当官的叫:"好了!"那家伙逐一看了那些行军锅,而后在脸上浮一丝笑,说:"不错!"接着一挥手,两个兵便扑上来扭住了爹,爹没有吃惊也没有喊叫。这时那当官的换了狞笑,对翻译咕噜了一阵,翻译转对我爹说:"太君讲,你做的锅和做锅的手艺都不错,但你库房里的那些锅和你自己不应再在世上存下去,因为你们中国人不配用锅做饭吃,只配吃草!"爹说:"不配用锅做饭吃的怕不是我们中国人而是你们日本兵,不信你试试,我给我们中国人做的锅,你用力摔才能摔破,可我给你们做的锅,你手一提就要破,这是老天爷的旨意!"翻译把话译过去,那当官的就一愣,急忙上前去提那些摆放在地上的铁锅,刚刚还完好的锅,这会儿手一提,锅底便"啪"的一声裂掉了。秋芋爹说他当时也惊呆了,只有我知道,爹那是在铁水里放了地上的硬土,并且把淬火的时机提前了,经过这样处置的锅铁极脆,过一会儿手一提,锅就会碎,爹曾当面给我做过试验,教我记住这是两戒。秋芋爹说那当官的见九口锅都在他的手提之下变碎,气得"嗷"一声抽出刀向爹砍去。随后他们用炸弹炸了库房里的锅和院子里的化铁炉,把房子全点上了火。……

他说,我和秋芋第二天早上回到家时,家已是一片平地,看到的只是碎锅片子和瓦砾,被劈去半边膀子的爹,手里还攥了一块锅铁。秋芋当时在我爹的尸首旁哭得死去活来,直说这结局全是因为她才造成的,要不是救她,日本兵说不定不会下这毒手。我那时心都碎了,辛辛苦苦积攒起来的一点家业化为乌有,几辈子从事的制锅业完了!

他说,这是一九四五年三月。

直到抗战胜利之后,他说他才从县里发布的战报上知道,那次来毁麻山镇的是日军第一一○师团的一支部队,那个领头的官儿叫平林岛二,分管后勤,他们在午阳、方城地区遇到国民党第六十八军一部分官兵的坚决抵抗,战斗中,其装有行军锅等后勤物资的车辆被击毁,他们迫切需要补充做饭的锅。

他说他那天带着女儿和英籍工程师在省府一位官员的陪同下走进麻山镇时,没有让车先进镇政府大院,而是径直去了老宅。那阵子天已黄昏,在田里做活的和在镇上做工的人正在往家走,那些人从他身边过时没一个认出他来,都只是好奇地朝他们三人看,娃娃们围来一群。他们更感兴趣的是那位英国工程师,不断地议论着他的高鼻子。他让女儿郝文拿出糖来散给娃娃们,娃娃们扭扭捏捏地接了后便快活地跑到远处去吃去笑。老宅上已经盖满了房屋,有草房有瓦房挤得很紧,已经很难分清哪儿是当初爷爷和爹爹垒化铁炉的地方,哪儿是当初堆放铁锅的空场。不过街道的方向和宽窄都还没变,他还能辨出他和秋芋当初是从哪儿走出街向北山跑的,还能辨出爹爹被日本兵砍死后身子躺的地方。

他说就在他站在老宅前回忆旧事时,他听到了呼嗒呼嗒的风箱响,他说那响声虽然已经几十年不听了,但一听就知道那是化铁的风箱,这种风箱不像做饭烧火的风箱,声轻而柔,化铁的风箱响起来带有一股呼呼的重力,声粗而浑。他说他一听到那风箱响心中喜得一阵急跳:看来郝家的祖业还没有中断!他估计是大哥或二哥的后代们在干,便循了声急步找去。他走进一个不大的院子,院中立一个化铁炉,炉前正有一个穿着背心的小伙忙活,他看见他们进去先是愣了一下,随即问:"是买锅的?喏,都在那里放着,要多大的你们自己去挑!"说罢,便又弯腰去舀铁水浇铸,他说他一看到这不大的炉子和小伙子的举动,就想起了当年的自己。

他说从一九四五年夏天起,他在秋芋的支持下,又开始造锅,想一个人重振郝家的祖业。

他说那时他原本不准备再去干这个的,当时全家最急迫的是糊口,哪有钱再去置办做锅的那套工具?当然我内心里是时时没忘造锅这桩事的,那是我从小就干的活儿,干那活儿在我已经成了习惯。重要的是,爹已在平时不知不觉培养了我对这个行当的热爱,这个行当已作为一种应该世代传承的东西印入我的脑海,我忘不了它!我总觉得让这份祖业就此终断会使死去的爹爹九泉不安。因而每天傍晚,当我出外给人打短工回来,就总要站在被炸毁的旧化铁炉前发一阵呆。每当这时,隔壁的秋芋会无言地走到我身边,陪我在那里默站。有天傍晚,我俩在那里站了一阵,要分开时,她忽然抓了我的胳膊含着泪说:"祖宛哥,我知道你因为断了祖业心里难受,你们家这份祖业传了多少代,不能就这样断了。日本兵当初下这毒手,也多是因为郝大伯救了我的缘故,我这心里也一直不安,这样吧,我们俩来一起想法子再干起来。"我当时苦笑了:"再干?咋着干?哪有钱再干?"她颤着声说:"我倒想了一个法子,县城边上不是有个大铁匠铺子吗?他们打镰刀、铁镢、铁锨、铁犁这类农具,肯定会收废铁,咱们把这满地的铁锅片捡捡,挑下去卖,说不定就能挣回买化铁炉的钱!"我一听心里一跳,觉得这倒是一个办法,便拍了一下她的肩头高兴地叫:"好!这个法子可以试试!"见我高兴,她也噙泪笑了。

我立刻把这个主意讲给两个哥哥,未料两个哥哥说:"这年头兵荒马乱的,多一事不如少一事,万一日本兵再来,那可怎么得了?"我那时已被秋芋鼓起了劲头,心想你们不干我干!便利用外出打短工中间的歇息时间,捡那些被日本兵砸碎、摔碎的铁锅片,秋芋一有空便过来帮忙捡拾。三天后的一个凌晨,我就挑了一担锅片向县城走,走出二里远时,后边传来秋芋的喊声,她背了背篓赶了来,走近了我才看出,她的背篓里也放了半篓碎锅铁片,锅铁片上放着她爹在山里挖的一些草药桔梗、杜仲,她是借口卖中药进城帮我忙的,后来我知道她爹其实晓得女儿是想干啥,老人也有心帮我,便佯装不知随她去做。

　　锅铁片这东西不比别的,太重,挑上不多远,就累得我大喘不止。秋芋背篓里装的不比我挑的轻多少,她的喘息粗得让我不忍心听下去。我扭头看她,见她额上和鬓边的头发全被汗水粘到一起,我要她把背篓里的铁片往我担子上再匀一些,她不,执拗地背着走,腰弯得如弓,那阵我才知道她原来还有一股倔劲儿。到了县城铁匠铺子里一称,方知我挑的是一百六十斤,她背的是一百二十斤。铺子管收废铁的伙计听说秋芋背着一百二十斤走了十三里地,有些吃惊,都望着软坐在地的秋芋说:"了不起!"秋芋只笑笑,便起身和我一起去柜台上找老板领钱。老板是个四十来岁的男人,奇瘦,但竟还有邪心,双眼直勾勾盯着秋芋看,而且还嬉皮笑脸地说:"哟,这么漂亮的姑娘来卖废铁?不能想个别的法儿?"我生气地瞪他一眼,他倒不生气,依旧嘻嘻笑说:"这位小老弟,我这话说错了吗?你瞧瞧这位姑娘有多漂亮!比咱们县国宏豫剧团的红角方秀荣还要耐看,可你竟让她来卖废铁,你说得过去吗?"这一下噎得我讲不出话,倒是秋芋拿上钱拉了我就走:"别理他!"

　　那天回家时已是午后,因为用废铁换了十几张票子,秋芋显得很高兴,一路上说说笑笑。我侧眼看她,许是那铁匠铺老板的话起了提示作用,我发现她那天确实显得格外漂亮,两个脸蛋因为走路和快乐,晕红得十分鲜艳,高隆的胸脯随着双脚的起落,一颤一颤极是惹眼,显小的旧裤把她的双腿和后臀绷得紧紧的凸凹都见。我的心渐渐地有些发痒,于是在过一条干涸的河沟时,我说秋芋咱们歇歇,她说行,于是我俩便在向阳的那一面沟坡上坐了下来。坐下不久,我便把手伸了过去,秋芋害羞地笑笑,闭上眼睛任我把她拉到怀里。我开始第一次亲她的嘴,她没有躲闪,而是把娇小的舌头伸出来,让我轻轻地咬,这种亲热持续了不久,我便忍耐不住地伸手去摸她的裤带,她按住了我的手,极轻极轻地说了一句:"等买来化铁炉了再……"接着就飞快地站起身,用手去捋被我弄乱了的头发。我红着脸起身,随在她身后走。

　　三天后的一个早上,我们又第二次去卖,未料到的是,这次那老板突然把废铁压价一半,我和秋芋找他理论时,他说废铁收得已经太多,你们不愿卖可以挑回去!我不敢强争,怕把这唯一的财路切断,只得忍痛作罢。临走时,那老板竟嬉皮笑脸地盯住秋芋说:"其实,你们有的是挣钱办法!"我瞪他一眼,真想把唾沫吐到他的脸上,秋芋只默默拉我出了铺子。

　　第三次去卖时,那老板竟在第二次的价上又压一多半,可怜我和秋芋辛辛苦苦捡好挑去背去的二百多斤废铁,卖的钱只够买几个萝卜。我气得险些把扁担折断,秋芋也双唇哆嗦地盯着老板的脸说:"你太黑心了!"那老板倒不生气,仍旧笑嘻嘻地看定秋芋讲:"不愿卖,就挑回去好了,依我说,你们别再卖这废铁,还是想个别的办法挣钱!"

　　那天回家时,我俩一路无话,那时我已完全灰心,罢了,不再受这欺负,也别再希图买炉子做锅了,安心给富人家打短工混口饭吧！我边走边伤心喃喃说道："爹,孩子实在没有办法再恢复祖业了,你不要生气……"秋芊扭头看我一眼,颤了声说:"祖宛哥,你别伤心坏了身子,让我再想想办法。"我没再应声,只默默走路。快到家时,只见她猛地踢飞了路上的一颗石子,莫名其妙地说道:"老天爷有眼!"我当时不知她的话意,也没理会。

当天晚上,我睡得很早。早先的房屋全被鬼子烧毁,这时家里搭了四个草棚,娘一个,大哥大嫂一个,二哥二嫂一个,我自己一个,我这个棚子最小,就搭在早先的化铁炉旁边。因为接连地捡铁片卖铁片,身子乏极,我睡得很死,根本不知道秋芊什么时候把草棚门弄开,什么时候进来的。当我脸上滴了她的泪水惊醒时,她正坐在我的床头俯身看我,我吃了一惊,翻身坐起慌慌问她:"出啥事了?"她哑声说:"没有。"我说:"没事你哭啥?"她顿了一霎才说:"刚才做了个梦,梦见老天爷让我俩永世不得相见,把我吓的。"我当时扑哧一笑,根本没去想她的话是真是假,就揽过她宽慰地说:"谁能挡得住我们相见?快把心放下!"她的身子贴紧我,瑟瑟乱抖,而且破天荒地主动地没命地亲我,好像以后就真的再见不了面似的。我的身子被她的亲吻弄得有些冲动,我去解她的衣服时未遇任何反对,相反她还主动地帮我褪去短裤。有一阵我被她的这种反常主动弄得有些发愣,但不久我就忘掉了一切。我的心全被狂喜涨满,没有给思索留下任何空间。根本不知道这个夜晚对我意味着什么。

我欢乐了几乎一夜。

黎明时她走了。临走前我最后一次亲她的脸时,感觉到她脸上又淌满了泪,我以为她这是因为害羞,依旧没去想别的。

第二天上午我去给人打短工。中午回来时听小妹说,秋芋又进了城,我略略一愣:她进城干啥?便问小妹看见她带了铁锅片没有,小妹说没有,她只拎了个竹篮。我估计她是又去卖她爹在山上挖到的药材,便没再去想别的。

这此后一个来月,再没见秋芋过来一次,我起初以为她是为那晚的事害羞,不好意思再来见我。后来时间实在太长,我想她想得厉害,就在一个中午借故跑过去找她,未料秋芋不在家,她爹跟我说:"秋芋讲上次她去城里卖桔梗时碰到一个好心的中药铺掌柜,人家愿雇一个晒药的女工,三四天去一次,一次干一天,工钱给得还不少,今日又是晒药的日子,她去了。"我听了倒也高兴,她家的日子很苦,是该想办法开个钱路。

又过了几天的一个晚饭后,我正坐在自己的草棚里琢磨着第二天去谁家打短工挣钱,忽听秋芋在棚外低声喊:"祖宛哥!"我闻声高兴地跳出棚外刚要开口招呼,她已把一个布包猛塞到了我的怀里,说:"拿住!"我以为是给我带来好吃的东西,打开一看,吃了一惊:原来全是票子!"哪来这么多钱?"我惊异极了。"在城里给人做活挣的,你用它买做铁锅的东西吧!"她说罢转身就走。多日不见所引起的思念,使我胆大地上前想把她再抱进草棚,但她坚决地挣脱了我的胳膊,说了一句:"快想做锅的事儿吧!"就跑走了。

那晚我就着油灯数了数那一包钱,欢喜得跳了起来,根据当时的价钱,这包票子买一套做锅的用具是完全够了!我一方面佩服秋芋能有法子挣这么多钱,一方面为她把这些钱全给我而感动不已。我当时想,待做出锅卖了钱,一定要先给秋芋买两件可心的东西,要接济秋芋家的生活,要尽早把秋芋娶过来做一家人!

第二天,我就开始去四下里采买东西:耐火砖、大风箱、铁炉、舀勺、木炭、模具等,我没有把这事先告诉娘和两个哥哥,我想让他们猛然高兴一回。过去跟爹做锅时,知道那些东西哪里可以买到,不过十来天工夫,便都已购置齐毕,这才去喊两个哥哥过来帮忙垒、装。两个哥哥看见那些东西,自然是一番吃惊和高兴,就问钱是哪里来的,我因当时还不愿把同秋芋的关系公开出来,就谎说是自己打短工挣的,许久以后我才知道,我这个回答埋下了祸根!

炉子装好之后,我和大哥、二哥从院子四周捡来当初日本兵砸烂的那些碎锅片,开始化铁水铸锅,第一口锅做出来,我专门在锅上打了麻山郝记四字。第一批锅总共做了十四口,当我在傍晚把十四口锅全摆放在院中时,我瞥见秋芋站在她家山墙旁向这边望,脸上仿佛有泪光,我激动地喊了一声:"秋芋!"原想她会高兴地跑过来,不料她却扭身进了屋。我默默站在那些锅前在心里说:爹,咱郝家的锅总算又造出来了!这份祖业没断,你放心吧!这一切全赖秋芋的帮助,我一定要把她娶来做你的儿媳妇!

尽管当时日本兵还没败,湖北那边还在打仗,但人总要吃饭,一家人再穷,房子可以没有,锅总要有一口。所以郝家的铁锅造出来,来买的人还是有。第一批锅卖出,我便急急去镇上的郑家绸布庄给秋芋扯了一块花布。也是不巧,那天傍晚我把秋芋喊到屋后,从怀里掏出花布往她手上递时,刚好二嫂从不远处的茅厕里出来,她盯了那花布一眼,我多少有些尴尬,估计她过后可能要说点儿什么。果然,当日吃晚饭时,我听二嫂在那里不冷不热地讲:"哟,咱这郝家铁锅刚刚卖出几口,可就买花布送人了,要是再卖多了钱,还不要给人家盖房起屋了?"我一听就恼了,也没解释别的,只气冲冲地叫:"我愿送给谁就送给谁,你管得了吗?"二嫂就眼看大嫂说:"那是呀,我们这些做媳妇的,能管得了谁? 可郝家到底也是弟兄三个呀!"大嫂听了,便用鼻子朝我"哼"了一声。我气煞,指望大哥、二哥出来说话,可他们两个只吃饭不抬头。我当时心想,也是,我干脆把秋芋娶过来,看你们还有啥话说!

第二天中午,我一个人在后院加班做锅模子时,秋芋过来,默默帮忙给我铲沙递工具。我瞅这个机会说:"秋芋,我打算这两天就跟娘说,把你娶过来,你说行吗?你也可跟你爹妈说说。"她一听这话,身子一震,只说了一句:"俺不愿意。"就匆匆走了。我当时笑笑,以为她是脸嫩说不出口那个"行"字。当晚,我就跟娘讲了,原以为娘听后会立刻赞同,不想娘沉吟了许久不开口,我怕她是担心眼下手中无钱办婚事,就说:"秋芋是明白人,我们办婚事不会花啥钱的!"娘低低开口讲:"我倒不是担心钱,你二嫂告诉我,说镇上现在对秋芋有些议论。""啥子议论?"我的气来了,八成又是二嫂在其中胡捣乱。我三脚并做两步跑到二嫂门前怒问:"你说,你在造秋芋的什么谣?"二嫂倒很镇静,说:"我造她什么谣?我听别人说的,有人在城里亲眼看见,她大摇大摆从人家的睡屋里出来,出来时衣服都没扣好——""啪!"我没容她把话说完,就狠狠将巴掌抡到她的脸上,我不容许任何人污辱我的秋芋!也许是我的暴怒神态吓住了二嫂,挨了打的她并不敢哭闹,只喃喃地在那里揉着脸说:"我听别人讲的,听别人讲的……"

也是老天爷的安排,这事儿没有过去两天,真相竟让我知道了。那是一个中午,上午这炉铁水刚刚浇完,大哥、二哥都回前院准备吃饭,我一个人在后院的炉子前吸烟歇息,忽然听到一个仿佛耳熟的男人声音在秋芋家的屋后喊秋芋,我一愣,就移步过去隔了院墙伸头看,这一看让我吃了一惊,原来那男子是县城铁匠铺子里的那个瘦子老板！这家伙来这里喊秋芋干啥？为什么不在院前喊而站在屋后叫？这时我听见了秋芋的脚步响，便在院墙后隐了身子，想听听那瘦老板找秋芋要说什么。先是秋芋冷冷的声音："你来这里干啥？"接着是那瘦子老板笑嘻嘻的低音："嘿嘿，想你了！你怎么好长时间不去？你让我等得好着急！"这话如棍子一样击得我身子一晃，这个杂种！他竟敢如此同秋芋说话！这时又听到秋芋冷厉地说："你快走开！我永远不想再见到你！"那瘦老板依旧笑嘻嘻地："怎么？不想挣钱了？告诉你，以后我每次给你价钱加倍！……"哦——我的身子骤然一颤，我知道我听到了什么，血猛然冲上我的头顶又一下子退到脚跟，我强忍没有立刻跳过墙去揍那张瘦脸，在那一刹那我明白了秋芋给我那些钱的来历，明白了我用来做锅的本钱的出处。哦，老天！

我在麻山通县城的必经之路旁的一块苞谷地里等到了那个瘦老板！当我猛然从玉米地里跳到他面前时，他那张略露沮丧的脸上还很镇静，他说："哎，这位老弟是想劫路？可惜我今日是到麻山找个熟人没有带钱！""老子不要你的臭钱！"我用拳头把他的第二句话打回到了肚里，当他满脸是血时他才想起我是谁。他说："哦，是你？！"我说："你认出爷来就明白了爷打你的缘由！"我双眼血红拳脚并用，没有几下，他便趴在了地下。他哭着求饶，说那不怨我，是秋芋找上门的，我今日是来镇上办事顺便去看看她，并不是想来强迫……我的全部愤恨都通过拳头发泄了出来。他在地上滚得浑身是血，倘不是怕闹上人命惹出官司，我真想用砖头照他的头上和裆里都砸几下。最后我放他趔趔趄趄往远处跑时我自己也仰倒在了地上，我望着天上的云彩没命地去打自己的耳光……

我整整在草棚里待了两天两夜，经过两天两夜在草铺上的翻滚苦想,我明白我决不能因此抛弃秋芋!秋芋是为我,为郝家的铁锅业才这样做的!我要不娶她我这辈子的良心会永远不得安生!

　　但婚事显然不能立刻就办,我得让我心上的伤处稍稍见轻再说。这当儿发生了一桩大事,小日本投降了!伴随着抗战的胜利,人们开始相对安宁地生活。此时社会上对铁锅的需求开始增大,我家的生意日渐兴隆,院里的铁炉中整日铁水沸腾,日产铁锅量已开始上升到八十多口。赚得的钱也不断增多,又新添了一座炼铁炉,雇了几个长工。每当鄂北、川北的铁锅贩子拉车来买铁锅时,我常瞥见秋芋站在院墙那边,无言而欣喜地朝这里看。

　　他说,第二年秋初,我决定办婚事!当时我掌握着全家的钱柜,为了防止大嫂、二嫂说三道四,我预先把钱柜钥匙交到娘手里,让娘把赚得的钱分成四份,娘、大哥、二哥和我各一份,大哥、二哥因为娶了媳妇,娘给他们分得多一些,我没说什么,只拿了自己的那份钱进城,从衣服、鞋袜到被子、床单、箱子、柜子,给秋芋买了满满一牛车东西,我要用这个办法让秋芋高兴!

　　因为预先没跟娘和秋芋以及秋芋的爹妈说,当我雇的牛车拉着满满一车东西径直到了秋芋家门前时,娘、秋芋和她爹妈见了都很吃惊。我喊秋芋:"来,卸车!这些都是我们结婚用的东西!"秋芋一听这话,扭身就又跑进了房里。当秋芋爹妈帮我一起卸下东西我进屋去看秋芋时,她正站在门后双手捂脸流泪。我尽力笑着说:"哭什么?我们一两天内就结婚,你都要做新娘了,还哭?"她说:"不!"我说:"你什么都不要讲,一切按我的安排做就行!"她仍旧哭着说:"不!"我说:"你是这世上最对得起我们郝家的女人,我就要娶你!"她哭着说:"你不知道!"我说:"我什么都知道!"她抬起满是泪水的脸惊问:"你知道什么?"我轻轻拿起她的手抚着说:"秋芋,你只要今后看出我郝祖宛有一点点嫌弃你,你都可以用剪刀扎死我!"听了这话,她一下子扑到我怀里哭开了,为了把哭声抑低,她咬住了我的肩头,直咬得渗出血水,我许久才把她的哽咽抚去,告诉她做做准备,后天就结婚。她最后无言地点点头,依到我怀里任我亲了一阵。

我把买来的那些东西一一搬进秋芋家,告诉秋芋的爹妈:"这既是我送的聘礼,也算你们给秋芋的陪嫁。从后天开始,你们就把我当女婿,该咋使唤就咋使唤,你们家的苦日子,我也要操一份心。"两个穷了大半辈子的老人,高兴得直流眼泪。

我从秋芋家回到自家院子,原想去收拾一下自己的那间睡屋,未料迎接我的竟是一顿吵闹。我一进院,就听二嫂正在对大嫂撇了嘴说:"哟,娶一个破鞋都要送一车东西,要是娶一个黄花闺女,那不得把郝家的钱柜连化铁炉全送过去?他一个人过去管着钱柜,送多送少还不都是咱们大伙的……"

我一听这话头皮都炸了,冲上去就要打她的耳光,大嫂见状想帮二嫂,就来扯住我叫:"反了你了!为一个烂破鞋敢来打你的嫂嫂!"正在化铁炉前忙活的大哥二哥闻声跑过来,不由分说就抡起了拳头,我被打倒在地。二嫂这时站在一边撒开了泼:"好哇!你郝祖宛为了娶一个烂破鞋进家,想霸占全家财产,就要把我们统统都打死!好嘛!你来打呀!打呀!……"她声音高得全镇都能听见,估计秋芋在那边听到一定会撕心裂肝,我气得真恨不能上前吞了她!无奈两个哥哥都站在她一边,我只有嘶声喊娘,原指望娘出来能训斥两个嫂子哥哥,未想娘过来会狠着声说:"告诉你,只要我不死,你休想把那个名声不好的秋芋娶过来,我们郝家老门老户,不能娶这样一个媳妇辱没门庭!"我定定看着娘,原来她竟也这样绝情!我就在那一刻对这个家生出了切齿大恨!

那天傍晚,秋芋她爹妈低着头,默默把我送去的东西都又送了过来,临走,秋芋爹对我娘低低说了句,我们不敢高攀!我望着那堆东西,感觉到我要再不干点什么出出气我的胸脯就要被气憋炸,我摸起一柄铁锤向化铁炉奔去,你们不让我娶秋芋,我也决不会让你们再用这炉子去发财!正在炉前忙活的大哥二哥见我的架势急忙迎上来扯住我,原本站在一旁嗑瓜子的二嫂见状竟惊惊乍乍地跑到街上把保长喊了来,跟在保长身后来的还有一个挂枪的黑汉,事后我才知道那黑汉原来是县上民团的一个队长。当保长训斥我不该赌气胡闹时,那黑汉子绕化铁炉看了一遍,然后说:"不错,这个炉子刚好大有用处,最近上边让我们民团大造地雷以准备配合国军同共军打仗,这个炉子刚好可以做地雷的外壳!反正你们有的是铁!"两个哥哥听得目瞪口呆,我却哈哈一笑,在心里叫:滚你妈的蛋!这炉子既不做锅也不做地雷外壳,老子要让它变成一堆废土废铁!

当天晚上,我拎着两口新锅去猎户老江那里换来了几包他平日用来炸野物的炸药,我要炸了所有的做锅用具!

半夜时分,正当我做着炸的准备时,一个黑影闪进了草棚,我一愣,直到黑影扑进了我的怀里我才知道是秋芋!一阵长久的哽咽抽泣之后,她告诉我,她爹妈已决定把她嫁给镇子西街钉鞋的拐子成五,两个月后过门成亲。我嗷地叫了一声,用手去捶自己的头,她慌忙把我的头抱在胸口护住,哭着说:"你别折磨自己,你只要好好做锅过日子,把你爹挂念的这份祖业承住,我这心也就安了!我也对得起喜欢我、救我命的郝大伯了！……"

　　那晚,秋芋没走,我们把一辈子夫妻间的种种关心、体贴、恩爱集中到了一夜,都想让对方心中舒展身子满足。天亮时分她走后,我便起身悄悄把所有造铁锅的用具全集中到了化铁炉旁边,然后把炸药放好,把随身要带的东西整理齐毕,我面向铁炉磕了一个头,在心里叫:爹,原谅儿子不能承继祖业了!随即我便点着了炸药捻。我站在院墙外看药捻燃尽,看那些做铁锅的用具在一声轰响中化作一堆废物,这才转身向镇外走。那时候天已开始亮,满镇子的鸡都在叫。我先走到东边的信阳,从信阳扒火车去了广州,从广州流浪到香港,又从香港扒货轮去了泰国,在泰国靠做锅的手艺赚了点钱,然后坐船去了利物浦……

　　他说,这是麻山镇制锅业的第二次中断!

　　他说,我在那个做锅的穿背心的小伙子身后站了许久,那小伙子做铁锅的办法原始而拙朴,和四十多年前我家做锅的法子一模一样。我原以为他是我大哥二哥的后代,问了之后才知道他姓成叫成业。我问他爹是谁,一个中年汉子从屋里出来说他就是成业爹。我问成业做铁锅赚钱多不多,他说不多,说如今使用铝锅、钢精锅、不锈钢锅的风潮已由省城、州城、县城向乡下蔓延,买铁锅的人家正日渐减少,加上做铁锅的原料涨价,自己做得又慢,每口锅只能赚很少一点钱。我说赚钱不多你为啥还要干这个?他说一来他喜欢这个行当,二来他正在琢磨着吸收钢精锅的优点,增加铁锅的型号,改进铁锅的外形尺寸和厚度,想把铁锅做得看着美观,拿着方便,用着快当,节省燃料,让城乡人都喜欢,把失去的市场再夺回来,让历史上有名的麻山铁锅再度吃香,那时赚钱就会多一点!

我觉出我喜欢上了这个小伙,我告诉他我就要在麻山建一个现代化的铁锅制造厂,他的这些愿望将很快就可以在我厂里实现,我愿届时聘请他到厂里工作。他听后扭头惊疑地问:"真的?"我颔首,我很想同他长谈,可惜天已黑了,我们要去镇政府接头,只得匆匆同他告辞。

他说,第二天我就开始同县、镇两级政府的领导正式谈判建厂事宜,谈判中间休息时,我问镇政府一个姓顾的老干部现今全镇做铁锅的共有几家,他说只有一家,是个年轻小伙儿,叫成业。我说我已经见过他并看了他的操作,他说那是一个有志气的孩子,可能是受了他奶奶秋芋的影响,对做铁锅很有兴趣,可惜他本钱太少干不了大的。我当时吃了一惊,他是秋芋的孙子?但我不敢循这个问题问下去,怕触到自己的疼处,就又问他在成业之前还有没有做铁锅的?他说有,解放初期镇上成立了一个铁业联合社,他说当时报名参加的只有三个男的两个女的,男的是郝大宛、郝二宛和他自己,他是从九金乡抽来的土改骨干,铁业社当时就由他负责;女的是一个叫秋芋的媳妇和一个叫棠花的姑娘,当时正宣扬妇女解放,秋芋和棠花报名参加铁业社的事还上了专区的报纸。再次听到秋芋这个名字令我身子不由一颤,往事倏然回到眼前,我当时一定有些失态,以致他问我是不是身子有些不舒服。我急忙摇头,幸亏他不是本镇人,不知道过去的那些事。他说他们一开始干得很顺利,在镇政府的帮助下建了炼铁炉、化铁炉,购买了全套做锅用具,又招了十几个工人。他们很快就做出了第一批锅,一开始能独立操作的只有大宛、二宛,后来秋芋和棠花也学得可以单独干,铁业社最盛时每天可以出锅一百二十四口,每月的盈利比木业社高几倍,经常受到镇政府的表扬。他说,那时因为国家急需干部,哪个单位成绩大哪个单位出的干部就多,镇上不久就把大宛调到镇政府当财贸助理,把二宛调到税务所当所长,把棠花调到镇里当妇女主任,本来要调秋芋去供销社当副经理,可她就是不愿,执意要留下做锅。大宛、二宛和棠花走后,做锅的大师傅就只剩下了秋芋,她那时身体也壮,经常领着她几岁的儿子来上班,让儿子在院子里玩,自己在炉前干。做锅这活路哪一项都要体力,可她不怵,一个班下来汗水常把衣服湿透,我不知她哪来的这股劲儿!她常对我说:"老顾,咱们一定要把铁业社办成一个大锅厂,让中国人都知道这麻山锅!"不久我调到镇政府管工业,她便当了铁业社的社长,后来这铁业社改名叫东方红铁锅厂,她又当了厂长。她的责任心真强,经常吃住在厂里,以致她那个拐子丈夫老不能同她睡觉熬不住跑到厂里同她闹。有人亲耳听到拐子在办公室喝问秋芋:"你到底要锅还是要我?你五十天不上我的床这算什么老婆?"据说那拐子急得当时插了办公室的门,就在地上要秋芋和他办了那事,事后人们注意到秋芋头发和衣领上都沾了土。当然这都只能当笑话听,不过秋芋对做铁锅的事操心着迷确实令人惊奇,女人家喜欢这个行当真是叫人不解。她把东方红铁锅厂治理得井井有条,最高时日产量达到五百六十口,质量上也远远超过了"河路锅",除远销两广、云贵等省份外,经省外贸介绍,已准备向越、老、柬等国家出口。那时秋芋整日笑盈盈的,常拉着儿子、女儿的手在厂里那排成一列一列的新做出的铁锅中间蹀步,她本人也被选为县里的劳动模范,出席了省里的劳模大会,但万万没料到,后来会出了那事!

他说老顾讲,你们住在外国的中国人可能不知道,一九五八年,我们国家开始了大炼钢铁和吃食堂。大炼钢铁就是全民动员到处砌炉炼钢炼铁,把炼好的铁块、钢锭交给国家以增加国家的钢铁产量,从而使我们的钢铁产量跃进到世界前列;吃食堂就是按共产主义要求一个村一条街的人在一个锅里吃饭,一个食堂最少一千人。这两项活动都与秋芋的铁锅厂有关,所以她最先接到通知:停止生产目前供家庭使用的各种型号的铁锅,立即转产供千人吃饭用的大锅。同时要把从各家各户收缴上来的饭锅砸碎回炉炼铁炼钢,每天要争取炼铁两吨,钢一吨!秋芋看完这个通知目瞪口呆,她火急忙慌地找到镇长说这是胡闹,问是不是发通知的写错了?镇长瞪她一眼喝令她立即回去落实并告诉她这是上级的指示!她怏怏地走回工厂。转产做大锅这一项还好落实,不过是把锅模子做大就行。她带几个老工人干,第一口大锅做直径十八丈,她本以为已经够大,可镇长来看后不停地摇头说不行,这至多够一百个人吃饭用,千人食堂要这锅有何用处?秋芋只好亲自重做锅模子,最后做出的锅能盛十担水,人坐进锅里在远处都看不见头,但因为是第一次做这种大锅,厚薄掌握不好,结果锅铁太薄承受不住水的重量,试用那天,十担水盛上不久,锅底压裂了,十担水全从灶口涌了出来,把烧火的炊事员淹得呼天叫地。但大锅最后总算试做成功,看着一口口大锅被四乡的大食堂主任用马车拉走,秋芋脸上还能露一丝笑意。但做第二项工作时她便再无了笑脸。那阵子从镇上和各村收上来的家用饭锅摆满了厂院,这些饭锅都是出自早先的郝家作坊和如今的东方红厂,这一口口使用得锃明瓦亮的饭锅都要摔碎回炉成铁块,眼见得自己当初的劳动心血被如此折腾,秋芋的心里能好受?那天她砸锅砸到第七口时心中的气终于没憋住,"嗵"一下扔了铁锤叫:"娘的!这纯粹是劳民伤财!老子不干了!"并真的当时就回了家。这一下不得了了,有人立即向上告发,镇上当即认定这是反对大炼钢铁、反对大跃进的反革命行为,当晚就组织了千人批斗会。秋芋头上被扣了一个小饭锅拉上讲台,脖子上挂一个大纸牌,纸牌上写着一行大字:不愿摔锅反对炼铁的反革命分子!人们发言声讨批判后,又拉了秋芋游街,把镇上的几条街全走了一趟,游到南街口时,几个平日里流气的酒鬼拥上来,硬把秋芋胸口的衣服撕开,在她胸上用糨糊贴了四个字:不愿摔锅。秋芋脸色煞白牙咬下唇一声不吭任凭他们折腾,可怜秋芋气郁在心,当晚回家就病倒了,一直躺在床上几个月。秋芋被开除出锅厂之后,锅厂开始土法炼钢,满镇的人没一个懂得炼钢,学别乡的样子把炼钢炉修好之后就匆忙上马,结果不知是炉子质量不行还是冶炼时掺加的成分不对,炼到正热闹时炉子发生了大爆炸,秋芋辛辛苦苦领人盖起来的厂房全被炸毁,人当场死了十二个,化铁炉、炼铁炉也都被炸成一堆烂东西。至此,东方红铁锅厂算彻底完蛋,镇上造锅的事第一次宣告中断,这一断就断了二十年,直到一九七九年秋芋的孙子成业又单人砌炉再干。这二十年间,人们或是买铝锅用,或是远去湖北河口镇买铁锅……

他说,他当时望着老顾的那张忧戚的脸在心里叫:这不是第一次中断,麻山镇中断做锅这实际上已是第三次!不过以后可能就不会再中断了,我要在这里建立全世界最大的铁锅制造厂,我要让这里产的铁锅成为世界上最抢手的炊具!

他说他那天在和老顾交谈时装作很随意地问问秋芋的近况和住处,知道她身体多病,如今和女儿住在一起。他说要不是参加谈判真想立刻就去看她,他说他边谈判边在心中喊:秋芋,你还认识我吗?还叫我祖宛哥吗?我回来了,我有钱了,要建造铁锅的大厂了,你需要什么都可以跟我说……

他说,由于双方都有诚意,合同的主要内容很快便谈成了!我负责提供全部资金设备和技术力量,县政府和镇政府负责提供地皮、原料和水、电、劳力保证。晚饭后,我留下女儿郝文和总工程师同政府官员继续商谈具体问题,自己便匆匆照老顾的说明向秋芊的住处走,街路已变得十分陌生,我边磕磕绊绊走边激动地想象着这即将到来的会见是什么情景。据老顾说她的丈夫早已去世,这样妨碍我们说话的人已不存在,她也许会哭着扑到我的怀里。哭吧,秋芊,我知道你心里的委屈!四十多年前我走的那天早晨,我牵挂的只有你一个人,这些年我不论是在广州流浪还是在香港做工,不论是在泰国做锅还是在利物浦办厂,你的身影一直保存在我的心里。尽管后来我又找了一个比我小许多的华侨妻子,但她并没把你在我心中原来的那个位置占有!我相信你也会想着我,你会的,别人不理解你解放后为什么执意要在铁锅厂做锅,我明白!你还在记着当年我爹的嘱咐,你不想让麻山锅在世上绝了……

我敲门后出来开院门的是一个中年妇人,黑暗中我看不清她的面孔,我估计她就是秋芊的女儿。一听说我要找她妈,她说:"进来吧。"我随在她的身后向堂屋里走,一个不大的昏黄的电灯泡悬在屋里。我一开始没看清屋里有人,直到她女儿喊了一声:"妈,这位大叔从镇政府来看你。"墙角有人"嗯"了一声,我这才注意到屋角的一个矮木椅上,坐着一个干瘦的小老太婆,她怀中正抱着一只小猫在那里打盹儿。我根本不相信她就是当年那个脸红齿白身子丰腴胸脯高耸抱在怀里弹性十足的秋芊,我以为我找错了人家。在我的想象中,她此刻应是一个身体健壮至多有些白发的老太太,她比我还小一岁,在英国的华侨圈里,像她这样年纪的妇女还可以自己开车去四处旅游。我当时试探地问了一句:"你是秋芋吧?"她的女儿马上代为回答:"是的,我妈年轻时的名字是叫秋芋,后来年纪大了,就按镇上的习惯喊她老成家的。""噢!"我的心中一酸,她是秋芋!时间已经把她变成了这样!我当时激动地问:"秋芋,你能认出我是谁吗?"边问边把脸凑向前让她辨认。她抬起眼,左眼显然有毛病,差不多已经睁不开了。她用右眼漠然地看我一下,慢慢地摇了下头。"我是祖宛!郝祖宛呀!"我冲动地叫出口,她认不出我了,但我相信她会记得我的名字。我叫出自己的名字后原以为她会惊喜地抬起头,但她竟如刚才那样漠然地垂首坐着,一声不吭。倒是她的女儿听到我说出自己名字后,高兴地扭脸望定我说:"噢,你就是祖宛叔呀!昨天就听成业说你回来了,成业是我侄子,他说你看了他做锅,我知道后正想约我哥一块去看你哩!哥和我小的时候,妈常跟我们说起你,说你做铁锅做得可好了!"说罢又转向她妈妈叫:"妈,你不记得了?他就是你过去常说的祖宛叔,刚从外国回来,来看看你!"秋芋依旧面无表情地坐在那里,只是不停地用手抚着猫。没有人知道我心中当时多么难受,她,我心爱的女人秋芋,竟把我彻底忘了!忘了!看见我失望的神色,她女儿急忙带着歉疚说:"我妈的脑子不好使了,常忘事,真对不起!"我苦笑笑,再次问秋芋:"你还记得咱们躲老日的事吗?"她仍是不语,无动于衷地看着怀中的猫,半晌,才低低地说了一句:"我想睡了。"我凄然地站起身子,早先那个漂亮聪颖的秋芋,竟已变得如此糊涂。连同她诉诉离情的机会也已失去。我同她女儿又说了几句话,便把来时拎的一包礼物放在了桌上预备告辞。那包礼物里有我专门去利物浦最大商场为秋芋买的旗袍和布料,那些布料是我根据记忆中秋芋喜爱的颜色买的。我刚把那包礼物放到桌上,不想那只原本卧在秋芋怀中的猫会突然蹿上桌子,飞快地把那包礼物拨拉到地上。猫的这种行为令我有些难堪,秋芋的女儿便急忙呵斥那猫,又向我说了一阵感谢话。我出门时最后望了一眼仍枯坐在墙角的秋芋,她还在机械地抚着那只重卧在她怀中的猫。我止不住地流了泪,盼了几十年的会见竟如此结束,时间这个东西真可怕,竟会把人变成这个样子!……

他说,那晚从秋芋家出来,他又去大哥、二哥家看望,娘和大哥、大嫂、二哥、二嫂都已去世,两家的侄儿侄女们都记不得世上还有他这个叔叔,谈话拘谨而不带什么感情。没谈多久,他把带来的礼物给侄儿侄女们分分,便怅怅地回到了镇招待所。他说,他原本还一直担心着见了娘和大哥、大嫂、二哥、二嫂没法解释他当年出走的行为,没想到时间已极轻易地把这场会面取消掉。

他说,厂址定下之后我领着工程师和女儿以及政府里的人察看那天,专门把成业那小伙子叫来,让他和我们一块察看并就厂区的规划发表意见。我喜欢这位全镇唯一一个至今还对做铁锅有兴趣的人,又因为他是秋芋的孙子,我对他的喜爱更增加了几分,他是我亲爱的女人的骨血,我应该爱护和提携,我要把此生欠下秋芋的那些情分,施到他的身上,还还我心上的债!成业这小伙很聪明。他很快看懂了工程师吉里画的那张厂区规划图,并根据他自己平日的设想提了一些有益的建议。他还让我看了一张他自己设计的成套铁锅的图纸,从煮奶锅、小炒锅、平底煎锅、方形蒸糕锅到饭锅、分格火锅、多层汤锅,令我耳目一新。我告诉他这些设计晚点可以经过我的设计室进一步论证完善,争取投产。我看出这是个有才气的小伙,他只是因为居住在这个偏僻的小镇而无法显露才华,我当时想,我一定要把他培养成一个像样的企业管理人才。那天勘察将要结束时发生了一件小事,那小事使我萌发了一个重大的念头,正是这个念头,才又使我了解了我从未想到的令我激动万分的一桩事情!

他说,那时天已近正午,我们一行人勘察到了厂区的北沿,再往前,就是一条深沟,深沟那边,便是苍苍翠翠的北山了,当年,我和秋芋就是由这条深沟跑进山里躲鬼子的。正当我站在沟边回忆旧事时,女儿郝文喊我:"阿爸,我们照几张相吧,拿回去让妈妈看看,让她知道我们的工厂背倚青山!"我扭头笑笑,说:"好的!"郝文立刻打开相机先给我拍了一张,接着又为全体勘察人员拍了一张,最后把相机交给我,说:"阿爸,你来给我拍!"一张拍完,她笑着对成业招手叫:"成先生,来,我俩合拍一张,做个纪念!"郝文是个热情开朗的孩子,到哪里都爱说爱笑,在刚才这群勘察的人中,只有成业年轻,她便把他选作了谈话对象。我注意到他俩刚才谈得还投机,只是郝文偶尔会挑出成业的土话来咯咯笑一阵。成业显然没料到郝文要单独同他合影,脸有些红,扭捏地捯着脚。我笑了笑说:"成业,来吧!"成业就不好意思地走上前,和郝文站在一起,我把相机举起来,镜头中一片青山,青山前一对年轻人并肩相站,女儿娟秀娇小,一脸喜笑,成业魁梧精壮,满面纯朴,就在我的手指去按快门的瞬间,一个意念不经意地一闪:这多像一对佳偶!

佳偶! 这意念猛地停住,在我的脑子里迅速清楚起来,是的! 首先我因此就有理由不让女儿再在英国定居,而可以让她回到故乡来,我既是已经下决心把骨灰葬在故土,女儿留下来,自己死后不就可以坟前有靠了? 还有,假若他们真的成婚了,我在这儿建的这个大型铁锅厂就可以交给这个有志气的成业掌管。我只有一儿一女,儿子在利物浦经营那座大规模的新材料锅厂,他不可能再有精力来中国管理这个厂。我自己年岁已大,厂子建起来还能亲自管理多久?交到郝文手里?她的脾性只适宜做产品销售宣传工作,不可能把艰苦的组织工作和麻烦的事务性工作做好,何况这是一个主要使用中国职员、工人的工厂,没有对本国人心理、情绪的深切了解,是很难驾驭这些员工的!再有,把这样一个耗费自己巨大财力建起的企业,交给一个与自己毫无血缘联系的人去经营,也会令人不敢放心,若交给像成业这样的女婿,当属最好!自然,要他管理这个大厂,他的学识和能力目前都差很远,但这是可以培养的!我可以把他送到英国那个东方锅厂去见习,让儿子带一带他,还可以专门请老师给他讲课!还有!倘若他俩结合,我和秋芋的血总算汇到了一块,他们的后代,就是我和秋芋的后代!当然,郝文是我女儿,成业是秋芋的孙子,这有点不当,但这在优生学上并无不好,我和秋芋不是一姓近亲,错一代的人成婚能有什么妨碍?只是将来的叫法有些麻烦,不过那可以各按各叫,他俩管秋芋叫奶,管我叫爸罢了。

　　这念头就这样固定了下来,但没跟人说。后来这边开始施工我回英国准备设备时,顺便同妻子做了商量,郝文妈虽是在英国长大的人,但恪守的还是中国妇女的一套家规。听我说了对郝文婚事的想法后,她说依你的办,我没意见,只是别硬着捏合,要让文儿对他产生感情才好。我第二次来中国后,就正式把成业招聘为雇员,让他和郝文、吉里一起,检查督促基建施工情况,由于两个人整日在一处,成业常很虚心地向郝文求教英语和工厂推销宣传知识,郝文不断地向成业询问乡俗乡风和国内情况,两个人慢慢变得熟悉起来。我在看出郝文对成业有好感之后,便正式和她谈了我的想法,郝文听后脸只红了一下,便爽快地答:"阿爸,我对他是有好感,但这事还从来没想过,我们两个的生活背景相差太远,你给我两个月时间让我再想一想。"我点头说行,但那两个月里我确实有些紧张,我真担心郝文想后拒绝我的这个提议,使我的让女婿经营工厂的计划落空。还好,两个来月后的一个晚上,郝文到我房里含着羞说:"阿爸,那事就依你的想法办吧!"我当时高兴地拿起女儿的手说:"文儿,为了你这个答复,你将来获得的遗产将会比你哥哥多二百万英镑!"

半个月后的一个傍晚,就在这门前,我叫住正要下工的成业,告诉他晚饭后叫上他爹一块来,我有事情商量。那时这片高级职员住宅区已经修好,那片厂房正在安装设备,整个建筑安装工程比我预想的要快几倍,这要感谢中国建筑工人和县、镇两级政府的全力支持。

晚饭后,成业领上他爹来到我屋里,这是我第二次见到成业爹。第一次就是头回刚到镇上那晚在成业的化铁炉旁见的,那晚看不甚清楚。这次看清了,这是一个老实巴交的中年汉子,一脸的憨厚,衣履破旧,见了我很是惶恐拘束,连连弯腰点头说谢谢你招成业来厂做工。当我说了愿把女儿嫁给成业时,父子俩都吃了一惊,好像不能理解似的,愣愣地望着我,最后是做父亲的先开口讷讷说:"我们家太穷,成业不配。"我说:"如今都快要换一个世纪了,门不当户不对这话太旧,别说了,只要成业愿意就行!"我望着成业,我看出成业对郝文早有好感,果然,他满脸通红地在地上搓了半天脚后,终于怯怯地低声说:"要是郝文愿意,我也……"

第二天晚上,就在这间客厅里,我为成业和郝文举行订婚宴会,我请了我从英国带来的几个工程师和县、镇政府的几个人作陪,成业和郝文坐在一起,我和成业爹坐在一起,那晚是我回国后最高兴的一个晚上。就在我要举杯宣布为成业和郝文订婚干杯时,我从英国带来的一个华侨厨子在门口朝我打了一个让我出去的手势。我请众人稍候,就走出了客厅,在客厅门口我问他什么事,他说有一个老太太站在大门外,她执意要你一个人立刻出去见她,说有急事相告。我有些意外,什么急事需要由一个老太太来告知? 我疑疑惑惑地向大门外走,大门外的路灯不太亮,最初我只看见有一个老太婆站在灯影里,等到我走近认出是谁时我真正吃了一惊:"是你? 秋芋?!"她没吭声,只用右眼盯了我一下,和那晚我去看她时不同,我立刻感觉到了她目光中的力量,她的身子虽然仍像那晚那样瘦削,但腰杆挺得很直。更使我感到吃惊的是她的声音,和那晚完全不同,虽然带点喘息但异常平静、清晰,她说的第一句话是:"他们认为我老了,不同我商量。我是刚刚知道这事的!"

我明白她指的是什么,急忙向她解释:"本想——"但她没让我讲下去,立刻截断我的话说:"这事不行!"

"为什么?"我意识到我那晚去见她时她是有意怠慢,她其实早就认出了我是谁,我极力让自己平静下来,含了笑问,"是担心门不当户不对?"

"不!"她干脆地答,右眼直盯着我。

"是觉得将来称呼难喊,他们要向我叫爸向你叫奶?"

"不!"她把手中的拐杖在地上一顿。

"是担心将来会让他出国走了,离你太远?"

"不!"

"那你跟我说一下是为什么,我实在是愿意他们——"

"因为——"她低哑地说了这两个字,又猛地顿住,吃力地咽了口唾沫。

"因为什么?"我仍旧含了笑问。

"成业是你的孙子!"她极快地说完这一句,身子像是一下用完了力气似的软下去,向前弯着全倚在了拐杖上。

最初那一霎我没能理解这句话的含意,我以为她是指成业按辈数也该向我叫爷爷。我就要开口解释时,脑子中有一部分最敏感的神经突然一动,让我陡然对她的话意有了另一种判断。几乎在那判断清晰的同时,我的身子倏然一震,我猛地上前抓住她的一只胳膊摇着问:"你说这话什么意思?"

"孙子!成业是你的孙子!"她的声音哑得厉害,"你临走的前一晚……你忘了……这件事只有我一个人知道,你既是没死,这么些年,你竟连一个让我告诉你的机会都不给……"

当时,我只来得及叫一声"天啊",就晕了过去……

左朱雀右白虎

这是一座汉墓的大门。

左门上端刻的是朱雀,右门上端刻的是白虎。

这汉墓是我父亲在民国二十五年秋发现的,墓址在南阳城西十二里的栖凤岗阳坡。

走进这座大门,你会看到九十四幅精美绝伦的汉代画像石刻。

走进去吧,开开眼界!

孩子,你不知道我多么感激你!是的,感激你!你还没有真正意识到你发现了什么,一件珍宝!珍宝啊!孩子!小楠、涵儿,你们过来,我跟你们说,这座独特而华贵的画像石墓,该是出自汉代画像石墓最盛行的时期,时间大约在刘秀建立东汉王朝至顺帝年间。这是"回"字形墓,这里是前室,这里是北侧室,这里是南侧室,这里是后侧室,中间是两个主室。看,这墓门、主室门、侧室门的壁间和墓顶上部刻有画像,用的是浅浮雕,兼阴线刻和横斜纹的浅浮雕的雕刻技法,而且有彩绘痕迹。看,这里,用朱色勾画出画像的边线及斑纹,既保持了石刻浑朴的特点,又具有绘画的色彩,使画像更加突出。它承袭和发展了前代的塑形和雕刻艺术,又受了同时代的壁画、帛画等形式的影响,绘画艺术辉煌啊,孩子……

父亲说,他为寻找这座汉墓,从研究历史资料到实地勘测再到最后发现,一共费了五个月。

父亲说,有一段日子他已完全绝望,他估计自己不可能完成他最钦敬的老师王莹质交给他的这桩任务——寻找一座未遭破坏的完整的汉墓,将墓内的画像石刻一幅不留地全部拓印下来,当作他进行汉代史研究的一份资料。

他说他已经在准备借口,打算说服王莹质老师放弃这个希望:一两千年的时间过去,地表不断变化,凡露痕迹的墓园早已被挖被盗,剩下的多已深埋在地下,一个人实在无法找到。

但他迟迟没有去说也没有停止寻找,他害怕面对王莹质老师那双信任的眼睛。王老师是他的恩师,一直视他为高足,恩师把寻找汉墓和拓印汉画像石刻这样的大事交给他,足见他对自己的看重,他实在不愿让恩师失望。他知道王老师一家对汉画像石刻很早就十分关注。王老师出身书香门第,乃父、乃祖都是南阳城有名的饱学之士,他祖父是清末南阳县学的教谕,父亲在宛南书院任教至去世。早在民国十七年,王老师的父亲发现南阳城附近有些人家的墙基系汉代画像后,遂拓数十幅,于民国十九年整理后,交上海一家书局印制成《南阳汉画像集》一书,印数虽少,但那是第一次让世人知道南阳有汉画像石刻。王老师在北京大学历史系毕业后,回家在省立南阳师范学校任教,边教历史课边继续搜集汉画像石刻。王老师在课堂上反复强调:汉代,是中国历史上一个强盛的王朝,当时繁荣的经济、发达的文化和强大的国家,为艺术的发展提供了丰厚的土壤。而南阳汉画像石刻艺术,正是生成于这块沃土之上的一株万古不朽的生命之树,这些石刻图像,质朴而雄奇,豪放且飘逸,绝无半点明清以来图画的纤弱、呆滞和猥琐之态,一派泱泱大国之风,推诸世界,当是不可兼得之瑰宝。他还特别指出:汉代的南阳,是中原经济、政治、文化的一个中心,曾作为南都和西都长安、东都洛阳鼎足中国。同时,南阳又是东汉开国皇帝刘秀的故乡,辅佐其成就帝业的著名的二十八宿,多为南阳人氏,所以,当时的南阳皇亲国戚数不胜数,可谓富室如云。而汉代又是中国历史上厚葬之风最盛的一个朝代,特别是富室,生前的骄奢生活,死后也要如法炮制带至墓中。石刻壁画有久远留世和形象记述作用,故这种艺术表现方式便成了富豪之家营墓造坟的首选之法,这就给汉代石刻艺术造就了一个发展的大好机会,并达到了一个旷世未有的境界。

父亲说,他更加知道恩师是多么迫切地想找到一个完整的汉墓。这两年特别是近半年来,王老师带着他在南阳城乡四处奔走寻找汉画像石刻,找到的都是零散的:砌在墙上的,扔在田埂旁的,摆在院子里当饭桌的,垒在桥墩上的,滚在河边的,这里一块,那里两块,确切的出处不知道,哪几块同出一墓不清楚。当然,王老师对这些石刻都非常珍视,每一块石刻都极细心地拓印了两份拓片,而且出钱把石头买下雇车拉回,存放在后院。但每当王老师翻看那些拓片时,兴奋之余,总要遗憾地叹息一声:"嗐,可惜没有一套完整的出自同一个汉墓的石刻拓片,要是有,将会给研究提供多么大的方便啊!"常在那一刻,王老师会扭头半开玩笑地问父亲,"古楠,有没有信心找到一座汉墓?"

父亲说他过去每次都回答:有!所以如今实在无颜再改口。

父亲那时在绝望中之所以仍坚持寻找,还有另一个原因是王老师有一个叫王涵的女儿!父亲在说到这点时把混浊的双眸垂下让目光触地。我估计他眼里有一丝长辈在晚辈面前提起这种事时的难为情。王涵那时还在南阳女师读书。因为父亲在师范就读时就是王老师家中的常客,毕业后又因恩师举荐被校方留校任教,所以很早就和王涵相熟。大概是父亲先爱上王涵的,因为父亲说他所以没敢向恩师说我找不到且没停止寻找汉墓,是因为害怕王涵说他"真没能耐"!几十年后我从那张发黄的旧照片上知道,父亲当时那么在乎王涵的态度甚至害怕她,不是没有原因,那王涵长得惊人地漂亮,在相貌上起码比父亲高出五个百分点!

父亲说,这座汉墓就是在那段绝望的日子里,在他认为完全无望的沮丧情况下,无意中发现的!

发现那座汉墓的时间,是暮秋时节的一个黄昏!

小楠、涵儿,你们看出了没有,这座墓内的画像石刻和我们平日搜集到的那些石刻画像相比,一个最大的不同点是它们每幅不是孤立存在,而是互相连贯的!是的,互相连贯!它们连在一起讲述的是墓中男女主人公的生平故事。看,这幅建筑图,有门阙,有楼阁;楼阁下有粗壮的立柱,上有对称的望亭,斗拱硕大,厅堂轩敞;阁顶栖鹤,两旁饰羽人;门外还有执笏小吏躬身侍立,厅内有执灯的高髻奴婢,小主人抚几而坐,悠然自得。这大概是说墓中男主人幼时就住在这样豪华的宅第里,"坊宇显敞,高门纳驷"。小主人旁边这个执杖踞坐的人,大概是他的父亲。瞧瞧这小少爷的排场,坐在铺有茵褥的榻上,后有奴仆打扇,前有三个穿短裤的童奴戏弄儿事为其逗乐,真是豪门娇儿呀……

父亲说,发现汉墓的那个黄昏与以往的那些黄昏有一点不同,就是有风。风不大,只能摇动栖凤岗上的荒草,但不要小看这股微风。父亲说,若没有这股微风,也许就没有那个发现。他说他怀疑那微风是上帝特意派来成全他的!当时,父亲坐在岗半坡的一小丛灌木前,神情沮丧地望着西坠的落日,看着它一点一点地把光线缩短,一只手愤恨地敲砸着他搞探察用的一把小镢头和一根铁钎,疲累的双腿懒散地摊放在荒草上。他那阵在心里想,明天再不来这栖凤岗了,再不来了!他当初之所以决定把寻找汉墓的范围缩小到这栖凤岗上,一是因为曾在岗上发现两块破损的汉画像石刻;二是因为他在图书馆曾找到一本宋时的方志,上边在记述一些地名的来历时,曾说到栖凤岗这一名字乃汉时所起,因其状似凤凰居风水宝地而为人知。父亲想,既然"栖凤岗"之名是汉代人起的,又被视为风水宝地,就不会没有人利用它!这里离汉代古城遗址较远,显然不宜于起房盖屋,而且这里也确无起房盖屋的记载和传说,知道它是风水宝地又不做阳宅,很可能便要做阴宅了。当时南阳城富室如云,这栖凤岗又出城即可看见,不会没有富人把墓地选在此处!他就是按此推测判断来到栖凤岗进行探察的。几个月来,他每天把自己担负的课讲完,便拿上探察用具来到这座长五里宽两里的岗上,装作割草打柴进行探察。到今天为止,全岗已反复探察了三遍,所有可疑的地方都探了看了,但未发现一点汉墓的蛛丝马迹。看来自己当初的判断是错的,也许自己做出判断的依据本身就是假的,为什么要相信那本宋时的方志?或许那方志上的那段话是无聊文人杜撰的!真他妈的傻,竟然依据那本不足为信的烂方志瞎忙活了近半年。憨货!二尿!父亲说就在他坐在那儿这样狠狠责骂自己的时候,一股香味,一股非常好闻的花香,被微风送了过来。他起初并没留意,因为他当时的心情实在糟糕,但那股香味持续不断地被风推进他的鼻孔,终于引起了他的注意。他耸了耸鼻子,把那香味吸进了肺里,顿时感到了一丝舒服,心中的那股沮丧暂被压了下去。他开始张大鼻子寻找那香味飘来的方向,什么花这样香?摘两朵花吧,回去送给王涵,先让她高兴高兴!他特别爱看王涵高兴时拍手蹦跳的样子,再说,有了花,也可以转移她的注意力,别让她见面就又嬉笑着叫:"又是空手而返吧,古先生?"那会令他特感尴尬。

  他顺着风来的方向走了五六十步,看见在荒草丛中有两朵野菊花,一朵红,一朵黄,花朵挺大。红菊花他还很少见过,他当时心想,送给王涵,她一定会拍着手叫:"哟,真漂亮!"他快走几步,弯腰就去折那花茎。他一扯那茂密的菊身,花还未折下,眼却一瞪:原来那蓬野菊的根部长在一个不大的洞口上,菊身一动,洞口露出,他探头一看,洞内隐约可见一块石板。父亲说他当时模糊意识到了什么,折掉菊花后,用脚在洞口踹了一下,"轰"的一声,大块的土落下,洞口变大,一块石板的轮廓更清楚地显了出来。什么性质的石板?得弄清楚!他飞身回到刚才的歇息处拿来钁头和铁钎,弯腰很快地挖起来,不大时辰,便挖出了眉目,那石板原来不是一块,而是一排。是墓?是墓!是墓!父亲说他当时心跳得很急,他奋力用铁钎撬起其中的一块石板,只看一眼,便高兴地跳起来,天呀,真是一座汉墓!那阵子太阳虽然坠地,但天光尚有,石板下的墓穴看得很清,几只陪葬的汉代陶狗陶鸡使人一眼就可辨出这墓葬的年代。他揭起的那块石板是墓的顶盖石之一,石板背面就刻有北斗星和苍龙星座!父亲说他放下石板后高兴得跪在石墓上连连磕头。随后他便急忙又用土把石板埋起,扯些荒草放在土上,他怕别人发现又来盗墓。那时的盗墓贼多如牛毛。盖好后天已变黑,荒岗上空寂无人,父亲四顾后才放心地撒腿回奔,到城里的十几里地他几乎是一口气跑完的。到王老师家时王老师正在灯下边咳嗽边读书——王老师因患痨病常年咳嗽;王涵则已脱衣就寝。父亲敲门时敲得又响又急,女仆陈婶刚把门拉开,他便上气不接下气地跟跄着向上房跑。王家父女被他急骤的敲门声和足音惊住,以为出了什么大事!王老师咳嗽着迎到门口扶住父亲的肩头说:"别慌,别怕!"王涵则只穿着粉红的贴身内衣奔到了外间,用一双受惊的眼睛盯着父亲。父亲因为跑得太急喜得太狠,一时竟说不出话,喘了半晌才叫出一句:"找到了,老师!""找到什么了?"王老师一时不知所云,喃喃问。"汉墓,汉墓!完整的!"父亲到底把要说的话说出来了。"哦,我的孩子!"王老师一把揽过父亲那汗气腾腾的身子,感动得拍着他的后背。父亲把头搁在王老师的肩上,双眼却直直盯着站在不远处的王涵——几十年后我从父亲的日记中知道,那刻王涵几乎是半裸着身子,那是父亲第一次在近距离上看见美女的玉体,他被那美惊呆吓愣弄傻了,目光如钩盯在王涵身上不放。王涵先也在为父亲的发现高兴,直到她感到了肌肤被父亲的目光所烫,她才蓦然意识到自己穿得是多么少,才脸腾红云倏然走进屋里……

你们看,这幅画像,是说墓中的主人公已快长成,正和一群人跽坐静听一老者坐榻讲论。汉代在京师设有太学,郡县立有学校,设置经师,讲授《五经》。看来,这墓中的男主人受过正规教育。接着这一幅,则表明他已长成一个青年,且升了官,你看他戴三梁进贤冠,跪于一老者面前,门外拴着马,这大约是在他加冠以后,骑马归来,正叩见父母。《后汉书·礼仪志》载:"正月甲子若丙子为吉日,可加元服,仪从冠礼。"刘昭注引《献帝起居注》云:"建安十八年正月壬子,济北王加冠户外,叩见父母。"他所戴冠式三梁进贤冠的身份,据《后汉书·明帝纪》李贤注引《汉宫仪》云:"诸侯冠三梁。"看来,这年轻人做的官不小啊……

父亲说,王老师在听他详细讲完了发现经过之后,非要在当晚去现场看看不可。父亲知道恩师的身体不好,再三劝止,但他执意要去,没法,父亲只好和王涵一起,搀他出门。临出门时,一直在旁静听发现经过的王涵忽然问:"你刚刚说到的那一红一黄两朵花呢?"父亲这才想起忘记拿花了。"到了那里我找给你,花肯定没有枯萎,你可以闻闻它的香味,那香味浓得令人惊奇!"父亲当时这样回答王涵。

父亲说,他们三个人走到时已近半夜。那晚月光很好,父亲一到便开始重新刨土。这次是从墓门位置刨开的,刨了两个时辰,总算让墓门露出来了。王涵点上随身带来的一个小灯笼,父亲搀着他的恩师,三个人一起趋前看那墓门。"左朱雀右白虎!"王老师激动地伸手去摸那石刻图案,"看来造墓人想靠朱雀、白虎来保护墓中人!"王老师在朱雀和白虎的身上抚摸良久,之后,才又喃喃道:"这下好了,可以让他看到一墓完整的拓片了!"父亲说当时他听了这话很是惊讶,便问:

"王老师,你说要给谁看?"王老师摇摇头说:"别问,孩子,以后你会知道的!现在让我们想想下一步怎么办吧。"心中疑惑的父亲又问:"要不要现在打开墓门?"王老师说:"今晚打开怕来不及了,如果天亮前我们不重新把墓恢复原状,就容易被人看出,一旦外人知道这是一座汉墓,不论是官府或是附近居民,都可能会来盗陪葬品拆砌墓石,那我们就很难保住画像石刻了。这样吧,明天,你带着树棍来,在这墓地上边搭个草棚,做出一副要在这岗上割草拾柴的架势,然后我们再打开墓门进去,那样,外边有棚子遮挡,也无人知道我们在干什么,又安全又牢靠。"父亲点头称是,然后便又开始重新填土,父亲说他那晚真是累得腰疼腿疼臂肿,好在王涵还能不时替换他一下,让他喘喘气。

当一切复原之后三个人要走时,王涵又想起了那一红一黄两朵菊花,便问父亲放在哪里。父亲急忙去找。他记得很清楚他当初把花朵放在墓地左边,奇怪的是竟找不着了,无论父亲怎样扩大寻找范围,也根本不见花的踪影。父亲说他当初离开墓地时天已擦黑,根本不会有人再来这荒岗上,而且四周也没发现有外人的脚印!有野兽来把花朵吃了?很少有吃花朵的野兽,即使有,吃了花朵会把茎留下,叼走了也会有野兽蹄印,但周围什么痕迹也没有!

"你故意编了瞎话骗我!"王涵把丰润的双唇撇撇,"小心以后我也骗你!"父亲无言辩解,只能在心里暗暗诧异。

那晚回到家天已将亮,王老师虽累却仍兴致勃勃,进屋便让陈婶立时去温黄酒。酒端上来时,王老师双手先擎一碗酒递到父亲面前:"小楠,来,为了你今日的发现我敬你一碗!"父亲面红耳赤地推辞一阵方把那碗酒喝了。他刚把酒碗放下,王涵笑着叫:"咱也奖功臣一碗,表表心意!"说罢,就盛了满满一碗直递过来。父亲平日不大喝酒,刚才那一碗已令他觉出地在变软,实在不敢再喝。"怎么?喝了我爹敬的不喝我敬的,是瞧不起我们在校学生?"王涵边说边把酒碗碰到了父亲的唇边,父亲只好喝下去,结果酩酊大醉,最后晕得连宿舍也回不去,就睡在王家的客室里,连鞋都是王涵替他脱的。父亲说第二天王涵见了他笑叫:"天呀,你那双脚出汗出得味儿真大,以后每天都该记着洗洗,要不,倘有姑娘跟你过日子,非被你熏晕不可!"结果羞得父亲满面红云,脖子里都出了汗……

孩子,这是幅出行畋猎图。你看,一辆辆轺车,骖驾驷马,高撑华盖,前有导骑,后有驺从,还伴有鼓车,真是耀武扬威!汉代骑射畋猎,上自帝王下至官宦、豪门,习为风尚。看来,墓中主人年轻时也好这个,中间这辆车上坐着的便是他了。据《续汉书·舆服志》云:"长安、雒阳令及王国郡县加前后兵车、亭长,设右驺,驾两。璪弩车前伍伯;公八人;中二千石、六百石,皆四人;自四百石以下至二百石,皆二人。"韩延寿出行时"驾四马,傅总,建幢棨,植羽葆鼓车、歌车"。对于这种出行畋猎风尚,仲长统曾指责他们是"入则耽于妇人而不返,出则驰于畋猎而不还"。现在我要你们特别注意这幅画像的右下角,看清了吗?这里有一个一手挽篮一手持弯弯用具的女子,她在干什么?她的背后没有任何房舍,这显然是在田野里。一个女人提篮在田野里,不是在剜菜采桑就是在拾柴或是侍弄什么庄稼。忙着这样事体的女子,显然不会是上流社会的人,只能是平民之女!一个平民之女出现在一个达官的出行图上,绝不会无缘无故!你们看这位民女的身姿刻得多么飘逸柔美,我们虽然看不清她的面孔,但可以判断出,这是一位美女。这下一幅画像也证实了我们的判断。你们看,这位年轻的官人站在自己的车旁,正凝眸注视那民女。请注意雕刻家的高明,将官人的官服一角还扯挂在车帮上,这表明年轻的官人下车时是如何匆忙。一个正在田间做活的民女能使一个出行畋猎的达官中途停车匆忙下来凝视,这中间不可能有别的原因,只能是因为她的容貌姣美得惊人!民女在这幅图上的姿态是放篮垂首,显然是被这位不认识的官人看得羞赧无比……

父亲说,发现汉墓的第二天中午时分,他扛了一些木棍到栖凤岗上,在岗上又砍了树枝割了些荒草,然后在王涵的帮助下搭了个草棚,那草棚刚好把汉墓的大门和前半部分遮住。随后,他又真的割了半晌荒草堆放在棚前,目的是让偶尔从岗上过的人知道,这人在此处搭棚是为了打草拾柴。王涵那天特意请假来帮忙,来前还专门换了一身女佣陈婶的旧衣服,怕的是穿了学生服让行人看见怀疑她的身份。父亲那天穿的也是旧衣,两个人把草棚搭好后曾有过一段对话——这是几十年后我从父亲的日记中知道的——

父亲说:"小涵,如果待会儿有人看见我们,问我俩是什么关系,我该怎么回答?"

"兄妹呗。"王涵答得很快。

"咱俩的面相相差太远,我这么丑你那样美,这样说人家肯定不信。"父亲笑道。

"你甭在我面前净说好听的!"王涵眉梢扬起杏眼一飞,"那依你说该怎么回答?"

"我说出了怕你不愿意。"

"说吧,说出我听听!"

"不敢。"父亲仍然摆头。

"我要你说嘛!"王涵跺脚道。

"那好,我就说我俩是结婚三载的夫妻!"

"哟——你!"王涵捂了脸顿脚却并没有发火生气……

原来父亲年轻时为了求爱也很有心机!

父亲说,草棚搭好的当天晚饭后,王老师挂着拐杖一个人摸黑赶了来,父亲和王涵则都没回去,只啃了点他们来时带的干粮。接着父亲便重新挖开墓门前的土,在王涵手提的灯笼的照耀下,父亲用力推开了沉重的雕有朱雀、白虎的两扇墓门。墓门一推开,父亲就急着抬脚要进,王老师一把扯住他的手说:"等等!一般的墓室里都有防盗的装置,小心伤了身子。再就是墓室封闭太久,常有一种窒人的气体,让它们散散再说。"三个人在墓门前站了一刻,而后由父亲在前,用铁钎探着一步步进了墓门。墓门后果然有道机关,有块石头一加重力,便下陷,同时带动两旁的两把铜剑直刺过来,好在父亲是用铁钎触动那块石头的,这机关并没起作用。

三个人缓缓在墓道里移步,沿前室、西侧室、后侧室、东侧室走了一圈。墓道很高很宽,走时根本不用弯腰低头,这给他们欣赏墓道两侧的画像石刻提供了方便。这些画像石刻未遭任何破坏,完好如初,王莹质老师边看边连连惊叹:"这本身就是一个汉画像石刻展览馆,太好了!太棒了!小楠,你这功劳太大了。"

父亲说,墓道里摆着很多陪葬品,多是靠墓道一侧摆的,有陶鼎、陶壶、陶奁、陶俑、陶瓮、陶罐、陶盘、陶方案;有陶牛、陶狗、陶猪、陶鸡、陶鸭;有陶磨、陶大仓、陶仓房、陶厕所、陶臼盘;有铜剑柄、铁镬等。王莹质老师一再嘱咐父亲和王涵,不要碰这些陪葬品,先让它们原样放在那里。

三个人是最后走到前室去推两扇放棺的主室门的。在推主室门之前，父亲说他意外地注意到，在北主室和南主室中间的一块石头上，刻着两朵菊花。两朵菊花紧紧相挨，花萼的模样和他昨天摘下的那两朵真菊花几乎一样，他说他当时惊讶了一刻。

两个主室里的棺帮都已成灰，所能分辨出的只是何为男尸何为女尸。主室和墓道里不同的一点是气味，主室里的气味本该难闻一些，但反常的是里边却沁满了香味。估计是当初在主室里放有什么香料，父亲说他当时模糊地觉出，那香味有点近似菊香……

这幅画像石刻表示得越发清楚。看，那民女提篮扭身欲走，年轻官人欲拉又止。我猜，大约是这年轻官人对那民女说了什么不敬的话，或提了什么不正当的要求，民女着恼，扭身就想走开。接下来这幅叫"虎吃女魃"，看，画像中有两只翼虎将一个瘦弱的女子在地上扑而啖之。远古时代，自然灾害往往给人们以极大的威胁，尤其旱灾，赤地千里，颗粒不收，人们无法抗御便认为旱魃作祟，于是便和女魃联系起来。女魃原是天女，因协助黄帝战败蚩尤解数用尽而不能上天，她到哪里，哪里就久旱不雨，遂遭到人们的唾弃。《山海经·大荒北经》云："大荒之中，有系昆之山者，有共工之台，射者不敢北方。有人衣青衣，名曰黄帝女魃。蚩尤作兵伐黄帝，黄帝乃令应龙攻之冀州之野。应龙蓄水，蚩尤请风伯雨师，纵大风雨。黄帝乃下天女曰魃，雨止，遂杀蚩尤，魃不得复上，所居不雨。"人们为了驱走致旱的女魃，便借助于虎。虎，当时被人们认为是驱逐邪祟的神物，《风俗通义》云："虎者阳物，百兽之长也，能执搏挫颈，噬食鬼魅。"张衡《东京赋》云："囚耕父于清冷,溺女魃于神潢。"《后汉书·礼仪中》引此文注曰:"耕父、女魃皆旱鬼,恶水,故囚溺于水中,使不能为害。"这里突然出现这幅"虎吃女魃"的画像石刻,使原来记叙的故事中断,大概有两种可能:一种是故意让原来的故事在此处停止,标明事情在此告一段落;另一种则是那年轻官人或官人的随从,用"虎吃女魃"这个远古神话故事来吓唬扭身要走的那个美丽的民女:你胆敢违令要走,你的下场就会像女魃那样,葬身虎口……

父亲说,王老师那晚因走路出汗,内衣湿透,后入得墓中看石刻时间又长,身子受了凉,第二日早晨开始发烧,咳嗽也变重了,所以第二天拓印拓片时,便不能来,拓印拓片的事,便由父亲一个人来办。王老师因为知道即使在白天,墓中光线也很暗,需要灯笼照明,而且要随时应付来草棚前的人,便叫女儿王涵又去学校请了假,来帮助父亲干。

父亲拓印的本领也是跟王老师学的。父亲说他刚开始跟王老师搜集那些零散的汉画像石刻时,拓印的本领还不行,每次费了不少纸,王老师看了仍不满意。后来他专门买了一本讲拓印技法的书,又细心观察王老师平日的操作,才算渐渐入门。那天的拓印还算顺利,王涵提了灯笼拿了纸,父亲拿了墨和刷墨的笔,进到墓内便开始干。进墓前,他们俩先打了一阵草,砍了两捆杂树枝放在棚门口,以遮偶尔从棚前过的人的视线,然后把棚门半掩,进了墓。

因为王老师预先交代,这些拓片是准备供制版印刷用的,所以父亲拓印时十分仔细,拓得很慢。大约是拓到第五幅时,棚外突然传来人的脚步声和牛叫声,父亲和王涵一惊,决不能让外人此时进棚来!父亲放下墨和笔,几乎是连滚带爬地跑出墓门跑出草棚。父亲说他刚出棚门,一个放牛的中年人便已走到了门口,好险!那人笑嘻嘻地先开口招呼:"打草拾柴呢,兄弟?"父亲急忙抹掉脸上的慌张应道:"是哩,为过冬做点准备。""有火吗,借个火?"那放牛的人大方地在棚前的草捆上坐下,掏出旱烟袋。幸好父亲口袋里装有一个火镰,预备点灯笼用的,这时就急忙掏出来打着火给他把烟袋点上。"兄弟是哪个庄的?"那人继续悠闲地提问,父亲心中暗暗叫苦,只好胡诌说是张家的。见那人有要慢慢攀谈下去的样子,父亲便拿起砍刀说要去砍树枝了,那人见主人要去干活,只好起身,不过临走前他竟多管闲事地向棚门走去,边走边问:"你夜里睡在这儿冷吗?"父亲这时想上前拉又不敢,恐那样他更起疑;犹豫时,那人已到棚门前要去推门了。只要棚门一开,里边扒出的那些土和开的墓门便会出现在他的眼里。"完了,秘密保不住了!"父亲绝望地在心里叫。不想那人把棚门一推却火烫面孔似的又立刻回过头来,在那一瞬间父亲看到,敞开上衣的王涵正站在棚门口,粉红的紧身胸衣和雪白的颈项晃人眼睛,而且她在棚门推开的同时尖叫一声复又把棚门关了。"哦,哦,原来你们两口子一块儿出来干活。"那人讪讪地红了脸边说边向远处走。父亲断定那人根本没有看清棚里有什么,父亲当时高兴得真想大声为王涵的这个主意叫好!当那中年人赶着牛走远之后,父亲奔进草棚朝王涵伸出大拇指叫:"这主意真妙!"王涵当时边扣上衣边羞红着脸朝父亲嗔道:"去,谁要你夸赞……"

孩子,在这幅石刻中,这位佩剑的小吏和持矩戟的随从把那个民女挟持其间,则表明他们是要把她抢回府了!看见了没,那民女身体呈挣扎状。请注意,这幅石刻不仅构图用线,而且图像的细部也用线勾勒。在这儿,工匠艺术家利用了中国绘画的"骨法",与浮雕艺术有机地结合在一块,浮雕的边缘用线,增强图像的立体感;细部施线,增强画面的起伏层次。尽管这些不是用毛笔描绘的,但这里的铁笔线条具有伸屈自如、劲健生动、各尽其妙的韵味。这位佩剑的小吏刻得多威风!汉代佩剑者很多,刘邦当亭长时送徒骊山,途遇大蛇,曰:"壮士行何畏,乃前,仗剑斩蛇。"《汉书·韩信传》云:"(信)至城下钓,漂母袤之,饭信……淮阴少年又侮信曰:虽长大好带剑,却耳……及项梁渡淮,信乃仗剑从之。"《后汉书·舆服志》云:"公卿以下至县三百石长导从,置门下五吏,贼曹、督盗贼、功曹,皆带剑。"画像中这位持矩戟者,是随从,但面孔颇凶狠。矩戟,官吏出行以为前驱。《汉书·周勃传》载:"皇帝入未央宫,有谒者十人持戟卫端门。"又《汉书·韩延寿传》云:"功曹引车皆驾四马,载矩戟。"《古今注》载:"㦸戟,前驱之器也,以木为之,后世潜伪,无复典型,以赤油韬之,亦谓之油戟,王公以下通用之以前驱。"《后汉书·舆服志》载:"公以下至二千石骑吏四人,千石以下至三百石县长二人,皆带剑执矩戟为前列……"

父亲说,他和王涵用了将近十天的时间,把汉墓内的所有石刻全部拓印了下来。这十来天的拓印进行得很顺利。大概因为秋深了,荒岗上再无人来,他们便没多受打搅。父亲那些天就在草棚里过夜,王涵则是早晨由城里跑来,黄昏时再走回城去。父亲的三餐干粮都由王涵带来。几十年后,我从父亲的日记中知道,在那十来天中,由于朝夕相处,父亲和王涵的感情发生了质的变化。最后一天的黄昏,因为只剩三幅未拓,他们想在当天全部结束工作,便决定熬夜拓完封墓作罢。这三幅石刻都在后侧室里,正拓时,一块顶盖石缝里的泥土突然掉下来砸灭了灯笼,这儿离墓门很远,又是夜里,灯一灭,后侧室里一片漆黑。在灯灭的那刻,王涵吓得低叫一声,一下子扑到父亲怀里。我从父亲的日记中知道,父亲当时先是一惊后是一喜,他故意没去打着火镰点亮灯笼,而是紧紧把王涵搂在怀里说:"别怕,有我!"同时便试探着去抚她的头发、脖颈、后背,最后小心而胆怯地把手放在她的两乳之间。王涵没挣也没吭,这种默允鼓励着父亲,使他终于敢俯首去找王涵的丰唇,那是父亲第一次和王涵接吻,也是他第一次吻女人。父亲在日记中写了许多他在瞬间的感受,那些用语作为儿子我不能也不好意思转述。父亲的日记中还记载着一个细节:他和王涵吻后拓印完石刻走回到前室时,蓦然发现那块刻有两朵菊花的石板亮光灿灿,一红一黄两朵菊花如真的一样凸现在石板上边。这种现象只是一霎间的事。父亲在日记中说他当时和王涵都吃了一惊,怀疑是自己起了幻觉。

父亲说,拓印完全部画像石刻之后,王涵和他又重新把刻有朱雀和白虎的两扇墓门关上。墓门关好,父亲和王涵还对着朱雀和白虎开玩笑地各施一礼说:"恭请二位守好大门,把墓中的画像石刻保护到我们可以掘开的日子!"

父亲说,当晚,他和王涵拆了草棚,把墓门用土封好,又到远处用铁锹铲来草皮放在那些土上,把当初搭过草棚的痕迹全部除掉……

这是幅酒宴图,喏,这位年轻官人坐主位,这位民女坐这儿,她垂首扭身,显然还在生气。这大概是官人把民女抢进府里后,一则为了庆贺,二则为了向这个民间美女显示自己的豪侈生活,以征服其心,遂摆了酒宴。看,上方是舞乐,下方有一案,案上有烹调好的鸭、鱼、肉串,还有羽觞。这里是投壶图,投壶是一种酒令赌具,这二人执矢投射正兴,壶旁放一酒樽,有一人似为司射,备酒为输者灌饮,一人似大醉,被侍者搀扶离席。投壶之礼见《礼记·投壶》:"投壶之礼,主人奉矢,司射奉中,使人执壶。""顺投为入,比投不释,顺饮不胜者。正爵既行,请为胜者立马,一马从二马,三马既立,请庆多马,请主人亦如之。"汉代投壶之法见《西京杂记》云:"武帝时,郭舍人善投壶,以竹为矢,不用棘也。古之投壶,取中而不求还,故实小豆,恶其矢跃而出也。郭舍人则激矢令还,一矢百余反。"这儿是六博图,六博也是一种酒令赌具,瞧,这二人对坐,手执箸引棋。《楚辞》王逸注云:"投六箸,行六棋,故六博也。"汉代宴饮往往投壶、六博并用,古诗云:"玉樽延贵客,入门黄金堂,东厨具肴膳,椎牛烹猪羊。主人前进酒,琴瑟为清商。投壶对弹棋,博弈并复行。"

孩子,这两边的拥彗图和执盾图,也是在显示着一种排场。拥彗的多是小吏和奴婢。《史记·孟子荀卿列传》:"昭王拥彗先驱,请列弟子之座而受业。"司马贞索隐:"彗,帚也,谓为之帚地,以衣袂拥帚而却行,恐尘埃之及长者,所以为敬也。"《史记·高祖本纪》云:"后高祖朝,太公拥彗迎门却行。"李奇注云:"为恭也,如今卒持帚者也。"执盾者的身份也较低下,《后汉书·逢萌传》:逢萌"家贫,给事县为亭长。时尉行过亭,萌候迎拜谒,既而掷盾……遂去长安学"。李贤注曰:"亭长主捕盗贼,故执盾也。"

如此豪华排场的官府生活,是足以软化诱捉一个民间姑娘的心的,每个人尤其是妙龄姑娘,内心都有一份对舒适生活的向往,这位民间美女会不会同意就做这位抢她入府的官人的妻或妾呢?……

父亲说,封好墓的第二天上午,他把那一摞拓片捧放到了王莹质老师的病榻前,王老师拥被坐起,边咳嗽边欣喜地翻看着。王老师看得很细,一张一张审视琢磨品评,然后再给父亲和王涵讲解。王老师看完一遍之后,说:"小楠、涵儿,这些拓片我们不久将寄给一个人,这个人会把它们编成精美的画册出版,人们势必要问到汉墓墓址,为了防止这座汉墓里的画像石刻被毁,我们对它的地址要绝对保密,直到有一个懂得保护文物的政府出现。这个政府何时出现我们不知道,反正不论时间多长,墓址只能记在我们三个人的心里!"父亲和王涵当时都点头说是。从那天以后,父亲每隔几日总要借拾柴之名去一趟栖凤岗,观察它是否平安。

父亲说王老师翻看拓片的那天中午,王家的女佣陈婶奉王老师之命包了羊肉水饺。水饺端上来时,王老师亲自接过一碗递到父亲手里含了慈爱说:"小楠,这是专为犒劳你做的,吃吧,一气吃它三大碗!"父亲那时正是能吃的年龄,加上那些天拓画像饥一顿饱一顿,肚里早需要油水,那一顿他果然吞完了三碗。三碗之后,王涵又把自己碗里的水饺给他拨了七个,他又一个不剩地吃了。

父亲说吃罢水饺之后,王老师笑望着他说:"为了纪念今天这个令人高兴的日子,我要送你一件礼物,但因我不知道你喜欢什么,这件礼物由你自己在我屋里挑,挑着什么我都愿意!看见了吗?那是书,那其中有不少珍版书;那儿是笔和砚,湖笔、端砚都有;这儿是古玩,这边是字画,你愿要什么就拿什么!"父亲当时望一眼恩师的收藏,急忙摇头说:"不,我不要,我什么也不要!"但王莹质老师不允,说:"今天我高兴,我说过送你一件礼物就要送出,你必须挑一件,要不然我会生气的!"父亲说他看恩师真心诚意,只好用目光去巡看恩师的那些宝物,预备挑一件作罢,他最后看中了一方砚台,正要回过头来对恩师说出,目光无意中触到了站在里间门口的王涵,那王涵的一对黑眸正向他使着眼色,同时轻轻抬手用一根手指指了指自己的胸口。父亲说他在那一刹那根本没有明白王涵的用意,以为她是提醒他张口要她胸口前的纽扣做纪念,他甚至还在心里笑了一下。但转瞬间他明白了她的心意,一个巨大的热浪顿时从他胸中汹涌而起,那热浪撞击得他的胸腔发疼双耳轰鸣。他说他因为激动双腿甚至开始发抖。他是又停了半晌才能够开口说话的。他的声音颤得厉害,他说:"王老师,我是看中了你的一件宝物,但我不敢张口,我怕你舍不得,怕你生气。"王莹质听完便呵呵笑了,说:"小楠,你我师生交往这么多年,你还把我看得那么吝啬?我说过的,这屋里的东西你挑什么都行,说吧,你究竟想要什么?""我要王涵!"父亲说他一说完这四个字就深深垂下了头,他不敢抬头去看恩师的面孔。寂静,静寂,屋里霎时没了半点声音,父亲估计恩师脸上一定满是惊愕。可怕的寂静在持续,这寂静终于威压得父亲的双腿弯下去,他"扑通"一声跪下了,但寂静仍在持续。父亲害怕了,他认定恩师恼了,是的,王涵是恩师的宝贝,你怎么敢在他面前说这种话?这不是亵渎了恩师的一番美意?那一刻,父亲甚至想到了自己的出身,你一个乡下农人的孩子,怎么敢对一个书香门第的千金求婚?你太不自量力!恩师固然喜欢你,但那是在学术上、事业上,而这是什么事情?你竟敢以儿戏的方式提出这个问题?正当父亲在心里责骂自己时,一直弥漫屋中的寂静突然终止,王老师低而温和充满慈爱地开口说:"孩子,你说的这件事,尽管突然一点,我还是同意的,但这种事,你知道,不应该由我一人完全做主,该问问涵儿本人。""涵儿,你过来!"王老师扭脸向里间喊,"小楠刚才的话估计你也听见了,我想听听你的想法,在你没开口之前,爹想对你说一句,小楠是一个值得你信赖和依托终身的人!好了,现在你说吧,你是师范的学生,是二十世纪三十年代的女性,在这事上不要扭捏!"王涵没有扭捏,王涵也只说了四个字:"我听爹的!"王莹质老师一定是从女儿的声音中听出了欢喜,所以便立刻说:"那我祝愿你们幸福!"父亲一听到这话,头还没抬起,大团的喜泪便奔涌而出,向胸前倾去……

小楠、涵儿,这是一组舞乐百戏图。这组图大概还是记叙那年轻官人向那位民间美女显示自己豪华、排场生活的情景。看,年轻官人坐这里,面前摆有酒觞;那民女坐这儿,依旧是半扭身子,显示出仍然在生气。这边是混合乐队,其中鼓占据着重要位置,它的作用是控制节奏,即所谓"躐节鼓陈"。汉代的鼓常用的有三种:建鼓、鞞鼓、鼗鼓。这个是建鼓,侧立,下有连展兽,鼓的上面有飘荡的羽葆,两名鼓员站在两面,两手各执鼓桴且鼓且舞。宋高承《事物纪原》"建鼓"条云:"建鼓,商人柱贯之,谓之楹鼓。近代相承,植而贯之,谓之建鼓,盖商所作也。又栖翔鹭于上,不知何代所加,或曰鹄,取其声扬而远闻。"这是铙,也是一种打击乐器,这位乐人左手持铙柄,右手握铙锤击之。铙这种乐器商代即有,它在乐队中也起着重要作用。《周礼·地官》云:"以金铙止鼓。"郑玄注云:"铙如铃无舌,有柄,执而鸣之,以止击鼓。"铙鸣表明演奏一曲乐章的完毕。这是镈钟,也是一种打击乐器,悬于簨簴之上,二人击之。《周礼·春官》郑玄注云:"镈如钟同类,大小异耳。"它主要是起合乐作用。这是埙,这种乐器原始社会晚期就有,商以前的陶埙一般只有三至四个音孔,这幅图上的陶埙虽然看不出音孔的数量,但双手捧吹,音孔不会很少。《说文》云:

"埙,乐器也,以土为之,六孔。"《尔雅》注云:埙"烧土为之,大者如鹅子,锐上平底,形如秤锤,六孔,小者如鸡子"。《风俗通义》说:"埙,烧土为也,围五寸半,长三寸半,有四孔,其二通,凡六孔。"这个是龠,管乐器中的一种,类似竖笛。《毛诗》曰:"左手执龠,右手秉翟。"《说文解字正义》云:"龠有吹舞之异,施于吹于和乐,则三孔;施以舞以合羽,则六孔或七孔。"这是篪,也是管乐器之一,有立吹和坐吹两种,两手执管横于唇下。《汉书·礼乐志》记载,汉宫廷乐队设有篪员二人,颜师古注云:"篪以竹为之,七孔,亦笛之类也。音池。"这是竽,这是排箫,这两种乐器你们都熟悉,我不说了。这个是瑟,瑟是汉代非常流行的一种弦乐器,因为刻得粗略,我们看不出瑟的弦数,但长方的形体放置在膝上以手拨弦的姿态是比较清楚的。《汉书·郊礼志》云:"泰帝使素女鼓五十弦瑟,悲,帝禁不止;故破其瑟为二十五弦。"汉代的瑟大概是二十五根弦,它和排箫都属于发音悲凉的乐器。

涵儿,你不是喜欢舞蹈吗,你仔细看看这画像石刻中的舞蹈图,从中会受到很多启发。这是长袖舞图。汉代的长袖舞是一种有伴歌的女子舞蹈,从画像上看,舞者高髻,大衣,腰如束素。两条特长的袖帛随着伎人变换的动作飘绕缠绵,翩翩多姿。《西京杂记》说,刘邦的爱妾戚夫人不仅"善鼓瑟击筑",而且是"善为翘袖折腰之舞"的舞蹈家。这里是七盘舞图。舞者为一女子,高髻、大衣、长袖、束腰,在覆盘上踏跃雀跳,长袖飞扬,舞姿飘逸。这种舞蹈不仅向观众敬献优美的舞姿,而且有难度较大的盘上平衡造型技巧。因此,古代文学家对七盘舞的描写很多。陆机《日出东南隅行》说:"丹唇含九秋,妍迹陵七盘。"这个是踏鼓舞图。这女子广舒长袖,足下踏一个像鞞鼓似的东西做旋转动作,表明是以旋为特点的女子独舞。其足下之物叫作鼓,实际是一种形状像鼓,外面围皮、里面实糠的道具,叫作"掬"。关于踏鼓舞的艺术特点,卞兰在《许昌宫赋》里曾写得很清楚:"振华足以却蹈,若将绝而变连;鼓震而不乱,足相续而不并;婉转鼓侧,蜷蛇丹庭。"

这儿刻的是杂技、角觚幻术、游戏等图像,这些总称叫百戏。这幅画面叫"冲狭",中间为一狭圈,下有支座,狭圈上似插有尖刀,右一女使,高髻,身穿紧身衣裤,体轻似燕,纵身跃起,冲向狭圈。这叫"飞剑跳丸",这个艺人袒胸露腹双手上举,空中有二剑四丸抛接自如,形象生动。那叫"弄壶",那表演者粗壮有力,头上戴帻,赤膊着裤,左手摇一鼗鼓,右臂平伸,臂上置一壶,弄壶是显示一种技巧。这儿是幻术表演,叫"吐火"。这位艺人头戴帻,髻上饰有羽毛,穿长衣踞坐,口中喷火。汉代由于丝绸之路的开辟,古罗马的幻术表演家纷纷来到中国献技,这种吐火幻术大概是由古罗马传来的。这最后一幅图叫角觚戏,又叫曼延之戏,是汉代百戏中蓬勃发展的一种艺术形式。看,这些伎人戴有假面具,扮出凶悍勇猛的形象,或二人相斗,或与牛斗,或与虎斗,显示出一种勇武美。

那位年轻的官人是要用这些精美的表演,向这位民间美女炫耀自己生活的美好,进而虏获她的心,只不知这能否奏效……

父亲说,王莹质老师在对那些拓片进行了几天的鉴赏并做了详细笔记之后,让父亲把它们包裹好,准备交给当时宛南皮货行的杨掌柜带往上海。杨掌柜因为做皮货生意常来往于上海、南阳之间,父亲以为恩师是让杨掌柜直接交给上海的哪家出版商,便也没有细问,只按照恩师的要求,把那些拓片里三层外三层地包裹妥当。

父亲说,在那个令人心碎的消息传来的上午,恰好师范的第四节课是他任教的课时,他讲完课回到宿舍放下教案和粉笔盒,便向王莹质老师家走去,想问问那位杨掌柜何日动身,什么时候把那些拓片送给杨掌柜。刚进王老师家院门,便听到正房里传来一阵抑得很低的男人的抽泣声,父亲一惊:谁在这里哭?哭什么?他紧走几步奔进正房,方看清原来是恩师正伏在桌上抽咽,陈婶和刚放学的王涵正不知所措地站在一旁。父亲惊愕了一刹那,他知道恩师是一个刚强的文人,还从不曾见他流过泪,为何事如此伤心?难道他的病情恶化了?父亲上前刚喊了一句:"王老师,你——"王莹质老师便抬起沾满泪水的脸,把肘下压着的一张《国民时报》推到了父亲面前,那报纸的一版上赫然写着:一代文坛巨匠四方青年挚友——鲁迅先生不幸逝世,上海各界人士前往万国殡仪馆悼念。父亲霎时知道了恩师伤心的原因,自己的眼圈也顿时红了。鲁迅先生在中国文化人的心里分量很重,父亲当时只是从这方面去理解恩师的悲伤,他还不知道,先生的去世,还将直接影响到南阳汉画像石刻向世人的宣传。直到那天傍晚,父亲向情绪已趋平静的王老师问起什么时候把拓片包裹送给杨掌柜时,才知道了事情真相。王老师当时把父亲和王涵叫到床边,边咳嗽边哑声说:"小楠、涵儿,有些事该给你们说明白了,我们这一年来零星拓下的汉画像石刻拓片,其实是都寄给了鲁迅先生,我是受鲁迅先生的托付,来抓紧搜集这些拓片的。先生对南阳汉画像石刻的保存和宣传十分挂念和重视。本世纪初,日本一些学者,不知从哪里弄到一些汉画图像,学得一鳞半爪,改头换面,公之于世,引得西洋人羡慕非常。可世人不知它的故乡在中国。正是在这样一种情况下,鲁迅先生产生了搜集南阳汉画像石刻拓片并印制成大型画册的念头。先生通过他另外的朋友和我联系，我听说后当然高兴，先不说我们王家几代人都关注汉画像石刻艺术，单是完成先生交办的任务，也是一种荣幸。所以这一年来我领着你们抓紧搜集，并特别想找到一座完整的汉墓，以便拓一套完整的拓片让先生高兴。未料拓片拓成还未送上，先生便已走了。唉，现在不用送了。眼下，我们无钱出面去印行大型画册，拓片只好先存起来，留待将来再说，我们要先筹钱，筹足了钱先印画册，下一步再想法建汉画像馆……"

父亲说，直到1973年，他才从国家第一任文物局局长王冶秋先生为《中华人民共和国河南省碑刻画像石拓片展览》去日本展出时写的一篇文章中知道，鲁迅先生为收集南阳汉画像石刻拓片，曾先后给王冶秋并通过王冶秋给几位南阳籍人士亲笔写过几封信，一封信上写道："……另外，作为南阳石刻拓片的代价，送去三十元，请你交付如何？愿早回音。"有一封信上写道："……十一月八日信和十张拓片都收到了，另外寄去三十元汇票一张，请你在商务印书馆分馆领取，请在里面签名盖章（印章必须是签名人的才行）。如果听到送交的消息，请你作为所有者的资格写信给他。这些钱是作为石刻拓片的费用，必须请拓字的工人搞才行。所以这样说是因为外行无论如何也赶不上内行的拓字工人。关于所有的纸张，必须使用中国连史纸（并不是绝对不许使用西洋纸）。西洋纸可占十分之一。其余的都用连史纸。在这请先看看样本（但是若看不惯，恐怕是分辨不协调也不可知）。"还有一封信上写道："……这些石画像，仍然是古代有钱人墓室中有的，有神话有手工艺品。也有乐队、车马、仪仗。无论如何也不能想象这是地主能办到的……在石屋子里面，本该有瓦器铜镜之类,大约早被人拣去了……"最后一封信上写道:"……知一切近况。拓片一包六十七张,同日一点不错的收到了。桥根脚的画像石,晚一点拓取不要紧,等水消之后,切望你能搞下来……"不幸在写这封信两个月后,鲁迅先生便与世长辞了。

父亲说,就在知道鲁迅先生去世噩耗的当天晚上,他和王涵在王老师的书房布置了一个简易灵堂,墙上挂了一张从报纸上剪下的鲁迅先生遗像,先生像前的桌子上,就摆着那套从栖凤岗汉墓里拓来的画像石刻拓片。王老师在先生遗像前三鞠躬后,用低而坚定的声音说:"先生,请您安息,剩下的事让我和我的孩子们来做吧……"

小楠、涵儿,看来那民女并没有为那年轻官人的炫耀所动,因为接下来这幅是施笞图。看,这人头裹平帻,身着长衣,一手举起,一手执物,执笞刑;这位受刑者裸身匍匐于地受刑。左边这二人,一人执棒,一人袖手,大约是监刑者。《汉书·刑法志》载:"笞者,棰长五尺,其本大一寸,其竹也;末薄半寸,皆平其节。"颜注:"棰,策也,所以击者也。"这幅施笞图放在这里,我认为是表示,那位官人见炫耀不能诱惑美女的心,便用了恐吓手段想使她就范。但下边这幅画像又表明,那民女也未被这恐吓骇住。仔细看看,这似乎是一间卧房,这里有帐帷,这位官人仿佛是刚走进门,但站在帐帷旁的这位民女已把剑放在了自己脖子上,她这是想以死抗议这即将到来的凌辱。这位官人令侍从把民女拉进自己的卧房,显然是想施暴,而这民女想以自刎来保护自己身子的贞洁,也着实可敬! 这位官人大概被这民女的举止吓慌了,瞧他那副摆手欲退的姿势! 小楠、涵儿,你们还要注意这所卧房廊柱上刻的表示祥瑞、辟邪的画图。这是飞廉,类龙而躯短,是一种乘驾飞升的神兽。《楚辞·离骚》云:"前望舒使先驱兮,后飞廉伎奔居。"王逸注曰:"飞廉,风伯也。"《淮南子·叔真训》云:"若夫真人则动溶于至虚……骑蜚廉而从敦圄。"高诱注:"飞廉,兽名,长毛,有翼。"这是麒麟,是一种似鹿非鹿、似牛非牛的动物,汉代把它神化为一种瑞兽。《太平御览》引《说文》云:"麒麟,仁兽也,马身牛尾,肉角。"这是人面兽,一个为虎身人面,一个为龙首人面,都是辟邪用的。汉代的统治者既想羽化成仙,又担心鬼蜮作祟,并且认为疾病、灾难就是鬼蜮作祟的结果,于是想出了这种驱除邪祟的办法。

　　这些画像石刻记叙的故事到此为止进入一个高潮,官人恃权要施暴,民女宁死要守身。事情将会怎样发展……

　　父亲说,自鲁迅先生去世后,王老师带着他和王涵,一方面继续在南阳城乡搜集零星出土的汉画像石刻,一方面开始筹集印制大型汉画像石刻画册和修建汉画馆的资金。搜集零星石刻的任务主要由父亲和王涵担负,父亲因为要教课,王涵因为要上课,外出搜集的事便都放在星期日和节假日来做。往往一逢这种日子,两个人就早早起来,带上陈姆预先为他们准备的干粮,徒步向城外走去。他们先后以南阳城为圆心,三里、六里、九里、十二里、十五里、十八里、二十一里为半径,绕着走了七圈。还分别去了方城、唐河、佘店、桐柏、新野、邓县、镇平、内乡、南召等城镇。父亲说这段日子还是有不少收获,找到了不少零星出土的石刻,他们见到石刻后,一般都是先拓下拓片,然后出钱雇牛车把石刻拉回南阳城王家后院。我从父亲的日记中知道,这段日子虽然苦累,但因有王涵陪着,他心情愉快。常常是中午,他们在野地吃罢干粮歇过气来的时候,王涵会模仿着汉画像石刻上那些伎人舞姿,嬉笑着给父亲跳几步舞,乐得父亲上前抱着她转了几圈,而后便双双摔倒在地上,接下来是你死我活的亲吻。有几次,父亲的笔下已经暗示,他们因为亲吻得太久都冲动得不能自抑,差点要越过那条红色的界线。在那种危险的时候,总是父亲害怕恩师知道后生气,而自动把心中的火焰扑熄。

筹集资金的事,主要由王老师来办。王老师先是卖字。莹质老师的汉隶字写得很棒,在南阳城是闻了名的,这时便买了纸,写了诸如:"鹊噪梅花香索句,鸳啼柳色绿开樽"的春联;"紫荆花下兄宜弟,彩服堂前子悦亲"的门联;"择里仁为美,安居德有邻"的迁居联;"兴隆同旭日,发达胜阳春"的生意联;"鹿鸣初荐天仙客,燕尔新成博议书"的婚娶联;"六十年度似芙蓉出水,二回甲子如桃花初开"的贺寿联,让陈婶在门外摆了卖。一开始卖了点钱,但因城不大,字就渐渐卖不出了。有时父亲和王涵没课,便把这些字联拿到繁华街市摆摊来卖,却终是卖不动。王老师边咳嗽边抱头思索了半晌,最后决定在课余时间把写字桌搬到街上,在桌后悬一布幌,上书:写字匠王莹质为您效劳!并贴一告示于身后墙上,言明:凡书信、讼状、红白帖子皆可为之,让写什么就写什么,让怎样写就怎样写,让什么时候写毕就什么时候写毕。

一日午后,父亲、王涵把写字桌搬到闹市烙花街口,父亲在一旁照料摆了字联的摊子,王涵则在桌旁磨墨展纸帮助王老师书写。这时,一帮国民政府第六督察专员公署的浪荡子弟踱到书桌前,其中为首的一个一边色眼眯眯地盯着丰胸翘臀的王涵,一边荡笑着对王老师说:"老头,给我写一首诗在红纸上,头一句是:妙龄女郎在身旁;第二句是:竟然卖字大街上;第三句是:何不把她送给我;第四句是:包你荣华享一

235

场!"那小子话未说完,王老师便愤然掷笔桌上站起吼道:"给我滚开!"那小子胆大包天,竟然一手掀翻书桌一手趁势来摸王涵的脸颊,翻倒的书桌砸倒了王老师,早已怒极的父亲这时猛扑过去,一拳将那小子砸趴在地,其余几个家伙便都来打父亲。父亲虽是读书人,但因平日搜集汉画像石刻常同石头打交道,又是农家出身,从小练了好臂力,虽一人同几个人对打,最后终也占了上风,硬是将那几个小子揍得满脸是血狼狈而逃。但父亲说,王老师就是从这天起,因又气又恨,病情加重,从此卧床不起的。

看见了吧,孩子,在这幅石刻上,那民女重又走入了田间,这是一个侧影,刻得虽然简洁,那副重获自由的快乐却已透了出来。而这位年轻官人站在府邸门上,正怅怅地望着那女子。这种结局有点出人意料,一般说,高官猎艳,若目的不达,很难令其生还,这一是"吾不得世人也休得"的心理使然,二是他们恐女方生还后诋毁自己的名声,可这位官人竟放女方走了。这里有两种可能:其一,这官人是真心爱上了这民女,不忍强辱和加害;其二,抢民女进府时知者太多,这官人担心引起民怨。紧接着的这幅画像值得注意,看,这是一只飞翔的金乌,金乌在汉代象征太阳。在金乌背上的日轮中又有一只象征月亮的蟾蜍,这应是日月交食的图像。日月交食,在汉代被认为日月合璧,并视为祥瑞之兆。《后汉书·天文志》云:"三皇迈化,协神醇朴,谓五星如连珠,日月若合璧。"日月合璧是指月球运行到黄道、黑道交叉点附近,与太阳重叠,造成日环食,形若玉璧。这幅图像如果单独看,是一幅天文图像。但如果与前面的画图联系起来看,似乎还另有深意。会不会有表明那年轻官人此刻心绪的意思?但愿我们将来还能像这日月合璧一样重聚一起？但愿我们的这次分离是我们生活中的一个祥瑞之兆？会不会是这样我说不准,但在叙事的画像中突然出现一幅天文图像确实有些令人奇怪！我是有些相信前面那个假设的……

父亲说,王老师的病体到民国二十八年秋,虚弱得连说话也困难了。这期间,父亲和王涵不断地找中医为他看病,但他拒绝吃药,他说:"我这病终也是治不好的,不必再枉花钱了,有点钱存起来,用作将来出画册吧。"有一次听说从开封来了一个名中医,父亲和王涵花钱去把医生请到家里,但王老师执意不让医生把脉看病,医生无奈,只好站在远处面视之后开了药方,未料父亲和王涵把药抓来煎好端到王老师面前时,王老师竟伸手一下子把药碗推翻。当时父亲和王涵都委屈得哭了,王老师也含着眼泪抓住他俩的手说:"孩子们,你们的心意我明白,可我得的是不治之症,再舍得花钱也没办法治好,何不干脆把钱省下来办点正事?"父亲说,王老师当年其实才四十一岁,正值壮年。他的病实际上是王涵的母亲传染给他的。王涵的母亲也是书香门第出身,长得非常标致,可惜体弱多病,十六岁时与十八岁的王莹质老师成婚,第四年生了王涵,九年后去世,去世前把肺痨病传染给了王老师。

父亲说,王老师是民国二十八年阴历十一月初三上午去世的。他似乎知道自己西去的时辰,在前一天晚上,他特意把父亲和王涵叫到床前,说:"孩子们,我的日子恐怕只剩一两天了,现在我把一些事给你们交代交代。小楠,你拿张纸记记:第一,要记住护好栖凤岗上的那座汉墓。那是后人研究汉代画像石刻以及整个汉代历史的重要依据。要常去看看,严防盗墓贼把它毁了。对于别处出土的汉画像石刻,知道了就去把它拓下,把石头也买了拉回来。第二,一定要把汉画像石刻画册出版出来。将来钱筹足之后,要找一家可靠的印刷技术好的出版商出版,画册要印制精美一些。画册要分文字和图片两部分。文字部分,至少要有三个内容:一是汉画像石刻产生的背景;二是画像石刻墓的分期和墓葬资料;三是画像内容与艺术风格。图片部分,要把我们搜集到的都印出来,要分分类,每一幅画像下要加注说明。文字部分和画像下的说明,要印上中文和英文两种文字,目的是方便向西方发行,要让西方知道,这些辉煌的艺术品,是中国的汉代人创造的,要把当初日本学者改头换面印出的画像石刻图册所造成的影响,纠正过来!第三,将来想法把汉画像馆建起来。这要在等有了大笔的钱之后才能办,要盖一座很大很大的房子,把我们搜集的汉画像石刻全部陈列出来,这座房子最好就盖在栖凤岗上,把那座汉墓放在房子里边,然后把墓门打开,让人们直接进去看。要让每一个看到的人都能感觉到,我们的祖先曾经是多么伟大,作为祖先的后人,我们该让我们的民族更强大更伟大,而不是像现在这样,让日本兵打进国门来。你们俩若是能做成这三件事,鲁迅先生、涵儿的爷爷和我,还有我们的祖先,都会高兴于九泉……"

父亲说,王老师这段话断断续续用了整整两顿饭工夫才说完,他的话不时被剧烈的咳嗽打断,每一阵咳嗽结束之后,嘴角都有鲜红的血沫涌出来,王涵就坐在床边含了泪用手绢替他擦,一连擦红了四块手绢。

父亲说,王老师说完这段话后,闭眼歇息了一阵,重又睁开眼时,对父亲和王涵说:"小楠、涵儿,如今只剩下一件事要办了,就是你俩的婚事!我希望活着看着你俩成婚,这样吧,婚礼就简化一点,今晚就办,你们喝一杯交臂酒,就算是成了亲了！陈婶,你给他们一人倒杯酒吧！"父亲说,他和王涵闻言后都觉得有些突然,但他们知道不能违了老人的心愿,便默默对望一眼,接过陈婶递上的酒杯,按照陈婶的指点,交臂把酒喝了,而后一齐含泪在床前朝老人跪下。王老师脸上露出一个放心的笑容,先抓了父亲的一只手微弱地说:"小楠,涵儿是我的独女,平日娇惯她太多,有些任性,你们生活在一起后,对她的毛病要多多原谅!"接着,又抓了涵儿的手放在父亲手里说,"涵儿,从今以后,要热爱、关心、尊敬自己的丈夫,做一个好妻子……"

父亲说,那晚王老师执意不让他和王涵守在床头,非要他们去休息不可,还特意关照陈婶把一间厢房收拾成新房,把他平日早为这天准备好的新被新褥搬过去。几十年后我从父亲的日记中知道,父亲和王涵那晚只在那临时收拾成的洞房里相拥了一霎,然后便悄悄坐在王老师卧房门后看着,直到老人最后时刻的到来:一阵可怕的咳血之后,他瞪大眼睛,紧抓住父亲和王涵的手,呼吸慢慢停止了……

看见了吧,孩子,这位官人闷头坐在房内,对放在旁边几上的酒菜看也不看,这是在表明官人心事重重。他的心事是什么?我们联系前面的那幅画像可以猜出,他在思念那位离去的民间美女。紧连着的这幅牛郎、织女星宿图,可以给我们的这个判断以证明。瞧,这左上角刻三个相连的星,旁边有一头牛,牛前还有一人扯缰,显然是牛郎星;这右下角,刻相连四星,内有一女子,显然是织女星。这幅牛郎、织女星宿图放在这里,恐怕也不是一幅单独的天文图像,而是表明这位官人此刻的内心思绪:我和那位民间美女就像这牛郎织女一样,如今被天河生生隔开。在他们二人之间,天河是什么?他似乎是悟明白了,因为接下来这幅画像上,他不坐车不骑马不要一个随从,单独一人着平民服,注意,他在这幅图上着的衣服和官服有很大不同,来到了那民女的家门前。那位民女和一位老者出来相迎,民女的神态刻得很妙:意外而吃惊。那老者显然是民女的父亲,而且似乎知道来者是谁,神态显得诚惶诚恐。汉代,由于神学和谶纬迷信的泛滥,有些画工脱离现实生活,去描绘所谓山神海灵,坠入虚无缥缈的神秘幻想之中。张衡曾说过:"画工恶画犬马而好鬼魅,诚以实事难形而虚伪不穷也。"而这座汉墓中的画像,集中描绘现实的社会生活,以写实为主要倾向,实在是难能可贵!

看来,这位年轻官人已从最初的即时猎艳转入了对民女的真心爱慕,他敢于微服探访民女的家庭,这在当时是一个很大胆的举动。如此说来,一见钟情的事早已有之……

父亲说,王老师去世后,他和王涵都留在师范教书,这期间,他们过了一段恩爱无比的新婚生活。父亲这些日子的日记写得很细。其中有一则这样写道:昨夜因与王涵欢闹,疲极,晨竟不闻鸡啼,后被涵凉凉的手指抚醒,她鲜润的双唇边在我颊上热吻边说:"蛋羹已炖好了,请起来用吧,我的相公!"我含笑起身穿衣。上午前两节有我的课,讲得颇顺!回宿舍后替涵批改学生作业。后两节课是她的,我做午饭,是她爱吃的绿豆面煎饼,捣蒜汁一碟,烧白菜豆腐汤两碗。午后去栖凤岗,佯作拾柴汉,远远朝汉墓址望去,无异状,遂返。下午读《史记》一小时,开始草拟汉代画像石刻画册前言,打算先将画册稿子整理编纂好。晚饭后,涵说想洗澡,便下厨房烧热水两大盆,端入卧房,闩好门,让涵脱衣入盆,替她搓洗周身。涵裸身站盆中,真如天仙下凡,柔肌玉肤,触之光滑如缎,观之心旌飘摇,未待她洗完,便三两下替她擦干,抱到床上,吻不能止……

我便是在这段日子里被孕育出来的!

父亲说,母亲最初知道了我要来这人世的征兆时,欣喜若狂,曾和父亲举行了一个小小的庆贺仪式:包了一顿水饺,放了一挂鞭炮。母亲从此改变了她爱跳爱闹的习惯,走路、讲课、上街都变得小心翼翼。父亲说母亲怀我六个月的时候,还曾带着我去栖凤岗看了一次汉墓。平日,每隔半月十天,父亲总要去栖凤岗上一趟,看看那座汉墓是否平安。那段时间他脚上长了个大疮,不能走路,母亲便说她去看看。父亲先是不同意,说你身子那么重,路又不近,万一出点事咋办?母亲说,不碍事,我走慢点,多歇几次就是了,再说孕妇活动活动身子也好!母亲换了农村妇女穿的带大襟的衣裳,在脸上抹了些锅底灰,提一个旧柴筐,向栖凤岗艰难地走去。那是我第一次见到那座被外公、父亲、母亲视为珍宝的汉墓。母亲那天回来时虽累得精疲力尽,但一进门就朝父亲高兴地叫:"楠,看来几年前你没有骗我,你说你当时是在为我折一红一黄两朵菊花时发现那座汉墓的,我当时不信,可我今天亲眼在那汉墓坟头看见了一红一黄紧相依傍的菊花!"父亲听后还追问了一句:"真是两朵?"母亲点头后父亲很愣了一刻:"又是两朵?"

父亲说,他其实早知道我是一个男孩,因为我出世前两个月,曾把母亲折磨得死去活来。一般女孩不会有那么坏的脾性!常常因为我的胡蹬乱踹,而使母亲捂腹在床上疼得滚来滚去大汗淋漓。有时父亲见母亲太难忍受,就说:咱干脆想法不要这东西算了!逢这种时刻,母亲就忍疼伸出煞白的手掌急捂住父亲的嘴叫:"想找打呀?!"

父亲说我出生那天显出有点懂事,没有太为难母亲。那是一九四〇年阴历十一月二十七的晚饭后,母亲拥被坐在床上,父亲坐在床头的桌前继续为汉画像石刻画册上的图版写着说明文字,室内烛光昏黄,窗外雪花悠悠。那一刻我大概因为在集聚入世的力量而没有乱动,母亲显得平静安详。父亲在为一幅"二桃杀三士"的画像石刻写说明时,还扭脸问母亲这个历史故事的出处。聪慧过人熟读史书的母亲立时轻声为父亲背起《晏子春秋·内篇谏下》:"公孙接、田开疆、古冶子事景公,以勇力搏虎闻。晏子过而趋,三子者不起,晏子入见公曰:'臣闻明君之蓄勇力士也,上有君臣之义,下有长率之伦,内可以禁暴,外可以威敌;上利其功,下服其勇,故尊其位,重其禄。今君之蓄力之士也,上无君臣之义,下无长率之伦,内不以禁暴,外不可威敌。此危国之器也,不若去之。'公曰:三子者,搏之恐不得,刺之恐不中也。晏子曰:此皆力攻就敌之人也,无长幼之礼。因请公使人少馈之二桃,曰三子何不计功而食——"

父亲说,母亲还未把这篇古文背完,阵疼突然暴发,来势凶猛。他估计是时候到了,便慌忙奔出门去叫产婆,当产婆在父亲的搀扶下跌跌撞撞地奔进屋时,我的头部已迫不及待地伸进了这个世界。

父亲说,三天后,从极度疲劳中恢复过来的母亲把我搂到怀里,长久地亲吻着我那嫩极了的脸蛋。我从父亲的日记中知道,我吃奶一向是口中噙着一个奶头,一只手攥住母亲的另一个奶头,仿佛唯恐别人来偷吃似的。有一天晚上,父亲为了逗我,当我噙住一个奶头时,他便扯开我的手用双唇噙着母亲的另一个奶头,结果气得我哇哇大哭。

在我出生后的那一个月里,我们家除了我的哭声外便都是笑声,那是我们家庭生活中最幸福的一段日子。那时父亲、母亲和我都不知道,一场巨大的灾难正飞快地向我们逼近……

小楠、涵儿,看清了没,这是两株柏树,这位着便服的官人和那民女相向站在树间,民女一副温柔之态。这大概是官人的又一次微服来访,从民女的身姿神态上看,她已被那年轻官人表达爱情的行为所感动,开始向对方回报柔情。接下来这幅楼阁人物图,表明这位年轻官人又已回到了自家的豪华府邸,看,这楼阁下层有一厅堂,厅有双柱,柱头均有斗拱,为一斗三升。厅内有一老者抚几而坐,老者身子两边环坐四人,年轻官人拱手跪着。那老者正抬手向年轻官人指斥着什么,其余的四人也着了官服,正不屑地看那年轻官人。我们把这幅图与开头的那幅加冠图一对照便可看出,这老者是年轻官人的父亲。父亲斥责儿子,不会无缘无故,一定是儿子的言行令老人不满。是年轻官人微服悄悄去会民女的行动被父亲发现了?抑或是那年轻官人干脆向父亲说明要娶那民女为妻?汉代的等级贵贱观念已很严重,男婚女嫁当然要求门当户对,不论是这年轻官人的"行"或是他的"言",都必然会引起也在做官的父亲的反对。他父亲身边环坐的四个人,大约是他们的族亲,或是堂哥或是胞弟。东汉统治集团是以南阳人为主体的豪强集团,公元三十五年,郭伋曾上书请求改变这种只用南阳人做官的做法,应该是"选补众职,当简天下贤俊,不宜专用南阳人"。但是,无济于事。常常是一人做了官,便宗亲都成官,这个家族可能就是这样!

孩子们,接下来这幅雷公图,和前边几幅天文图像一样,怕也另有含义!瞧,三虎驾一车飞奔,车上树鼓,鼓上饰羽葆,舆下云气簇拥,舆中所乘便是雷公。雷公也称雷师,是古代传说中的司雷之神，《楚辞·离骚》云："鸾皇为余先戒兮，雷师告余以未具。"雷从何来？古人认为是由天鼓发出的响声，故《云仙杂记》云："雷曰天鼓，神曰雷公。"《易》曰："鼓之以雷霆。"《事物纪原》卷九引《黄帝内传》曰："玄女请帝制鼓，鼙以当雷霆。"《论衡·雷虚篇》说当时画工"图雷之状，累累如连鼓之形"。并认为风随虎来，故《易》曰："云从龙，风从虎。"所以，此画树鼓以像雷，驾虎以生风，当是雷公。这幅雷公图放在这里，我认为是想表明：那为父的曾以雷公来威胁儿子，若不听我的话，雷公会来找你算账！雷公会来劈死你！

父亲说，在我还没满月时，就传来了日本兵已到信阳的消息，他估计鬼子早晚也要来攻南阳，怕打起仗来，炮弹会炸坏石刻，便开始在夜晚把放在后院的那些汉画像石刻，扛到院墙后的荒地里埋下。他先后在院墙后的荒地里挖了三个深一丈多的土坑，把能扛动的画像石刻都悄悄埋了进去。最后剩下七八块大的他一个人实在扛不动，叫外人帮忙又恐露了底，便在后院里就地挖坑，把它们埋在了院里。外公留下的古玩、字画、笔砚和珍版书，父亲则把它们都移到了乡下奶奶家。

父亲说，在他把那些石刻扛去埋时，因为石头太重常需要人帮一下手上肩，却又不敢叫别人，没法，还坐月子的母亲便来帮忙，为此母亲落下了腰疼病，月子过后还常常叫腰疼。

父亲说他虽然估计到日本兵要来打南阳，但没想到会来得那么快，更没想到攻陷城池的日本兵会有专人来找汉画像石刻。城陷是在一九四一年二月四日夜十一点。枪炮打得激烈时，父亲为防不测，曾把所有的汉画像石刻拓片叠好，一块裹进我的襁褓里。父亲认为这样保险些，即使日本兵来家搜查，也不会想到去婴儿的襁褓里找什么东西。母亲当时反对父亲这样做,母亲说,依我看还不如把这些拓片都烧了,反正那座汉墓和那些石刻都在,过后咱再拓印一遍不就行了?无非是费点事!但父亲没理会,父亲尽管知道母亲说得有道理,可他实在舍不得把这些辛辛苦苦拓来的拓片烧掉,光是钻一次汉墓就不容易。再说,这些拓片父亲已经把它们分类整理过还写了说明文字!父亲说,他当时没把这些拓片烧掉的根本原因,是他认为日本兵即使把城攻陷,掠夺抢劫的只可能是财物,不会有人想到这些纸——汉画像石刻拓片。父亲终生为自己的这个判断后悔!父亲说,枪炮声最初稀落下来时,躲在墙角的他和母亲还以为日本兵被打跑了,高兴地站起身想出门看看,恰这当儿,街上传来了鬼子呜里哇啦的叫喊,母亲急忙把奶头塞到我的嘴里禁止我出声,和父亲重又在墙角蹲下。

父亲说天亮前他们还算平安,只是听到远远近近有人的哭声和人的叫声,他和母亲紧紧偎在墙角。父亲那一刻有些后悔,当初不该不同学校的大多数教职工一起出城躲躲,他是因为担心母亲刚满月身子经不起折腾,加上对守城部队存有幻想而决定留下的。

那日的白昼仿佛也害怕目睹城市的惨景,来得犹豫而迟缓。父亲和母亲坐在墙角,不安地看着天光渐渐趱进屋里,两个人都没动,也没去啃预先准备好的干粮,只把两眼望定门口,仿佛等待着什么。只有我仍如往常一样,双唇随意地吮着母亲的奶头,两脚在襁褓里自在地踢着。

最先传过来的是脚步声,一群人,步伐很齐,由远而近,直向门口响来。父亲说他从来没听过那么可怕沉重的脚步声。他和母亲对望一眼,他的脸上一定有惊惶,因为母亲的杏眼瞪他一下,母亲同时伸手在地上抓了一把灰,朝自己的脸上飞快地抹起来。

敲门声是温文尔雅的:咚咚咚。父亲说,听到那敲门声的一刹那,他真以为是学校里教书的那些同事来找他。母亲从墙角起身走到椅上坐好,而后用目光示意父亲去开门。

门开了。父亲最先看到的是一个穿便服的日本人的脸,那人的身后,站着一个日本军官和六个日本兵。"你好!"那着便服的日本人躬身含笑说了一句。父亲一时愣在那里,他没料到会有这番礼貌。这当儿,那一群人便已走进了屋里。

"你就是古楠先生吧?鄙人叫吉平正夫,也是搞历史研究的。"那便服日本人的中国话说得十分地道,"我打听到古楠先生对汉代史很有研究,且常搜集汉代画像石刻。我从书上知道,南阳这个地方在汉代非常繁荣,很想看看这些石刻,一饱眼福,不知古先生可否允许?"

父亲说,他听了那吉平正夫的话后几乎呆住,他没想到他们会偏偏来找汉画像石刻,而且对情况了解得如此清楚。父亲当时不可能知道吉平正夫的身份,几十年后我方从历史资料上查明这位吉平正夫是当年东京一历史研究机构的人员,一心想在历史研究中建大成就,出名发财,他专攻中国汉代史,已出过一本专著,内容是关于一世纪时的日本文化与中国汉代文化之比较,曾为自己赢得了不少声誉和金钱。日本发动侵华战争后,他迫不及待地要求当了一名随军记者,目的是为了来中国搜集他进行研究所需要的史料和文物。他倒没有看到我外公的父亲印的那本《南阳汉画像集》,而是从公之于世的山东武梁祠汉画像石刻断定,作为汉代三大都城之一的南阳,一定会有汉代画像石刻出土。身为历史研究人员,他知道若能搜集到这些石刻,把拓片整理加注后出一大型画册,他这个日本学者也必将会和这些汉代画像一样,引起世人的广泛注目,从而给他带来巨大的声誉和财富。所以,他一直在打听部队何日向南阳进攻。这次进攻南阳的日军第三师团司令部里刚好有他的朋友,他得知攻城消息后连夜从正在采访的另一师团赶来。南阳城破他便随先头部队进城,又连夜查找国民党政府的文化官员,企图通过他们弄清谁搜集保管有汉画像石刻。据说,最后是宛城中学的一个教师供述,说他有几次看见我父亲雇了毛驴车往家拉刻有画像的石头。吉平正夫因此找到了我们家里。

"很抱歉,我只是一个教书匠,根本不懂得什么石刻,更没有收藏那种东西!"父亲说他当时从最初的呆怔中清醒过来后,忙开口回答,倒没露出什么破绽。

"古楠先生看来有些顾虑。"吉平正夫平和地笑笑,"我只是看看,我想你能理解一个学者的心情,我们研究历史的很想看到一些保留下来的实物!怎么样,告诉我放在哪里?"

"我确实没有那种东西,倘是有,给你看看有什么了不得的,你又不会拿走。"父亲继续装着糊涂。

吉平正夫依旧没变脸色,他仍是笑笑,声调照旧温和:"既然古楠先生不愿动手,那我们只好自己动手找了!"说罢,朝身后的那个日本军官一偏头,那军官吼了一声什么,六个日本兵立刻散开,在院里、屋里搜起来……

看这儿,小楠、涵儿,这几上放着进贤冠,这年轻官人正怒扯着身上的官服,这幅画像是要表明什么?表明这官人生了气?为什么生气?为何事竟气到要扯掉官服?我猜,一定是他父亲和族亲们刚才做了什么关于他和那民间美女的决定!是的,决定,这决定中很可能有这样的话:你既是朝廷命官,你就不能和这个低贱的民女来往,更不能娶她为妻!大概就是

247

这话惹恼了深深爱着那民女的年轻官人。罢,老子宁可不当这官,也要娶这姑娘!我们仿佛听到他在画中吼。真挚而热烈的爱使他敢于反抗父亲,敢于扯下象征荣华富贵的官服,可见爱能蓄积多大的力量!当然,从这幅画像上我们还看不出他这样做是一时冲动还是永久决定。好笑的是这两位奴婢,瞧她们被主人扯服举动所惊吓的模样,这位执灯的使女手中的灯几乎倾倒,这位端盒的使女手中的盒子已经掉地。两人都抬起一手欲去捂嘴,分明把一声惊呼捂了回去。汉代虽然早已废除了奴隶制,但贵族显宦之家仍然继续使用着奴婢。王莽时,"徒隶殷积,数十万人,工匠饥死,长安皆臭"。东汉后期外戚、宦官横行,仅窦融一家就有"奴婢千数"。这位端盒的奴婢头上插有羽毛,这是一种装饰。司马相如《子虚赋》云:"于是郑女曼姬,被阿绨,揄纻缟……错翡翠之葳蕤,缪绕玉绥。"翡翠是鸟的羽毛,葳蕤是形容头饰羽毛的样子……

父亲说,几个日本兵尽管很下劲地在屋里院里搜查了一番,却到底也没找到画像石刻。吉平正夫脸上的笑容便开始变淡,院里霎时变得很静。也是巧,我偏偏这时在母亲的怀里哭了。现在已经说不清当时自己为什么会哭,反正我的哭声嘹亮,顿时把笼在院里的寂静一下子击得粉碎,把所有日本鬼子的目光都引到了母亲和我身上。几十年后父亲在忆起这一细节时还对我充满抱怨:你当时哭得真不是时候!可我有什么办法?也许当时我觉得母亲没像往常那样逗我而生了气,也许是我觉得院里太静没有意思,也许是因为想吃点东西而母亲没把奶头塞到我嘴里,反正我哭了,哭得响亮而无所顾忌。于是下面的一切便由此而开始了!

先是站得离母亲最近的一个日本兵向母亲身边走去,母亲原来站在墙角,脸上抹满黑灰,并没引起日本兵的注意,是我的哭声把她推到了日本兵的目光焦点里。走近母亲的那个日本兵先是拍了一下我的襁褓,而后在母亲脸上摸了一把,母亲后退了一步,大概是因为受惊,我的哭声停了。但此时停下已经太晚,因为吉平正夫也已走到了母亲身旁,伸手抓住我的襁褓就拉,母亲慌忙抱紧我哀声求道:"先生,他是个孩子!"吉平正夫笑容灿烂地说:"夫人,不要怕,我只是要这个孩子帮我劝劝他的父亲!"边说边又要扯我,母亲大概一方面怕他们害我,一方面怕裹在襁褓里的汉画像拓片露出,慌忙中说道:"你们是不是要找刻有人像的石头?"那吉平正夫一听这话立时住手问:"是的,你知道哪有?"母亲指了一下后院中父亲埋那几块搬不动的大石刻的地方,说:"那儿埋了几块,原预备以后盖房子做墙基用的,又不是什么宝贝,你们拿走!"

挖!吉平正夫立时向那几个日本兵下令。片刻之后,几块大石刻便被挖出抬放到了院中,吉平正夫高兴地扑上前,一边抚摸着笑叫:"可找到了!"一边扭身朝母亲伸出大拇指说:"很好!"随后,吉平正夫熟练地从挂包里掏出刷子、墨和纸,开始拓印。拓片一拓完,他便朝那几个日本兵示意:在每块石刻下放一包炸药把石刻炸了!父亲、母亲甚至连跟随吉平正夫的那个日本军官都吃惊地看着他,他得意地笑着说:"你们不懂,把石刻炸毁,我手中的拓片便是唯一的了,这就像书籍中的孤本一样,越是唯一的价值越高!"父亲、母亲被推出院门外,爆炸声使院墙晃了几晃。父亲说他再进后院时那几块石刻已变成一堆碎石,尽管他知道母亲说出这几块石刻的埋藏地是想丢卒保车,但此刻心疼万分的他还是狠狠剜了母亲一眼。

父亲说,他原以为吉平正夫得了这几张拓片会就此罢手走开,没想到他立刻又朝父亲笑道:"古楠先生,你没有像你夫人那样与我合作,你欺骗了我,但我不计较,我只希望你戴罪立功,把你另外收藏的那些汉画像石刻献出来!你不要摇头,我绝不相信你仅搜集到这几块,瞧,这里!他边说边展开他刚才拓下的一幅拓片。这是一幅画像的一大半,还有一小半一定刻在一块小石头上!大石头尚且出土并被你保管起来,那块小石头你绝不会让它丢失,只是因为它小,易搬动,你把它放在了另外的地方!"

父亲说,他当时真有点佩服那小子的分析,看来内行欺骗内行是有些困难。但他依旧摇头说:"我确实再没有了!"

吉平正夫脸上的笑容依然好看,他说:"看来还需要另一个人来劝劝你!"言毕,猛伸手从母亲怀里把裹我的襁褓夺走,我于是哇哇大哭中被放到院中的地上,母亲和父亲见状都往我身边冲但均被刺刀挡住,吉平正夫此时笑望着那军官说:"请你帮忙用刀把孩子襁褓上的带子打开,让我们看看这孩子的父亲能忍心让儿子受多长时间的冻!"那日本军官闻声嗖地抽出军刀,"啪"一下挑断了缠在我襁褓上的绳子,正哇哇大哭的我立时把裹缠的襁褓踢开,露出只穿一件红肚兜的身子,在襁褓上滚动,二月的寒风顷刻便把我的身子吹红。母亲此时已晕倒在墙角里,父亲也已把双眼死死捂上,我只顾拼命地想靠滚动和哭声唤醒母亲,哪知道会把父亲藏在我襁褓里的那些拓片踢腾了出来。吉平正夫开始只微笑着观察我父亲的反应,及至看到有拓片在我的襁褓里翻动,立时扑到我面前,他拿起那摞拓片只看一眼,就狂喜至极地叫道:"我成功了!"

父亲说,他听到吉平正夫那声快活的高叫时,因气、因恨、因悔也几乎晕倒:完了,恩师、涵儿和自己的心血竟被他窃走,当初真应该把它们烧了!

父亲说,吉平正夫随后把我抱起,一边替我小心地裹上襁褓一边说:"谢谢你,小兄弟!是你帮助了我成功,我该报答你!"接着,他把快冻僵的我又塞回到母亲怀里,昏厥中的母亲被我的嘶哑哭声唤醒,急忙解开衣襟把我裹进去。

父亲说,他当时就估计到,内行的吉平正夫看到那套完整的汉墓画像石刻拓片后,一定会追问汉墓在哪里。果然,吉平正夫翻看一遍拓片后,又含笑走到父亲面前说:"你的夫人和孩子都帮了我的大忙,我真诚地希望你也做我的朋友!怎么样,现在帮我一下吧,告诉我:那座保存完好的汉墓在哪里?那些零散搜集起来的石刻又埋在哪里?"

父亲说,他明白吉平正夫探问的目的是要把汉墓和石刻统统炸毁,好让自己成为这些汉画像唯一的发现者和整理者,成为这些石刻和拓片的唯一拥有者,从而在世界上炫耀,名垂青史!父亲说他当时已在心里做好了死的准备,他相信吉平正夫不达目的不会罢休,他知道他只能这样做,否则就是对恩师、对一个学者良心的背叛。他那刻唯一担心的,就是如何让母亲和我活下来。

吉平正夫见父亲沉默不答,便朝那日本军官点点头说:"只好请你帮我劝劝古先生了!"那军官拔出军刀一挥,两个日本兵立时上前把父亲的上衣脱掉并把他绑在院门的树上。父亲被绑好后,那军官用军刀在父亲的右臂上一旋一剜,一块肉便唰地掉在地上,父亲"呀"地大叫一声,冒着热气的血立时顺臂而下,在冰冻的土地上滋出一股白烟。

"说吧,古先生,何必受这份罪?为一座两千年前的坟墓和几块石头,值得吗?"吉平正夫满脸是笑声音亲切地劝。父亲说他那刻气得真想上去咬死这个坏种,他不顾一切地叫:

"吉平正夫,那是我们的东西,你凭什么要毁掉?凭什么?!你这个杂种!"

"你不该骂人,我们都是做学问的,不该使用脏字!"吉平正夫笑得仍旧亲切,"你刚才有句话应该纠正,你说那些画像石刻是你们的,不,应该是谁占有这块土地,它们就是谁的!告诉你,要不了多久,我们两个国家就要合二为一了,说吧,看着你流血我真不忍心!"言毕,他斜了那军官一眼,军官手中的刀便又在父亲的右臂上一剜,又一块肉嗖地掉到了地上。

父亲说,大概是第四块肉被剜下的时候,正向昏迷境地沉去的他忽然听见了母亲的声音。"我知道那座汉墓在什么地方!"震惊使他从昏迷的边缘又挣了回来,他睁大双眼瞪着母亲,但母亲没看他,母亲只望着吉平正夫平静地说:"我可以领你们去!"

太好了! 吉平正夫高兴得双手相握又相拍,我真没想到你也知道墓址,你对我帮助真是太大了! 他眉开眼笑地对母亲说:"我要报答你! 我除了要保护你丈夫和你的孩子安全之外,我还要送给你们面粉和衣服!"说罢,便挥手让日本兵从树上解下父亲。父亲说他当时万没想到母亲会这样做,短促的惊愕之后便是对母亲深深的恨:你刚刚把那些大石刻的埋藏点说出来让他们炸毁,如今又要领他们去毁那汉墓,你真是傻女人、憨女人、软女人、贱女人! 天呀,当初我为什么要她知道墓址?! 女人的心终究经不起折腾,我该明白这道理! 恩师呀,毁墓的原来是她呀! 父亲说他当时嘶声朝母亲吼了一句:"王涵,你该想想你父亲!"但母亲平静地说:"不就是一座死人的墓吗! 我们犯得着为它受罪?! 我领他们去,你抱好孩子!"当母亲把我向父亲的怀中递时,父亲摇摆着身子抬起他的左臂,狠狠向母亲打了一耳光,父亲说那一耳光打得母亲在原地转了半圈,他看见血立时顺母亲嘴角流了出来。母亲当时什么话也没说,只是把我往父亲面前的地上一放,扭身就走……

小楠、涵儿,看,这位弃官不做的年轻人坐在石板前,那民女端了什么东西来到他身边,倾斜的身姿里明显含着挚爱,而且她的发式变成已婚妇女的了。这旁边站着一头牛,牛的臀部画得粗壮丰满,蹄子刻得细小,使人感到牛的健壮有力和活动灵巧。这幅画像显然是在表明,这年轻人已和民女成了相敬相爱的夫妻,开始了平静的乡居生活。接下来这幅刻的是应龙和鱼,应龙有角,卷曲的尾上有一鱼。龙是祥物,这点你们已知道,其实鱼在古人的心目中也是一种瑞物。《史记·周本纪》上说周有鸟、鱼之瑞。又《太平御览》卷九三五引《风俗通》曰:"伯鱼之生,适有馈孔子鱼者,嘉以为瑞,故名鲤,字伯鱼。"这幅画像放在这里,大约也是在表明这对新婚夫妻的一种心绪和向往:但愿我们今后的生活有祥瑞之物保佑,平静安宁,恩爱幸福,不受外界干扰……

父亲说,当母亲领着吉平正夫和那伙日本兵出门走时,他左手抱起我还向前追了几步,边追边愤恨至极地喊:"王涵!"随后,他便因流血过多和气极恨极而昏倒了。躲藏在附近一家染坊地窖里的几个邻居,见日本人走远,急步跑过来把我和父亲抱进了地窖。当时我已被冻得不会哭叫不会动弹了,一个叫云兰的姑娘当众解开怀,把我裸身紧贴在她的胸膛上,硬是把我暖醒过来。二十四年后的那个傍晚,已成了解放军军官的我,正与一个苗条漂亮的姑娘坐在军官宿舍里商量第二天婚礼应邀请的客人名单,一封报告云兰姑姑病危的电报就在这时来了，我看完电报二话不说便去请假，跟着向火车站跑，我到底赶回南阳见了云兰姑姑最后一面。我永远记住这个叫云兰的同我毫无血缘关系的姑姑，她在那个不大的窑里，当着躲难的其他人的面，敞开她那处女的胸脯，把我暖活过来，要不然，今天这个故事便不会由我讲了。

父亲说，母亲领着吉平正夫和那伙日本兵走到护城河边时，停住了脚步。——这情景和随后发生的事，父亲都是听当时躲在护城河边一个城墙破洞里的人们说的。母亲转身对吉平正夫说："你翻开第四十八张拓片，看看是从张庄村东走还是从村西走，我也是几年前去过一次，记不太清了，那张拓片上画有路线图！"吉平正夫闻言急忙把手中的那摞拓片展开，边展边喜不自禁地说："嗬，原来还有路线图！"但翻到第四十八张时却又叫："怎么没有？"母亲说："不会没有，我见过的，是用淡墨水写的，在一个角上。"母亲边说边走，大概是母亲此前指明大石刻藏处的举动起了作用，吉平正夫和那些日本官兵谁也没对母亲的举动起疑，吉平正夫甚至把手中的那摞拓片往母亲脸前凑凑以让她辨认，就在这时，只见母亲突然伸手猛从吉平正夫手上夺过那摞拓片，迅疾地向护城河下跑去。吉平正夫和那些日本兵都被母亲这个出其不意的举动惊呆了，待他们从一刹那的呆怔中明白过来时，母亲已奔跑到了水中，她站在半人深的水里奋力撕着那些拓片，顷刻间水面上漂满了白色碎纸。"天哪——！"吉平正夫痛心至极飞奔下护城河，来到水边捞那些碎纸，可他哪里捞得起？拓印拓片的纸本来就薄，一见水便变成了稀软的东西，一碰就破。"打死她！打死她！"吉平正夫气极地跳着脚叫，几排枪响后母亲倒向水中。吉平正夫又发疯似的捶着自己的头仰天大呼："我真蠢哪！蠢哪！哦——"

父亲说,吉平正夫随后又领着人来找他和我,所幸那家染坊的地窖口十分隐秘,他们没有找到。最后气得用手榴弹把我们的房子全部炸倒。两天后,因为抗日部队围城的态势已快形成,守城的日军便仓皇撤走了。父亲说,他是敌人撤走的当天早上下护城河打捞母亲尸体的。母亲身中七弹,泡得发胀的手里还攥着一团碎拓片。父亲把母亲遗体放在护城河堤上时,扑通跪下,边打自己耳光边放声哭叫:"王涵——我该死,我竟然一点也没看出你的心意,在你临死之前还打你,我该死呀——!"

这是一幅敬酒图。看见了吗,小楠、涵儿,这两个侍女,一个捧壶,一个端杯,正向那新婚民女敬酒。这两个侍女大约来自那新郎的家里,因为这对新婚夫妇不大可能用上侍女,即使用上,侍女也很少这样郑重地向女主人敬酒。如果这对敬酒的侍女来自男方家庭,原因就可能是两种:或是公公婆婆接受了既成事实,承认这民女为自己的儿媳妇,以敬酒举动来修好;或是公公、婆婆另有居心。我们往下看,接下来这幅画像表明:那新娘并没喝下敬上的这杯酒,而是又转身弓腰敬给了自己的丈夫。由此可见,这民女对丈夫的尊敬和热爱是何等深挚。当然,涵儿,你也可以把这举动理解为民女不会喝酒,想让丈夫替自己喝了。不过汉代南阳酿造的酒,据史料记载,和我们今天的黄酒有些近似,妇女大约是可以喝的。我们继续往下看,在这幅画像上,男主人已倒地而死,酒杯扔在身旁,女主人和敬酒的侍女都惊骇无比,侍女手中的酒壶已惊落在地摔碎。很明显,那酒里有毒!而毒酒原是献给民女的!我们现在完全可以这样判断:那公公婆婆见儿子真同民女结了婚,木已成舟,为不在贵族中间继续遭到耻笑,便决心毒死这个平民出身的儿媳,以使儿子彻底绝了和这民女生活下去的希望,重返上流社会。于是,便生了让侍女给新娘敬毒酒的计谋,未料反毒死了自己的儿子……

父亲说,他借钱为母亲买了一口薄薄的棺材,回乡下叫来了他的弟弟也就是我的叔叔,用一辆牛车,把母亲的棺材径直拉到了栖凤岭上,在离那汉墓几百米的地方,亲自掘坑埋下了母亲。父亲说,母亲是为保护汉墓中那对夫妇的安宁而死的,把母亲埋在那儿,一来母亲的魂灵见汉墓完好会心安;二来那对早死的夫妇也许会出于感恩而常过来照料母亲。父亲说,埋葬完毕他让叔叔赶着牛车先走,自己在母亲的坟前一直坐到天黑。天黑后他起身要走时,忽然又闻到了一股浓烈的熟悉的菊花香,那不是菊花开花的时节,他有些意外,他循着香味蹒跚走去,没有几步,在一片草丛里,他分明看到有一红一黄两朵菊花在那里摇晃,他想折下插到母亲坟头,但刚一弯腰,那花却又蓦地没了……

父亲说,那之后不久,他把我送回乡间我奶奶身边,他自己则通过师范里的另一个教师,参加了共产党领导的抗日游击队。父亲说,他那时就是想找一个日本人砍砍,把憋在心中的那股气出出。父亲在游击队里刻苦地练习打枪,枪法练准以后,他又违反纪律私自在夜里出去寻找日本人袭击,为此他受了批评。有一天晚上,上级领导带着两个日本人来到游击队驻地,他一听是日语的哇哇声,当即放下饭碗就去摸枪,幸亏他身边的人眼疾手快推开了他的胳膊,要不他非把那两位日本反战朋友打死不可。

父亲说,在那些日子里,游击队只要回到南阳附近,他总要拎枪在夜里去母亲坟头坐坐,默默地朝那座隐在荒草下的汉墓看看,在心里无声地叹道:什么时候,那墓中的汉画像石刻才能让人知道……

小楠、涵儿,这是墓中男女主人公的结局图,看到了吧,那位新娘子悲泣之后,毅然抽刀向自己的胸口戳去。新娘的这一举动,可以理解为对自己向丈夫敬酒之行的不尽追悔,也可以理解为对公公婆婆狠心之举的壮烈抗争。生不可以做幸福夫妻,那就让我们去另一世界做吧!夫君,等等俺,俺来了!我们从这幅画上不是分明听到了这位新娘的带血呼喊?!你们都没想到吧?两千年前的南阳已发生过这样的故事,这对男女爱得多么真挚!孩子,一个民族的人们爱的质量,也是应该作为衡量这个民族素质的一个参数的!你哭了吗涵儿?为古人流泪了?来吧,我们接着看下一幅。这是一幅拦驾图。看,左下刻两辆轺车,一车乘一驭者和一尊者,一车乘一驭者;车前刻三导骑,一骑已转弯行进,一骑正在转移中;骑士前刻一导车,车上乘一驭者、一尊者。图左刻一长袍男子,执笏拦驾,马受惊嘶鸣。这拦驾的人是谁?被拦的官人又是谁?拦驾为何?我们无从知道。但这幅画像放在这里,就一定与上边的故事有联系,我这样猜测:那拦驾人是那去世的新郎、新娘的朋友,他深深同情那对新人的遭遇,便舍身拦驾,请求出行的高官为这死去的新人申冤。不知那高官闻知此事后如何处理,但我们通过这幅画像已经知道,就是在当时,这对男女也有同情者!孩子们,我甚至还这样判断:就连这座坟墓,可能也是那个拦驾人修的!因为新郎的父母显然不会出钱为他们营造如此气派的阴宅,请人刻如此内容的画像。而新娘的父母即使想修,恐也无钱。你们注意了没有,整个墓内没有刻一个字,而刻字在当时本是比刻画像更容易的事,这是一个谜,也许围绕着修这座墓,还有另外一个不愿为后人知道的故事……

父亲说,解放后他一直在文物管理部门工作。他说政府对保护发掘汉画像石刻十分重视,曾几次拨付专款搜集汉画像石刻。1956年田汉先生来宛,对南阳汉画像石刻更是关注非常,提出了许多重要建议。并亲自探察了南阳市七孔桥基上的汉画像石刻,当他听说方城的博望桥亦有汉画像石刻时,即驱车前往。因适逢大雪,道路不通,田汉先生扼腕叹惜,竟朝博望桥方向恭恭敬敬地三鞠躬。1957年,根据田汉先生的建议,河南省人民政府拨专款改建了南阳市的七孔桥和魏公桥,拆出汉画像石刻一百余块。这之后不久,政府组织人对栖凤岗上的那座汉墓进行了仔细的发掘。1958年,南阳市政府修建了汉画馆。翌年,郭沫若先生亲笔为南阳汉画馆题写了馆名。

父亲说,对栖凤岗上的那座汉墓进行发掘时,他在母亲坟头上放了一挂一千响的鞭炮,他是想借此告诉母亲:放心吧,你舍命保护的汉画像石刻,如今永远平安了!

父亲是1980年秋天病逝的。父亲死前,对我一遍又一遍地重复当年外公给他和母亲讲解那座汉墓中的石刻画像时说的话,他说他永远不会忘记老人对那些画像石刻的理解。

我朝父亲点头,我说:"我也不会忘记,永远不会!"

父亲咽气前对我提出一个要求,把他的骨灰盒和母亲的骨殖埋在一起,我点头答应。父亲死后,我抱着他的骨灰盒,领着我的儿子和女儿向栖凤岗母亲的坟墓走去,我按照通常合墓的规矩,把母亲埋在左边把父亲埋在右边。

那天,我们在两位老人坟前直坐到傍晚,我起身领着两个孩子要走时起了晚风,晚风中飘过来一阵浓极了的花香。我循着花香走去,在那座汉墓和父母坟墓之间的一片草丛里,我看见了两朵并立的菊花,一朵淡红,一朵淡黄,女儿弯腰要去折时,我急忙按下了她的小手……

握 笔 者

  采访途中顺便回趟老家。

  近家时,日头还半挂西天。坡里不少人仍在做活,看见我在田埂上走过,先惊异地看了一阵我的西服,后辨认出原是范家老大,便呼,便叫,还有人放下手中正干的活路,跑到地头看我。我就放下包,掏出彩蝶烟散给众人。有几位嫂子追问:"娃子和娃子他妈咋不回?"我一边给她们扔糖块,一边报告:"娃子要上学,娃子他妈要上班。"于是她们就一阵笑。

  到家,爹、娘、弟、妹们自是欢喜,邻居们也来热闹,话说到很晚。人渐渐散去,爹和弟弟妹妹们也已睡下后,娘给我端来一盆温水,要我把脚洗洗,我脱鞋脱袜,把脚伸进水里,娘便拎着擦脚布站在面前,一副要替我倒洗脚水的样子,我就催她也去早睡,娘没理。正这当儿,院门被敲响,敲的声音不大,显出些迟疑。娘朝我丢下擦脚布,边出去问是谁边开院门。

我估摸是哪家邻居又来问候,便急忙擦脚穿鞋。"老大,是你的同学。"娘领着一个高高瘦瘦的汉子进屋。灯光下,我看到的是一张陌生的脸,一时竟想不起这同学的名字。

"咋了,记不起了?南庄的达宽,和你同岁,你们一块上小学的。"娘提醒我。

"哦,是达宽。"我握住他的手摇着,脑子却在飞快地搜索旧时的记忆,一个名叫达宽的戴红领巾的白胖少年被我从脑子深处翻拣出来,但那少年的影像和面前的汉子无论如何也重叠不到一起。

"我们好多年不见了。"他攥紧我的手说。我立刻感受出他掌上有两块硬腒翘了起来。"我这些年很少回家,偶尔回家一次,也是住几天就走,同学、朋友处都未去拜访。"我一边解释一边让他坐下,我递给他香烟时注意到他的手指在抖,我意识到他这么晚了来访一定有事,他住的南庄离我们庄有一里地远。他大概是后晌在地里做活时看见我回来的。

"家里都好吗?"我问。

他没有回答我的问话,仿佛在全心全意吸烟,一刹那之后才哑了声,突然说:"我知道你会写文章!"

"说不上会写,"我笑笑,"也算是凑个文人的数吧。"不过我还是从自己的声音里听出了点自豪,家乡人承认自己的才能不能不让人高兴。

"你能给俺们家写一篇吗?"他突然抬眼望定我。

"写什么?"我一愣。

"写写俺们家的冤情!"

"哦,啥子冤?"我把眼瞪大,这时才发现他的眉眼里和胡楂遮掩的嘴角上隐藏着一种苦痛。

他又不语,大口地吸烟,目光又重重戳到地上。

我望着他那沾有两截草茎的蓬乱的头发,默默地等着他的回答。娘也已停了忙活的手,扭脸瞅着达宽。屋里很静,涌进院子的月光,已挤到了门槛外边,似乎还想向屋里逼来。

"知道葛炭永吧?"他没有抬头,闷了声这样问。

"咋能不知道?"我还没有考上大学之前,葛炭永就当了大队干部,前几年又当了村长,一个精明强悍的汉子,两只眼不大,但随时都透着聪明和机警。他今年怕有五十岁了吧。

"就是这个老不要脸的东西!我日他先人!"达宽突然把手上的烟摁到地上,用脚去踩。

"咋了?"

"他……他戏弄俺娃子他妈……"他猛抬手把自己的头抱住,"连着几次……"

我的心一搐,一时竟不知该说什么,我知道一个男人遇到这种事时心里的苦痛和屈辱。我记起了几年前一次探家时听到的那桩传闻,说是葛炭永同邻居二松的媳妇明铺暗盖,看来,这人是越做越胆大了!"你没有去上边告他?"

"告了,去乡上告了几回,可葛炭永同乡上的人熟,人家总推着不管,告不赢。葛炭永听说俺们在告他,还捎话来说,俺啥时候告赢了,他奖给俺一百块钱!俺们咽不下这口气,这才想起了你,求你把俺们的冤情写写,也在报上登登,让世人评评理,替俺们申一回冤,反正俺们也不怕丢人了……"

杂种,做了坏事还敢这样狂!你不就是一个村长吗?九品官都算不上,竟如此作恶,我今日偏要治治你这个家伙!我心里的火被陡然激起,我起身拍了拍达宽的肩说:"你放心,我明儿就去你家里了解详情,我要先写篇内参,送给领导们看看,保准会替你把冤申了!"

那晚送走达宽之后,我在月光下望着村中葛炭永家那高高的门楼,在心里叫:葛炭永,我就凭我这支笔,要同你较量较量,要让你知道,人作了恶就有报应!

我原计划在家要停两至三天,我有调查的时间!

第二天早饭后,我就骑了弟弟的自行车去了南庄。达宽家在庄的东头,两间正屋是瓦房,但年代显然已经不少,瓦缝里长着一些杂草,墙上的土坯已被风雨剥去了深深一层,显得有些凹了。一间偏房是草顶,安着锅灶。听到我的自行车响,达宽从正屋迎出来,把我让进正屋当间。屋里的摆设简陋得可怜,几把用木头做的没有靠背的矮凳,一个用土坯垒成抹了黄泥的土台,一张用白茬木板钉成的矮饭桌。

"你坐吧,家里穷得实在不成样子。"达宽边说边从衣兜里摸出一盒显然是刚买来的茅庐牌过滤嘴香烟。一个三四岁的男孩正睁着两只乌亮的大眼站在里间门口朝我打量。"这是老二?"我朝达宽问,同时向娃子招手,那娃子却哧溜一下闪进了里屋。

"是老二。他姐上学去了。"达宽答罢,朝里间沉声喊了一句,"出来吧,范辛兄弟来了。"话音落罢不久,一个少妇低了头从里间走出。达宽是在我考上大学之后结婚的,这是我第一次见他媳妇。她是一个乍看上去有些瘦弱的女子,穿得也很破旧,上身是一件半旧的白平纹布衫,下身是一条洗得褪了色的蓝斜纹裤子,脚上没穿袜子,只穿了一双显然是自己缝的方口布鞋。但若多看一眼就会发现,她的面孔和身材有一种娟秀和纤弱的美,破旧的衣服并没把这种美完全遮掩住。当然,也能够看出,艰难的生活正在很厉害地磨蚀着她身上的美,只是因为年龄还轻的缘故,她还能对这种磨蚀做着抵抗。

"灵芝,这是范辛,他会写文章,他帮我们告姓葛的,你把受他戏弄的事都说出来,他好写!"达宽闷声闷气地说。

灵芝只向我看了一眼,就低了头,两只手没处放似的去卷着自己的衣角,卷起放下,放下卷起,半晌没有吭声。

"灵芝,坐下慢慢说吧。"我把一个凳子朝她推推,她坐下去时,抬手抹了一下眼睛,手背上便沾了泪水。

"哭啥?说吧,甭怕丢人,反正脸已经丢了!"达宽又重声重气地朝灵芝叫,"这次非把他姓葛的告倒不可!"

我知道要求灵芝去述说这样的事是难堪的,但要写内参,事情不了解清楚又不行,也只好催道:"说吧,灵芝。"

"去年秋里,"灵芝带着哭音开了口,"我有天去南坡的责任田里摘绿豆,葛炭永骑车从地头过,看见我一个人在地里,就支了车来到我身边,先是问了几句绿豆的长势和成色,接下来又弯腰帮我摘豆。我当时很感激,说:'村长,你事情多,快忙别的去吧,不用帮我。'他笑着说:'再忙,帮你摘豆我心里也愿意!'我听着这话里有股不正经的味,就不再去理他。谁知他摘了两把豆角来我身前的筐里放时,猛一下就攥了我的手说:'去那边苞谷地里歇歇!'我挣着手说:'俺不歇。'他抬手就撩开我的衬衣,手伸过来……我低头咬了他的手……"

"嗵!"达宽虎着脸猛捶了一下旁边没涂漆的那张木桌,桌上的旱烟袋霍地跳起,飞到门槛外边,在地上磕出"嗒"的一声。

灵芝住了口,默默地抬手去抹眼里的泪。

我停住笔,低了头无言地等,我不忍心再去催。

"说嘛!"达宽双手抱了头,眼望着地嘶声说。

"……第二回,是年前,那天我背了一筐麦子去村办的面粉厂换面,谁知管换面的保管员那阵儿不在,我正要出门走,一个人猛从背后抱住了俺,俺扭头一看,是姓葛的。我气极地叫他放开,他却只管嬉笑着边撕我裤带边说:'叫我亲一下就给你一筐面。'我手抓脚踢,总算从他手里挣出来,他朝我低声叫着说:'只要我看上了你,你早晚得乖乖睡我怀里……'"

"我日他八辈!"达宽恨极地朝地上吐了一口。

"……第三回,是上月初,那天,达宽去城里买化肥没回来,傍黑的时辰,有人敲院门,我开门一看,是葛炭永,我冷脸问他做啥?他说是来检查评比文明家庭,要来看看俺们院里和屋里扫得干净不干净,说着,就进了院。先是在院里四下看,后又进到堂屋,我在他背后说:'你甭检查,俺们也不想当你那文明家庭!'他龇牙笑着说:'不当文明家庭,就当个聪明女人,老老实实听话,让我一月来会你几夜,我保管让你男人进村办造纸厂,让你的孩子在村小免费读书,让你手脖上也戴个玉镯子!和我有来往的女人,哪个也没让她吃亏。'我没让他再说下去,我说你走吧,我不想听这些话!他面色难看地向门口走,从我身边过时,他又猛地抱住我,乱亲,幸好邻居三婶这时过来借蒸馍的酵子,他慌忙松开我跑了……"

"你当时就不会咬他一口?"达宽被这种叙述又激得嘴唇哆嗦,咬牙切齿地朝灵芝叫。

灵芝无言,只是捂了脸嘤嘤地哭。

"达宽!"我用目光止住达宽,而后转向灵芝说,"别伤心,葛炭永做了坏事,是要受到惩罚的,我会替你把这股冤气出了,相信我!"

接下来,我又问了他们去乡上告状的经过,又找了他们叫三婶的那个中年妇女,问了她所看见的情景,交代了以后请她作证的事,我便往回走了。

骑着自行车在乡间的土路上颠簸时,内参的题目我也差不多琢磨好了。我甚至已想到了内参发出来的效果,我仿佛

265

看到有一只领导干部的手正握着红笔在那内参上批示:请监察局和公安局速派人至该村调查,若情况属实,即对葛炭永从严处治!达宽、灵芝,你们放心,对葛炭永的处罚就在眼前!这样边走边想,在达宽家给心上坠下的那股沉重,便慢慢有些变轻……

我原想后晌就钻到屋里把内参稿子写成,接着让人捎到镇上邮局发回报社。不料刚吃过响午饭,舅家表弟来了,舅家住在后庄,和我们庄相错二里地,同属一个村。表弟小我一岁,如今也已是两个孩子的父亲了。我俩寒暄了一阵之后,表弟说:"表哥,今日来,一来是为了看望姑父、姑姑和你;二来,是想求你帮我办桩事的。"我急忙应道:"只要我能办到,只管说。"我们两个幼时玩得很合脾性,他的忙我哪有不帮之理?

"我这几年一直想盖几间房子,如今,总算把砖瓦、木料买齐了,可在宅基地上遇到了麻烦。我们原来宅上的旧房不能扒,我爹和弟弟妹妹们还要住,那新房就得另选新宅,可如今土地管理严格,占地必须经过村长批准。我去找了葛村长几回。他都推说忙而没有答应,其间送了一回礼,也只允许我在老宅上挤挤,老宅子你也知道,原本就不大,哪有盖三间房的地方?我正愁着,听人说你回来探家,我就赶紧来了,你在外边混出了名堂,求你去找葛村长说说,我想这点面子他一定会给你的。"

"让我去找葛炭永?"我惊得站了起来。

"对呀,他这人聪明,绝不会驳你的面子!"

"这个忙我还真不能帮。"我断然地摆手。让我去求这个坏货,到他面前说好话,决不干!

"咋了?"表弟跳了起来,"去帮我说句话都不肯?出去混出模样了,不认我这个穷表弟了?"

"不,不是。"我急忙摇头,有心想把写内参的事给表弟说出,又担心把达宽家的事张扬开来,毕竟,灵芝还要在村里做人,"我以后再把原因给你说清楚。"

"我不听!"表弟朝地上吐了一口唾沫,起身就走,娘拉他也没拉住。表弟走远之后,娘抱怨我:"其实你帮他去说说也没啥。"我苦笑着说:"我一边写材料告葛炭永,一边又去找他求情,这事你让我咋做?"

娘叹一口气说:"唉,只怕要惹你舅生气了。"

娘的判断没错,半晌时分,舅便提着他的长杆烟袋进了院门。我看见后急忙迎出去招呼:"舅来了。"舅脸阴着,理也没理便进了屋。娘见舅来,倒了一杯水端过去说:"哥,你喝。"舅连看也不看。舅在一张椅上坐好,一边粗粗地喘气,一边伸出烟锅去烟荷包里挖烟。我把一支过滤嘴香烟递过去,舅"哼"了一声说:"俺们是让人瞧不起的穷蛋子,俺们吸不起这纸烟!"我朝娘无声地笑笑,娘瞪我一眼。

我知道我该向舅做个解释,要不然,舅这股气就要一直赌下去。我于是便把我为何不去找葛炭永要宅基地的原因说了,我原以为舅听了我要替达宽告葛炭永的事会消了气,未料舅听后反而气得更狠,瞪大眼叫:"你这不是存心要让我们今年盖不成房子吗?!"

我愣在那里,嗫嚅着反问:"这怎么叫存心——"

"你想想嘛,你顶天不过是一个耍笔杆的秀才,你说告就能把人家葛炭永告倒?人家做了几十年官,上上下下人都熟,在你之前也不是没人告过,告成了吗?你要告不成,风声又传到人家耳朵里,你是我外甥,村长他不迁恨到我身上?还能给我批宅基地?"

"我要告就要把他告倒,让上级另换一个村长!"舅舅的小视让我也有些生气。

"好,退一万步讲,就算你把葛炭永告倒了,可村上具体管宅基地分配的是葛炭永的堂弟,他见你把他堂哥告倒,会善罢甘休?他不寻机报复?我去申请宅基地他会顺顺利利给我?还不要生尽办法卡?今年我们还能盖成房子?"

"那你说咋办?"我不想和舅舅争下去。

"咋办?你要是还看得起你舅,心里还想着你舅要盖房子,你就甭惹人家,就带上盒烟去看看人家。你好歹在外边做事,他兴许会给你面子,痛痛快快把我要的宅基地批了!"

舅舅说罢,起身就走了。

娘送舅舅回来,忧愁地问我:"咋着办好?"

我没理会娘的问话,进了自己的睡屋往床上一躺。我的心情很坏,那天我没有动笔。

早饭吃罢,我去几个邻居家做了礼节性的拜会之后,决定还是把那篇内参写出。大不了是舅家的房子晚盖几天,可达宽家的冤不能不申。我定下神刚坐桌前写了一段,院里响起了大妹妹和大妹夫的声音。大妹夫家也在本村,我刚到家时已见过他们,所以就不想再出去招呼,仍坐桌前写自己的。但妹妹边喊着哥边走进了我屋里,进屋开口就问:"哥,你是不是在帮着达宽告人家葛村长?"

"你怎么知道?"我一惊,消息传得这样快?

"我怎么知道?我不光知道,还已经受了报答哩!"大妹妹"嗵"一下在床边坐了,气哼哼的。

"报答?"我不解。

"我们二妞和小三,不是超生的吗,这超生两个,按村上的规矩,一年是要罚八百块钱哩。早些日子,我和小三他爹到葛村长家又是送礼又是求情的,总算让葛村长答应,以俺们家困难为理由,不罚了。可今早起来,村妇女主任却到家执意要罚,而且限我们五天内交出罚款,任怎么求都不行。我当时就估摸有缘由,一定是咱家有谁做了什么对不住葛家的事,果然,妇女主任刚走,邻居一个嫂子就去告诉我,说你正在帮着达宽告村长!"

"欺人太甚!"我霍地立起,将手中的笔掷到桌上。报复竟这么快就来了!

"哥,你办事得想想俺们,俺们住在这儿,属人家管。"妹妹的话里夹了哭音。这当儿,妹夫领着他们的三个孩子悄步进了屋,妹夫朝我不好意思地笑了一下,三个孩子一齐抓了他们爹的衣襟亮起瞳仁用稚气的目光打量我这个舅舅。老大是女孩,六岁;老二也是女孩,四岁;老三是个男孩,三岁。姐弟仨一个比另一个高一头,站在那儿像楼梯一样。

"你们当初也真不该要这么多孩子!"我抱怨地叹口气,"如今让人家抓了罚你们的把柄。"

妹夫听了这话,脸红红地把头垂了搓手,妹妹则很有理由地用泪眼瞪着我:"俺们总得要个男娃吧?没有男娃,闺女们日后嫁出门,俺们老了谁照应?秋里挖红薯、夏里割麦,谁来帮俺们?俺们老了又不像你那样,有养老金!"

我不愿同妹妹在这问题上说下去,就挥了挥手说:"你们走吧,既然葛炭永要报复,我来替你们交这八百元罚款。"

"你说得倒轻巧,"妹妹把嘴撇撇,"有黑娃是年年要罚的,你今年替俺们交了,明年哩?得罪了人家,明年人家不是照样罚?再说,八百块钱不是一个小数,你替俺们交,我嫂子能愿意?她那心胸俺知道,俺和娘去城里看你,多住两天她就把脸子黑着,能给你八百块钱来替俺们交罚款?"

我被妹妹说得有些脸热，不过，我心里也承认她说得有理。倘若我真回家拿八百块钱替妹妹交罚款，妻定会同我闹塌天，先不说她们姑嫂之间早就有矛盾，单是这笔钱的数目，就太大了。

"明年他葛炭永想罚你们也罚不成了，不到明年，我就能把他告倒！"我想起了这话。葛炭永的报复行为激得我越发下了告倒他的决心。

"吹那大话干啥？一个村干部就是那样好告倒的？退一千步说，你把村长告倒了，可村妇女主任是村长的外甥媳妇，她明年不是照样罚我？你能把人家妇女主任也告倒？人家又没犯啥大错！"

"那你们说咋办？"我没想到还有这一层。

"咋办？别掺和达宽家的闲事！你在家住两天，就快回城里享你的福去！"妹妹说得干脆利落。

"那不行！"我想起达宽的那副痛苦模样。

"不行？"妹妹的眼圈又红了，"好嘛，你不可怜你妹子，你总该可怜可怜你这些外甥吧？大妞、二妞、小三，给你舅跪下！"妹妹说着，上前就去往地上按她那三个孩子，老大、老二不知所以地被她按跪在地，小三不明究竟，执意不跪，她便捶了他屁股一下，于是，哇哇的哭声便在屋里响得惊天动地。

妹夫呆立在那儿，干搓着手。

娘在外间听见屋里的哭声，掀门帘进来，一见这个场面，也抹开了眼泪，一边带了哭音叫："这干啥？干啥？"一边上前，一手抱了一个往外间走。妹夫也赶紧抱了剩下的一个出门，妹妹捂着脸哭着跑出去。

我久久站那儿，心乱如麻……

后响,我独个去北坡的麦田田埂上踱着,想平静一下纷乱的思绪。麦苗们已挣脱冬季给它们的压抑,正在返青,不少叶片已开始硬挺起来,显出蓬勃的生机。田埂上有些朝阳的地方,已有点点嫩嫩的草茸出土。由于一个冬天人们很少进到麦田,田埂上几乎还没有脚印,先被冻结后又解冻了的黑色的田土,松软得脚踩上去几近无声。这几亩地是我们家的责任田,看样子今年会得个丰收。

我缓慢地移着步,目无所视地望着麦田,心里仍在想着那条内参究竟怎么办。写了,舅家的房子今年可能盖不成,妹妹家每年都要被罚款八百块;不写,达宽的冤气就无法申!灵芝那凄楚的面孔又在我眼前浮起,达宽和灵芝夫妇俩对我寄予那么大的希望,我能让他们失望?

我感觉出自己的决心已不如当初那么坚决,但我想一阵之后仍然决定:写!我不能让达宽和灵芝骂我。

远远地,我看见村里走出一个妇女,挺快地向这片麦地走来,我估计是谁家的女人来责任田里干活,便也没有在意,扭开目光,一边散漫地去看遥远的天际,一边仍在琢磨那内参的措辞。直到脚步声就在身后不远处响起时,我才又扭头去看,这一看让我吃了一惊,来者原来是南庄达宽的那个邻居三婶,南庄的麦田根本不在这里。

"你是——"我已估摸出她是来找我,莫不是达宽家又出了啥事?

"来找你!"那三婶在离我几步远处站定,一边喘气抹汗一边说。

"有事?"

"我没有看见!"她望着我忽然这样坚决地说。

我一时没明白她的话意,茫然问:"你没看见什么?"

271

"就是葛村长和灵芝的事,我一点也没有看见!"她扭开脸,把目光对着那些嫩绿的麦苗。

我顿时明白了她的话意:"可你前天不是亲口向我证明说,你看见了葛炭永抱住灵芝的事吗?"

"我没有看见!我一点也没看见!我前天那是在瞎说!"她断然地否定,目光只在我脸上一触便跳得很远。

"你仔细想想——"

"我没有看见!"她打断我的话,又说了一遍后,便快速地转身沿来路往回走了。

"三婶!"我喊了一句,她没有应声,也没有回头,只是把步子挪得更快,像是怕我追上去。

我呆呆地看着她的背影移远。她这个举动带来的后果令我发慌:即使我把内参写了,上级领导批示了,调查组也成立了,可来调查时没有证人,只是灵芝一个人揭发,若葛炭永再坚决否认,这事情就难办,很可能要不了了之。那样一来,捅了马蜂窝而没有捅下,马蜂就势必要来凶凶地蛰人。

咋办?再去劝劝那位三婶?她一定是受到了什么恐吓!

我原本定下来的心重又变乱,一脚高一脚低地向家走。还写不写?我觉出有犹豫从心底泛起,并开始在胸里翻转飘移:万一劝不动三婶,没有证人可怎么是好?……

晚饭我吃得心绪不宁,正吃时,院门外响起一声洪亮的叫:"听说范辛兄弟回来了,可是真的?"这声音略有些陌生,娘听了却先是一愣,继而慌张地对我说了一句:"是村长!"跟着就和爹一块急急地迎出去招呼:"是村长来了,快进屋!"跟着又转向我叫,"老大,快,村长来看你了!"

我不甚情愿地放下饭碗站起身。我看见高高壮壮的葛炭永已走到门口,洪亮的声音又先于人撞到我的胸上:"果然是范辛兄弟回来了,这一向弟妹和孩子可好?"

"好。"我应酬着看他粗壮的双腿迈过门槛,屋里的灯光虽暗,但仍能让我看出他脸上的红润和精神。

"回来了咋也不告诉一声?是怕我来吸你带回来的好烟吧?"他朗声说着在椅上落座,双眼笑望着我。

我把目光迎上去,我估计他今晚来的目的是要威胁,我倒要看看你怎么表演!

爹早惶恐地把我带回来的彩蝶烟撕开递了过去,我看见爹的手有些颤,他一定也猜出了葛炭永今晚来是为了我替达宽上告的事,所以害怕。我想叫爹坐一边继续吃他的饭,话还没出口,葛炭永已抓了爹的手又望了娘极亲热地叫:"大叔、婶子,我得代表全村人感谢你们二老啊,你们养了一个多么聪明有为的孩子,又是记者又是作家,给咱们全村人都长脸啊!我每回去乡上、县上开会,总要提提范辛兄弟的名字,这是我们村值得炫耀的光荣啊!"

娘和爹被这串奉承话压得不知如何是好,先是点头后又摇头。我微笑着望定姓葛的,等着他摊牌,如果你姓葛的今天想来吓唬、威胁我,你算走错门了!在这一刹那,我心中原有的那股犹豫反而飞走,我一定要替达宽把状告下去!

"兄弟咋不把娃子也带回来玩玩?"葛炭永仍然拉着家常,语调极是亲切。

"孩子已经上三年级了,不放假不好带他。"我只好应付这种谈话。

"以后放假时常带他回来走走,要不他长大会不认我们这些当伯伯的了。是吧,大叔、婶子?"他哈哈笑着转望爹和娘,爹和娘也都惶恐地笑了一下。

"范辛兄弟,今晚听说你回来我特意登门,是因为有一桩事相求啊!"葛炭永长长地吸了一口烟说。

我估计这是他道明真实来意的时候了,我看见爹和娘的眼中都露出了紧张,我淡然一笑,点了点头:"说吧!"我已做好了对他进行当面批驳的准备,想吓唬我?没那么容易!

"你可能不晓得,我的大娃子都上高中了,你这个侄子偏偏也喜欢学写东西,整天地看这报纸看那杂志,听说你回来了,非要让我领上来拜你为师不可!你可千万得收下这个徒弟呀!大河——"他说着扭头朝院门外喊。随着这喊声,一个十六七岁的小伙勾了头腼腆地走进院子走进屋门。

我的眼珠一时停了活动,我没想到事情会照这个样子发展,同时瞥见爹和娘都长舒一口气,把刚才脸上的那份紧张抹了去。

"大河,这就是你那个当记者、作家的范叔。你不是想学写东西吗?从今以后他就是你的老师,快,拜师学艺,给你范叔磕头!"

我原本还愣在那里,见那小伙犹豫了一下真要跪下双膝,便急忙上前扶了他说:"可不兴磕头!你既是要学写作,我教你就是。"

"也是!如今这年头不时兴这礼节了,就免了也行,可是大河,你总不能拜了师对老师一点心意也不表吧?"葛炭永坐那里笑望着他的儿子说。

那小伙被提醒了似的涨红着脸跑出去,片刻后便背了一个装得满满的麻袋进屋,麻袋显然不轻,把小伙子压得身子乱晃。我一看便知这是礼物,急忙上前拦住说:"这可不能放下!"

"咋?旧社会拜师学艺还兴徒弟给师傅送点礼物哩!他

还能拿什么好东西？还不就是点土产！"葛炭永边起身拉起他儿子向门外走,边高声说道:"师生如父子,从今以后,你把他当儿子看就是!"

"不,不行!"我扯紧那孩子的另一只手,想把那麻袋再塞过去。但爹这时两步过来,以少见的力气猛摔开我的手说:"还不快谢谢村长?!"

我没有开口,我只是呆然望着爹娘送葛家父子走出院门。

"送礼不收等于打脸啊!"爹回屋后眼瞪着我训,"再说,这么多年你见村长给村里谁家送过礼？也就咱一家啊!逢年过节,都是村上人给他送礼,这是看得起咱呀!"

娘慢慢地解开麻袋口去掏里边的东西:先是两块布料,一块蓝色的,一块白底带碎花的;接着是一大包黑木耳,足有五斤;再接着是四瓶酒,两瓶宋河粮液、两瓶剑南春;跟着是烟,两条彩蝶、两条石林;接下来是两塑料桶香油,都是十斤一桶的;最底层是绿豆。"天哪!多么重的礼物呀!"娘惊叹着。

爹手抖着去撕开精装石林烟,抽出一支,擦燃火柴点着了,吸一口后,看定娘叹息着说:"当村长的能给咱送这样重的礼,咱范家也算活得值了!"

"值了!"娘轻轻点了下头,而后看定我,以轻微得我几乎听不见的声音说,"老大,算了,甭难为村长了。"

我知道娘的话意,我什么也没说,只是缓缓地缓缓地在椅上坐了……

晨起,我去洗脸时,娘进屋叠被扫地,待我洗漱完回屋,发现娘把我摊放在桌上的稿纸收起来了。我懂得娘的心意。其实她不收我也不准备写那篇内参了。我昨晚想了一夜,眼下如果坚持写,势必要给爹和娘增添很重的心理负担,而且万一因为无证人而没把葛炭永告倒,那么接下来便是自己的家人倒霉了,那时爹娘就会因我这个儿子而受报复之苦。爹娘辛辛苦苦地供自己上学,自己毕业工作后,因为工资低平日并没给家里多少照应,倘是为了这内参的事再给爹娘的晚年带来不快和不幸,那可真是不该。还有,如果自己写了内参而调查时又没有查实,葛炭永也许会反告自己诬陷,那样,自己就可能陷进一桩官司里去,自己的时间和声誉都将因此而受损失,这也有点犯不着。算了吧。再说,达宽家的事真要张扬开来,于他们日后在村里生活也并无好处,于他们的儿女今后在村里立足也不利。况且,葛炭永虽然三次欺侮灵芝,却都还没有得逞,大概还只属于调戏的性质。还有,葛炭永大约经过我这次要告他的虚惊,以后可能会有所收敛,不敢再做这样的坏事。

如此这样地一想,我的心在天亮之前其实已经平静,我准备吃过早饭后,还照自己的计划,去十几里之外的一家国营化纤厂采访。

吃过早饭,我正准备出门,在村办纸厂当厂长的我最要好的中学同学何向突然来了。"干啥去?"他撩起衣襟抹着汗问。在明白了我的去向后,他上前推过我的自行车就说:"干吗先去他化纤厂采访而不来我纸厂采访?走吧,先到我的纸厂!"说着,推了车便先出门。我解释了一阵,他不理,只管走,我想想再拖一天也问题不大,便只好跟了他走。反正化纤厂那边的采访任务,领导并没有给我限定交稿时间。

村里的纸厂设在离庄子一里多地的一条河边,主要生产的是瓦楞纸,做包装纸箱用,原料是当地出的麦草。厂子不大,我在何向的带领下,先沿厂区走了一圈,然后又一个车间一个车间地看了一遍,边看何向边问我:"咋样?"我笑笑没有作答,我这双外行人的眼睛也能看出,厂子的方向虽对,但管理差得太远,效益可能不会很好。果然,回到办公室何向介绍生产情况时说明,厂子赢利不大,并说要请我帮忙让厂子有所发展。我听后急忙笑着摆手:"我又不懂企业管理,能帮上啥忙?"

"你能帮!"何向定定地望着我说,语气坚定而不容置疑,"就看你愿不愿帮!"

"嗨!"我无可奈何地拍了下腿,"你真是病急乱投医,我能帮你什么?"

"你给我们写篇文章!"

"文章?"我愕然。

"你写篇文章吹吹我们这个厂,吹吹我们的创业精神,吹吹我们产品的质量,这对我们厂子的发展不是大有帮助?!"

"老天,你怎么想出这个主意?"我惊愕地望着他那不带一丝笑意只带恳求的脸。

"你写不写吧?你要是还看得起我这个老同学,你要是还想着家乡父老,你就该写!我们没钱出广告,你的文章就是好广告啊!"

"你是在逼我?"

"你只是动动你手中的笔,用不了两三个小时,就能帮我们很大的忙!你不要看我们厂子小,当初为了办它,我们吃了多少苦费了多少力,你就不心疼心疼俺们?"

"好吧,"我叹口气,"那你就说说你们当初创业的情况和当前的生产进展以及下一步的发展打算。"

"我们领导和工人一开始就认为……"何向开始向我介绍。他说得滔滔不绝,似乎早有准备,而且整个介绍中使用许多次"我们领导"这个词组,我虽然有些好笑,但也只把这理解为上报纸心切,并没去想别的。

　　何向一直说到晌午,午饭我和他就在厂里吃,吃过饭稍休息了一会儿,我便决定为他们好歹写篇消息,尽快把这事应付过去,然后去办正事。何向听说我要动笔,高兴得急忙给我端茶倒水。

　　"消息"主要是肯定他们办企业的方向以及为办企业所做的努力,顺便介绍了一下他们的产品,也根据何向的介绍写了他们厂领导如何克己奉公廉洁正派。总共有一千多字,我用两个多小时写完了,然后交给何向看。何向看后眉开眼笑,连说:"好,好!"而且跟着就把稿子折叠起来装进了他的衣兜,仿佛怕我再收回来似的。"我们厂明儿个有人去省城,就势替你捎到报社去,早登早高兴!"我见状苦笑笑,嘱他要捎就捎到记者处给谁,然后起身告辞要回家。

　　"这哪行?"他扯住我的手不放,"你如此帮我们,我们哪有不犒劳之理?你今晚必须在这里吃饭!"

　　再三推辞不允,便只好随他去。晚饭是在厂子食堂隔壁的小房间开的,何向事先又叫来了五个我们少时的伙伴。我们说说笑笑走进那小房间时,桌上的酒菜让我大吃了一惊。酒摆了一瓶茅台和一瓶五粮液。热菜还没上,但凉盘的做工和用料都和城里的宾馆不相上下。

　　"你是不是对我们厨师的技术有些意外?"何向看出我脸上的惊异,"告诉你,这厨师原是部队上一个给军长做饭的志愿兵,因为男女之事犯了错误,被当作普通兵复员回家,让我们招来了。咋样,还说得过去吧?"

　　"你这一桌得花多少钱?!"我指着那茅台酒,真有些生气,在那一刹那我眼前闪过了达宽家的可怜样子,"我们伙伴相聚为啥非要喝这种酒,一百多块钱一瓶,你真舍得!你厂子里赚有几个钱？"

"嗨，这也不全是我的意思，再说，两年了你不才回来一次？你要是常回来我就不摆这种酒了！"何向笑着辩解。

我当时并没留意他前半句话，我被伙伴们推坐到了上席位置，我只得坐下。这当儿我发现身边空着一个座位，便让他们过来一个，起码何向该坐，但无论我怎么说，他们谁都不来。我以为他们是对我恭敬，非让我一人坐上席不可，便不再啰唆。

酒席开始，照例是碰杯、敬酒。几杯酒下肚后，我望定何向说："别看我为你的厂子写了文章，但你厂子的毛病真不少，你要抓紧改！"我接下来把我看出的问题给他一一指出。他诺诺连声，只劝我喝酒。

喝得面红耳热之时，门外突然有个声音叫："嗬，这儿可是有酒香！"我还没有反应过来，何向已跑去拉开了门。门外站着满面笑容的葛炭永。

"哈哈，看来我的鼻子还行！"葛炭永在门口响亮地笑着。

"快来坐，村长！"身边的几个伙伴早起身去拉他。他也没有推让，径直走到我身边那个空着的位儿上坐了。

我有些发窘，我虽然已不打算写内参告他，但也从来没想到要和他坐一起喝酒，我有些不悦，拿不高兴的目光去看何向，但何向不瞧我，只管倒酒。

"我既是碰上这酒宴，就要借这机会，敬范辛老弟一杯！"葛炭永笑着高高将酒杯举过来，我迟疑了一下，酒桌上这场面似乎没有不应之理，便也举起杯子，碰了过去。

这杯酒下咽时，我觉出了有些苦，我再次想起了达宽那副凄苦的面容。我摇了下头，不让自己顺着这个思路想下去。

"你们两个碰一杯不行！"何向这时开口，"葛村长，你不知道,范辛后响刚为咱们厂写了篇报道,为了这篇文章,你这村长兼厂长不该再敬范辛两杯?"

"兼厂长?"我没有压住自己的吃惊。

"对呀,对呀,"何向笑着向我解释,"葛村长一直兼我们纸厂的正厂长,我只是个副厂长,在葛村长的指挥下办点具体事情。"

我的心猛一沉:这么说,我后响其实是在为葛炭永写歌颂文章?!

"来,来,为了范辛兄弟对纸厂建设的关心,我再敬你两杯!"葛炭永又举过杯来。刚才两人已经碰过,这会儿只有接着再碰。我边咽酒边在心里骂着何向:你小子为什么早不说葛炭永兼着这纸厂的厂长?一口一句"我们领导",莫不是故意糊弄我?

"现在我有个提议,"何向站起来,照例是那副笑脸,"范辛这报道中凡是写着'厂领导'的地方,干脆都改成葛村长的名字算了,要不,外人看了,会误认为我们厂有好多领导干部,其实领导就一个:葛村长!"

"对,对!"其余几个伙伴立即附和,只有葛炭永笑着摆手:"改什么,改什么,功劳其实都是群众的!"

"改一下吧,范辛?"何向直直望我。我从他的眼角上捉住了一丝狡黠的笑意。杂种!我真想一拳朝何向的眼睛捣过去,我现在方明白,这一切都可能是事先设计好的。

我默默地捏着酒杯,屋子里在这一刹那很静,我知道我必须做出个回答,如果我答不必改,我实际上就把这酒桌上的所有人得罪了!既然文章实际上写的是他,既然已不打算告他,那就不必再结怨了。"你拿笔改改吧。"我朝何向说罢,端起自己面前的酒杯便又喝了。

我听见葛炭永在夸我海量,我感到一股灼热的东西向腹里刺去……

我一直到第二天中午才从酒醉中醒过来,我从床上坐起身时,看见娘正在床前搓洗我吐脏的衣服。"咋能喝成这样?"娘心疼地责怪。我没吭,坐那里回想昨晚回家的经过,但记不起来,脑子里一片空白。

外间传来舅舅说话的声音,我估摸他又是来让我去替他要宅基地的,不由得心里一阵烦躁。

"辛儿起来了?"舅舅的声音响进来,显然在问娘。

"起来了。"娘看我一眼,我只得穿衣起床。我已经在心里想好,只要舅舅再提起宅基地的事,我就告诉他,我后晌就去化纤厂采访,没时间再管这事了。

未料到的是,我披衣刚走出里屋,坐在外屋的舅舅就一下子站起身说:"辛儿,上回舅舅不该那样怪你,你对舅舅盖房的事这样挂心,舅舅不会忘记!"

我有些莫名其妙,不知舅舅说的是什么,茫然望他。

"你的话还真管用!"舅舅笑得脸上皱纹拥挤,"这不,今儿早上,村上的干部就去通知,说已给俺家批了盖四间房的宅基地,要的是三间,给批了四间,这要没有你的面子,能行?"

原来如此,回报也来得这样快!算得上立竿见影了。我叹了一口气,对舅舅说:"既然批了,那你就抓紧盖吧。"

"盖,盖,三几天后就动工,你表弟已经去请泥瓦匠了。"舅舅边说边从身后拉过一个竹篮,"喏,这是你舅妈一定让我捎来给你尝尝的,咱自家做的黄酒,正经酒米做的,放的大曲少,喝着不上头,养人,你写东西的人每早冲上一碗,在里边再卧个荷包蛋,比吃别的啥补品都好!"篮子里放一个黄澄澄的

281

乡下酒坛,舅舅把它捧放到我的面前。

"你看你,你年岁大了留下喝着保身子,拿来干啥?"娘替我推辞着。

"收起来吧!"舅舅不满地瞪了娘一眼。

娘抱起酒坛时,院里响起了大妹妹的声音。"这酒是舅舅送给俺哥喝的吧? 舅真偏心,为啥不给我们送一坛?"随着这声音,大妹妹已站到了屋里。

"你个馋嘴丫头!"舅舅用烟袋点了一下妹妹。这时节,随着一阵踢踏的脚步响,我看见大妹夫拉着他那三个小儿女,也已经走进了院里。

"二妞,小三,快,来给你舅磕头!"妹妹大声招呼她那两个不甚懂事的孩子,朝坐着的我指了指。

"你干什么?"我霍地站起瞪着妹妹,我是真的有些火了,干吗非用这法逼我不可? 我真想张嘴朝她吼:你的事我就是不管!

"感谢你呀!"妹妹朝我笑道,"没有你,俺二妞、小三做梦也不敢想能分到责任田。"

"责任田?"娘替我惊问。

"是呀,今儿早上,村上管计划生育的妇女主任亲自跑到家告诉说,不仅超生小二、小三罚那八百块钱不要了,今年还要给小二、小三分一份责任田哩,你说,这样大的好事,没有哥的脸面,能落到俺们头上? 多少人家的黑娃都没分到责任田哟!"

我长长地叹了一口气,默然坐下去。

午饭娘做得很丰盛,炒了六个菜,又温了黄酒。在饭桌上,舅感叹地说:"如今看起来,还是叫娃子们读书识字好!"

"可你当初不是总埋怨俺娘,说她不该花钱供俺哥上学?"妹妹笑向舅舅叫。

"那阵目光短哪,"舅舅摇摇头,"看来还是让娃子们读书写字值啊……"

我无言地望定墙角,将口中的食物慢慢咀嚼,咀嚼……

我原本想后晌就去完成原定的采访任务,而且采访完就直接由那里返城,娘听说我采访完不再回来,执意让我再住一夜。可没想到,天黑定的时候,达宽来了。我看见他进院,一时竟有些着慌,不知道该说什么好。娘把他让进屋后,灯光下我才看见,他左手里提着一串小鱼,是用柳枝串的,有五六条,都是鲫鱼,大的不过二三两重。

"大娘,这是响午俺用渔网在水塘里逮的,不多,表示俺和灵芝的一点心意。你把它们炸炸让范辛兄弟尝尝,鱼补脑子,他整日写文章,吃这东西好。"达宽讷讷地说着把鱼递给娘,而后转向我,不好意思地笑笑,"实在拿不出别的东西。"

我张了张嘴,但无话出来,达宽还不知道我已经改变了主意,我说什么呢?

"快坐吧,达宽,你今晚就在这里吃饭。"娘亲热地让着。

"不了,灵芝还在外头,我们说好一块儿来看看你的,可到了院子外边,她又不好意思进来。"达宽说着便向门口走。

"你等等。"娘见状急忙拉住他的手,示意他停一下,她急步走进里屋,片刻后走出来,手上拎了满满一包红枣,红枣上还放了一块我带回来的布料:"拿上,达宽!"

"不,大娘,你这是——"

"拿上!"娘执意把那包东西塞到达宽怀里。我知道,娘这是在替我向达宽表示歉意。

我和娘送达宽出门,在院门外,我看见灵芝站在几十步外的一棵榆树下,月亮刚升上来,又有云块晃着,光很弱很暗,我只能看到灵芝那纤细的身影,看见她头垂着摸弄衣角的模样,看不清她的面容,看不清她的神情,不知道她的眼中是不是还噙着耻辱的眼泪。

我和达宽握别,达宽喃喃地说道:"范辛兄弟,俺们一辈子不会忘记你……"

"我……尽力吧……"我说完这句模棱两可的话,慌忙把手松开,我害怕他还会说出什么。娘走过去和灵芝说话,我没有过去,我没有和灵芝说话的勇气。我只是站在院门前,默默地望着达宽和灵芝一高一低两个身影,在暗淡的月光下向远处移动,直到他们变成两个若有若无的黑点。这一刹那,一层水雾猛然从眼里腾起,将眸子缓缓罩住……

十四　十五　十六岁

青春这个娘儿们拒绝了我再三再四的挽留之后，袅娜着离我而走。瞧她那副目不斜视绷脸扭臀的绝情样儿，我明白她是永远不会再来找我了。眼见她的身影越来越远就要被中年这个家伙完全遮没，我的心里才生出了一丝真正的依恋——什么东西都是失去了才觉着应该拥有啊！

如今，每当我被中年这个可恶的东西折磨得烦闷时，我就去回望我拥有青春的那些日子，哦，那些时光哟——

十 四 岁

我把我青春的起点定为十四岁，是因为这年春天的一个无风有星的晚上，我被三婶领着来到邻庄村戏的戏场上，让一个十三岁的名叫麦杏的姑娘和她的爹爹相看，以决定日后我是否可以做人家的入赘女婿。在来看村戏的路上三婶曾再三地叮嘱我：今儿黑里咱可不是只去看戏，你娃子记住见了那父女可要讲点礼数：要先叫声大伯，再紧忙掏烟；别总是去抹鼻涕，有鼻涕了你要早甩出去；烟你可要装好，甭到时候又摸不出来……我当时诺诺点头，还在星光下掏出爹给我的那盒大舞台牌香烟，演练似的撕开封口，掏出一支敬给了三婶，三婶接过烟后点着下巴说："行，就这样敬烟，只是身子再稍躬一点！"

我们到戏场上的时候戏已开演，几盏在夜壶里装上煤油塞上线捻做成的大灯把戏场照得有黑有白，戏台下挤满了黑压压的看客，弦子和锣鼓的声音满场子乱窜。三婶拉我在原先说定的戏场的西南角转悠了一阵，没有找到那父女俩，便嘱我在原处待着，她去四下里找找。我早被锣鼓的响声弄得心痒难熬，急欲想看戏台上的景致，三婶一走，我见大人们站着看戏挡了我的视线，就三抓两攀爬上了身边的一棵桑树，往树杈上那么一骑，便全神贯注在了戏台上。我立刻认出在戏台上正扭着的那个女人，是一个外号叫"迷三县"的男人扮的，"迷三县"的脸盘、腰身、胸脯，都像煞了一个女人，唯独那双大脚能暴露出他的男人身份。我无心去听"迷三县"的唱腔，只是盯着"她"胸脯上的那两个奶子，在心中猜想它们究竟是用什么东西做的。尤其是当一个扮县官的满戏台追着要搂抱"她"时，我很为"她"担了一份心，担心"她"的假奶子被那县官识破。不过很好，由于"她"的巧妙躲闪和县官的笨拙，后者到底也没能抱住"她"。我被戏台上两个人的表演完全吸引住了，全不知那阵子三婶正领着那一对父女在人群里找我。直到我被戏台上的县官欲抱女人不得反致一个狗趴逗得拍掌大笑时，三婶才发现我原来骑在树上。她当时一定非常恼火。

她从旁边的一个卖甘蔗的老头那儿借了一根很粗的甘蔗,高高举起照我的屁股狠狠戳来,正笑着的我突然疼得发一声大叫,引得不少看戏的人朝我扔过来目光。我刚要张口大骂并准备往下吐唾沫,一眼瞥见是满脸怒色的三婶站在树下,这才又霍然想起相亲的事,急忙"哦"了一声,溜下树来。三婶伸过手恨恨地拧了一下我的左耳朵,骂了一句:"你个没心的货,今夜是来看戏的?"我刚想辩说两句,这时从三婶身后闪出一个提旱烟袋的老头,那老头哑声问三婶:"是他?"早已扮出笑脸的三婶就急忙应道:"是他,周家老大,别担心他这身个,还要往高处长的。眼下已上了中学,算命的说他日后也能当个教书先生。家里弟兄三个,他爹娘也不指望他日后养活,去你们家做养老女婿保准会死心塌地……"那老头围着我走了一圈,还扳起我的下巴对着我的脸看了一刹那,最后只说了一句:"嘴有点大。"三婶笑了:"嘴大有口福,日后说不定会儿女一群享福哩!麦杏,过来看看你周哥!"我这时才看见近处的暗影里站着一个小姑娘,穿着一件水红上衣,双手卷着衣角。她朝三婶走近时戏台上的一抹灯光晃过来,我注意到她的脸又小又瘦,两根又细又短的发辫像苞谷缨一般耷拉到肩上,她似乎开口说了一句什么,但声音被锣鼓和弦乐声压了下去。我对麦杏和麦杏她爹立刻就失了兴趣,我急切地盼着这场面快点结束,我侧了耳去听戏台上的动静,根本没注意到三婶要我掏烟的眼色,把让烟的事忘到了九霄云外。三婶那当儿掏钱去甘蔗摊上为麦杏买了一根甘蔗,麦杏接过去的时候,她爹说:"给你周哥折一节!"我说我不吃。可麦杏已经在折了,她在把那甘蔗折断的同时很痛楚地哎哟了一声。三婶急问:"咋了,扎破了手?"麦杏扬起手时,已有血珠滴了下来,她皱着眉吸着气把一节带了血的甘蔗朝我递来,我接过甘蔗后只是在心里笑她太笨,根本没想别的。直到八年后,在我二十二岁那年秋天的一个没有晚霞的黄昏,我才意识到这天晚上她递给我的甘蔗上沾有鲜血很可能是一个警示,是命运在向我和她做最初的提醒。

所有的祸事都有先兆,只是有时我们很难发现它站立的方位。

那晚相罢亲过去六天,对方竟没给明确的回音,这急坏了三婶,更急坏了我的爹娘。爹认为是我不懂礼数让对方没有相中,一个劲地骂我:"憨货,相亲时还敢上树?连根烟也不知道掏,坏了这桩亲事就让你打光棍儿,一辈子挨不住女人!……"我被爹骂得有些心烦,就回口说:"打光棍儿就打光棍儿,我也不稀罕这门亲事,做倒插门儿女婿,丢脸!再说,那个麦杏也长得难看,连葱儿嫂的一半也比不上!"——葱儿嫂是我的一个邻居嫂子,长得特白特耐看,是我心中标准的女人。爹被我的话惹怒,立了眉大骂:"你个狗东西可也知道挑女人了,女人能是咱们这号人家挑的?麦杏能要你不让你当光棍儿就是你的福气!……"

喜信是第七天晌午正吃饭时来的。当时三婶三步并两步地冲进俺家屋里,脸上的笑纹多得眼看就要掉下地,她进屋就拍着手叫:"成了,成了!麦杏爹刚刚到我那儿说,他应允让老大十八岁时上门做女婿。"我看见爹高兴得把碗蹾到地上,连几只鸡去啄他碗中的饭也忘了赶;娘慌得忙去西院七婶那里借来了八个鸡蛋,立马烧火要为我那位未来的岳父煎。我仍蹲在原处,既无高兴也无欢喜,只是舒了一口气,继续喝我碗中的稀粥,我想这一下爹不会再骂我了。

那天的傍晚时分,当麦杏爹摇晃着被黄酒浸软了的两腿出了我家的院门之后,娘很小心地递给我由村中的黄老先生

代写的"婚契",我磕磕巴巴地读了下去:

盖闻水火交感,而阴阳于以生;阴阳合德,联二性以为欢。梁家庄梁富成有女麦杏,周家营周一功有子大同,梁周两家愿结秦晋之好,麦杏、大同八字相合,命数相符,二人相配,若琴瑟谐和。因麦杏乃独女,大同多兄弟,故梁家欲不要聘金而倒娶大同,周家愿送子做上门养老女婿。待大同十八、麦杏十七时,再行迎娶大礼。日后麦杏、大同生子育女,当一律姓梁,以传梁姓之脉,周家不得反悔……

这下子行了,总算给你定了个媳妇,好歹不用打光棍儿了。娘感叹着说,从今以后,你也是个有未婚妻的人了。

我定定地看着手中的纸,纸上慢慢就浮出了麦杏那瘦小的身影。这就是我的未婚妻了?她和我在一些朦胧的梦里梦见的那些女人,相差是多么远啊!人世间竟是如此奇怪,靠一张纸就能把一个人和另一个人连在一起?!

我订婚的事很快在村子里传开,再上学时,就有同学朝我笑叫:

"大同大同,

狗熊狗熊,

为吃麦杏,

卖了周姓……"

我的脸被耻辱弄得通红……

这是一九六五年。

虽然婚契上说明麦杏家不要聘金,但变相的聘金——粮食和蔬菜,爹还是隔三差五地给麦杏家送一些去。白面和萝卜这些在一九九三年看来十分平常的东西,在一九六五年却十分金贵。每当我看见爹把全家人都舍不得吃的白面和萝卜送往麦杏家,我初是心疼,继而生了对麦杏家的恨,最后,我开始去想男人为啥惧怕当光棍儿这个问题。初冬的一个晚上,在生产队的一个牛屋里,当一大堆碎麦草被点燃后升起温暖的白烟时,我开口请教我一向尊敬的鸭嘴叔——一个年近五十的光棍儿汉:男人当光棍儿有啥不好?

鸭嘴叔是我们村里读书最多的人,能讲整本的《三国演义》《西游记》《水浒传》《红楼梦》和《聊斋》。冬天的晚上,他常在牛屋里把不少大人和我们这些半大的孩子领进一个个曲折、新奇、惊险、骇人的故事中,使我们时而高兴时而恐惧时而悲伤,完全沉浸在精神的激动中,从而忘了世上的一切。鸭嘴叔除了嘴有些太扁——这也是人们唤他鸭嘴的缘由——之外,其实长得很精神,加上很有学识和会讲故事,完全有娶女人的条件,可不知为何一直没有成家。他听了我的问话沉默好长时间才缓缓开口:你再长十四岁时自会明白,眼下说了你也不会懂得,讨论这个问题需要一定的年龄条件。

"你说吧,我懂!是不是怕没有后代?怕断子绝孙?可我如今对我的祖爷爷是谁已经毫不知晓,我这样一个重孙子对他就是那么重要?"

"没有后代固然是光棍儿汉所害怕的,可男人当了光棍儿,最可怕的还是没法度过黑夜。"

"哦?"

"黑夜这个东西最坏,它专门在男人眼前摆出许多幅美景,这每一幅美景都和一个赤条条的身影相连,以便诱使男人踏进一个烧红了的鏊子,让他在上边熬煎。"

"美景?鏊子?我在黑夜里咋没看见?"

"你看见它们还需要一段时间,黑夜只对一定年龄的男人才使这样的手段……"

我当时自然没有弄懂鸭嘴叔的这些话,直到冬天将尽的一个晚上,在经历了那样一番梦境和发生了那件事之后,我才对鸭嘴叔的话有了一点了悟。完全理解这番话是在十四年之后,当我新婚不久便离别妻子将近一年的时候,黑夜开始像鸭嘴叔所说的那样对我使出它奇特的手段:先是不断地向你展示一幅幅有关女人的荡人心魄的画面,而后不知不觉地拉你踏上一个烧红了的鏊子,让你在上边辗转反侧痛楚难耐。

十四岁的这个冬天将近结束的时候,我不知不觉地迎来了那个夜晚。那个夜晚和以往的夜晚没有什么明显的异样,大概是春天逼近了的缘故,它多少显出了些温暖。那天的中午我刚用八斤小麦去学生食堂里换来了细粮饭票,晚饭时我破例地吃了两个白馍和一份炒萝卜,我满足地打着饱嗝走进我们班的男生寝室——当时我已开始在学校住宿。睡前的学生寝室显得很是热闹,我则全神贯注地听邻床长我两岁的九智讲他的表哥在一个黄昏碰见女鬼的故事——那天他出了镇街往五里外的村庄走时日头已落,到了东岗的那片荒地,忽见有一个姑娘坐在前边路旁哎哟着轻捶脚腕。他出于关心也出于好奇,主动上前搭话问:"这位大妹子,天就要黑了,咋还坐这儿?"那姑娘回头笑道:"刚刚走路不小心扭了脚腕,疼得一步也走不动了。"那姑娘细眉大眼,红扑扑的脸蛋光彩照人,大约因为走路走热了的缘故,上衣的上边两个扣子已经解开,一大片雪白的胸脯露在外边。他看得心里不免一动,就问:"需要我帮你忙吗?"那姑娘就娇媚一笑说:"大哥要是愿帮俺,就背上俺走一段,俺家就在前边不远。"他一听自然高兴,背上一个妙龄姑娘走路那当然快活,背上她时手也可以趁势摸摸她的屁股,于是就应:"行,行,我背你走。"他边应边俯下身,那姑娘就趴到了他的背上,他双手兜了她柔和绵软的屁股,眉开眼笑地上路走,边走边不老实地摸人家。走没有半里,忽觉那姑娘的两只手向他的脖子勒来,他初时没有回头,只说:"你勒得我喘不过气了。"那姑娘没有应声,两手却在继续使劲勒他的脖子,他有些生气地努力扭头想指责对方一句,不料头一扭却一下子吓得魂飞魄散,原来背上伏着的是一个满脸是血、舌伸好长、长着獠牙的吊死女鬼。那女鬼这时阴冷地说道:"大哥,上边让俺找个替身,今日是你的死期了!"他大叫一声,松了兜她屁股的两手,来撕扯她勒他脖子的胳膊,边撕扯边没命地往自家村里跑。那女鬼死命地勒,他抓紧她的手死命地挣,他边挣边跑,眼看快跑到自家村边,村里的狗叫声已能听见。那女鬼有些慌了,就放软了声音说:"大哥,既是你不想死,那咱们就分手吧!"他这时胆壮了,叫:"你休想跑!"可他的话还未落地,陡觉背上一轻,回头看时,她已经没了……

  这故事听得我又惊又惧又激动无比。它是我此生听到的第一个有关女鬼的故事,在我的脑子里刻下了深深的印记,以致几十年后的今天我仍能复述出来。九智的故事讲完不久,寝室外传来了我们班的女班长曹欣颖的喊声,我闻声跑出问有啥事,她说语文老师要我把后响下课时收起的全班同学的作文现在就给他送去,他晚上要批改。——我当时是班里的学习委员,我应了声行就预备往教室去,在要转身的当儿,我看了一眼个子长得挺高的曹欣颖,在清冽的冬夜的月光下我忽然觉得,她和九智讲的那个漂亮的女鬼有些相像。我带着这个荒唐的感觉去给班主任送交作文本,又带着这个荒唐的感觉钻进被窝开始了那晚的睡眠。

  那个年龄的我入睡后不可能无梦,大部分梦境都支离破碎,但导致了那件事的发生的那段梦却永远留在了记忆里:我走在一条寂无人声的路上,路边忽然传来了哭声,随之便见一个姑娘满面是泪地站在路边问我:"能不能背背我?"我四下里看看,有些害怕。她说:"你怕我是鬼? 我是曹欣颖呀,来,不信我伏在你的背上,你伸手摸摸我!"我的手立时便触住了两团柔软温热的肉,我想那一定是她的屁股,我边走边把手顺着她的屁股摸上摸下,这是我第一次触摸到女人,一片白色的轻柔的云顿时像烟一样地在脚下升起。我被云托着悠然飘摇在半空之中,一种快乐得想喊叫几声的感觉弄得我的大腿上突然一热,一股极度的轻松伴着那股温热的液体在大腿上流动。液体的滑腻润湿和逐渐变凉开始引起我的不适,并最终把我从深深的梦境里扯出。最初醒来的那一刹那我满是遗憾和不安:那个姑娘哪去了? 但随即我更清楚地感觉到了大腿上的凉湿,我第一个判断是:糟糕,怎会尿床了? 但当我伸手一摸发现了黏腻之后我吃了一惊:不是尿?! 我把手指缩回到鼻子前一闻:有些腥。天啊,这是什么东西? 从哪儿来的? 是血? 我把手指伸到从窗户里映进的月光下一看,不是,无色。是生了什么毛病? 我心绪不宁疑疑惑惑惊惊怕怕地在被窝里熬过下半夜。天亮起床时,我本能地觉得这不是好事,没对别人说,只待其他同学都出了寝室,才慌慌掀被穿衣,我注意到被子上沾了些东西,心里越发怀疑是得了什么怪病。那天刚好是星期六,我决定傍晚放学时把被子背回家让爹娘看看上边沾的东西。

后晌放学之后,我以拿回去拆洗为借口把被子捆成一卷扛着往家走,到了村边,刚好碰见五爷。五爷学过一段中医,平日能给人看个小病,五爷问我扛被子回来是不是学校放假,我心中一动,何不让五爷先看看! 于是就说了昨晚上的事情,边说边解开被卷让五爷看,五爷只看了一眼就哈哈笑了,直笑得眼泪都流了出来。我被笑得莫名其妙,五爷边笑边捣着我的额头说:"这哪是啥子病?!这是精水,知道不?日后你就要靠这个和女人热闹,传宗接代!它流出来证明你娃子已长成一个男子汉了,你该高兴!其实,你十二三岁时就该流的,你们家饭食差,才让你拖到今日。实话告诉五爷,昨夜里流这东西前是不是梦见了一个什么姑娘?"

我的脸羞得通红,我逃也似的抱起被子往家跑,边跑边在心里惊奇:我已经算是一个男子汉了?!……

十 五 岁

十五岁的这年夏天热得反常,太阳从春末起似乎就一天也不愿歇息,每日都早早爬起身来把无数扎人烫人的东西扔向大地。教室里热得更是怕人,人刚坐下,屁股上的裤子就被汗浸得粘住了椅子。我那时还不知道,大自然正用闷热来预告人间的一场即将到来的风景。就在我殷殷盼望暑假早日来临、好回到村里同伙伴们一起跳进水塘嬉戏的时候,突然有一个消息开始在学校里游荡:暑假不放了,所有的师生都要参加一场革命。

消息被证实是在一个上午,全校师生被召集在操场上开一个誓师大会。从县上来的一个人在讲话中号召:迅速行动起来,投身到"文化大革命"的洪流中,做毛主席的红卫兵,血为毛主席而流,心为毛主席而跳……何谓"文化大革命"我并不明白,但那铿锵的语句、如林的红旗、震天的口号,让我的心莫名地激动起来。我感到身上的血流加速了,两颊燥热,双手攥成拳头,一种要干点什么的急迫和冲动弄得我坐立不安。

也是在这个会上我才知道,早在五月十六日,中国共产党的中央委员会就发出了开展"文化大革命"的通知,我们的中学因为地处僻壤,行动晚了。为了跟上时代步伐,学校第二天就开始组织"破四旧立四新揪牛鬼蛇神"的行动。翌日一早,我们在新成立的校"文革"领导小组组长梁道东带领下,先把校园里原先写的那些孔子、孟子、荀子等古人的劝学格言牌一一扯掉;又跑到附近的柳林镇街上,把街西头不大的天主教堂里的桌椅、画品、用具砸了;后又寻进几个地富反坏右分子家里,把他们屋里的旧式黑漆扶手椅和八仙桌、古香炉、古瓷瓶拿出来或烧或摔地消灭了。在干这些的时候,我虽然因为个子瘦小被挤得插不上手,心里却是异常兴奋。我记得当我终于挤上去亲手摔碎了一个绘有人物的古代瓷瓶后,我快活地高叫了一声:"哦——"

二十年后的一九八六年秋,当我随解放军作家参观团在西去敦煌的路上,折进沙漠中的一座古城遗址和一群作家去拣拾古陶片时,我倏然间想起了一九六六年我摔毁古瓷瓶的情景。我那天拾到了一块印有绳纹的陶片,一位老作家说它可能是两晋时期的东西,我原本想把它带回来做个纪念,但临离开遗址时我又悄悄把它塞进了沙里。我害怕我把它带回来之后,它会让我不断地回忆起一九六六年夏天的事情。

誓师会召开的第三天头晌,学校的大喇叭通知全体师生参加一次游斗"牛鬼蛇神"行动。那天游斗的其他"牛鬼蛇神"我已记不清楚,记清的只有两个:一个是我的英语女教师向花,她当时的罪名是"离婚改嫁的破鞋"和"追求资产阶级生活方式",罪证是一个小型收音机,一张离婚证,一张再婚证和十几件式样各异色彩艳丽的衣服;另一个是我的同级同学汪雯衡的父亲,他的罪名是"反动神甫",罪证是两本版式不同的《圣经》。游斗开始的时候,向花脖子上挂了两只破鞋,漂亮的头发被剪去了一半;汪神甫胸前则挂了一个巨大的写有"反动神甫"的纸牌。游斗的队伍在小镇的四条街上蛇一样蠕动,不时停下来喊一阵口号。我当时的心情是又快活又激动,快活的是再不用整日窝在教室里读书写字参加考试;激动的是此生到底也碰上了一场大革命,也可以像无数前辈一样干一番救国救民的大事业。我那天在队伍里打着一面红旗,红旗在风中飘动的响声使我心中充满了神圣,我使劲地呼喊着"打倒破鞋向花""打倒反动神甫"的口号,以至于嗓子都喊哑了。我那天的情绪最终低落下来是在看见了向花的眼睛之后,她那双平日在讲台上望向我们的清秀眼睛里蓄满泪水,那些盈盈欲滴的泪珠令我的心不由一颤,使我忽然觉得这么多人站在一起要打倒一个女人有点太过分,这种感觉刚一闪过我就一慌:这是不是无产阶级立场不稳?我怎么可以对"牛鬼蛇神"产生恻隐之心?革命不是请客吃饭,不是做文章,不能那样雅致、那样文质彬彬、那样温良恭俭让!我用理论让自己的心重新硬了起来。

那天的游斗临结束时让"牛鬼蛇神"们开口谈谈自己今日的收获,汪神甫说的几句话因为其古怪而印在了我的心里。他说:我们都是上帝的儿女,他告诉他的儿女们要互相施以爱心,我们的所有举动他都在看着,他会根据各人施爱的多少决定赏罚……他的话被愤怒的"不许放毒"的口号压下,我当时也对此产生了真正的气愤:你到此时还敢公开放毒!我一点也不知道他那些话其实是对我们的一个警告。我更没料到,对于组织我们搞游斗的那个梁道东,惩罚会那么快就来了。

梁道东是我们中学的政治教员兼团总支书记,早在大学时就入了党,他是全校师生公认的先进人物。我曾经进过他的宿舍,我看见上边奖给他的各式奖状贴了几乎一墙。他对上边的所有指示都认真领会坚决照办。"文化大革命"开始之后,他是学校"文革"的当然领导人。他受到了全校师生的尊敬和羡慕,谁也不怀疑他会有一个美好的前程,一些年轻女教师和年纪大些的女同学看到他时,眼睛都熠熠放光。他自己当然也会生出自豪,我注意到他的脸上常漾着笑意,那笑意里透着一种明显的满足,他根本不曾料到,当他双眼直盯着前面金光闪耀的仕途大道时,躲在路边草丛中的灾难正像蝎子一样悄悄向他爬近。

  灾难终于爬到他的脚边是在一个上午,他对灾难逼近时发出的飕飕凉气浑然不觉,正心绪很好地在校"文革"办公室参加一个会议,研究如何把批斗牛鬼蛇神的斗争进行下去。会议开到一半时有人点起了烟,那些烟缕像麻绳一样在会议室里飘飘绕绕,有几缕像要诱惑他似的飘到了他的脸前。他平日虽然吸烟,但烟瘾很小,一周能吸完一盒就算不错。事后他回忆说,他当时一点也不想吸烟,但那几缕飘到脸前的烟让他闻到了一股从未有过的香气,这香气使他那原本很小的烟瘾像冬眠的虫子一样苏醒了。他的心里感觉到了那烟瘾的拱动,于是手就伸进衣袋去摸烟盒。他装的是盒"四新"烟,是县烟厂为跟上"文革"形势刚刚创出的新牌子香烟。烟属于低档,但牌子是他所喜欢的。他把烟盒掏出时先让了坐在身旁的一个姓郑的老师一支,郑老师平日烟瘾大得出奇,谁让的烟他都会毫不客气地接过去吸,但偏偏那天他的口腔溃疡严重得使他实在不敢再吸烟,他于是摆摆手,指了指自己的嘴唇。郑老师既然不吸,梁道东就把原拟让出的那根烟叼到了自己的嘴上。灾难过后郑老师回忆说:如果那天他的口腔溃痒没有加重,他要是接过了梁道东让他的那根烟,他就会出于礼貌按照常理很快掏出自己衣袋里的火柴把俩人的烟点着,那样,梁道东就不会自己去擦那根可怕的火柴——正是那根火柴为梁道东打开了地狱之门。郑老师的话使我再一次相信,当灾难决心要靠近一个人时,它将会尽办法把所有可能阻挡它迈步的人和事都一一扯开。

梁道东把那支香烟叼到嘴上之后,又开始轻松地伸手去另一只衣袋里掏火柴,他那盒火柴是开封火柴厂出的,火柴盒的封面上印着那座名震中外的铁塔。他打开盒子从中摸出了一根火柴,但没有立刻去擦燃它,而是盯住它看了一刹那。是属于一个漫不经心的无意举动,还是他凭第六感觉感到了这根火柴的异样,我们今天已经无法知道,不过可以肯定的是,他并没有在那一刹那的盯视中看出这根火柴原是地狱门上的钥匙变的,因为他很快擦着了那根火柴。火柴在燃着的那一刻就显出了它的异样,它"啪"地一响,声音很大,而且火苗过旺,燃得极快,待他刚把香烟点着,火柴已燃到了尾部眼看要烧到他的手指了,他在匆忙中把火柴头扔掉,谁也没想到,那火柴头刚好被扔到了面前的桌上,而桌子上正放着一张摊开的报纸,报纸上印着一张毛泽东的大幅照片,那个火柴头不偏不倚,正好落在照片上毛泽东的左眼里,而且用它的余烬将左眼灼出一个大米粒样的洞。这情景被坐在近处的一个姓刘的老师看见,惊得"啊"了一声。梁道东闻声低头一看,脸唰地白得没有了一丝血色,天哪,我怎么敢把最最敬爱的伟大领袖毛主席的眼睛烧坏?正讲话的校长见状,后半句话也被吓退到了肚里。人们都把目光投向那张照片,会议室里出现了一刹那的静寂。这当儿,梁道东一边抖颤着手去卷那张报纸,一边在口中喃喃说着:我错了,我不该把火柴头乱扔。但是晚了,大祸已经铸成。一个年轻老师最先站起来说:"这种公然污辱毛主席的行径属于什么性质?""现行反革命!"另外几个人站起来叫,"这样重大的现行反革命事件应该怎么处理,校长?"校长擦了一把脸上的汗说:"当然应该专政,我立即用电话向上汇报。"梁道东这当儿早吓得双膝跪了地叫:"革命的同志们,我不是故意的,不是哟——"会议室里没有一人去搀他起来,大家都目带怒气地看定他,静等着校长回来。十来分钟后,校长回到会议室里宣布:"区革委认为,这是一起严重的反革命事件,应该立即对梁道东实行无产阶级专政,并交革命群众批倒批臭!"梁道东闻言"呀"的一声软倒在了地上。

几分钟后,学校的高音喇叭响了:全校的红卫兵同志们,请大家注意,我校刚刚发生了一起严重的反革命事件,本校原政治教员梁道东,当众用火柴灼毁我们最最敬爱的伟大领袖和最最伟大的导师毛主席的眼睛,公然对他老人家进行污辱,这是对无产阶级和无产阶级伟大革命事业的猖狂对抗和挑衅!对此,我们决不能等闲视之置之不理,请同志们听到广播后立即到教导处会议室门前集合,参加对现行反革命分子梁道东的批判大会……

我那天是听到广播后跑进教导处会议室的,梁道东那阵子已被两个人架起,胸前挂上了刚用墨笔写成的"现行反革命分子"的纸牌,一个人从后边抓住他的头发,使得他的脸仰了起来。我看见他那张苍白如纸的脸上全是绝望。他被推拉到会议室外边的台阶上,这时外边已被全校师生围满,愤怒的口号声此起彼伏。我当时也被气得浑身哆嗦:你,梁道东,你竟敢污辱我们最最敬爱的人,倘使你的举动真咒得毛主席瞎了眼睛,那今后谁来给我们指明前进的道路?义愤填膺的同学们轮番发言批判,有的甚至激动得声泪俱下,也有人猛跑到梁道东身边,用手去抓撕他的脸和头发。尽管有人阻拦,但梁道东还是被学生们抓撕得满脸满脖子是血,头发掉了一绺又一绺,身上的衣服也被撕扯得一块一块掉了下来。我也很想挤上去抓撕他一下,可惜每次都被别人挤了下来。当一个平日很文静的女同学挤上前抓掉了梁道东的一绺头发后,我跑过去从那女同学手上要过几根头发,恨恨地把它们揪成两截!边揪边叫:"梁道东,你想害死毛主席,就是想害死我们无产阶级啊!……"批斗会从半上午一直开到黄昏方休。会开到最后,梁道东已像一个浑身是血的刚被宰杀了的牲畜一样被摆在台上。

那天晚上校园里十分安静,大约是白天的批斗会耗光了人们的力气和精神,大家都早早入了梦乡。我也睡得很死,我记得我在睡前还担心着毛主席的眼睛,我把双手合于胸前喃喃祷告:"敬爱的毛主席呀,愿你的眼睛平安无事,阶级敌人对你的诅咒绝不会得逞,我们不能没有你的眼睛……"

我是被一阵急骤的钟声从睡梦中惊醒的。我刚刚醒来正诧异着何以半夜响钟时,校园里的大喇叭响了,一个惊慌的声音在校园里革动:全体红卫兵同志们,发生了紧急情况,现行反革命分子梁道东趁看管他的同志打盹的当儿,从关押他的房子窗户里偷跑了出去,我们决不能让他逃脱惩罚!请大家立即起床,三人一组向四周追捕,谁先抓到他,谁就为无产阶级革命立了头功……

我迅速地穿好衣服跳下床,和另外两个同学一起,向学校的西南方向追去。我当时在心里暗想:上天保佑,但愿让我们这个组追上他,给我们一个向毛主席表示忠心的机会!但我们追的这条路上除了暗淡的月光,没有一个人影。

追捕是在黎明时分结束的。梁道东在学校东南的一条名叫柳丰的河里被发现。我们这个小组赶到时,河岸上已经站满了追捕的人。但所有的人谁也没有吱声,大家都有些惊恐地望着那具漂在水面上的梁道东的尸体,看着他随了晨风随了水面的摇动而轻晃着。月亮那会儿还没落,但已经变得十分惨白。它把它惨白的光洒在梁道东时隐时现的脸上,使我觉得他的眼还在睁着,我打了个冷战。那么多人都屏了息,四周只有细浪呻吟一般的响声。十几分钟后,校"文革"的领导来了,他让人用一根竹竿把尸体拨到岸边,而后对站在岸边的我们说,来把他抬上去。我骇得后退了一步,我觉出嗓子眼儿被一团什么东西堵住。最后有四个师生上前,抬起了他那弯曲的变硬了的躯体。

他被抬放到学校操场的边上,身上盖了一张苇席,苇席上用墨笔写了两行大字:自绝于党,自绝于人民的反革命分子。席盖好时,太阳已经出来,带点粉红的初升的阳光静静地照在他的身上。

那时我们那地方还没有火化厂,梁道东的尸体是当日上午被埋进学校后边的一片空地的,埋时只裹了那张写有反革命分子几个字的苇席。他年轻的妻子抱着一个很小的女孩,是当日后晌赶到的,她被告知不能在坟上大哭。我看见她走到坟前时放下女儿,而后朝不高的坟堆扑了过去,没有哭声,我只能看见她身体的滚动和扭曲。这情景是那样深刻地钻进了我的记忆,直到几十年后,每当我读书读到"坟"字时,那个女人在坟前滚动的情景就会倏然而现。

那天我远远地站在学校后边的一棵树的影子里,看见梁道东的妻子在坟前滚动时,我在心里劝她:他这是罪有应得!不过想是这么想,一丝惊惧还是生了出来:一个人从世上消失竟是如此容易?!

那天过后连续几个晚上,我的睡眠都由一连串噩梦组成,在那些吓人的梦境里,有一个画面反复出现:梁道东微笑着向我走来,手却指着另外一个模糊的物体。我每次被吓醒过来以后,一种莫名的害怕总还要纠缠我许久许久。

我的害怕不是没有道理。

在夏末秋初一个十分凉爽的早晨,当起床的钟声把我惊醒,我从学生寝室那张歪七扭八的木床上睁开眼时,一只尾长尺余的黑色大鼠刚好从屋梁上蹿过。它那黑色的长尾扫下梁上一股陈年的积灰,那股积灰摇摇晃晃地瞄准我和旁边的九智两双惺忪的睡眼落了下来。我俩几乎同时"呀"了一声,我立刻合上了眼皮并觉到了眼的疼痛,同时闻到了一股陈年老灰特有的那种烂蒜薹的怪味。"天哪,快来吹吹我眼里的灰!"我朝邻床的同学喊。正在系裤带的姜大头听到这声急喊松了正系的裤带,拖拉着裤子扑过来掰开我的眼皮乱吹,但灰似乎没有被吹出来,疼痛正在加剧。"我们恐怕得去找校医看看!"旁边的九智也在嘟囔。我于是紧忙闭着眼胡乱地穿上衣服。

九智和我的两眼被校医冲洗干净重又看见落满朝霞的校园后,我听见九智恨恨骂了一句:"狗日的老鼠!"

一九九三年的今天,当我回望二十七年前的那个早晨时,我才意识到那只老鼠兴许是我的命运之神派来的,它是在给我寻找避开这个白天的理由:我今天休息,我的眼疼!

可惜我当时根本没想别的,我只是也骂了一句:"狗日的老鼠!"我和九智一块去学生食堂吃饭,而且吃饭时带着一股急迫——前一天我、九智和另外一些红卫兵接受了一项任务:当天上午去校图书馆"破四旧",也就是清理掉一切属于"封资修"的旧书。

吃完早饭我、九智和一帮同学向图书馆走时,九智望着我依然红肿的双眼咧开大嘴笑道:"你这两只红眼倒让我想起我爷爷讲的上帝造人时所做的那些试验。爷爷说,上帝当初造人时并不是一上来就想把人造成如今这种样子,上帝当时曾做过许多次试验,其中的一个试验就是把人的两眼竖着安,一只在上一只在下,下边那只小些,叫物眼,专管看清人身前的物体,也就是看清有形的东西;上边的那只大些,叫灵眼,专管看清人前面的幸福、灾病、喜乐、死亡、忧愁、机遇等无形的东西。可后来上帝又把这样造出来的人毁掉了,他自言自语说人要是有了灵眼,其实日子会没啥意思,对自己一生要经历的东西预先都看得清清楚楚,会让人失去活的乐趣和兴致。我想,要是上帝当初没有改变主意而真的给人安上一只灵眼——"

"别瞎扯了!"我把九智的话打断,紧走两步登上学校图书馆的高大台阶。图书馆的馆长正在惶惑而惊怯地开着门锁,带队的姜大头说:"大家记住,要逐架清理,'破四旧'一定要破得彻底,凡是不是讲述无产阶级和无产阶级革命的书,统统清出来烧掉!"

我和刚刚闭了嘴的九智跟着向馆里走去。这是一座摆了许多书架的阔大的房子,一股温暖的含了墨香的气味在房内飘荡,一本本书挺着脊梁静静地站在架上。我和九智在分给我们清理的几个书架前站定,刚要动手去拿第一本书,九智忽然呀地打了个喷嚏。"伤风了吗?"他嘟囔一句抹了一下鼻子里蹿出的鼻涕,开始一脸肃穆地动手清理。我们把每本书拿起翻几下,看看书名、内容提要和作者便可以定下来是不是继续留在架上。大约翻有半个小时后,九智拿住了一本画册,像翻查其他书籍一样打开了它,在画册打开的瞬间,我听见他"啊"地低叫了一声,以为他看见了什么吓人的东西,就也凑过去眼睛,我的目光陡然变直了,嘴也一下子张开,呼吸也随之屏住,脸上原有的肃穆先是转成惊愕继是变成惊奇后是换成惊喜,我听到自己的口里也跳出了一句惊叹:"呀!"我和九智还从来没有见过这样一幅如此清晰如此真切的外国画:画面上站着一位裸体少女,少女立在一个泉边,正面对着我们举起一个水罐用泉水冲洗自己玉一样洁白丰盈的身子。我看见水珠正在她的肌肤上颤动,我听见泉水落地时的扑溅声,我闻见了一股从那姑娘身上飘出来的幽香味儿,我感到泉水制造的凉爽和湿润正扑面而来,我的手指不由自主地伸出在姑娘的肩上触了一下,是那样的温暖和富有弹性,我甚至觉出指尖上已经沾上了她肌肤上的水。我俩看得那样如醉如痴,我们从来未见过这样的油画,也从未见过裸体的女人,我们觉得这是此生见过的最美的东西。我感到一股用言语无法表达的舒畅和快乐在周身流动,我微微合上眼睛,让自己的身子变轻,像云絮一样地升空飘动。在这种飘动感中,我仿佛听见那少女笑微微地问道:你们不来用泉水洗个澡吗?……

我和九智对望了一眼,我发现他的脸孔血红血红。"也烧掉吗?"我听见他问。"烧吗?"我反问他。其实我们心里都明白,按清理的标准,这本画册显然属于清出烧掉的那类书,但烧掉如此美妙的一幅画和一个姑娘,在我俩来说简直不能想象,他没再做什么考虑,就抬手小心翼翼地把那幅画从画册上撕了下来,而后把画册朝地上扔去。现在,那姑娘脱离画册单独站在了我俩面前,脸上似乎现出了一丝羞怯。直到此刻我才注意到,这幅画的名字叫《泉》,作者是安格尔。安格尔,你画得真好!九智向四周环顾了一眼,像收藏什么宝物一样地把画卷好放进了衣兜里……

从学校图书馆清出来的"四旧"书是傍晚时分在操场里烧的,大堆的书泼上汽油后开始在火焰中跳舞,全校的同学和老师都庄严地围火而站,目睹着旧书籍的死亡。姜大头在呼呼的火舌蹿动声中发表着演讲:"……我们要彻底地和旧世界决裂,建立一个红彤彤的新世界!……"头顶的天空完全被火光映红。我当时想,映红天空的兴许不是星火而是书籍的鲜血,我觉出自己的耳朵里听到了书的呻吟。九智庆幸地用手轻轻拍了拍兜里的《泉》。

那些四旧书籍全部变成尸体后,同学们开始陆续返回寝室。我在自己的床头刚刚坐定,九智招手让我过去。他又伸手去兜里摸出了那个少女,那少女依旧坦然单纯地在用水罐向自己身上倾水,一点也没被刚才的那场大火所惊吓,脸上的笑容仍是那样天真美丽,她似乎在说:不管你们人间怎样喧闹,我一定要把自己的沐浴进行完毕。我俩看得太投入太忘情太聚精会神,根本没听到有人在走近。

"看什么哪,你们?"一个声音突然在耳边响起,沉醉于画中的我俩这才一惊。九智看见是姜大头走到了身边,急忙去卷手中的画,但是晚了,只听姜大头骇然地叫了一声:"好呀,你们在看光屁股女人?流氓!哪儿来的?"

"我、我们——"

九智的答话未出,那少女已被姜大头夺到了手里:"行啊,还是个外国女人!哪儿来的这资产阶级玩意儿?快说!"

姜大头的声音引来了寝室里的其他同学,大伙团团围过来,九智有些着慌,嗫嚅着答出了画的出处:"是清理旧书时从一本画册上撕下来的!"

"同学们,听见了吗?"姜大头突然把脚跳到床上朝周围的同学们叫,脸也变得异常地肃穆,"在我们朝封资修的旧世界开战时,他们,却要千方百计保护资产阶级的这种光屁股的东西!把这种东西当宝贝欣赏不已,我们作为无产阶级的接班人,能容忍这种叛徒行为吗?"

"不能!"平日相熟的同寝室同学,此刻竟都变得一腔愤怒,望定我俩的目光也同时掺上了冷色。我是真的害怕了,结结巴巴地辩解:"我们……只是看看……"

"看看?真正的革命接班人会看这种光屁股女人吗?这是只有流氓、无产阶级的败类和资产阶级的孝子贤孙才会看的东西!同学们,先围住别让他们走开,我这就去找'文革'小组汇报!"姜大头说罢便飞步向寝室外跑了。

我和九智用手抱住了头,我感觉到周围的同学们开始把鄙夷砸到我的身上,冷淡和敌意正在我俩和同学们之间膨胀,我的心一点一点向上提,我现在只有寄希望于"文革"小组的宽容,但愿他们会说:我俩不过是看了一幅画……

一阵急切的脚步声响进寝室里,我和九智抬起了头,我俩一看见姜大头那张铁青的脸就知道不好。

"把他们押走!"姜大头的话音如鞭炮一样钻进我的脑袋炸响并爆起一股白烟,我感到有两股暖暖的东西爬上了脸。我意识到那是泪水,泪水使我记起了自己的眼睛,那一刹那,我第一次对眼睛生出了怨恨:你们这两个狗蛋样的东西,你们为什么要去看那个女人?……

我和九智经过一番审问之后,被关进了学校总务处会计室。会计室的窗户上安着钢筋,夜晚来临的时候,月光被钢筋切割成方块扔进屋里。我和九智分坐在两个墙角,我们都被这突如其来的事变弄得有些发蒙,呆呆地瞪着地上那方形的月光。不知过了多久,九智忽然把屋内的沉寂弄碎。我记得他先是意外地笑了一声,而后开口说:"今日这事,倒让我想起我爷爷说过的上帝所做的那些试验。爷爷说,当初上帝曾试验过把男女造成一体,让一个人的左一半是男,右一半是女,这样造人的好处是省料,把男的生殖器安到左腿上,把女的生殖器安到右腿上,要生后代时,两个腿一碰,就成了。这样,人人都方便,再不用为成家的事发愁,男的不用讨老婆,女的不用找丈夫,每个人一生下来就是一家子,省去了爱情呀结婚呀这些麻烦。后来上帝造出了合体人一瞧,又觉不好看,一张脸上半边长胡子半边不长胡子,一个胸脯半边有大奶子半边没有,一个屁股半片大半片小,实在不太入眼,于是上帝就又把这合体人捏碎重做了。我想,要是他老人家不再重做,咱们今儿个这罪也就会免了。你想嘛,你和女的就长在一个身体上,男女天天在一起时时见面,你还会有去偷看光屁股女人的兴致?"

"甭瞎说了!"我叹息着打断九智的话,忧惧地想着第二天。这是一九六六年的八月三十日。

一九九一年我侨居法国的一位堂兄回来,我们聊起了彼此年轻时的事情,那一刻,我忽然想起了一九六六年的八月三十日。我心血来潮地问他:"一九六六年八月三十日这天在干什么?"他说,他记不起了,"不过我每天都记日记,我回里昂后可以查查日记告诉你。"我当时笑笑说罢了。没想到这位堂兄还挺认真,回国后不久拨来了一个电话,他在电话上说:"我查到一九六六年八月三十日的日记了,我的日记是这样写的:九时起床。吃完早点去听巴斯德的课。中午十二时去裸泳海滩,在海中游三十分钟,而后上岸躺在沙滩上休息。身边躺有一对母女,那姑娘我猜有十七岁,乳房发育得真美,

307

小腹白得耀眼,她后来在腹上堆了三个沙丘。大自然真好。我在沙滩上几乎睡着了。下午三时去看吉斯姆。晚上在柠檬园酒吧跳舞……"堂兄最后说,"这一天我过得很平常。"我应了一声说:"是的,很平常。"就挂上了电话。

一九六六年的八月三十一日一大早,姜大头带着几个人站在窗外宣布:"今天上午十点,去镇上游斗你们。"我一听游斗,裤子里霎时湿了一片,天哪,一遭游斗,在这方圆几十里的地面上可就别想做人了!对污辱和殴打的惊惧与恐骇唤起了沉潜在我心底的叛变和推卸本能,我抓住窗上的钢筋不顾一切地叫:"不,不,我冤枉,那幅画是九智先看到的,是他要我看的,是他自己主动从画册上撕下藏在身上的,又是他拿出来逼着我看的,他想用女人来腐蚀我,我冤枉呀——"

我的这番话不仅使姜大头他们一愣,也使九智呆住,我看见九智双眼无限地睁大看定我,大大的瞳仁里除了我的身影就全是意外和震惊。我不敢再看他,我只是一个劲地叫喊:"我冤枉呀——"

许多年后我给自己下了鉴定:我不属于那类在严刑拷打面前仍能坚贞不屈的人,软弱、胆小在我的性格和气质中占的成分很多。一九八五年我去老山前线进行战地采访,我当时当然也害怕被枪炮打死,但更害怕的是被对方活捉,我想一旦被捉我很可能因受不了那份拷打而背叛祖国,那样,我和我的家庭将会永远被叛徒这个罪名压倒。我今天应该承认,我当年对九智的背叛,对责任的推卸并不属偶然。

"他说的可是真的?"姜大头后来看定九智问。

我紧张地盯着九智的嘴巴,我担心他的否认,但意外的是他点了点头,脸上浮出一个冰冷的笑意。

那天的游斗最后没有让我参加。姜大头在来拉九智去游斗的时候,对我说:"没你的事了。"

我出了那间临时囚房就向六里外的乡下老家跑,第二天我就病了,发烧,我在家躺了一个半月。

当我再回到学校时,我悄悄地向人打听九智,有同学告诉说,他已被游斗多次,人已被斗臭,眼下还关在会计室里。我的心一揪。出于巨大的负疚之心,我在一个无月的晚上去会计室隔窗看他。他的变化太令人吃惊:脸瘦得几乎没肉了,头发蓬乱,目光散淡漠然,口中不停地自言自语。他看见窗外的我,却显然没认出我是谁,他只是忙跪到地上说:"我认罪!我不该看那个姑娘,我是流氓!"末了又忽然一把扯掉了裤子说:"我已经知道我犯罪的根源了,就是因为有了它!就是这个家伙使我想看女人!"他边说边用一只手托起他的那个东西,用另一只手猛砸起来,边砸边叫:"上帝呀,你为啥要让我生出这个东西呢?"我不敢再看下去,逃也似的跑开了……

九智是秋末冬初时被放出来的,那时学校的人几乎都已外出串联。姜大头他们早去了北京接受伟大领袖毛主席的检阅,红卫兵的主要任务已是炮打刘少奇资产阶级司令部,没人再关心九智的事了。

九智的父亲那天来接儿子,当目光呆滞的九智朝父亲走过去时,那个在镇上棉花厂当工人的父亲,猛抬手朝儿子脸上打了一巴掌,随后又抱住儿子哭了起来。我看到九智后来在父亲的搀扶下终于向校外走去,我为了对付自己心中的那份负疚,宽慰地想:九智,灾难总算过去了,原谅我。我哪里知道,灾难和脑血栓这种疾病一样,一旦挨了你,就不会利利索索走开,总要或多或少地给你留下点后遗症。这场灾难给九智留下的后遗症,竟比他当初遭游斗时所受的那一切还要可怕。

当然,这都是我十五岁以后的事了。

十六岁

　　十六岁生日过罢的第三天,我被允准参加学校一支赴韶山的长征串联队。我知道从河南邓县到湖南那个伟人的家乡有两三千里,步行走这个距离不是一件易事,但我心里一点也没畏惧,有的只是高兴。我让爹娘很快为我做准备。娘用家里仅有的一条印有大朵牡丹花的被面为我缝了一床被子,又给我做了一条新蓝斜纹布裤子,绱了两双黑咔叽方口布鞋。爹背了家里的红薯干和苞谷,去柳林镇粮管所按优待红卫兵的规定,为我换了八十五斤全国通用粮票,又去邻居家借了十九块钱。初春的一个早晨,我满怀豪情地和其余十四个同学一起,在一面绣有"红卫兵长征串联队"字样的红旗引导下,踏上了远征之路。

　　我和我的同学们从来没走过这么远的路,第一天就走了八十里。疲累是那样厉害地折磨着我们的脚和腿,但谁也没有叫苦,谁都知道这是一次神圣的行进,终点是全中国人都关注的圣地。能向那块圣地走去本身就是一种幸福。我的脚是第四天打泡的,左脚两个右脚三个,疼痛是可想而知的,但晚上用针和头发穿破后第二天照样走。同行的五个女同学都在第十天上把脚走肿了,公路上不少南行的汽车司机大约是看见那几个女同学走路一拐一拐于心不忍,主动停车要捎载她们,但她们每次都决然谢绝而坚持步行。几十年后当一个香港记者询问我们当年步行串联的决心何以那样坚定时,我告诉他你只要看见过麦加朝觐的人群你就理解了当年的我们。

　　我们沿着襄樊、荆门、江陵、沙市、益阳、宁乡这条路线向韶山走。一路上,我经历了我此生中的许多第一次,第一次看见火车,这是在襄樊;第一次看见古城墙,这是在江陵;第一次坐船,这是在过长江和洞庭湖的时候;第一次吃到豆腐脑,这是在进入湖南境以后;第一次知道蒸大米可以用钵子蒸……

经过二十八天的步行,我们终于在一个黄昏走进了韶山冲。我在看见满冲的灯火时流下了激动而欢喜的泪:毛主席呀,我终于来到了养育你的圣地!

我们在韶山住了三天,就住在韶山中学院内临时搭起的帐篷里。韶山的拥挤令我们吃惊,小小的山冲每天都有二十五万到三十万人,到处都是人和人声。我们三天只吃了两顿热饭,每顿饭排队还都在两三个小时以上。我们参观完韶山纪念馆和毛主席旧居之后的任务,就是领毛主席像章和韶山纪念章。领像章和纪念章的人们排出曲曲折折十来里长的队伍,我们长征队的人轮班排队,排了二十九个小时才算把像章和纪念章领到手。每个人都像得了宝物一样装在自己的内衣口袋里,唯恐别人掠走。我们临走前又去了一趟毛主席旧居,这次我看见不少人列队在旧居前宣誓一辈子忠于毛主席;有的人为了表示自己的忠心,把旧居附近的土挖一把装进衣袋里;也有的人跪下双膝朝旧居磕头;还有的人为了表示自己的虔诚,伸出舌头在旧居的墙上舔。我当时向毛主席旧居鞠了三个躬算是行了告别仪式。

离开韶山时是个清晨,当我回眸晨雾里的山冲的那一刻,我坚信经过这次圣地之行,经过伟人之气的熏染,我可能会成为一个叱咤风云的人物。没想到命运给我安排的,不过是个终日伏案的文字匠人。

长沙是我们串联中要到达的第二个目的地,也是我此生见到的第一个省会城市。我们进城后住在中南林业设计院,这个单位对红卫兵的接待真是全心全意,睡觉不是大通铺而是一人一张单人床,床上公家的被褥洁白干净。饭食也特别可心,早饭吃白馍、喝米汤,桌子上还放一小碟白糖;中午、晚上是大米饭,青菜炒肉片。而且收钱特别少,一天一角二,后来干脆不收钱了。说红卫兵是毛主席的客人,我们理应招待。早上吃白馍蘸白糖,这是我在家过年也吃不上的东西。我觉得这大概就是共产主义社会的日子了。我想这种幸福日子不能轻易扔掉,要多享受享受。我撺掇其余四个同学和大队分离,在这儿多住些日子,他们同意了。当其余的同学坐车南下广州时,我们五人留了下来。我们早上直睡到开饭铃响才起床,吃过饭后去市区里闲逛,看清水塘,看第一师范,看湘江,看橘子洲头,看商店,看公园;午饭后再睡一觉,而后去篮球场打篮球;晚饭后五个人坐下看从街上捡来的各种各样的传单和小报,交换彼此听到的各种消息。我记得这期间有一本关于贺龙的材料最吸引我们,那上边说贺龙准备在天津架三十门大炮,对准天安门,待毛主席上城楼接见红卫兵时再开炮轰击。我们当时都感到惊心动魄,都骂贺龙心太黑,竟敢加害毛主席。数年后我当了炮兵才知道,从天津架炮轰北京,那种口径的火炮当时还没造出来。

  我们五个人在长沙一下子住了一个月零三天。在这三十三天里,我们每日吃饱睡足玩好,过的是喜不自禁的共产主义日子。我记得我们当时都感叹:能过这一个多月吃白馍的日子,此生已不算枉活。几个月后当我回到河南邓县那个叫周庄的老家时,人们都说我长高长胖了,我心里明白,这准定是中南林业设计院那一个月的饭食起了作用,我正是长身子的时候,多少施一点点肥料就能见出效果来。直到今天,每当人们说起我一米八〇的身高时,我就会想起长沙中南林业设计院的那段日子,长沙,我不会忘记你!

长沙这段日子给我留下深刻印象的还有一件事。那是一个半后晌,我们从岳麓山玩罢往回走时,江边没有船了,眼见天色将晚,都很着急。这当儿一个老人摇一只小船过来问我们是不是要过江,我们喜出望外地跳上了他的小船。未料船刚离岸,刮起了风,而且越刮越大,船到江心时,浪已高得吓人,我们从北方旱地来的五个人全没见过这场面,都骇得脸色煞白,其中一位见水浪扑来竟要起身躲避,只听那老人猛吼一声:"坐下,别动!"老人面色铁青,说:"都把手抓紧船帮,闭上眼,想你最愿办成的事儿!"我忙闭了眼,想自己日后也当上了国家领导人,坐小汽车,吃白馍,听豫剧,让全国人也去参观自己的家乡……

我正这样美美地想着,忽听得那撑船的老人喊了一声:"到岸了,睁开眼吧!"我们都松了一口气,下船之后齐向老人致谢。我问那老人:"何故要我们闭上眼想自己最愿办成的事儿?"老人笑笑答:"灾难临头时,就怕人绝了念头,一绝了念头人就会做傻事,刚才让你们那样,是为了让愿望占住你们的心……"

老人的话不经意间留在了我的脑子里,在我进入中年我的家庭陷进一场巨大的灾难时,老人的这些话帮我战胜了死神的拉扯。就在死亡的大门口,为了鼓起自己活下去的信心,我开始去想:……我的儿子成了一个举世闻名的大科学家,他开了一架私人飞机,来接我和他的妈妈去夏威夷度假……

我们到达上海时已是夏初了。我们到上海的目的,就是想看看这个中国最大的城市是什么样子。不知不觉中,我们已把革命串联当成了免费旅游,我们不再去看大字报、去寻求参加集会、去收集小报传单,我们只是游玩。我们当时被分配住在斜土路的一个接待站里，门牌多少号我已经忘记了。我们早出晚归，先后看了南京路、外滩、鲁迅公园、动物园、复旦大学、上海交大，还坐车去了一趟吴淞口。城市的繁华和热闹令我们大开眼界，我们这些乡下农民的孩子，第一次知道有人生活在这样一个美好的地方。上海也有三件事令我们惊奇：一是那种只垒半人高遮墙的小便处，男人站在那儿小便，旁边的人看得一清二楚，大姑娘小媳妇就在旁边过，这在我们乡下是断不能允许的。我们站在那种小便处常常羞得尿不出尿来。二是早晨各家各户差不多在相同时间里站在街边刷马桶，那响声有粗有细有尖有闷惊天动地，这也是我们从未见过的景观。我们乡下人用的都是瓦质的尿罐，有时也刷刷，但从不会拿到大庭广众之下刷。三是一分钱可买一小包菱角吃。一分钱竟也可以买东西，俺们乡下人常说，一分钱能够买个啥？可在上海还真能买到吃的。

我们回返时，上海开往徐州和郑州的火车都挤得吓人，不过我们最后还是挤上了一列客车，在车厢的过道里勉强坐了下来。就在这趟车上我结识了一个姑娘。那姑娘姓甚名谁我不知道，但她的相貌至今仍印在我的心里。她当时就坐在我旁边的座位上，她上车早，占到了座位。我当时把背的被子放在她脚前的地板上，坐在她的腿前。她大概有二十来岁，很像是大学里的学生，她的红卫兵袖章上没有印学校名字。她的脸蛋、腰身都让人看了觉着顺眼，衣着比我的稍好一点，很可能是在小镇上长大的姑娘。我注意到在车行进的过程中，她不断地看我，我先是以为身上沾了什么脏东西，后来看看没有，就觉了一点奇怪。列车进入夜间行车后，车窗就很像是一面镜子了，我在这面镜子里看出，我在我周围的男红卫兵中，个子是最高的，身子是最壮的，眉眼也最周正，我觉得我明白了她看我的原因,我心里一阵高兴。随着列车向夜的深处行进,车厢里拥挤在一起或坐或蹲或倚的人们,也都相继开始入睡。睡意也开始来拖我了,我两手支着下巴,渐渐沉在一阵时深时浅的睡眠中。后来,我被一只手轻轻地推醒了,我睁开蒙眬的睡眼一看,原来是她,那个姑娘。她朝我拍了拍她的两个膝头,轻声说:看你那样睡多累,来,趴在我的腿上睡吧。我当时是太瞌睡了,趴在她腿上睡会更舒服,我当然愿意,含糊地"哼"了一声,就趴在了她的腿上。因为这姿势舒服,我很快就又入睡了。不知过了多久,我被一种轻微的抚摸弄醒了,我感到那是她的两只手。那两只小手先是在摸我的头和脖子,随后有一只手从衣领那儿伸了进去,在摸我的背。我的心一下子急跳起来:我的身子被姑娘触摸这还是第一次,我觉出有一种很难说清的舒服在向全身扩散。我没有动,我假装着仍在熟睡。这时车厢里除了车轮碾轧铁轨的声音之外,就是此起彼伏的鼾声。我的两个小臂原本趴在她的膝上,这时我感觉到她的右手攥住了我的右手,并且慢慢地拉动我的手,我仍然佯作不知,顺从而被动地让她牵着我的那只手。她把我的那只手很小心地举起,同时我感觉到她的上身倾了下来。我的手立刻触到了一个柔软而富有弹性的东西。一开始我以为那是她的胸脯,后来我才明白那是她的一个奶子,因为尽管是隔着衣服,我仍然触到了那个渐渐挺起来的乳头。当时不知是过于吃惊还是过于激动,我的身子一抖,我这一抖吓了她,使她以为我醒了,她的身子一哆嗦,一下子停了所有的动作。我的心里满是后悔和自责:糟糕,你抖什么?许久许久,她一动不动,我也不敢再动,脸仍伏在她的膝上假装睡着。又过了一阵,她大约是以为我重新入睡了,才又慢慢捉住我的手轻拉到了原来的位置。我的手又开始被动地轻触她的乳房,起初只感到了一种快意,但随后一股莫名的躁动控制了我,使我一下子忘记了我是在假装睡着而突然张开手指抓紧了她的乳房。我的这个举动一下子惊呆了她,我感觉到她的整个身子倏然间像被冻住一样一动不动。而我这时已经不管不顾,尽管脸仍伏在她的膝上,手却极贪婪地按揉起她的奶子来,而且从一只挪到了另一只。我手的持续而无声的动作,终于解除了她对我睡醒的恐惧,使得她的身子又开始变得柔软如初。她的手慢慢压到我的手上,帮助我增加按揉她双乳的力度,我们这时已经配合默契。我感觉到她呼吸越来越急,渐渐地她把双膝稍稍叉开并朝下移了移身体,这样,我原本伏在她膝上的脸孔就慢慢地压在了她的两个大腿上。她的大腿在轻微地耸动并开始把我的双颊夹得越来越紧。恰在这当儿,坐在她旁边的一个男人"嗯呀"一声醒了过来,她猛一下子把我从她身上推开,并迅速地闭上眼睛假装睡着。

我满头是汗地注视着她的脸,她双颊上全是红晕,紧闭的双眼上睫毛在不停地颤。

此后我便再也没睡着,待她身边的那个男子重又入睡之后,她又睁开了眼,她的眸子湿润发亮,眼中像是蓄满感激。我们谁也没有再碰谁,直到在徐州下车时,在人们拿行李的混乱中,她突然伸过一只汗湿的手抓住了我的手腕狠狠掐了一下,仿佛要用这个动作来让我记住她。

我记住了她的面孔,但直到今天,我再也没有见过她一眼。

她今天该也到中年了。

这场没有结局的结识,使我第一次意识到,经过这场串联,我在生理和心理上又都前进了一截,我开始引起女人的注意并也对女人有了真正的兴趣……